霹雳穹苍

李海成　著

天津出版传媒集团
百花文艺出版社

图书在版编目（CIP）数据

霹雳穹苍 / 李海成著 . -- 天津 : 百花文艺出版社 ,
2024.1
ISBN 978-7-5306-8754-3

Ⅰ . ①霹… Ⅱ . ①李… Ⅲ . ①幻想小说－中国－当代
Ⅳ . ① I247.5

中国国家版本馆 CIP 数据核字 (2024) 第 011815 号

霹雳穹苍
PILI QIONGCANG
李海成　著

出 版 人：薛印胜
选题策划：郑　爽
责任编辑：由高峰
装帧设计：百悦兰棠【BAIYUE LANTANG】
出版发行：百花文艺出版社
地址：天津市和平区西康路 35 号　　**邮编：**300051
电话传真：+86-22-23332651（发行部）
+86-22-23332656（总编室）
+86-22-23332478（邮购部）
网址：http://www.baihuawenyi.com
印刷：廊坊市海涛印刷有限公司
开本：787 毫米 ×1092 毫米　1/16
字数：320 千字
印张：20
版次：2024 年 1 月第 1 版
印次：2024 年 1 月第 1 次印刷
定价：88.00 元

如有印装质量问题，请与廊坊市海涛印刷有限公司联系调换
地址：河北省廊坊市安次区码头镇金官屯村海涛印刷有限公司
电话：（0316）2516002　邮编：065000

前 言

多少年来，人类一直遐想着飞向太空，在宇宙中自由翱翔，寻求梦想，寻找生灵，探寻人类能生存的另一个地方……

自从发明飞机的那一天，人类无不想爬得更高，飞得更远，去浩瀚的星空尽头，瞧瞧那边的秘密。

第一颗卫星升空，人类奏响了进军太空的号角，加快了冲上太空的脚步，从而探索太空造福人类的事业高歌猛进，一刻也没有停歇。

第一个空间站的建立，拉开了开发浩瀚宇宙永不落下的帷幕，梦幻般的星空展现在眼前：一座跨越地空的宏伟桥梁耸立在天空，漫步太空，综观宇宙，已经不是神话，更不是幻想，而是摆在大众眼前的事实。为了实现人类的远大理想，无数科学家、探险者、飞天的勇士，夜以继日，历经数千万次的探索与冒险，从失败到成功，每走一步都是那么艰难，饱尝了征途中的酸甜苦辣。他们不畏艰险，终于开辟了从地球到月亮的一条高速通道，实现了飞上太空，站在其他星球上的梦想。紧接着，太空基地、太空工业、太空农业……人类的一个个梦想不断实现。

航天站的逐级建立，犹如搭起了一架架巧夺天工的云梯，穿云破雾，无限伸长，一直伸向无际的穹苍。当然，血肉之躯的登天勇士，在奔赴太空之前，生离死别，谁能无情？泪水在眼里流，苦水往肚里咽，谁也不会说出一个“不”字。他们毅然决然地驾驶飞船、飞碟，奔赴茫茫星空。飞天的追梦人，为了实现人类的梦想，历经无数坎坷，与宇宙奇异多变的恶劣环境斗争；与外星上的邪恶势力搏击；与自己的意志和灵魂较量，克服重重艰难险阻，豁然发现，星外有星，系外有系，人类并不是太空中唯一的高级生命，称雄太空，主宰宇宙，还另有其“人”：更高级的文明使者——智慧星空人……

为激励广大青少年，学科学，爱宇宙，勇于攀登科学技术的高峰，成为探索太空的追梦人；为鼓励人们认识宇宙，了解宇宙，珍爱家园，我写出了《霹雳穹苍》这部小说。

书中主要内容：一个新的纪元到来，那一年，当哈雷彗星掠过我国天空时，西南部金鸡山山下的水家小院，出生了一个天资聪颖的小男孩，名叫水天旦。后来人们就管他叫“天旦”，也有人称他为“小天使”，他落地即会说话，并有预测能力。当时，他的降生轰动了当地人，惊动了国家科技院。之后，经国家秘密培养，同时又得到外星旋风隐形人的暗中鼎力相助，并获得了上天赏赐的海底“智慧丹”“再生丸”两个神秘宝贝。后来，在飞往太空的途中，他们一行人登上了一颗小行星，无意之中，喝了隐形水，从此获得隐身的特殊本领，从此，天旦带领伙伴探索太阳系的各个星球，与各星球上面的智慧生命、怪兽，展开了殊死的斗争。

在天旦出生的同一天，他家里的一只豆花鸡凑巧产下一枚带有星座图案的“天文蛋”。这枚神奇的“天文蛋”，在外星人的点化下，释放出红、黄、紫三种神奇光环。外星人要求天旦将“天文蛋”用金盒包装，用银链系在身上，行不离人，睡不离身，人蛋合一，智慧无限，力量无穷。然而，“天文蛋”释放的光环惊动了大熊星上的星人。此星大王，派遣星人去捉拿天旦，并抢夺天旦身上发光的宝贝。天旦与星人展开了数次生死搏斗。战斗之中，“天文蛋”神奇的灵气粉碎了星人一个又一个阴谋，协助天旦排除了许多意想不到的困难。

天旦很快成了一名特殊的宇航员，国家科技院决定组建一支由五名队员组成的太空特殊战队——神鹰战队，天旦出任神鹰战队队长。其余四人中，有科技院安排的金助理，有自愿参加的小车司机，也有上天相助的彩霞姑娘，还有捕获的大熊星座智能机器人——无敌超人。在天旦的带领下，在太阳系里，他们登上小行星、彗星、水晶宫、飞天航母、火星、木星、土星、天王星、海王星，与上面的外星人斗智斗勇，与和平使者交往，与死神抗争。大家团结一致，齐心协力，奋勇拼搏，最终冲出太阳系，到更广阔的空间去探索……

目　录

主要人物简介

水天旦：姓水名天旦

当哈雷彗星掠过地球上空时，天旦于钦州市金鸡山山下与“天文蛋”同时降生。他从小天资聪颖，落地就会说话，超凡出众。在国家科技院特殊培养下，天旦成为阳教授、金助理的得意门生。在训练中，一次偶然的机会，他得到外星旋风隐形人暗中大力帮助，头部被外星人植入“智慧丹”“再生丸”。后来，飞到无名小行星上，无意中，他喝了隐形水，获得隐形术，从而得到一身特殊本领。他个子不高，英俊潇洒，身穿红色宇航服，腰系神奇的“天文蛋”盒，佩戴多功能防卫武器——金枪。驾驶金星上的神鹰飞船，带领神鹰战队，驰骋太空，历经无数艰难险阻，巧妙地化险为夷，成为划时代的传奇人物，留下了许多使人回味的惊险故事。

旋风隐形人

传说，旋风隐形人是北极星派遣到地球上的探地星人，只见其风，不见其人；风中有人，人中有风。偶尔也只能见到一团旋风中有一个模糊的人影。他具有先知先觉的特殊功能。当天旦出生时，他的身影就出现于天旦的出生地金鸡山，暗中关心天旦的成长，并引导天旦获得了多项“法宝”。当天旦他们在前进的道路上遭遇突如其来的灾难时，他都在暗中及时帮助，一一化解。他来无影，去无踪，出神入化，一路陪伴着天旦的神鹰战队。

金助理

金助理是一位少年神童，二十岁就取得博士学位。他精通天文学，在《天体新说》一书里对天文学有独到见解，也是飞碟权威专家阳教授的特别助理。在与阳教授考察金鸡山的途中，外星人在天空的巨能飞船上悄悄地给他做了特殊手术，使他更加聪慧过人，思维更加敏捷。同时，他还是天旦的老师之一，后来他们二人成为神鹰战队中最出色的师生搭档。他一表人才，体格健壮，胆大心细，处事果断，身穿黄色的宇航服，佩戴防卫武器——银枪。驾驶金星上的子箭飞碟，在协助天旦飞往太空的征途上做出了突出贡献。

小车司机

小车司机，十多岁时，就已经是一名优秀的驾驶员。在考察金鸡山的途中，他被外星人连人带车搂到天空的巨能飞船上并不动声色地做了特殊手术。他所开的“旗舰”小车也被做了技术升级改造。当天旦和金助理奔赴金星时，“旗舰”小车突然自动变形，尾部喷出两道浅蓝色的火焰，神奇地变成了一架飞行器，强行带他飞到了金星。到达金星后，“旗舰”小车又恢复成本来模样，成了空陆两用小车。他身穿深蓝色的宇航服，佩戴精美的防卫武器——铜枪，正式成为神鹰战队的一员。每当再次升空时，“旗舰”小车都立刻变形成奇特的飞行器，跟着天旦他们一起飞向茫茫太空。

无敌超人

无敌超人，是大熊星座（北斗七星）之王派往地球，捉拿或者消灭会发光的智慧人的超级智能机器人。他是大熊星座上的科研工作者经过几百光年研究出来的，是用特殊材料制成的超级智能机器人，号称无敌超人。他不怕严寒酷暑，更不怕风雨霜雪，有超级视觉、听觉和嗅觉功能。同时眼、耳、鼻、口和双手都是攻防兼备的智能武器。身披御赐的黑色披风，驾驶三叉飞船，在太空横冲直撞，称霸一时。即使飞船被击毁，他也能靠自身的特殊能力，返回到大熊星座。后来他被北极星上的星人捕获，在金星上被加以特殊改造，重新安装了“智能芯片”，加入到天旦的神鹰战队，担任开路先锋，执行过许多特殊任务。

彩霞姑娘

有人说彩霞姑娘是月球上的嫦娥，去过金星，也有人不承认。不过她比嫦娥还要美丽。她本人自称“上天派来的天人，与飞行团队结伴而行”，并且给天旦的飞行团队命名为“神鹰战队”。不过，在金助理的记忆中，秘密转移刚出生的天旦时，在金鸡山上空的彩虹上，似乎就有彩霞姑娘模糊的身影。在金星上，她主动加入神鹰战队。她身穿彩色的柔纱，右手臂上栖息着一只神秘的红嘴鹦鹉，手中有变化莫测攻防兼备的隐形武器。她驾驶五彩云雾飞碟，跟随天旦他们一路奔赴太空，执行过多次艰巨的任务。后来，她吸取太空精华，吮吸地球人的气息，神奇怀孕。在冥王空间站，她为神鹰战队生出一位神奇的宇航小精灵——朝阳。

词说：

在茫茫的天际中，你是一朵云彩。在浩瀚的宇宙里，你是一颗璀璨的明珠。把寂寞藏进飞天的征途，把人生载入幽寂的深空，你饱尝征途中的酸甜苦辣，任自己独立担当。你燃烧自己，任自己化为灰烬，激励一代代新人奋发向上，让一艘艘飞船在无限星空中飞翔。那就是冲开现实的闸门，那就是实现最后的梦想。

第一章　阳教授巧遇飞船　天文蛋同生水旦

一个新的纪元到来，华夏大地又出现了奇人。

那一年夏天，一个群星璀璨的夜晚，在无际的星空中，突然出现了天体奇观：一条耀眼的白色光带，越来越亮，拖着长长的白色尾巴，划破宁静的星空，朝西南天空飞奔而来。

这时，川北的一处广场上，男女老少正在乘凉，看到这一天体现象，指着空中那发亮的白色光带，有的说："又是陨石光临地球了。"有的说："有可能是神秘的天外来客。"还有的说："那是彗星。"一个具有天文知识的年轻人说："那一定是哈雷彗星。"大家七嘴八舌议论着，一时没有定论。然而，那条光带，时红时白，时明时暗，渐渐消失在人们的视线里。

几天之后的一个清晨，一辆超级豪华"旗舰"黑色轿车，奔驰在钦州市的公路上。公路两旁高大挺拔的阔叶树舒展着冲天的枝干，茂盛的绿叶把公路上方的天空遮得严严实实。公路旁的中心花园里，一排排整齐的万年青灌木像昂首的青龙自然横卧在其中。坐在车中的阳教授目睹这壮观的景色，情不自禁地感叹道："好一幅绿色长廊的画卷！好一条壮丽的林荫大道！"

阳教授是国家科技院著名的天文学家，也是世界上具有权威性的飞碟专家之一。金助理是他的得意门生，他的《天体新说》一书中在天文学方面有独特的见解，受到科技界的极大关注。今天，他俩在车上讨论新的天体是怎样形成的，如何去开发和利用……话锋一转，又转到地球是否有一个“同胞兄弟”或者“同胞姊妹”的话题上……

“前方有雾。”司机报告。

“立即减速。”金助理提醒司机。

然而，事与愿违，司机怎么也控制不了车速。雾越来越浓，车速却越来越快，司机额头上豆大的汗珠像下雨似的往下落……

“怎么回事？六十多岁的教授禁得住你这样折腾吗？”年轻气盛的金助理大声责怪小车司机。但小车司机并没有搭理他，继续设法控制车辆前行。阳教授心里感到阵阵不安，仿佛有事要发生。

突然，“旗舰”小车完全失去控制，在高速公路上飞一样地疾驶。小车司机在恐慌中，不停地摇动操纵杆，不停地踩刹车，车速却始终降不下来。惊慌失措的小车司机不停呼叫阳教授和金助理，也不见他们有任何反应。小车司机猛然回头一看，发现他俩正打着呼噜睡大觉。“生死攸关的时刻，还有心思睡觉？”小车司机被他们的举动惊呆了，自言自语小声说道。不知不觉，小车司机也渐渐失去了意识，只见“旗舰”小轿车离开地面，在浓雾中腾飞起来。

云层之上，碧空万里，阳光灿烂，雪白的云朵似雪山闪闪发光。这里没有都市的喧闹声、大自然的鸟语声，只听见“旗舰”小车发出的轰鸣声。

“雪山”深处，一艘不明飞船慢慢显现出来，似幽灵般没有一点声响。从飞船腹部一个神秘的孔洞中，缓缓伸出一块巨大的甲板，直插云间，似乎在等待、在迎接什么飞行物的到来……

在飞船的控制中心，红面的白衣指挥长，眼睛外凸，似“三星堆人”。他全神贯注地看着机舱内各种仪表的变化，操弄手中的遥控器，对准屏幕中的“旗舰”小车进行操控。小车飞速而来，同时在另几个屏幕上，分别出现了酣睡如泥的阳教授、金助理和小车司机的画面。

"哧——"的一声，小车穿破云雾，稳稳地停靠在飞船的延长甲板上。然后甲板缓缓地缩回到飞船的腹部之中，恢复了原貌。

飞船舱门口站着几名身着黑色套装，手持激光武器的红面卫士。当小车缓缓进入飞船中央时，与指挥长长相一样的六名白衣使者，相互对视了一下，赶紧围上去。几乎同时，"咔嚓"一声，大厅的三个不同方位出现了三道门，三位北极星星人分别推出一个精致的卧式担架，朝"旗舰"小车走来。

这时，大厅内传来一个神秘的声音："请开始工作！"指令下达两次后，白衣使者迅速打开车门，将已经熟睡的三个人抬上担架，推进了三间舱室。接着，一位白衣使者钻进了"旗舰"小车……

几分钟之后，白衣使者从舱室中分别推出教授、助理和司机，送回他们各自的座位上。在飞船控制中心的操控下，小车离开飞船，钻进云雾……

随着"轰——"的一声惊雷般的巨响，"旗舰"小车同时着地了，在宽阔的林荫大道上疾驰。浓雾已经离开地面，在山巅飘荡。教授、助理和司机被雷声惊醒。"车子，怎样了？"金助理急忙朝小车司机问道。"一切正常了。"司机随口回答，却丈二和尚摸不着头脑：车速怎么又恢复正常了？大家都觉得很蹊跷：哪里来的浓雾呢？什么时候消失的？为什么小车无法控制？一切怎么又恢复正常了？

雷声隆隆，电光长闪，大雨降临，"旗舰"小车急速前行。教授和助理又接着前面的话题进行讨论。"哈雷彗星每出现一次，都会给科学领域带来一次新的契机。"阳教授很认真地说。"那么'天文蛋'与彗星有什么关系呢？彗星对地球到底有什么影响？我们又当如何着手去理清这些复杂的关系？我们这一代，乃至下几代人，需要不断地探索、研究……"阳教授又提出了许多新观点，与金助理讨论着。林荫大道上，一条非常醒目高悬的标语迎面而来——"钦州人民欢迎您！"原来已经到了钦州界了。

今天的钦州，呈现出一派都市的繁荣景象，同时又保持着千年古都风貌。

"旗舰"进入市区，汇入潮水般的车流中，穿过繁华的街道，在科技展览馆门前停下。馆内橘红色的地板光彩照人，米黄色的粗大柱子气派非凡。馆内中央大厅参观者颇多，人声鼎沸。教授和助理快步走进拥挤的人群，只见一个铺着绿色绒毯的桌面上，摆放着一个敞开的小盒，盒内放着一枚翠绿色的鸡蛋。仔细看上去，那蛋壳环绕着一团微微闪烁的神奇光环。小盒标签上清楚地写着三个字——“天文蛋”。

“请大家安静！”浓眉大眼，西装笔挺的牟馆长，手里拿着放大镜，站在讲台前面说，“这枚‘天文蛋’，是我们市的一只母鸡所产。请大家看，这枚鸡蛋外壳上的斑点，就是天体图案。”他接着说出“天文蛋”图案的内容。背后的电子大屏幕上清楚地出现了蛋壳上的图案，大家目不转睛地伸头观看。“这是人马座与天鹰座”“那是海豚座与天鹅座，还有大熊座。”他小心翼翼地把蛋翻转过来，继续给大家讲解。图案历历在目，棱角突出，似雕刻。

忽然，牟馆长注意力落到人群中的金助理一行人身上，他惊奇地发现，科技院的阳教授和金助理已来到现场。牟馆长走上前去，非常热情地与教授、助理握手说道：“失敬、失敬，不知道你们这么快就到了。见谅！见谅！”寒暄之后，牟馆长立刻宣布，“现在恭请专家给我们讲解一下。”馆内立刻安静下来，阳教授也不客气，走上前去讲解：“每当哈雷彗星出现时，地球上就会留下一枚神奇的‘彗星蛋’，也称‘天文蛋’。这枚蛋有着无法估量的科研价值，对人们今后探索宇宙有着深远的意义……”

“那只产蛋的母鸡，有什么特殊吗？”

“能否看看那只产蛋的鸡？”

“这枚天文蛋，我国是世界上第二个得到的吗？”

“今后还会有天文蛋吗？”

人群中不断地传来提出问题的声音，期待专家解答。牟馆长正准备解答，突然，一团不知从何处而来的五色彩带，旋转着悄悄地钻进馆内，时而高时而低，在展厅上空不停地盘旋。彩带轨迹越转越圆，飘忽不定，同时馆内的温度骤然发生变化，急剧上升，人们茫然无措……

大家傻了眼。在金助理的眼中，仿佛有个小人影正挥舞着彩带，在空中蹦来跳去。是幻觉吗？阳教授突然拍了一下金助理的肩膀说：“你瞧，彩带很快就会飞出展厅。”金助理一惊，果然，五色彩带朝展厅西门飘飞而去，所到之处，大门自动打开，一路畅通无阻，人们争先恐后地追出展厅观看。忽然，彩带在天空中化成几圈光环，再次翩翩起舞，足足转动了二十分钟，之后才朝东南方疾速飞去。

展厅内，只剩下教授和助理，他们二人像被操控了一样，站在原地一动不动。助理怎么也搞不懂：教授怎么未卜先知？然而，在教授眼里，飘荡的彩带里，似乎有几个人影在舞蹈，他不敢相信自己的眼睛。

“太神奇了！”牟馆长匆匆跑进来喘着粗气说。

“还是先说说‘天文蛋’的来历吧，怎么样？”阳教授向牟馆长提议。一下子说出了这次来的真正目的。于是，牟馆长带着他俩来到接待厅，开始讲述“天文蛋”的来历。

离钕州九十三公里的一个地方，有一座神秘的金鸡山。山上绿树成荫，景色壮丽，有生机盎然的草地，也有郁郁苍苍的原始森林。山下，紧靠公路住着一家三口，户主姓水名林。水林的父亲因病早逝，家中只有他、母亲和媳妇。水林挺有经济头脑，日子过得红红火火。

这天，阳光明媚，空气格外清新，一股不知从哪里来的神秘旋风在小院周围转个不停。水林母亲觉得很奇怪，瞧瞧四周都没有起风的迹象，她觉得这不是好兆头，赶紧叫儿媳妇注意身体。水林的媳妇——惠惠，怀胎八个月了，多次产检鉴定胎儿正常。近几个月，水林一刻也未离开过家，期待自己的孩子快快出生。

当天还有个奇怪的现象：一只产蛋的豆花鸡挺着胸脯，在院子里踱来踱去，“咯咯咯”地叫个不停，怎么也撵不走。

快到中午了，惠惠突然觉得肚子开始隐隐作痛；过了一会儿，肚子剧烈地疼起来了，急得水林满头大汗，不知所措。“要送去医院吗？”“恐怕已经来不及了。”有经验的母亲忙前忙后地照顾儿媳，并叮嘱儿子：“昨天晚上，我看见天上有颗拖着白色尾巴的彗星从天空掠过，恐怕是不祥之兆啊。”

院子里其他的鸡也叫个不停，吵得人心烦意乱。水林母亲嘴里偷偷不停地骂着：“该死的鸡！待会儿就把你宰了，给惠惠补身子。”“哇——”的一声，孩子生出来了，水林母亲急忙抱起孩子，是个胖小子。水林正在想着他妈妈说的话，心存疑虑：莫非妻子会生个怪胎？更没想到这么快孩子出生了。他冲进门来，抱起孩子，看了看，心中的疑虑解除了；再看看惠惠，一家人幸福地笑了。

水林转身跨出门，准备去做月子饭，给惠惠补身子。跃入眼帘的是那只健壮的豆花鸡，站在围墙的鸡窝旁，独自昂头高叫不停。其他的鸡也伸长脖子注视着鸡窝，胡乱地叫着，顿时一片混乱。这引起了水林的注意，他急步来到鸡窝旁，想看看究竟发生了什么，是什么吓得群鸡叫个不停。瞧瞧鸡窝里，只有一个不显眼的绿色鸡蛋，不免有些失望。水林拾起鸡蛋，转身朝厨房走去，心想正好煮熟给妻子补身体。可是群鸡跟在他身后叫个不停，甚至啄他的裤脚。他觉得奇怪，转身驱赶，却猛然发现手中的鸡蛋和往常不一样，暖烘烘的，摸上去感觉十分粗糙。他好奇地拿起来看，似乎有光在闪烁，再仔细一看，蛋壳上闪烁着好像天体图案的星光。他惊呆了，觉得太巧了！这枚鸡蛋，难道就是人们梦寐以求的“天文蛋”吗？他仔细又查看了一遍，答案是肯定的。

水林小心地捧着刚拾到的鸡蛋边跑边喊：“妈，惠惠，快看！”他冲进门，十分激动地跟她们说：“这是一枚不可多得的‘天文蛋’。我们的孩子，在这时候出生，真是太奇妙了。”他灵光一闪，“快，给孩子取名字吧。”

水林母亲抢着说：“我就说今天有奇事，果真是双喜临门。那就叫‘蛋’吧。”

虽然有代表意义，但是水林觉得有些不妥。“不如用谐音字，表示一轮红日从地平面升起的‘旦’字，寓意初升的太阳。如何？乳名就叫‘旦旦’，或者叫‘天旦’吧！”水林补充道。

婆媳二人听后，都非常赞同水林的意见。看着宝宝，大家都开心地笑了。母亲更是心里乐开了花，大笑不止，从媳妇房间一直笑到自己的房间，躺在床上，仍然笑个不停……

惠惠愉快地吃着丈夫做的月子饭。水林乐得忙里忙外，没有丝毫倦意。“妈怎么没有动静了？”水林突然觉得不大对劲，急忙走进母亲的房间，只见母亲仰面朝天，张着口，手脚伸直，双目圆睁，眉梢上还有些许笑意。“妈——你怎么了？妈——”水林感觉不妙，摸摸鼻子，已经没有了气息。他立刻扑在母亲身上号啕大哭起来。

“苍天啊，你怎么这么不公平，为什么？刚送了我一子，却送走我娘——我苦命的娘啊——”

消息很快传遍十里八乡。有的人来道贺，有的人来致哀，还有的来看究竟怎么回事？水林家一下子变得悲喜交加，人来人往，在乡亲们的帮助下，按照当地的风俗办完丧事，水林就把珍贵的“天文蛋”送到了钦州市科技研究室。

“真是太神奇了！”阳教授按捺不住激动的心情，“不如我们现在就去水林家考察考察。”金助理和牟馆长也非常赞同，三个人走出展厅，坐上“旗舰”小车，朝水林家疾驰而去。

第二章　天空显不明飞行物　凡人梦游神奇太空

科技展厅上空的那团神秘的五色彩带，化成白色的光带一路飞到金鸡山的上空，在空中盘旋了几圈儿后，忽然一闪，一头扎进了大山深处的原始森林。

水林得子后，走路、干活儿都哼着快乐的小调。妻子惠惠睡梦中脸上都挂着笑容，梦中想着儿子的未来：是科学家，是工程师……

水林又来亲吻儿子“旦旦”那白净的惹人喜爱的小脸了。旦旦那顽皮的小手不断地拍打爸爸的脸。突然，他奶声奶气地喊：“爸爸！今天有爷爷、叔叔来看我们！”声音是那么稚嫩而清晰，语句是那么完整而肯定。水林愣住了：刚出生的婴儿，怎么会说话呢？半晌回过神来，他摇着惠惠的肩膀说：“孩子竟然会说话了，会叫爸爸了！”妻子从梦中惊醒，急忙把孩子从旁边抱起来：“旦旦，叫妈妈。”“妈妈！”小宝贝喊出了爸爸妈妈的心声，喊出了水家的未来。

“嘀嘀——”一阵喇叭长鸣，“旗舰”小车已来到水家门口。精神饱满的牟馆长走在前面带路，两位专家紧跟在后。走进水家小院。水林受宠若惊，赶忙出来迎接。牟馆长说明来意后，水林欣然接受，并简单讲述了孩子这几天的成长情况。三个人听得瞠目结舌，心想：天下竟有这样奇特的事，又给这次实地考察增添了一层神秘的色彩。阳教授迫不及待地对水家小院的地理位置、产蛋的豆花鸡和小孩儿“旦旦”进行全方位的考察。

金助理急忙用摄像机将水家小院里里外外的情况作为珍贵的资料全部拍摄下来。拍摄得正起劲时，突然，院子外面有个村民高声大喊：“大家快看啊，天空中有个奇怪的飞行物。”他半信半疑地停下手中摄像的活儿，抬头朝天空望去，果然，正如那个村民所说，天空中真的出现了一个人们从来没有见过的奇怪飞行物。只见它体形特别巨大，外观十分奇特。三角形的黑色影团，腹部闪烁着五盏奇异的彩色灯光。它自东向西飞行，渐渐飞到了人们的头顶。站在一旁观看的阳教授、牟馆长都看傻眼了。“金助理，赶快拍摄下来。”小车司机大声提醒。阳教授和牟馆长猛然醒悟，回头看了他一眼，从眼神中可知，他们热切希望金助理将天空这中珍贵的影像拍摄下来。

金助理猛然回过神，拿起摄像机，对着天空中那奇异的三角形影团开始拍摄。没想到，当他将摄像机镜头对准天空中那飞行的三角形影团时，却始终抓拍不到真实图像。他急得满头大汗，嘴里不停地自言自语：“怎么了？摄像机坏了？咋拍摄不出图像呢？”眼睁睁看着那影团渐渐远去。

阳教授情急之下并没有责怪金助理，而是掏出超智能通信器，立刻向相关部门报告金鸡山上空的奇异情况。然而，通信器完全没有信号。牟馆长、小车司机也惊奇地发现在同一时间各自的通信器都没有信号：与外界通讯完全中断了。一时间，在场的人，没有一个能与外界通话，眼睁睁看着那看远去的三角影团化成一道光，眨眼工夫消失在西边无际的天空之中。

奇怪了，当不明飞行物消失的瞬间，金助理手中的摄像机也开始正常工作了。阳教授他们手中的智能通信器，也有信号了。猛然清醒的阳教授，没有多想，立刻拨通了科技院的电话，将金鸡山水家小院刚刚发生的奇异事件汇报了科技院总部。

科技院总部坐落在繁华的古都城，不但有东方文化色彩，还有西方建筑风味，配上世界上最先进的设备，这里是讨论研究超能科研项目、制订相关计划、做出相应决策的最高指挥中心。

一阵急促的电话铃声在科技院总长办公室里响起。威严的冥总长拿起电话，阳教授的影像出现在可视电话屏幕上：“报告总长，在钦州市金鸡山发现神奇的天文蛋，同时还诞生了一名婴儿，名叫‘旦旦’。他刚出生不久就会说话，而且还有一定的预测能力。刚才我们还目睹金鸡山上空有一个不明飞行物从头顶飞过……”

“太神奇了，干得不错！你们要继续留在那里，将所有情况一一考察清楚后向总部汇报。同时要严格封锁消息，并照顾好旦旦一家，随时听候安排。”

“是！”阳教授干脆地应答道。

冥总长放下电话后，立即召开紧急会议。科技院第二会议室，是具有防窃听功能的最机密的会议室。重大科研项目、重要事件都在这里进行讨论、决策。冥总长十分严肃地迈步走进会场，全体部长都注视着总长的一举一动，不知又有什么重大项目或事件。“大家观看大屏幕。”总长在主席台一边坐下一边说着。屏幕上，牟馆长开始解说金鸡山发生的重要事件，随之，“天文蛋”、产蛋的豆花鸡、会说话的婴儿等一一呈现在屏幕上。总长补充道：“金鸡山上空刚刚还发现不明飞行物。”

同日出现“天文蛋”、会说话的婴儿，还发现不明飞行物，究竟是巧合，还是其他因素所致？专家们都觉得匪夷所思，全场上一时议论纷纷：

“使者降世？”

“外星神童？”

“外星人光临地球？”

飞碟研究部田部长站起来激动地说：“这些稀奇事世上罕有。应该将会说话的婴儿和他父母送到秘密的地方保护起来。我想，有了奇人，将会对未来探索太空有极大的帮助。也就是说，有奇人就能办奇事。什么人间奇迹都可以创造出来。”其他各部部长也争先恐后发言，大意是，世上有许多未知的文明，凭我们现在的科技水平是无法破解的。一旦有了奇人，就应该抓紧培养，今后让他们去探索。多种巧合都遇到了一起，又有不明飞行物光临地球，真值得我们深思啊。冥总长综合了大家的意见后，制订了代号 F-1 的秘密计划，并把相关任务交给了飞碟研究部。同时，成立了特种任务临时指挥部，飞碟部田部长担任指挥长，阳教授担任副指挥长，金助理、小车司机、牟馆长为成员。会议一直开到深夜，制定出了一套比较完整的方案和具体实施办法。

阳教授接到科技院的指令后，在水林家住下，给偏僻的农家小院的夜晚增添了几分热闹。水林家挤满了乡邻，大家亲切地在一起谈天说地。水林非常好客，忙里忙外招呼客人，一切安排得井井有条。阳教授打心眼儿里喜欢这精明能干的小伙子。明天，他们将要离开自己的家和可爱的小院。由于事关机密，不能提前告诉，还是要等到明天才能告诉他。阳教授这样默默想着。闲聊到很晚，水林才送走了乡亲们，与阳教授一行人各自回房入睡。

深夜，睡梦中的金助理蒙眬中觉得有个声音在院子外边不断轻轻地呼唤："请到天外去旅行。"金助理急忙起床走出院门。他迷迷糊糊地看见，有一艘小船似的飞行器停在蔬菜园里。飞行器的一个窗口伸出一只无指手掌朝他招手："快！我们去天外旅行。"金助理不由自主地登上飞行器，离开地面，穿破云层，飞向太空。

金助理没想到，阳教授也乘坐一样的飞行器，早已在太空飞行等候他了。而小车司机居然开着自己的"旗舰"小车也在太空飞翔，并向他点头微笑，竖起大拇指表示自豪。金助理面带笑容，向他们点头致意。前方还有许多飞行器，一直朝远方飞去。"加速追赶前面的飞行器！"金助理脱口而出。他们乘坐的飞行器瞬间速度倍增，甩掉其他一个又一个飞行器。朦胧之中，眼前闪过的飞行器，有的像碟子，有的像蜘蛛，有的像轮船，有的像炮弹，还有的像长了翅膀的铁桶……如梭似箭，川流不息，亮光闪烁。

不知过了多久，也不知速度有多快，飞行器逐个消失，眼前出现蓝蓝的天空，飘着几朵米黄色的云。飞行器自动慢下来，徐徐下降。一个崭新的大陆出现在眼前，外面狂风大作，飞沙走石，飞行器的窗上有石块重重地敲击。眼前的世界一片模糊，似黄沙笼罩着大地。金助理眼不敢睁，头不敢抬，任飞行器自由飞行。突然，眼前亮光闪闪，金助理睁开眼一瞧，近处贫瘠的山坳，一峰连一峰，地面凹凸不平，怪石林立。远处金光闪烁，似无数火龙拔地而起，并发出轰隆隆的爆炸声。通红的"铁水"在山坳里到处流窜，映红天际。这时，飞行器好像略略提升了高度，四周仍是"炮声隆隆"。山峰上，时而有长长的火舌吐出，时而滚滚尘烟喷薄而出。好像有尘埃撒在飞行器上，又像早有准备的火炮正在炮击空中的飞行器。金助理不免有些胆战心惊。

继续飞行了很久，空中出现了一座非常华丽的城市：古堡式的建筑鳞次栉比，但看不见一个人影，只有似猿非猿、似猩猩非猩猩的奇怪动物，在草坪上嬉戏，在道路上追逐，时而发出古怪的叫声，令人心惊胆战……难道这里是天空动物王国吗？

城市周围是一望无际的森林。粗大的枝干，五颜六色的树叶，黄里透红，红里透绿，美丽极了。麒麟般的巨大怪兽，成群结队地在森林中奔跑，似围猎般对猎物紧追不舍。飞行器飞到了一片宽阔草原的上空，他低头观看，恐龙般大的怪兽成群结队，在稀疏的树林中，悠闲自在地散步，它们的幼崽儿们在巨大的怪兽群中追逐嬉戏，不时发出使人毛骨悚然的号叫声，令人胆寒。然而，眼前的景象，突然模糊不清，黯淡下来，眨眼消失。

飞行器钻进浓浓的云雾中，来到一个深蓝色的世界，一束金光直射远方。沿着金光大道前行，似乎又到了另一个星球的上空。这里阳光明媚，江河湖泊尽收眼底，奇异的高楼大厦遍地都是。飞行器自动降低到了最低的飞行高度，金助理轻飘飘飞出了机舱，径直朝那颗星球飞去。刚刚着地，许多奇怪的外星人，面带善意，好像早已在这里等候。只见他们笑呵呵地举着小红旗围上来，嘴里不停地喊着："欢迎，欢迎！热烈欢迎！欢迎地球使者光临！"其中一个外星人，拿着早已准备好的艳丽花环，大胆走上前说："地球客人，别怕！我们等候你们已经很久了。你们寻找我们，不知花费了多少年，我们寻找你们，也耗去了不少时光。我们星人，不是你们想象中的那样可怕。我们也有思想、有意识。欢迎你们到我们星球来做客，做朋友。请佩戴和平、友谊的花环吧！"金助理乐滋滋地戴上花环，并仔细打量这些外星人。只见他们比地球人类头顶上多长了半个脑袋，多长出一对圆突突的大眼睛，构成四眼外星人。其他星人长相和地球人差不多。他们穿着颜色各异的服装，面带笑容，惹人喜爱。他看呆了，半晌才说："也欢迎你们到我们地球去做客，永远做我们地球人的朋友。""使者，欢迎你，到我们那里去参观嘛！"又一个四眼外星人，一边说一边上前拉着他往前走。突然，天空中的飞行器上，催促离开的喇叭声响了。金助理不由自主地挣脱外星人的手，飞了起来。他依依不舍地望着这些朴实可爱的外星人：还没有来得及深切地交谈，就要离开了。他无法自控，一头钻进了机舱。耳边不断传来"欢迎下次再来做客"

的热情话语。

飞行器不断向前飞行，似弹头的飞行物迎面直冲而来。金助理还未等反应过来，就觉得自己乘坐的飞行器有些微的颤抖。他仔细一看，小小的弹头飞行物和自己的飞行器牢牢地黏在一起，飞行速度更快了。前面驾驶舱里，好像多出了几个模糊的背影，还似乎在嘀咕着什么，但是又听不清。

咚的一声，飞行器着地……金助理猛地睁开眼睛，一场梦？摸摸胸前，虽然没有花环，但是梦境是那么清晰。没有亲身经历，哪儿会有这样的感觉？看看另一张床上的阳教授，正侧身酣睡。金助理蹑手蹑脚地下床，以免惊醒熟睡的教授。他来到蔬菜园子里，想要证实一下梦中的情况。菜地表面，看上去一切完好无损，但仔细一瞧，真有三角形重物压过的痕迹。他觉得疑惑不解，于是快步回到院子里。教授和司机已经起床，来到院子里。大家都用惊诧的目光，你看看我，我看看你，几乎同时说出："昨晚在梦里，我在太空看见你。"大家都努力回忆，都说出了基本相同的梦境。实在是太巧合了！

大家正在讨论时，阳教授的智能通信器响了。"教授，请做好准备，飞机已经起飞。""明白！"阳教授挂断总部打来的电话，慎重地向水林宣布了F-1计划中的一项重要内容。水林没有半点怨言，欣然接受，即刻回屋收拾行装。

翌日清晨，金鸡山的上空，一半是蓝天，一半是白云。远处山顶，云雾缭绕。天与山相连的地方，在阳光的照射下，白里透蓝的云层犹如镶嵌了一道金边。轰隆隆的飞机发动机声，打破了清晨宁静的天空，一架最先进的飞机拖着长长的浅黄色彩带，直奔金鸡山而来。F-1计划的田指挥长，带着许多疑问亲临现场考察。他在舷窗边坐下来，拨开窗帘，俯视着金鸡山，只见连绵起伏的群山紧紧相连。薄薄的云雾遮住它的本来面目。飞行员按照田指挥长的指令，减速低空飞行。透过淡淡的云雾，隐约可以看见茂密的森林、山峰和坪坝，绿色粮田块块相连，河流奔涌向东，山川西高东低，还有一条宽阔的公路伸向远方。这一切再平常不过了，没有什么特别的征象。飞机在空旷的草坪上徐徐降落。轰鸣声惊动了山村的村民，男女老少陆续跑过来，远望着飞机下降。只见飞机尾部的白色气流消失，腹部底下喷出几股白色气流，把附近的树木吹得摇摇晃晃。站在田间地埂上的山里人，从来都没有如此近距离地观看过飞机垂直降落的真实过程，一个个不时发出啧啧的惊叹声。

飞机稳稳地停在草坪上。早已等候在此的阳教授一行人，急忙上前迎接田指挥长的到来。田指挥长惊奇地叫出声：“哎呀！三日不见，教授你年轻了许多啊！”的确，阳教授原先满头的白发变黑了许多，额头上的皱纹也消失了。金助理更是英姿飒爽。交谈之间，牟馆长和水林护送旦旦母子二人走了过来。大家一起小心翼翼地登上飞机，按计划飞向某秘密基地。

飞机、小车几乎同时出发了。从村民的眼神中可以看出大家的不舍。阳教授、金助理也有些依依不舍，回头向神秘的山村、向可爱的山里人告别。

飞机上升到高空，一道壮丽的彩虹出现在眼前。彩虹色彩明亮，鲜艳夺目。尤为奇特的是，彩虹一端从水林家院中升起，而另一端直接伸向金鸡山密林深处。大家争着向窗外观看如此奇特的美景。在阳教授和金助理眼中，壮丽的彩虹中央仿佛有几个人影在挥动着双臂，表示欢送。金助理揉了揉眼睛，这是真的吗？再仔细看看，的确有位美丽的姑娘，在彩虹上尽情地挥手、呼喊，但是听不清楚喊的是什么。飞机高速朝前飞行，把美丽的彩虹远远甩在后面，渐渐消失在无际的天边，然而，彩虹上那几个神秘的人影好像在后面紧追不舍，仍在不断地挥动双臂……

第三章　青松院养育天使　旋风捣乱生日宴

一架装载着天旦一家人的先进飞机，向某秘密实验基地飞去。为了进一步保守这次行动计划的秘密，要在途中要做一次中转。

这秘密实验基地建立在无名大山之中。那里绿树成荫，树木挺拔，是天然的隐蔽场所。

一辆迷彩客车驶进了一条不显眼的公路，一直开向丛林深处。岔路旁竖立着醒目的“非军事车辆严禁入内”的警示标牌。林荫道上，持枪守卫正在巡逻。不远处的林间山头，还有暗堡、暗哨。大山之中，显得壁垒森严。

迷彩客车一路畅行无阻，驶过几十公里的山路，来到了大山深处。无名大山的东南方向，有一片巨大的草坪，草地上，长着大小不一的矮小灌木。天然植被与大山融为一体，把这个秘密实验基地装扮得天衣无缝。仔细观察，基地指挥所隐藏在远处丛林之中。基地之外常有匆匆过往的守卫。

大山脚下隐藏着几个圆弧形的神秘山洞，洞中时而有微光闪烁，时而有飞机进进出出。迷彩客车在丛林一角停了下来。

八点五十分，载着天旦一家人的飞机稳稳地降落在草坪上，迷彩军用客车缓缓靠近飞机，接上天旦一家人后迅速驶离。飞机立刻开进了一个神秘的山洞，基地客车则钻进了另一个山洞中……

迷彩客车穿过山洞，在丘陵山区的道路上行驶。车内的田部长正拿着计划书，闭上眼睛冥想。根据科技院总部的部署，实施代号 F-1 的计划，才刚刚迈出第一步……突然，他睁开眼，将手中的文件夹交给阳教授。阳教授接过文件夹，认真地翻阅起来。看到他那紧锁的眉头和吃惊的表情，就知道他们今后要承担更艰巨的任务。

没有出过远门的水林、惠惠夫妻俩，感到这一切都是那么新鲜，不时东张西望，脸上一直挂着惊喜的笑容。惠惠怀中的小宝贝天旦，也不时地东瞅瞅西看看，不住地拍打惹人喜爱的小手。

一个多小时之后，车开进了特殊培训基地。这里就是训练、教育、培养超能力青少年儿童的一级机密基地。这里有一个传说：晋朝司马睿，想修建一座豪华别致的百龙皇宫，派大臣跟风水先生在全国各地寻找风水宝地。一天，大臣和风水先生来到这个传说中有龙脉龙气的地方，一看，此地的确是建造皇宫的宝地。风水先生观察到每个小山头都有龙气龙脉，就选择了一个较高的山包，站在上面数：一龙、二龙、三龙……九十九条龙。两个人反复数着小山包，始终只有九十九条龙。风水先生叹息道："哎呀，真可惜，只差一条龙啊！"他们只顾忙着数远处的山包了，竟然都忘记数自己脚下的山包，急得脚下山中的那条青龙泪流满面，可也不敢泄露天机。当他俩离开小山包时，"嘭"的一声巨响，那座山头自然裂开了，一分为二。随之冒出一缕青烟，一条青龙腾空而起，在空中盘旋了许久后依依不舍地离去。这时，大臣和风水先生恍然大悟，世上唯一一块百龙相聚、龙气龙脉会集的最佳风水宝地，竟然毁在旦夕，悔之晚矣。后来，从山包裂开的山缝里涌出一股甘甜的泉水，一直流淌至今。有人说，那股泉水就是那条青龙流下的悲伤的泪水。司马睿得知后，一怒之下把那两个人处死了，并诛灭了他们的九族。从此以后，他再也不想修建百龙皇宫之事了。

迷彩客车驶进基地的停车场，早已等候在那里的牟馆长和小车司机在这里迎接田指挥长和水林他们的到来。下车后，在牟馆长的带领下，一行人穿过一段林荫小路来到"青松小院"。小院屋前马尾松密密麻麻，屋后的小山包、远处的大山上也到处是茂盛的马尾松。青松小院真是名副其实，迈进院子，一切都是那么井井有条、干净漂亮，琉璃筒瓦配上古朴的门窗、洗刷一新的朱红柱子，仿佛回到了唐代。旦旦就要在这里开始他的成长历程。

田部长在青松小院会议室召开会议："我给大家介绍一下这里的情况。这里是科技院一号培训基地。这里不但有世界上顶尖的科研设备，而且还有一支一流的高科技人才队伍。科技院每时每刻都关注着这里。来自全国各地的数百名超常青少年儿童都会在这里得到不同的特训。训练方案不同，他们各自肩负的职责也不一样。同时，未经科技院总部批准，任何人不得擅自闯入其他区域。这是纪律，不许违背！培养天旦的具体分工是：阳教授担任总负责人，负责旦旦的基础知识和文科高等教育；金助理负责理科高等教育；其他技能培训任务由临时配备的具有各项不同专业技术知识的人员进行担负；牟馆长主抓安全工作；小车司机和水林负责日常事务。工作内容、工作目标都在计划书里。阳教授会安排你们落实。”会上还讨论了其他各项工作。

旦旦在青松小院里，在阳教授等人的特别照顾下，一天天地快速成长。

一个月后，旦旦的思维能力已完全超出同龄儿童。细心的金助理时时观察并记录这里发生的一切。他发现，每周星期六午后三时，都会有一团神奇的旋风从西南方向准时而来，每当这个时候，旦旦总要喊：“旋风来了！旋风来了！”金助理总觉得神奇的旋风中有个似人非人的影子在晃动。他为此常常和牟馆长争论不休。“没有，就没有！”牟馆长觉得那是金助理的幻觉，弄得金助理时常也不太确定那是真实的。一旁的阳教授把这一切看在眼里，却一言不发。对此，不善言谈的小车司机有时显得十分困惑……

一晃几个月过去了。旦旦不仅身体长得异常快，一天长一厘米，而且能说会跳，智力水平远远超过十五六岁的少年，真是一个“天才神童”。并且，他具有一点就通、过目不忘的本领，早早完成了预定课程的学习。一本新书发给他，翻完便倒背如流。这对于阳教授一行人来说，喜忧参半。喜的是旦旦的成长比计划超前许多，忧的是旦旦喜欢打破砂锅问到底。为确保每个问题都解答得详细、准确，阳教授和金助理两位高级知识分子天天都要查找大量的资料，但有时还是会被问得不知如何回答是好。比如说，有一节课，金助理讲授天文知识的时候，旦旦突然问道：“地球人这么长时间怎么没有找到太空中有生命的类地星球呢？探索宇宙的速度是不是太慢了？”金助理一时不知怎么回答才好，只好说：“这个重担，就落在你们这一代人的肩上了。”

一个秋天的下午，一阵凉风吹来，太阳收起了夏日那暴烈的面孔，钻进薄薄的云层。这又给小旦旦造就了大好的露天锻炼的机会。他心想：不如趁机到外面去跑步锻炼，一来可以看看外面的世界，二来可以玩得更痛快。养成按时作息习惯的旦旦已赢得大人们的信任。大人们对他放松了监护，于是他便趁人不注意，悄悄地走出了青松院。

旦旦一出小院，高兴得蹦起来，在林荫小路上快乐地奔跑、歌唱，不久，眼前出现了另一个宅院——“青竹院”。他仔细一听，院内有歌声、欢笑声。小院四周是翠绿的青竹，屋前有一个小山包，也长满青竹，别有一番情趣。他顺着小路继续往前跑，穿过竹林，又出现一个小山包，这里全是塔柏树。放眼望去，宅院门匾上写着“塔柏院”。院内琴声悠扬，箫声、丝竹声交织在一起，优美的音乐动人心弦。旦旦没有停下脚步，继续往前跑去，穿过塔柏林，来到被一条狭长的沟壑分开的小山。山头一半长着参天的香樟树，另一半长着芳香的桂花树。一股清凉的泉水，从西边的山岩石缝里源源不断地涌出，顺着山沟流向远方。旦旦蹲在溪边玩耍，心想：莫非这就是阳教授所讲的大臣和风水先生把青龙气走了的地方？突然，一阵拳脚声、刀棍声打断了他的思绪。旦旦站起来，循声望去，只见小山包不远处也有一个古色古香的小院——“飞龙院”。那是少年武术馆，专门传承中华武术的培训基地。他仍然没有靠上去看个究竟，继续向前跑……

阳教授他们正在树荫下，谈论着旦旦的近况，负责安全工作的牟馆长满头大汗地跑过来说：“旦旦不见了！”大家一下子慌了神，都着急要去寻找。阳教授稍微冷静了一下，立即吩咐道：“你们分头寻找，我去网上查询。”金助理、牟馆长、小车司机以及天旦的父亲，分别匆忙奔向周围不同的小路。

消息很快就传到了科技院，此刻，冥总长、田部长正在大屏幕上观看旦旦的一举一动。他又经过了芙蓉院、梧桐院、少年飞行院、少年宇航院……同时，看到金助理和小车司机、牟馆长等人在山间小路上不断呼喊“旦旦”的名字。

旦旦越玩越高兴，不知不觉跑到了一处体育场。一群少年杂技院的学生正在练习爬杆等杂技项目。旦旦勇敢地向他们走过去。一位女生非常热情地迎上前来拉着他的手说：“欢迎新同学到来！”其他同学立即簇拥过来。

“敢爬杆吗？我们比试比试。”一位身体结实的男生马上就向他发起挑战。

旦旦一声不吭，心想：你哪里是我的对手！于是，他毫不犹豫地抓住竹竿就往上爬，动作敏捷像猴子一样，三下五除二就爬到了中段并在竹竿中段，巧妙地做了个单手横空。整个人身体重量被一只手臂支撑，与竹竿垂直，似乎他旁边站着一个人帮扶。紧接着他兴致大增，爬到竹竿顶端，又来了个高难度动作——单手倒立在竹竿顶端。在微风之中，人在顶端左右摇摆十分危险。然而，就在他的身旁，好像也有个帮衬他的人。当然，凡间同学是看不见那模糊的人影的。他的举动惊得同学们个个瞠目结舌。这些惊险动作，没有多年练就的功夫，岂敢出场表演。同学们连声叫好，四周响起雷鸣般的掌声。旦旦飞身一跃，从高处跳到地上。顿时，大家对他刮目相看，一齐拥过来，七嘴八舌地问他："你是来学杂技的吗？""是学武术的吗？""是学体操的吗？"……刚才那位挑衅的同学，钦佩地伸出手说："小同学，真了不起。咱们做朋友吧。"旦旦高兴地握住他的手，主动介绍说："我是青松院的。""我们是黄桷树院的。"对方回答。那位壮实的男生好像还有些不服气，心想：虽然爬杆没有难倒这位生面孔同学，但是他在其他方面不一定有优势。想着想着，他便心生一计，再次发出挑战："新同学，咱们再比一比，双手前、后空翻好吗？谁赢了，输的一方就叫赢的一方一声大哥或者大姐。"旦旦看到那这位同学恳切的样子，果断地接受了他的挑战。

体育场上，几个身怀绝技的男女同学首先登场了。只见他们身轻如燕，双手前空翻、后空翻做了上百个才停下来，紧接着又做了上百个单手空翻的高难度动作。围观的同学掌声不断，连声叫好，说明他们的技艺得到大家一致认可。当然，旦旦也不甘示弱。他快步跨到体育场中间，直接做起单手后空翻。他矫健的身躯画出一个完整的圆弧，在空中快速旋转。数也数不清翻了多少圈，一刻他也没有停下来。黄桷树院的全体学员全看傻眼了，掌声经久不息，同时齐声喝彩。这时，旦旦也不知道是从哪里来的一股神奇力量，一个单手空翻，翻到了半空中飞来的一朵彩云上，驾着彩云，怀着无比激动的心情，看看地面上的同学们，望望无际的天空，仿佛自己是天上的小小星人。此情此景，便脱口而出："啊—宇宙浩瀚苍穹星密布，阳光星光不谢幕。

有人说你璀璨，有人说你无法量变，怎能知晓变迁？何时探清起源？不知经过多少魔幻？怎么仍在缓缓裂变……

啊—宇宙，浩瀚苍穹星密布，不识真面目。日月星辰挂天际，水火风入驻地球。阳光普照世间万物，生灵得到无限眷顾。雨露滋润无尽生命，生物代代繁衍生息。尘世人间感恩上苍，盛星乃为玉宇乐园。”

童音悦耳的声音，地面上的同学们听得瞠目结舌，从而赞不绝口。那位曾经发起挑战的同学，用双手箍着嘴大声说：“小同学，你赢了！你是神童！我们应该叫你大哥。听到了吗？你叫什么名字？我们永远是好朋友！”那清脆的声音，在操场上空久久回荡。然而，旦旦驾着彩云渐渐消失了。

旦旦驾着彩云，回到了平常锻炼的广场上。正在广场另一头打电话的阳教授，一眼就瞧见了旦旦正从空中跳下来，立刻挂掉电话，急忙跑上来说：“旦旦，你怎么从天上跳下来了？”旦旦回答说：“教授，不知咋回事？我一跃就跟着彩云回来了！”“真神奇。”阳教授一边说，一边将旦旦紧紧搂在怀里，并说，“宝贝，你真是我们的天使！我们找你找得好苦啊。今后想出去玩，一定要提前有礼貌地给老师打声招呼。”旦旦知道自己错了，“嗯”了一声，表示接受老师的批评。

日子过得真快，一晃几年过去了，天旦几乎完全脱离了儿童时代，步入青少年时期，仍然保持着淘气的天性。老师换了一批又一批，对于所学的课程，他门门懂、样样精，加上自己博览群书，可以称得上知识渊博。

天旦过生日的那天晚上，天空格外晴朗，繁星布满了夜空，在空中不断闪烁，仿佛是为庆祝天旦的生日特意撒出的礼花。青松院，也披上了节日的盛装。霓虹灯环绕着“生日快乐”四个大字，不断闪烁。挂在院外马尾松上的彩灯绽放出五光十色的光亮，把青松院点缀得格外绚丽。快乐的天旦蹦来跳去，十分高兴。

这边，金助理早早把提前准备好的生日蛋糕摆放在餐桌上。天旦的爸爸妈妈小心翼翼地把一根根生日蜡烛插在蛋糕上。一切工作准备就绪，阳教授兴致勃勃地走上前宣布：“今天是天旦研究生毕业，颁发少年博士特别毕业证书。”天旦的爸爸妈妈帮忙给他穿上博士学位服。在灯光的映衬下，天旦显得更加光彩照人，心里甭提有多高兴了！天旦恭恭敬敬地从阳教授手中接过证书，并向参加生日宴的老师深深鞠躬，又向他的父母单独鞠躬，说：“感谢老师们的培养，感谢爸爸妈妈的养育之恩，感谢大家的关心、关爱。”在热烈的掌声中，阳教授宣布第二项内容：“生日宴开始。从今以后，他将步入人生新的阶段。由他自己在生日蛋糕前许愿吧！”金助理忙着把这一珍贵镜头拍摄下来。当天旦吹灭蜡烛的一瞬间，早早在门外天空中盘旋的一团乌云，从云中射出一道蓝光，正好照射到生日蛋糕上，顿时，蜡烛熄灭了，同时，屋内的电灯也灭了，到处一片漆黑。灯火辉煌的生日宴失去了勃勃生机。又不知从哪里窜进来一股风，刮得人们摇摇晃晃，东倒西歪。屋内变得十分恐怖，可谁都无法喊出声来，大家更不知道发生了什么事情。谁也没有想到，奇怪的旋风早已卷着天旦离开了小院，朝西南方向而去……

第四章　天旦突遇飞碟洞　田部长空中脱险

夜幕之中，旋风裹挟着天旦朝西南方的金鸡山迅疾而去。所到之处，森林自动让路，石山自动开门。天旦不知不觉梦幻般地站在了一个神秘的山洞大厅中央，他彻底忘记了今晚自己的生日宴。

洞中灯光明亮，一眼望去，大大小小各种奇异的飞行器停放在大厅四周。他欣喜若狂，好奇地走上前，摸摸那圆盘式的飞行器，光滑的表面能照出人影。机体上写着“碟形飞行器”，下面是一行不认识的古怪文字。接着，他又来到蜘蛛般的飞行器前，只见它伸缩自如的八条弯曲的铁腿，托起一个多棱球体，还在不停地蠕动；球体一侧也写着两行字，一行为“蜘蛛飞行器”，另一行也是不认识的奇特符号。对能懂几国语言文字的天旦来说，他感到非常纳闷。再看螺旋形的飞行器，它的外形特别简单，其实就是几件特制的大小各异的部件紧密组合在一起。其外表不同部位镶嵌着大小不同、参差不齐的各种圆形孔管，活像个钢铁刺猬，并留有几个方形的观察孔。机体上有几个字——“螺旋飞行器”，字的下方又是一行奇怪的文字。天旦对大厅中的各个飞行器，看得那么仔细、认真。看着看着，他抬头一望，偶然发现大厅的顶部同样悬挂着各式各样奇特的飞行器。首先跃入眼帘的是几艘闪烁亮光的飞船，上面几个大字“闪光飞行器”在不断闪烁，若隐若现，显得特别神奇。天旦轻轻一跃，站在了的闪光飞行器上。那忽明忽暗的字立刻消失了。借着其他飞行器闪烁的亮光，天旦往飞行器驾驶舱里瞧，只见飞船里面，似乎有几个小小的外星人正在工作。他感到非常稀奇，抬脚想靠近点儿看看可没有想到刚一抬脚步，几根外露的孔管中喷出缕缕蓝色的光。他索性在飞船上走了几步，其他孔管中喷出的不是红光就是黄光，或者紫光等。顿时洞中忽明忽暗，十分诡异。飞行器里的小人，再也看不见。他正在困惑时，突然，洞中亮光一闪，整个山洞金碧辉煌。稀奇古怪的飞行器，一一展现在他眼前，仿佛来到了另一个飞行器世界。

天旦继续观察眼前奇异的飞行器，心想：难道这就是老师们所讲的宇宙飞船，或者“外星”飞碟吗？真是太奇妙了！大开眼界，大饱眼福。他跳到一艘飞船表面上，开心地跑起来，来到飞船中部凸起的部位。透过舷窗往里瞧：看不懂的仪表布满舱内，大大小小的屏幕密布成几行。多想钻进闪光飞船里玩一玩啊！但是飞船表面一点缝隙也没有，毫无办法，只好作罢了。他好奇地看着这些神奇的飞行器，忽然，一道金光一闪，不远处的一艘飞船表面上隐约出现了一个外星人头像。只见他眼睛突露，张开奇异的大嘴，神秘地说：“天旦，欢迎你到星人洞中参观。你要仔细查看，这对你今后的人生旅途颇有益处。最起码能够分辨敌友……”说着说着，外星人头像渐渐神秘消失了。

一阵凉风吹来，听得入神的天旦有所醒悟。他看看四周，灯光依然那么明亮，各型飞行器，仍然悬停在洞中，似乎多得看不完，便纵身一跃，跳上了一个飞行器上。他再次迈开脚步，想看清那些飞行器的真实模样，刚抬脚踩下，飞行器里就发出一种怪叫声。他索性又走了几步，奇特的飞行器又发出不同的怪叫声。后来，他终于弄明白了：只要你一动，飞行器就怪叫；所踩的力度不同，飞行器发出的叫声就不一样，而且发出的声音也长短各异，给山洞增添了几分恐怖感。顿时他觉得孤单可怕，有些胆寒。

正当他不知所措时，一缕神奇的月光映照在他的脚下。他抬头透过悬停的飞行器缝隙一看，洞顶有一孔，可以看见月亮半遮半露的脸蛋正朝他微笑。他想：这里大概就是这些神秘的飞行器进出的通道吧！月光给了他力量，他猛然回过神：今晚不是庆祝自己生日吗？怎么跑到这里来了？于是，他朝着月光大喊一声：“我要回家。”话音刚落，一股神奇的旋风在天旦身上绕了几圈，裹挟着他从山顶洞口飞驰而去。

天旦奇迹般地回到举办生日宴的屋中。阳教授等人还在黑灯瞎火的室内东摸西找。金助理好不容易从地上摸到点蜡烛的打火机，赶忙按动打火开关，火星在黑暗中闪出幽幽的蓝光。“这是哪里来的风？”金助理一边按动打火开关，一边自言自语地说。水林摸索着把门关上。黑暗中的天旦看到这一切，禁不住呵呵地笑了。空中飞舞的蛋糕、美酒佳肴神奇般地回落到桌上，就连所有翻倒的椅子，也自动回位。打火机打燃了，电灯亮了，风也停了。“真是怪事。”大家议论纷纷，百思不得其解。看着餐桌上的蛋糕、热气腾腾的饭菜，没有一点损失，也不零乱，他们更加迷惑不解。

天旦站在餐桌旁等着切蛋糕。大家你一块、我一块，分享着这诱人又美味的蛋糕。天旦父母挑选芳香可口的佳肴，陆续放在天旦的餐盘中。天旦开心地一边吃，一边说：“今天，我给大家讲个脑洞大开的故事：风来了，灯灭了，我去了一个遥远的地方，到了一个神秘的山洞。那里有许多不为人知的超级飞船和飞碟……”他把刚才在山洞里看到的一切，给大家述说了一遍。顿时，生日宴现场像炸了锅一样，大家七嘴八舌议论开了：“完全是想象！”“哪儿有这样离奇的事！”“没有这么神速。”在座的人面面相觑，阳教授更觉得有些蹊跷。天旦决不会编一个离奇的故事来哄骗大家。然而，一时谁也无法接受。这个话题，大家一直争论到很晚，谁也没有定论，各自带着疑惑回房休息。

清晨五时，“丁零零——”一阵急促的电话铃声吵醒了睡觉正香的阳教授。他翻身坐起，拿起电话一瞧，可视屏幕上出现了田指挥长的影像。电话听筒中传来了田指挥长清脆的声音：“教授，昨夜我们总部获得天旦突然快速失踪又快速返回的信息。真有此事吗？具体情况如何？”

阳教授心中一惊：消息怎么这么快就传到总部去了？他立刻答道：“指挥长，根据天旦昨夜的描述，好像确有此事。但是，大家怎么也不相信。由于昨晚生日宴结束已晚，还未来得及时向科技院汇报。”

“真的有外星人来到我们地球吗？”

“这件事，我不敢相信，也无法确定。”

“不管信不信，你们要认真调查一下。”

“是！我们力争从天旦身上展开详细调查，获得外星人在地球上的蛛丝马迹。”

“将详细情况整理成资料上报总部，同时开展第二阶段工作，实施 F-2 计划——特别训练。”

“是！”阳教授对答之后，放下电话，坐在床边沉思着……

上午八时整，青松院一片忙碌。大家各自收拾行装，准备按新计划，转移到某基地的特别训练场。小车司机早早起来，把“旗舰”小车打扫得干干净净，在青松院停车场等候大家。

一阵风吹来，盛夏的山区使人感到颇为凉爽。天旦哼着小调，跟着妈妈和阳教授他们走过来了。他们一起坐上小车，驶向通往外界的一条高速公路……

科技院里，田指挥长接过秘书送来的加急文件，急步回到办公桌前的座位上，仔细阅读阳教授发来的有关天旦奇遇的详细报告。他读了一遍又一遍，脱口而出："好小子，真有此事吗？你真是我们的天使。”他激动地站起来，接通了某基地的电话："白总，我是田文，请派飞机马上接回金助理。同时准备最先进的侦察机，配备各型地矿探测仪，选派几名专家，我要和他们一起考察天旦的出生地——金鸡山。”他放下电话，长长舒了口气，沉浸在无限的遐想之中……

高速公路上，飞驰的“旗舰”小车里，阳教授无心欣赏窗外秀丽的风景。闭目思考着 F-2 计划的内容：根据相关人士透露，这次特殊训练，天旦不但要掌握宇宙空间的多项基础知识，而且还要精通最先进飞行器的驾驶技术，更要熟练使用各种超级武器。同时，他要懂得各型号装备的维护、保养等，时间紧，任务重，这对他来说压力不小。金助理、小车司机以及牟馆长，也将辅助这项计划的实施，不得擅自离开。特别训练管辖区完全与世隔绝，实在难呀！“老师，快看！好美丽的山川呀！”顽皮的天旦轻轻拍了一下阳教授感慨地说。顿时，阳教授的思索被打断了。他睁开眼睛看了看，见大家喜笑颜开，朝他们淡淡一笑。“旗舰”小车仍然朝前飞速疾驶。

蓝天上，两架先进侦察机一前一后，全速飞行。前面一架，是专家考察团乘坐的飞机。后面一架是田指挥长乘坐的指挥机，机舱中的喇叭里突然传来清晰的声音：“报告指挥长，即将到达金鸡山上空。”田指挥长立刻拿起送话器说：“减速，降低高度，超低空飞行。开通所有的探测设备，对金鸡山进行全面探索。”说话之间，侦察机已经抵达金鸡山。按照田指挥长的指示，数名专家在机舱中忙碌地操控各种探测仪器。侦察机则超低空慢速飞行，配合专家展开全面探测。眼前的金鸡山，参天的松柏、青翠的植被、多姿的岩石、飞逸的瀑布，一切尽收眼底。

专家组的人们目不转睛地盯着探测器屏幕，期盼着奇迹出现。侦察机由南到北，再由东到西，展开拉网式的搜索，力争一个小山包、一棵树也不放过。然而，谁也没有想到，就在侦察机搜索过程中，有一团神奇的云彩自始至终伴随着专家团队的侦察机。它时而上、时而下，时而前、时而后，不离不弃，谁也没有留意。侦察机飞到深山密林上空，机身几乎擦着树梢掠过。各型号探测仪的屏幕上，没有一点关于外星人的蛛丝马迹。专家们有些失望。当侦察机飞到一座奇异的山峰时，忽然，探测仪的屏幕上，出现了高强电子干扰。豆大的雪花布满了荧屏，而且越来越密集……

“怎么回事？”

“超级抗电子干扰设备怎么了？”

“图像应该清晰才对啊！”

专家们自言自语，纷纷发出了不同的声音。机舱中，半晌谁也没有说出正确答案。屏幕上仍不断涌现宽大的黑色条纹，晃得人们无法睁眼相看。一位专家恍然大悟，说：“可能遭遇了不明超高强度的电子干扰，也就是说我们要搜寻的目标，可能就在附近。不然，当今世界上最先进的抗电子干扰设备怎么不能正常工作呢？”消息很快传到高空飞行的指挥机机舱里。田指挥长正抓住送话器，惊讶地说：“什么，什么？发现有不明超高强度电子干扰？什么原因造成的？找到位置了吗？”话音未落，扩音器里又传来专家组飞机，飞行员的紧急报告：“所有仪表失灵。”田指挥长立刻从座位上站起来，脸色骤变。陪同考察的金助理说：“专家组飞机可能要出大事。”田指挥长一听，语气急促地说：“专家组飞机，请你们立即升空。立即升空！”然而，通讯早已中断，根本听不到对方的应答。也不知道专家组飞机发生了什么事情。他们可是国家的宝贝！绝不能出现半点差错。他急忙转身，从舷窗向下俯视。只见那架坐有数名专家的先进侦察机，竟然被一团团云彩缠绕，在云彩中好似无头苍蝇东碰西撞，完全失去了控制。这可把他吓坏了，他对着送话器不断说：“飞起来，赶快飞起来！”那架侦察机上的飞行员，此时哪儿能听得见他呼叫？并且那位飞行员是精心挑选的优秀飞行员，难道就不能临时处理突发事件吗？一定是出现不可预见的特殊状况。眼看危险迫近，田指挥长立刻启用紧急救援专用设备，呼叫待命的救援飞机立即前来金鸡山救援。可是，关键时刻，专用的救援通信设备突然失灵，无法向外界发出求救信号。他大发雷霆，扔掉手中的送话器，俯在舷窗上观察那架在云彩里乱撞的侦察机。此时，他更加担心机上各位专家及全体人员的生命安全。

少许，田指挥长的指挥机机舱里传来本机飞行员的声音：“请大家别慌，飞机似乎出现了异常。”田指挥长再次获得这类不好的消息，心想：难道真是遇到了古人所说“祸不单行，福无双至”，我们也要遭到劫难吗？他正想着，飞机发生了剧烈的颤抖，人们开始摇晃起来。他淡定自若，紧紧抓住座椅靠背。飞机开始跌跌撞撞朝地面下落，田指挥长望向窗外，看到专家们乘坐的那架侦察机，依然被一团团云彩挟持着快速飞向山崖。田指挥长再次高声吼道：“危险！赶快拉起来！”说什么都已经晚了，一声巨响，专家组的飞机撞上了山崖，发生了巨烈爆炸。七零八落的碎片掉落在山脚，山崖燃起一团通红的大火。他惊愕地一屁股坐在摇晃的座椅上，悲痛地说：“完了，完了！机上所有的专家为国捐躯了。我们有可能也躲不过这次劫难。各位专家等着我吧。”说完，他两只眼里流出了悲伤的泪水。一旁的金助理上前搀扶着田指挥长，坚定地说：“别怕，田指挥长，我们的飞机不会出事的。”

指挥机仍在摇摇摆摆地快速向地面坠落，机舱中的全体人员知道死神就在眼前，谁也没有尖叫和惊慌，只是静静等待那一刻的到来。飞机下降到离地面五百米、三百米、一百米，万分危险的时刻，金鸡山的密林深处突然喷射出两道蓝色的光芒，照射在仍在高速下坠的指挥机机体上。奇迹出现了，田部长乘坐的指挥机立刻停止了下落，好像被蓝光托起沿着两道光线快速爬向高高的天空。侦察指挥机在蓝光之中似乎有了无穷的动力，瞬间爬升到九霄云天，不久恢复了正常飞行。惊恐的人们仿佛做了一个噩梦，像从奈何桥上走了一回，又返回了人间，心情久久不能平静。但是，大家心中自始至终都有一个解不开的疑团：是谁把他们从死神手中抢回来的？大家相互看了看，答案不言而喻，各自泯然一笑。

他们还在高兴的时候，机舱的喇叭里传来一个好消息："飞机完全恢复正常。飞行高度正常。"侦察指挥机在正常高度平稳飞行，大家轻松落座，深深地松了口气。田指挥长对金助理说："你料事如神，能预测未来。"金助理没有回答，只是淡淡一笑。

田指挥长坐在座位上向窗外望去，天空依然是蓝天白云，骄阳似火。一切都是那么平静，好像什么事件也没有发生过。他俯视金鸡山壮丽的景色，感到十分敬畏而又神奇，心想，要揭开它的神秘的面纱，真的没那么容易。他再次看见，那有火光的山脚，他内心的伤疤仿佛被揭开了，专家们那一张张鲜活的笑脸浮现在眼前。可是他们瞬间撒手人寰，悲痛的泪水夺眶而出。突然，他心中又酝酿了一个全新的计划，含着泪水感慨地说："可敬的专家们、朋友们、同事们，你们在天上看着吧！我会全力完成你们未尽的事业……"空中传来隆隆的轰鸣声，打断了他的话语。田指挥长放眼望去，只见几架救援直升机已经抵达飞机失事的山谷，正在展开紧急救援，心中才略有些许安慰。同时，他发现飞机失事地点以外几十公里的一片密林中，又神奇地冒出一团团云彩，在狂风的鼓噪声中，抱团成片向这边扑来。田指挥长立即刻回想起，专家们乘坐的那架侦察机失事之前，也出现过一团团奇怪的云彩，跟随其前后。一个大大的疑问在他脑海里形成：难道是那一团团云彩在作怪吗？如果是它们，那就太可怕了。他不由自主地倒吸一口凉气，脱口而出："立即返航，远离金鸡山空域。"侦察指挥机上的飞行员接到指令，立刻驾机快速离开了金鸡山上空。

第五章　屏幕出现奇形黑影　洞厅展示当代科技

“旗舰”小车载着天旦一行人来到某神秘基地。佩戴三星黄牌肩章的特训总教官面带笑容迎上前来。寒暄之后，总教官带领他们向大山脚下走去。只见他伸出右手，将手掌对准隐蔽在岩壁树丛中的电子监视器晃动了几下，陡峭的岩壁上立刻自动缓缓开启一道石门，露出一个十分隐蔽的山洞。洞中灯火辉煌，两列全副武装的守卫，手持新型武器，早已等候在那里。迎面走来一位非常年轻的教官，向人们行了一个军礼。相互问候之后，教官转身带领天旦一行人向洞的深处走去。

从未见过这样场面的天旦，一下子安静下来，夹在人群中，不时偷偷地看向威武的守卫，瞧着他们手中握着的武器，感到十分新奇。

穿过一条走廊，来到一个宽敞的大厅。红色的地板配上雪白的墙壁，显得端庄大方，加上荷花式的中心花园，这里哪里是什么山洞？完全就是迎接来宾的迎客大厅！抬头观看装饰巧妙的天花板，镶嵌着各种各样的奇异灯具，不断闪烁着各种柔和的灯光，显得格外华丽。跨上几步台阶，正面墙壁上，一幅精美的图画呈现在眼前：一排整齐的天然灌木万年青把这幅画装扮得栩栩如生，大小雄鹰展翅翱翔，穿云破雾，直插蓝天。图画两侧各有一条神秘通道。天旦一行人跟随总教官走进了右边的人行通道。别致的关闭着的门见到来人自动打开，露出一个向下的倾斜楼道。总教官在前面一直默不作声地走着，不做任何解释。气氛有些神秘，只有脚步声在密闭的空间不断回荡。然而，一股神奇的旋风自始至终伴随在他们前后，谁都没有留意。阳教授往后梳着的头发被吹得时而高高翘起，时而粘贴在额头上。他们一行人谁也没有多想，一路紧随着总教官前行。

二十分钟后，他们来到一个微型停车场，三辆无人驾驶的高级轿车早已在那里等候。众人上车后，随总教官一起又出发了。浅黑色平坦的公路，两边没有路灯，也没有守卫，安静得出奇。只有高速行驶的小车的远光灯，与近光灯的灯光在不断变换，把公路照得雪亮。

小车行进了几十分钟后，前方有灯光闪烁，大家阴沉的脸上才悄悄地露出了笑容，但谁也没有说话。灯光把这山洞照得如白昼一样。且看：洞中有洞，左右分岔，洞洞相连。每个洞口都有几名全副武装的守卫。小车在一个有流水声的大厅一角停下来。金助理首先下车，天真活泼的天旦也紧跟着走出小车。一切都笼罩在神秘的气氛之中。抬头一看，首先映入人们眼帘是门框上红底带黄的四个大字——特训总部。走进宽敞的大厅，对面快步走来一位着装整齐的教官，向带队的总教官敬礼，向随行人员行礼。他转身对总教官说："报告总教官。一切按计划已经准备就绪。"大家面面相觑，非常吃惊，没想到特训总教官会亲自来迎接。这时，总教官介绍说："这位年轻的教官是我们特训总部的参谋长。"不久，参谋长带领天旦一行人走进了特训总部会议室。只见会议室四壁被米黄色的落地式布帘遮挡着，密不透风。草绿色的地毯上，整齐摆放着二十多组黑色单人皮革沙发。全体人员落座后，参谋长庄重地坐在主席台上，右手轻轻地操纵电脑，落地式布帘自动慢慢打开，主席台的墙壁上出现了一个大型屏幕。他热情洋溢地介绍这次特训的内容："从流程图来看，此项计划共分两大类、四个科目、十六项细则。最后进行综合考核，完成特训任务。"

"其主要内容简述如下。

（1）超技能培训：可分为体能特训和模拟特训。体能特训主要分为：高温、高寒、抗饥饿、抗病、超高压、超低压、超重和失重等条件下的生存培训。模拟特训在室内模型机上进行，熟悉大型航天器和小型航天器的性能。掌握单人独立驾驶和双人驾驶的技能，并进行模拟对抗的各种演练。

（2）超常规操作训练：即各型最先进飞行器驾驶训练和学习各种特殊攻防武器的使用。最先进的实验飞行器有太阳能航天机、闪电光能飞船、星光飞箭、多功能智能飞碟等飞行器。攻防武器主要有星光枪、激光炮、遥感球型闪弹、如意电磁炮等。”

参谋长有声有色地讲解，大家目不转睛地盯着大屏幕上显示的计划的每项内容，正在认真领会内容精神时，忽然屏幕上出现了干扰影像。一只巨大的黑色无指手影，上下左右挥动，时而遮住计划内容，时而清晰可见。更可笑的是，时而无指手掌变成箭头符号，时而箭头符号变回无指手掌，甚至无指手掌还变成拳头，在屏幕上来回挥舞；又变成类似过去民间曾经流行过的皮影小人，一个变两个，两个变三个……不断在屏幕上进行对抗演练，屏幕上乱成一锅粥。参谋长急得满头大汗。他平时遇事从不惊慌，这时也慌了手脚，双手在键盘上不断敲击，但始终无济于事。他觉得非常不妙，不知所措在他看来黑客不可能成功攻击这样高度机密的电脑。“教官叔叔，不要惊慌。别清理病毒。请按常规操作，正常讲解。”坐在前排中央座位上的天旦大胆地说出自己的想法。清脆的童声在会议室空间里阵阵回荡，人们眼中透露出赞许的目光。

参谋长半信半疑地，瞟了他一眼，也只好无奈地依从。参谋长具备单独应对各种突发事件的能力，曾经有条不紊地处理过许多突发事件。但是今天例外发生了，他感到实在丢人现眼。按照天旦的意思去处理，果然屏幕上出现的莫名其妙的黑影消失了，一切恢复了正常。

吱的一声，会议室的门被总教官推开了，在座全体人员不约而同地站了起来。总教官挥挥手，示意大家坐下。他那严肃的面孔又呈现出几分蔼然可亲的神态。走到主席台中央，他以威武的站姿庄严宣读飞碟部传来的紧急封闭训练密电：

一，阳教授、参谋长负责 F–2 计划全面工作，制订 F–2 计划分步实施办法。

二，金助理是天旦的贴身陪练。

三，训练场地、装备一律保密，严禁外泄。

四，F–2 特训计划的时间为 2 至 4 年。

五，现有各种通信设备、交通工具上缴封存，绝不允许与外界有任何联系。

六，不得擅自离开工作岗位。”

紧接着总教官压低声音，一边走一边说：“在实施计划之前，我带队，首先去参观特训基地，不过，你们的训练将比现在的训练更严格，规格更高，大家应该早有思想准备。同时，祝愿大家齐心协力，共同完成这项光荣而又艰巨的任务。”话音刚落，天旦毫不拘束，走到总教官背后，比比画画，做鬼脸、小动作，表现出一个孩子顽皮的天性。他心里不知有多么羡慕这位高大威武的总教官。大家也跟随总教官走出了小会议室。金助理却一路闷闷不乐地走在后面。

科技院的冥总长得知田指挥长所在的机组在金鸡山实地考察时几经周折险些遇难，而另一个机组则不幸遇难，其中包括几位国家级专家。他怀着忐忑不安的心情推开了办公室的门，一屁股坐在沙发上，点燃一支香烟，静静地吸起来。想着这些离奇的事，真是百思不得其解，理不出任何头绪。

这时，办公桌上的电话响了，飞碟部田指挥长传来话：“考察金鸡山的录像马上播出，请总长审视。”

会议室里，实地考察的幸存专家早已在这里等候。冥总长就座后，大屏幕上出现了金鸡山的外景。高山、丛林、岩石、流水，还有时有时无的淡淡白雾笼罩的大地。突然，一架侦察机被云彩盘绕，撞上山壁。接着一道神奇的蓝色光束，从森林中升起，将前来考察的侦察指挥机托向天空。那道神秘的光束才慢慢地收回到大山的密林之中。高强度的电子干扰也瞬间全部消失。侦察指挥飞机的各种仪表奇迹般恢复正常运转。在屏幕上，大家看得清清楚楚、真真切切。若不是不明蓝色光束帮忙，恐怕田指挥长的指挥机也会机毁人亡。

与此同时，二十四小时不间断监视 F-2 特训计划的工作人员，又继续播放了特训基地参谋长在讲述 F-2 计划时屏幕上又出现手掌黑影的怪事。坐在沙发上的冥总长，吃惊地一下子站起来，大声说：“田指挥长，肯定有外星人。今天，有可能就在我们这个时空里，我们看不见他，但他却能看见我们。有可能是无影无形的透明人，也有可能是不断变化的隐形人，或许他们正在窥视着我们的一举一动，窃取我们的一切情报……”冥总长正说得起劲，会议室的门吱的一声自动打开了，一股特别透凉的旋风钻了进来，好像给大家注射了一支高强度的兴奋剂。安静的会议室一下子沸腾起来：

“有外星人，肯定有外星人。”

“外星人留步。请外星人显身。”

“谈谈外星的近况。”

“讲讲外星人的语言。”

“说说外星的社会发展……”

此情此景对于这严肃的会议，显得十分不协调。七嘴八舌，乱哄哄，不可思议。只有田指挥长一言不发，他回想起这一桩桩、一件件活生生的事实。说明了什么呢？说明外星人确实存在。广袤的宇宙，不可能只有地球一个有智慧、有生命的星球。一定存在比我们这个地球生命智慧更发达的外星文明。吱的一声，被凉风推开的门又自动关闭，旋风之中有一个模糊的人影，一晃消失了，田指挥长的沉思顿时被打断了。会议室中的人们再一次喧嚷起来。

屏幕上，暂停的画面又神奇地正常播放了。根据出现的种种情况，冥总长心中有数了。他暗下决心，再探神秘的金鸡山，无心再继续看影像。他转过身去，跟田指挥长说了几句，正好暗和田指挥长心中的计划。之后，他独自一人离开了会议室。田指挥长和其他专家继续讨论下一步考察金鸡山的详细计划。

特训总教官带领天旦一行人员走进高温、高寒训练场地。参谋长立刻上前向他们解释：“这是高温区特训房。训练的队员所处环境温度由起步的六十摄氏度，慢慢达到沸点以上温度，主要目的是考验个体生存的极限承受能力。”看看温度计，训练环境温度已达八十三摄氏度。从监视屏幕上得知，一个个特训队员在里面生龙活虎照常操练。

站在高温区门口，即便短短几分钟，普通人也会大汗淋漓。而这时，参谋长看看天旦，金助理他们脸上无一颗汗珠，如同平常一样。“真是神奇，上天赐福，给我们送来了使者。”参谋长拍着天旦的小肩膀赞许地说。总教官也点头赞同。

不知不觉地来到高寒区，门口迎面吹来的寒气锥心刺骨。参谋长哆嗦着解释：“这里是滴水成冰的地方。几名低温特训队员正在里面进行抵御零下八十多摄氏度的高寒训练，力争向零下一百度以下冲刺，测试他们的极限抗寒能力。”从室外的温度显示计上看，室内气温已达到零下八十多摄氏度。进入室内，有人从保温柜中拿出一瓶矿泉水，揭开瓶盖向地面倒水。水还没着地，一根透明的冰棍已从瓶口向下端竖立，从未见过滴水成冰的天旦跑过去把冰棍攥在手中，好奇地敲打成几段，拿在手中尽情玩耍。站在门口的平常人，已被冻得直打哆嗦。总教官赞许的目光落在天旦身上，不由自主地脱口而出：“有你们这样的人才，咱们的梦想一定会成为现实。”

天旦一行人跟随总教官来到另一个特训实验训练场，这里是另一番景象。跨进机密魔鬼训练场地之一的离心机房，一台高速旋转的离心机，看得大家眼花缭乱，这也是每位航天员必须通过的鬼门关。这一设备主要训练每位航天员在离心机高速运转下的加速度超重耐受力。一位特训队员静静地躺在大型离心机里，浑身插满了监视心电、脑电、血压等的导线，左手握着在紧急情况下可以救命的紧急停机按钮，平常人一见到这景况会感到十分恐怖。在这种特殊超重训练下，一般人脸部都会变形，五脏六腑都会受到严重伤害，眼睛会出现“黑视”看不清物体，呼吸也会变得十分困难，仿佛在噩梦中。人在失重状态下喝水吃饭、生活起居都极度困难，常人难以想象。而训练房里的队员规范地还要完成各种动作。

走出魔鬼训练场，参谋长把天旦一行人又带进了特殊演练观察室。通过观察孔往外看，演练场长约数千米，宽约千米，顶部呈圆锥形。由于所处位置的关系，看不到顶部全貌。场地内，石山和土丘高低起伏，树木和草地清晰可见，真像是天然原野。山头上安装有特殊防护钢板；山坡上，壕沟四通八达，一看就是一个用于特殊训练的实战基地。

这时，参谋长从保险柜中取出几副奇怪的眼镜，分发给参观的随行人员，并介绍道：“这是当今全世界最先进的‘多功能智慧镜’。它不但具有超级望远功能，而且具备全天候、多角度的透视能力。尤其是对飞来的子弹、炮弹，在几千米外都看得很清楚。它是观察、定位飞来的子弹、炮弹，甚至导弹的特殊眼镜，也是特训队员随身携带的重要装备之一。”在参谋长的指导下，大家调试了今天应该观察的视距。大家戴上智慧镜，从观察孔观察：演练场上，双方在最高山头上分别插着一面蓝色队旗和红色队旗。一位高大威武的队员头戴特殊头盔，佩戴智慧镜，身穿现代单兵着装，右手握持似枪非枪的特殊兵器，左手攥着似炮非炮的特殊家伙，站立在红色队旗下严阵以待。

在蓝色队旗下，一个连的精兵强将，整齐列队，雄赳赳，气昂昂，每人均配备当今世界上列装的最新常规装备，匹配最先进的重机枪、步枪、冲锋枪、枪榴弹、肩扛导弹等武器，但是没有戴智慧镜。参谋长给大家解释说：“此战红蓝双方谁输谁赢，谁也无法提前下结论。这是一场科技的较量、智慧的较量、技能的比拼。”参谋长一声令下，红蓝双方分别进入了作战掩体，浓浓的战场烟雾骤然升起，笼罩着双方阵地。红方阵地上的那位队员从智慧镜中观测到蓝方把兵力分成几个战斗小组，对于他们带有什么装备、火力怎样配备以及预备队的情况，了解得一清二楚。蓝方班长决定先发制人，指挥队员从不同角度向红色阵地展开猛烈进攻。只见红方那位威武的队员迅速双手举枪还击。瞬间，从红方队员的枪口中喷出红光、蓝光、白光和紫色光束，把向他射来的子弹、枪榴弹、炮弹，一颗颗、一枚枚，在半空中几乎全部拦截下来，只有少数漏网的枪弹射到红方阵地的岩石上。突然，蓝方的枪声停了。好像他们发现了什么？烟雾之中的蓝方队长重新调整布置兵力，再次发动进攻。可是，这一切又被远方戴有智慧镜的红方队员掌控得明明白白。还未等他们重新占领有利地形，戴智慧镜的红方队员先举枪左右开弓，首先攻打蓝方队员身边的掩体，岩石上、土丘上、钢板上，被射出一个个蜂窝一样的孔洞。光束所到之处，无坚不摧。阵地上尘土飞扬，火花飞溅。蓝方队员气得眼冒金星，牙齿咬得格格响。他们不相信一个连的队员，对付不了红方一个人。他们奋勇朝红方还击。红方队员在攻击蓝方时，不断灵活机动地变换自己的射击位置，打一枪换一个地方。蓝方从各个方位发出的枪弹、炮弹，再次被红方拦截。一个蓝方队员急红了眼，举着智能手榴弹冲了上去。红方队员趴伏在地上，不慌不忙地移动枪口，一股强大的气流将蓝方队员手中的智能手榴弹掀到红方阵地后方的空中爆炸了；其他蓝军队员也都急红了眼，抱着机枪、拿着步枪、肩扛导弹冲了上来。这时，红方队员手中的武器变得更加神奇了，指哪儿打哪儿，甚至光束还会拐弯，专打蓝方人员手中的武器，而不伤害人员。眨眼工夫，蓝方队员手中的各种武器统统被打掉。只剩下一群垂头丧气的蓝方队员赤手空拳在阵地上号叫。不甘心失败的蓝方队员挥拳呐喊，再次发起冲锋。红方队员急了，举枪朝他们身前的地面扫射，顿时，地面裂开十几米宽的一条壕沟。沟中燃起熊熊大火，阻隔了蓝军队员冲锋向前的道路。参谋长手中的信号枪响了，停战的信号弹划破演练场上空。红蓝双方的战斗宣告结束。那位戴智慧镜的红方队员站在高高飘扬的军旗下，向前来观摩的人员敬礼！这场惊心魂魄的战斗暂时落下帷幕。

紧接着，天旦一行人又观看了智能无人机对空、对海、对地打击，智能机器人对抗演练，智能装甲车、智能坦克对抗……

对于天旦来说，此行真是大开眼界，一饱览眼福。阳教授摘下眼镜脱口而出：“科学没有止境，科学技术永远是未来的闪光点。”大家怀着愉快的心情走出了观察室。

总教官带领天旦一行人继续前行，不知不觉踏进了神秘的导弹库房：各种新奇导弹列成数排。参谋长指着一枚导弹说：“这是光子导弹，能打到百万公里以外的太空；还有星光飞弹，它能冲出太阳系，飞向浩瀚的宇宙……”参谋长一边走一边给天旦他们解释。

第六章　古柏地上显八卦玉石　星空中天旦塔顶受旨

在冥总长的指示下，飞碟部田指挥长与专家一起共同制订了重返金鸡山的完整方案——徒步考察计划。

“徒步考察计划”由两组考察队员完成，队员是各自相关领域专家和能人。此时一组考察队员正在准备先进的滑翔伞，另一组考察队员则忙着准备当前最先进的热气球和空中飞艇，并将携带最先进的无人机。一切前期准备工作在紧张忙碌地进行着。

碧蓝的天空中飘着几朵淡淡的白云，红色的滑翔伞、紫色的热气球和特殊的空中飞艇在天空自由飞翔，好像洒在空中的朵朵鲜花，在阳光照耀下显得格外绚丽。考察队很快就来到金鸡山的上空，眺望云雾环绕的山腰，景色美丽极了。虽然，云雾给原定的着陆计划带来许多不便，但是对于准备充足的考察队来说完成计划任务并不难。领航员执行第二套方案，带领大家飞临山脚，在有灌木丛的上空降低飞行高度，慢慢向着陆地点滑翔而去。队员们从云雾中钻出来，全部安全着陆在金鸡山一侧，一切比预想的要顺利。大家收拾好行装后打开金鸡山的地图，根据地图标识认真找出一号险点、二号险点以及其他几处险点。地探专家测量着、比画着、计算着、分析着具体情况。一名专家站起来，看看山势，指着前方说：“根据我们现在所处的地理位置来看，应该向西北方向前进。这里离上次飞机出事的地点不会很远了。”他蹲下去，在地图上用红色铅笔画出了一条行动路线。田指挥长和其他专家通过无人机侦察、核实。对这条行动路线达成了一致意见。大家收拾好装备上路了。

穿过一片低洼的灌木丛，考察队队员钻进了遮天蔽日的原始森林。所到之处，乱木横生，前行十分艰难。领航员不得不挥动电锯，清除路上的树枝等杂物。每前进一步，都要付出艰辛的劳动。累了，他坐下来歇一歇，歇完拿起电锯继续割；饿了，吃点儿干粮，喝口水，站起来，再继续行进。困难再大，也动摇不了队员们前进的决心。遇到坎坷不平难走的道路，他们你拉我，我拉你，搀扶着向前走。遇到悬崖挡道，领航员冲锋在前，身背绳索攀爬峭壁，探得安全路线后，再把队员们通过绳索一一拉上山。

夜幕降临，考察队终于来到一处平坦的地段。田指挥长命令队员们各自选择有利地形就地宿营。大家一齐动手，一边搭帐篷，一边拾木柴，不一会儿工夫，经过大伙儿的共同努力，几顶帐篷都搭建好了。大家又在几顶帐篷中间的空地上燃起一堆篝火。简单用完餐后，累了一天的队员，失去了往日的笑谈声，有的钻进帐篷睡觉，有的坐在火边抱着膝盖打起盹儿来，只有持枪的负责安全的队员在不停地巡逻。夜深了，负责安全的队员未发现异常，便坐在篝火旁休息。

凌晨，突然刮起呼呼的凉风，他揉揉眼睛，侧耳倾听：森林深处传来猛兽的吼叫声，好像它们就要来到近处的树林，令人毛骨悚然。他嚯地一下站起来，立刻神经绷紧，拿起武器东瞧瞧、西望望。林中吼声不断，也惊醒了熟睡的队员。队员们一个个都拿起武器，悄悄地走出帐篷，准备迎击这些猛兽。大家面露恐惧之色，目不转睛地直盯森林深处。嗖的一声，一只猴子从一棵树上跳到了另一棵树上，顿时，大家汗毛直立。过了一会儿，未见动静，吼声渐渐远去，最终消失在夜空中。一场虚惊搅乱了考察队员们这一晚的美梦。大家只好坐在一起，在篝火旁闲谈到天明。

清晨，森林中的空气格外清新。如此近距离享受原始森林自然气息，这对长年住在大都市的队员们来说，是上天对他们的小小恩赐。大家精神抖擞，整理好行装，再次踏上征程……

连日来，考察队披荆斩棘，搜索了一号险点、二号险点，都毫无收获。还好，这几个夜晚都很平静，没有离奇的事情发生，更没有猛兽袭扰。队员们离三号险点，已经不远了。

三号险点到了，这是金鸡山山峰之巅。巨大的千年古柏一棵接一棵，郁郁葱葱，遮天蔽日。地上的荆棘没了，灌木也没有了，地面上只长出许多绿色的小草，好像人工绿化的林中绿地。这真是休闲娱乐的好地方。考察队员们忘记了疲劳，各自卸下身上的装备，在林中草地上快乐地奔跑、呐喊。

一名专家跑着跑着，无意之中，在两棵古柏树中间的草地上发现了一块奇怪的白色石板。走近一看，那是一块一米见方的多边形奇石，好像闪烁着微微灵光。蹲下一看，石板光洁如镜：这不是一块普通的石板，而是一块白色的精品玉石。再仔细查看，白玉石板上有浅黑色的八卦图。玉石板中间还模糊刻着似像非像的星系图案。他高兴地扯开嗓门对着对讲机大声喊道："田指挥长、队员们，快过来，我有重大发现。"人们听到呼叫，飞奔过来，围着八卦玉石蹲下察看，有的小心翼翼地摸着，有的用工具撬着。然而，玉石却牢牢嵌在泥土里，怎么也撬不动。队员们议论着："太奇妙了！这是人工雕琢的吗？为什么有图案？"飞碟专家田指挥长从口袋中拿出折叠比例尺，在有星系的图案上量来比去。"这是太阳系吗？十多颗星球，正围绕着太阳运转。"田指挥长自言自语。数一数，足足有十多颗大小各异的星球，从不同方位围绕一个星球运转。"弄不明白，应该进行研究。"旁边的专家议论着。这时，一名队员取出打火机大小的袖珍录像机，将珍贵的资料拍摄下来。大家心中纳闷：怎么会有这样规规矩矩的玉石石板呢？放在荒无人烟的原始森林里，是何人所为呢？如此种种疑团，在探险专家们心中没有答案。

田指挥长灵机一动，号召大家四处继续搜索，看看还有什么新发现？大家猛然醒悟，队员们满怀信心到处搜寻。很快领航员传来信息，在不远处的两棵古柏树中间的草地上，又找到一块八卦玉石石板。翡翠色的玉石板上，雕刻了一组非常明显的"北斗星系图"。他将这一惊人的发现迅速告诉了田指挥长和队友们。其他队员不甘落后，搜寻的干劲更足。不一会儿工夫，一位地质专家传来消息，在两棵古柏树中间的草丛中，又搜寻到一块浅黄色八卦玉石石板。石板上，仍然刻着星系图案，好像是"天蝎座"。紧接着又一名专家传来佳音，他也在古柏树的草坪上，寻得一块棕色的八卦玉石石板。

玉石石板上依然刻着星系图案，有可能是“大熊座”。奇怪的是，每位队员寻得的不同颜色八卦玉石石板上都刻有天体图案。田指挥长陆续得到这些好消息，不由自主地站起来眺望，随即又下达指令：“各位队员请注意，扩大搜寻范围，继续寻找新的线索。”队员们迅速扩大搜索范围，希望能寻找到更有价值的线索。

太阳偏西了，队员们回到原地，脸上挂着笑容，准备细细品味今天这来之不易的胜利果实，然而，他们并不知道，一个神秘的强大气团从远空悄悄地向他们快速逼近。说时迟，那时快，一股强大气流从金鸡山的东南天空呼啸而来，一下子钻进古柏森林。正在围着八卦玉石分析研究星系图案的专家们，瞬间遭到狂风袭击，各个被刮得东倒西歪，站不稳脚跟。强大的气流，在古柏林的地坪上，一个接一个刮起旋涡，卷起枝叶，尘土、砂石，在天空起舞。刹那间，清新洁净的森林被枝叶、黄尘烟雾笼罩，看不清人影。探险专家们有的蹲着闭上眼睛，有的捂着嘴抱着头，有的趴在地上，有的躺在背风的树根夹缝里，还有的用衣衫捂住脑袋，躲避狂风的侵袭……

十几分钟之后，狂风渐渐远去。风停了，沙尘也没有了。专家们站起来，抖掉满身的杂物、尘土，准备重新开始工作，研究八卦玉石上星系图案。大家睁眼一看，手中的工具、衣袋里的物品和通信器材，统统一扫而光，不见了。幸好两位负责安全的队员的防卫武器仍牢牢系在腰间，而除了另两位专家保留的火种，再没有其他的物品了。刚才地上的八卦玉石石板，现在无影无踪，不翼而飞了。大家认为是尘土覆盖，七手八脚在地上用手使劲刨，挖出一个大坑，也不见踪影。一名地质专家不相信眼前八卦玉石石板会不翼而飞。他走来走去，在附近的草丛中寻找是否有留下的玉石或者碎片，嘴里自言自语地说：“奇怪了，八卦玉石哪里去了？”其他专家不等发号施令，也各自寻找自己发现的那些八卦玉石去了。找啊找，找遍了各个角落，也未找到一点八卦玉石留下的痕迹，就连一块碎片也没有找到。田指挥长收到这一个个不好的消息，心中尤为迷惘：真不知是怎么回事？八卦玉石怎么会神秘消失呢？又一个个疑团，使他百思不得其解。大家呆呆地站在古柏林中，仰望着天空，向苍天询问。

太阳快要落山了，田指挥长回到营地准备收拾行装再做打算，可哪儿有什么行装？更别提什么无人机了，只有静静的一片草地。小草在微风吹拂下，不停摇着头，好像在说："没有你们的行装。"他感到怪异，没有多想，立即呼喊所有的队员赶快集合，以防不测。大家回来一看，行装统统不见了，心中十分诧异。田指挥长看出他们的心思，劝他们别找什么行装了，"我已找过了，一件也没有。此地不可久留。趁天还没有完全黑下来，赶快下山。"经田指挥长提醒，大家立刻明白过来，匆匆向山下走去。

天旦一行人参观完了特训基地，很快投入到了紧张的特别训练中。

一天清晨，洞中模拟特训厅内，一架航天飞机上坐着一大一小两个人。他们就是天旦和贴身陪练员金助理。二人驾驶模拟航天飞机，在测试架上高速飞行。从控制室的屏幕上，可以清楚地看到他俩敏捷的动作、熟练的技术和超人的智慧，双双配合得天衣无缝。天旦根本不像一个初学者，更不像一个被测试的宇航员。在特训现场，阳教授和参谋长，以及其他专家们对他们的表现不住点头，表示满意。

几十分钟后，测试飞机自动停了下来。天旦和陪练金助理走出模拟航天飞机，向测试厅另一侧走去，又参加了几项特殊项目的测试，都获得了优异的成绩。他俩快步走出测试厅，来到评委考评处，询问测试结果。这时，测试专家全体起立，雷鸣般的掌声立刻响起，肯定他们取得的优异成绩。阳教授按下自动分析仪的开关，各项指标均得满分。他俩高兴得拥抱起来。

测试专家们陆续走出测试大厅，天旦紧随阳教授之后，抬头惊呼："阳教授，您花白的头发几乎全部变黑了。"专家们也围上来，观看阳教授白发变黑发的奇观。阳教授也不敢相信眼前的事实，摸着头发，反复问金助理和参谋长："果真如此吗？""的确如此，头发全部变黑了。"参谋长肯定地说。金助理仔细观看阳教授的面容，再次惊诧只见那满脸的皱纹一下子全都消失了。教授一下子年轻了二十多岁，他笑得乐开了花。

围观的专家目睹了阳教授神奇的变化。有个专家找来镜子，对着阳教授让他自己确认。只见他在镜中笑得十分开怀，高兴极了。

午宴上，参谋长特意多上了几道菜，同时破例与大家一起饮酒，频频举杯祝福阳教授返老还童。阳教授望着满桌的特制点心、一道道热气腾腾的饭菜和美酒，心中美滋滋的。大家的高兴劲儿就甭提了。在热情洋溢的气氛中，午饭一直吃到深夜，大家醉醺醺地回到各自房间入睡。

夜晚，天旦和金助理合住一套标准间。平常爱说爱笑的他俩，今天也有了一些醉意。经过简单梳洗，两个人很快进入了梦乡。

然而，一团神秘的旋风在窗外刮了一阵后，从未关闭的窗户中窜进了天旦和金助理的卧室。这旋风在室内空间轻轻转着小圆圈，转了一会儿，便悄悄地一下子钻进了熟得十分香甜的天旦的被窝中。梦中，天旦觉得有一股暖流涌遍全身，浑身增添了无穷的力量。一个模糊的黑色人影唤醒了迷迷糊糊的天旦。只见他掀开被褥坐了起来。朦胧中，那黑色人影仿佛坐在天旦对面，抬起双掌，发出串串蓝色的光环，喷向天旦的头部、胸部和腹部。少许时间，天旦自动转过身去。黑色人影从手掌中射出一道道蓝光，对准天旦后背各处穴位释放神奇的能量。蓝光闪过，旋风裹挟着天旦，穿过窗户消失在夜色之中。

不知过了多久，天旦从蒙眬中清醒过来，发现自己已在太空中自由行走，来到一座云雾缭绕的高大宝塔顶上，周围是群星闪烁的浩瀚宇宙。唯有冲天的宝塔，绽放出金灿灿的光芒。他还没有弄清是怎么回事，远处一个双碟重合形状的飞行器，眨眼工夫，来到天旦对面的空域停下。从飞行器舱室顶上，一个穿宇航服的外星人探出半个身子向他招手。然后外星人从座舱中拿出一小卷红色的东西。在空中一抖，立刻变成巨大的红色银幕。银幕高悬在空中，显现出几段清晰的黄色文字：

天旦，你好！你是宇宙的使者，身上刚注入宇宙的信息，这些会赋予你聪明的大脑、敏捷的思维能力、超常的预测能力和强壮的体魄。你将会给地球人带去喜悦和福音。

人生路漫漫，有困惑、忧伤、道路曲折坎坷。你必须勇往直前，永不妥协，才能到达光辉的顶点。

此外，有件事你必须特办，决不能掉以轻心：用金盒将“天文蛋”

封闭保存，再用银链系在腰间。天文蛋行不能离身，睡不离腰，要做到人蛋合一，吸纳宇宙信息，这样你将会智慧无限，力量无穷。它将会伴随你在无限的太空远航，实现人类的梦想。遇到困难时，静心会聚意念，灵感就会到来，恶人不得近身，灾难立即消除。这天文蛋是你们一路平安的护身宝物。此物千万妥善保管，不得遗失。它将是你们的全部生命。

牢记！切切！

星人

接着屏幕再次出现几个特殊的大字“去吧，刻苦磨炼，自有成果”。悬空的屏幕慢慢卷起，蝶形飞行物也缓缓远去。

哐当一声，金助理的洗漱杯略放重了一点儿，惊醒了天旦。他睁开眼睛，稍稍回忆了一下梦中的情况，翻身跳下床，一把抓住金助理，在床边坐下。金助理感到莫名其妙，乐呵呵地看着天旦。而天旦却立刻严肃起来，很认真地对金助理讲述了昨晚的奇异怪梦。同时，他还讲到田指挥长等人在金鸡山考察时所遇到的一些怪事。千年古柏林显露八卦玉石，一阵狂风带走了这些玉石；并且，考察队正在荒郊野外风餐露宿，非常饥饿，行动十分困难。他们往后还有更大的困难；等等。金助理竖起耳朵，吃惊地听着天旦讲出的离奇的事情，看天旦认真的样子不像在说谎。他思索了一下，推开了身穿短裤的天旦，快步来到电脑桌前座椅上坐下来，打开专用电脑，将天旦的奇梦与相关的事情迅速汇报总部。

科技院二十四小时监视室里，值班人员正在忙碌地工作。一名值班人员很快从电子邮箱里收到特训基地发回来的情报。按照规定，凡是特训基地发回来的情报，一刻也不能耽误，要火速上报。他很快将情报打印出来，跑步来到冥总长的办公室，敲开门。冥总长早已在办公室等候，接过情报一看，大惊失色。“真是不得了。”一边说，一边示意工作人员退下。他立刻拿起电话通知科技部、飞碟部、空天部等有关部门召开紧急会议。

会上，冥总长讲了特训基地又发生一件离奇的怪事。同时讲了天旦的惊人之处，还提出特殊的要求。在座的各部门负责人听得瞠目结舌。困惑的疑团笼罩在人们心中。冥总长讲话的声音越来越激昂。他说：“其一，目前探险团队虽然取得了一些科研成果，但是已经困在大山之中，食宿无着落。飞碟部、空天部联合制定出最佳营救方案。其二，各位专家认真研究特训基地近日发生的一切怪事、怪现象。尤其是旋风，究竟是怎么回事？是外星人作怪，还是自然现象？应该快速弄明白，揭开神秘面纱。”各部门负责人充分发表了自己的意见，制定了有效地解决方案才散会。会后，唯有冥总长独自一人坐在办公室托腮沉思。

第七章 探险队勇猛搏击怪兽 天文蛋释放三道光环

太阳已经落在山梁上了。田指挥长和专家团队继续往山下走，找一块能挡风遮雨的地方宿营。领航员很快找到了溪边山坡上的一个大山洞，能容纳许多人。田指挥长看了看，这里正是宿营的好地方，天也快要黑了，便招呼大家就地宿营。

队员们趁着天未黑，急忙找来一些柴火。在洞里点燃篝火，围坐在一起烤火御寒。虽然大家十分饥饿，但是嘴里不住念叨白天发生的奇事，七嘴八舌地议论到深夜。

子夜，困意渐渐来袭，大家谈话的声音也没了，篝火也快要灭了。累了一天的队员们逐渐打起鼾声，倦意使他们很快进入睡梦。他们哪里知道，危险正悄悄地向他们逼近。

淡淡的月光下，小溪哗哗地流淌着。一条浅黄色似龙非龙的巨兽拖着巨大的身躯，昂头吐须逆流上游。它左右张望，口中伸缩长长的触须，刺探森林中的气息，慢悠悠地向洞中熟睡的队员步步逼近。它悄悄地爬到背朝里的一名地质专家身边。那名专家做梦也没想到，死神就在眼前。巨兽抬头环顾四周，看到其他专家正鼾声如雷，谁也没有理睬它。它慢吞吞嗅遍了那位地质专家全身，觉得没有什么危险，便张开大口，将那位地质专家的头颅咬住，伸长脖子使劲往肚里吞咽。只听专家轻轻“啊”了一声，双脚不停地在巨兽头上乱蹬乱踢，却再也喊不出声音。瞬间，地质专家被它吞进了肚中。熟睡的专家们仍然没有被惊醒。巨兽咬住另一个队员的一只脚，那名队员发出了惨痛的叫声。这一下惊醒了考察队的所有队员。大家目睹眼前的惨状，都惊愕不已。有个队员猛然警醒，大吼一声：“这不是照龙吗？我认识它，山中恶魔，贪婪的怪兽。它还有一个小崽子，不给人们留半点念想，吃人不吐骨头。”所有专家一听，齐声大吼：“消灭它，杀死它！”大家立刻操起木棒、火把、石块，猛砸、猛打在巨兽身上。冷血巨兽却毫无反应，仍然伸着长长的脖子，用力吞咽那名队员。惨叫声渐渐微弱了，那名队员双手仍在有气无力地挥动，大半条腿已被巨兽吞进肚里。一旁负责安全的队员如梦初醒，急忙掏枪朝巨兽射击。子弹没有打中要害，巨兽仍然继续吞噬着那名队员。又是几声枪响，冷血巨兽觉得有危险，叼起队员，掉头逃走。转身之间，巨兽尾巴在洞外一扫，碗口粗的松树、柏树，一下子被拦腰切断，把专家们震得人仰马翻。大家赶忙爬起来，看看洞口，已被巨兽垒起一道道树墙，构成天然屏障，阻挡了专家队对它的追杀。月色之中，田指挥长仿佛看见那巨兽的尾巴上还驮着和它一样的一个小怪物，趁着夜色逃之夭夭。

田指挥长和幸存的专家们不顾个人安危掀开巨兽搭起的树木路障，一路拼命追杀那吃人的巨兽，还想从它的嘴里夺回那位专家。追到溪边，那巨兽早已不见踪影，只留下它的小崽子站在溪水中，好像在等待队员们的到来。只见它昂头吐须发出怪叫，好像在说：“我等你们很久了。老爷子吃了人，我还没有尝鲜呢？”它腾空而起，闪电般扑下来，狠狠咬住原来向它们父子开枪的那位负责安全的队员，将其叼上夜空，盘旋几圈后，半截血淋淋的人的身体掉落在队员们面前……夜空中传来那小恶魔的叫声，好似在说：“你们也饿了吧，留给你们一半分享哈？”专家们吓得再也不敢吱声。剩余的那半截人身被那巨兽小子吞进了肚子。巨兽小子向探险队环视了几下，一头扎进溪流中消失了。半晌，专家们才回过神来，似乎傻了一样，有的号啕大哭，有的不断呼喊遇难队友的名字，还有的说：“还我半截人身来。”甚至有的跑到溪边，向水中投下愤怒的石块……

总部联合营救中心值班室灯光明亮。电台联络人员不断呼叫：“山虎、山虎，我是银河，听到请回答。”反复呼叫不见回音。他们哪里知道，考察队的通信器材早已不翼而飞。他们通讯已经中断，无法向外界透露半点信息。有位值班员打开了高分辨侦察卫星侦察系统，利用卫星对金鸡山的每个角落进行全面搜寻。同时，他把田指挥长制定的重返金鸡山的路线图输入电脑，沿着路线图在屏幕上仔细搜寻，盼望尽快找到专家考察团队的踪影。在技术人员的细心操作下，屏幕中的金鸡山，树林、岩石、花草、溪水都清晰可见，就是不见专家考察队。

几个小时过去了，营救中心负责人眉头紧锁，心急如焚。他全神贯注盯着屏幕上的画面，希望马上能找到他们的身影。一位技术人员惊叫起来："有火种。"他从清晰的图像中，查找到了考察队留下的痕迹。从图像中可以清楚地看到篝火未灭，还有火星忽闪忽闪的。不知什么原因，洞外场地上折断了许多树木，横七竖八堆在一起，好像经过了一场激烈的战斗。营救中心负责人一下子产生许多疑问：他们与谁战斗？又是谁弄断这么多树木？考察队人员到哪里去了？值班人员睁大眼睛，在屏幕上全力搜索着金鸡山上的每一寸土地，希望尽快找到新的线索。关键时刻，大屏幕上又出现了严重的电子干扰，铜钱大的雪花点立刻变成刺眼的黑白条幅，一下子占据了整个屏幕。干扰声，由大到小非常刺耳。焦虑的营救中心负责人从座椅上站起来，大发脾气，烦躁地说："怎么搞的？关键时刻总会出现问题。"工作人员谁也没有吭声，埋头操作各种设备，全力排除故障。

清晨五点的钟声响了，天快要亮了。营救中心指挥部忙了整整一夜，大屏幕上的电子干扰也渐渐减弱，搜索画面逐渐清晰起来。一名工作人员高兴地叫起来："发现了田指挥长的考察团队了。"通过那名工作人员的技术处理，隐约可见田指挥长和几名专家队员的身影。只见他们手中拿着长短不一的木棍，在森林覆盖的山坡上，急急忙忙地行走。这时，工作室里的一位工作人员上前主动解释道："这是田指挥长，那是王专家，这是领航员，他是李专家，他是通讯专家……"知道内情的部长助理，发现考察队中少了几个人。无论怎么调整图像效果，也未找到地质专家和安全员。他们都是国宝，若有闪失，会给国家带来不可估量的损失。这道理营救中心负责人心里非常明白。这时他灵机一动，果断下达命令：一，从屏幕上自始至终跟踪田指挥长和专家团队，一刻也不准他们从屏幕上消失。二，空天安全部队迅速安排飞机营救。三，通讯不能中断，继续呼叫考察队。任务下达后，工作人员在屏幕上严密监视着田指挥长和专家团队的一举一动，再也不容半点闪失。

从屏幕上，可清楚地看到，考察队队员正在继续向前走。然而，在他们的前方，不远处的一片森林中，出现了一群从未见过的奇怪动物。那些怪物全身浅红色，鼓着一对圆圆的大眼睛，长着似牛犊一样的大嘴巴。它们体形奇特，重达上百公斤，活像一个大嘴怪。它们一阵奔跑后，潜伏在草丛中、数枝上，似乎在等待考察队的到来。

营救指挥中心里，大家瞪大眼睛，从屏幕上观察着这群大嘴怪的一举一动。接下来谁也不知道会发生什么事情。一位有动物专业知识的马博士，上前惊讶地解释道："请大家看，这些大嘴怪，好像传说中早已绝迹的'火蛙'或'血蛙'。它们不但可以攻击大型野兽，而且还可以吞食人类，俗称'食人蛙'。考察队遇到它们，肯定有危险。"在场的工作人员一听，惊得目瞪口呆。营救中心负责人立刻下达命令："立刻快速告知考察队，绕道前行。决不能让他们进入食人蛙的埋伏圈。"顿时，指挥室里呼叫声不断："飞机起飞。""无人应答。"喊声、呼叫声，响成一片。

屏幕上，眼看着考察队队员，一个个走进大嘴食人蛙的埋伏圈。大家几乎停止了呼吸，眼看一场人蛙大战即将上演。

这时，考察队的领航员好像发现前面有什么东西，便拄着木棒，抢先走到田指挥长前面。他猫腰朝前面搜索前进，突然发现前边草丛中有一只半遮掩着的蛙形怪物。只见它裸露出部分红色的身躯背部。领航员觉得很奇怪，便试图上前一探究竟，然而，他并不知道，危险正从背后步步向他逼来。躲在树枝上的怪物一动不动，瞪着大大的眼睛，注视着对面过来的队员，时刻准备发起进攻。十米、五米……领航员还没有察觉，继续向前走。营救中心的马博士大吼一声："站住，不能向前去。"千里之外的金鸡山上，领航员哪里能听得见这喊声。领航员越来越能看清蛙形怪物的样子了，只见它静静不动，鼓着腮帮子，瞪着圆溜溜的大眼睛，正怒视着他。忽然，领航员停下脚步，用手中的木棍掀开草丛。一只火红的怪蛙，从圆鼓鼓的黑色球囊里，立刻喷射出一种白色液体，不偏不倚，一下子射到他的脸上。顿时，领航员感到一阵钻心的疼痛，左眼角立刻流出血来，忍不住哇哇大叫起来。祸不单行，背后树枝上的怪蛙扑下来了，朝着他举着木棒的右手臂狠狠咬了一口，当时他的半条手臂就不见了。怪蛙叼上半条手臂，转身一蹦一跳地走了。后面一位安全员，看到年轻的领航员的手、脸鲜血淋淋，惨不忍睹，急忙掏枪朝那只怪蛙射击。砰砰几声枪响，怪蛙被击中了。它“嗷哇”大叫几声，倒在地上毙命了。大家赶快围过来，查看领航员的伤势，只见他被怪物汁液射中的脸颊，犹如严重烫伤，已经开始糜烂。一只眼睛几乎失明。他痛得龇牙咧嘴，昏死过去了。卫生员赶快过来进行紧急救护。

谁也没有想到，被击毙的那只怪蛙在临死之前几声惨叫，好像是向它的同伴发出某种特殊信息。大批怪蛙一蹦一跳悄悄地围上来准备复仇。专家们仔细一听，森林中响起砰砰和沙沙的声音。抬头一看，成百上千只怪蛙向他们袭来。金色的、火红的、血红的，一只只大嘴怪，挺起身躯一起跳跃，愤怒地向他们冲来，震得大山都在发抖。尤为奇怪的是，叫声稀奇古怪，声音高低不一。

田指挥长一看眼前的阵势，顿感情况不妙，心想一定是大嘴怪物前来复仇了；必须避开锋芒，赶快跳出可怕的包围圈，才是上上之策。考察队队员们有的拿枪，有的挥棍，有的护送伤员，慢慢有序撤退。枪声、喊叫声，还有大嘴怪物的号叫声，响彻山谷。森林中出现了少有的奇怪场面：人在前面逃，大嘴怪物在后面追。

十多分钟后，考察队队员把那批大嘴怪物甩在了身后。看到怪物没有追上来，大家一屁股坐在草地上，喘着粗气。

片刻工夫，坐在地上的专家们尚未喘匀粗气。那帮讨厌的怪蛙在金黄色大嘴怪蛙的率领下，悄悄地又摸上来了。只见它们里三层外三层合围过来，有的匍匐前进，有的跳在矮矮的树枝上，有的站起来，随时准备偷袭考察队的每一个人。只见那只金黄色大嘴怪蛙“哇喔”怪叫一声，跃上树枝。它昂首挺胸，怒目圆睁，直直盯着考察队每一个人，好像在等待最佳时机。考察队队员听见怪叫，知道大嘴怪物又来了。大家豁的一下站起来，环顾四周，所见景像令人毛骨悚然。只见大大小小的大嘴怪蛙遍地都是，已将他们团团围住。看来撤退已经来不及了，危险就在眼前。站在树枝上的那只大嘴怪蛙，哇的一声大叫，四面八方的怪蛙，好像领了令牌似的，翘着尾巴，拖着笨重的身躯，一蹦一跳地围了上来。开枪射击已无用了，挥棒驱赶更无用。一名有经验的专家急中生智，翻身一跃爬上了一棵大树。他挥动长棍，将一只只前来围攻他的怪蛙击倒在树下。其余的专家纷纷效仿爬上树，挥动木棍把大嘴怪暂时阻挡在树下，抵御了它们的疯狂进攻。大家这才长长舒了一口气。再瞧瞧大嘴怪蛙，它们昂头怒视着树上的人，然后做着一样的动作，一齐朝树上的专家喷射毒液。由于树木高大，毒液射程有限，对专家们奈何不得。

站在树枝上的金黄色大嘴怪蛙，怒气冲冲，立刻跳到地上，一蹦一跳地来到有专家队员的树下，巡视了一圈儿，又环视了一周大小怪蛙，怪叫几声。其余的怪蛙也怪叫几声回应，立马蜂拥般的跳到专家们各自占领的树下，学着人类搭人梯的方法，一只怪蛙爬上另一只的背上，慢慢搭起蛙梯，离树上的专家们越来越近了。专家们用较长的木棒捣毁蛙梯，只见它们从地上爬起来，号叫几声，又重新搭起来，并愤怒地向人们喷射毒液。

有一名专家想出了一个办法：用火攻。他撕烂衣衫，缠在木棒上，点燃之后用火烧怪蛙。蛙梯再一次被毁掉了，怪物四处逃窜。一旁指挥的金黄色大嘴怪蛙非常气愤地怪叫数声。逃窜的大小怪蛙，犹如接到命令，立刻停止奔逃，转回身来，分成若干小群，把有专家队员的大树重新围起来。它们再也不怕棒打火烧，层层地重新“垒”起来。森林中，还有数不清的怪蛙，“嗷嗷”怪叫，拼命冲过来。怪蛙的是体垒成一面蛙墙，大有不灭掉眼前所有人誓不罢休的架势。时间在一分一秒地过去，蛙墙垒越来越高。英勇无畏的专家队员们，全力捣毁蛙墙。蛙墙被摧毁了又搭起，搭起来又被摧毁……专家队员们累得筋疲力尽，连棍棒都举不起来了。

田指挥长环视了一圈儿各棵树上的专家，眼看这些一流专家要被这些无名怪蛙吃掉。一只只不怕死的怪蛙，仍在不停地涌上来。专家们也没有什么招数了，只好再往树尖上爬。金黄色大嘴怪蛙又“嗷嗷”怪叫，好像在唱它们胜利的赞歌，又像在命令手下发起最后的冲锋。

万分危急的时刻，救援直升机赶到了。营救中心负责人从屏幕上看见，专家们和怪蛙正在激烈地战斗。直升机上的枪声响了，激光武器，首先精准地消灭了靠近专家的一只大嘴怪蛙，又朝其他专家所在树下的蛙墙猛烈射击。顷刻之间，怪蛙死伤无数，幸存的怪蛙四处逃命。考察队终于得救，转危为安。

营救中心的屏幕上，大家清清楚楚地看到一场惊心动魄的人蛙大战。考察队最终取得胜利。营救中心负责人长长舒了一口气。所有工作人员悬吊着的心这才落了下来。大家脸上露出了一丝笑容。

通过屏幕，人们仍然注视着幸存下来的大嘴怪蛙，猜测它们想干什么，又要去哪里。谁也没有想到，领头的金黄色大嘴怪蛙又出现了。只见它瞪着死去的同伴，咕咕怪叫一阵。只见从死去的怪蛙堆中钻出几只幸存者，但它们不顾首领的呼叫，各自飞奔逃命去了。剩下一大一小两只怪蛙，不去逃命，一起干掉了头领——金黄色大嘴怪蛙。它俩相互对叫一声，进入死去的同伴尸体堆中，各自拉出一只流血的怪蛙，张开大嘴，吸掉尸体上流出的鲜血。它们就这样，吸干一只，接着吸另一只同伴的鲜血。它俩不论死蛙、活蛙、受伤的蛙，只只都不放过，吸至干瘪为止。无论它俩吸干多少只怪蛙的鲜血，似乎永远填不饱它俩的肚子，最终，它俩吸尽了所有同伴身上的鲜血。怪事发生了，大怪蛙变得体壮如牛，迈着笨拙的脚步，逃向南边的森林去了；而另一只小怪蛙，好像它的儿子，但体形比老子还大，晃晃悠悠地逃向西边的森林去了。

今天是一个特别的日子，特训基地会议室分外热闹，气氛显得有些神秘。科技院送给特训基地一件特别奇特的礼物。阳教授、金助理、参谋长和其他工作人员都在忙前忙后准备着。有人透露，要给天旦颁发特殊奖品。果然，主席台桌上，用红绸盖着一件神秘的物品。

音乐响起来了，阳教授和天旦走进会议室。教授走上了主席台，天旦笑盈盈地坐到会议室的座椅上。室内一片寂静，阳教授轻轻揭开红绸，露出一个小巧玲珑、金光闪烁的特制的袖珍“天文蛋”盒。认真观看，纯金打造的长方形盒子，配上银链显得特别精制。金盒上雕刻着“天文蛋”上所有的星座图案。在阳光的照耀下，图案中的各个星座之间交相辉映，栩栩如生。金盒里装有一枚真正的“天文蛋”。仪式开始了：在热烈的掌声中，天旦迈着自信的脚步，向主席台上走去。望着那金灿灿的特制“天文蛋”盒，他脑海中闪现出梦中的情景，高声喊出：“是它，果然是它。”大家感到莫名其妙，掌声立刻停止了。天旦快步上前，阳教授亲手将精致的“天文蛋”盒上的银链，牢牢系在天旦腰间。刹那间，奇迹出现了：阳教授慢慢退去，从“天文蛋”盒里，立刻释放出一圈又一圈红色的光环，同时响起美妙的乐声。红色光环刚刚消失，金黄色光环一圈接一圈地又释放出来。天旦站在光环中，浑身金灿灿的，同时微微闪烁着别致的光芒。看看会议室内所有的物品、所有的人，好像也镀上了薄薄的一层金。瞬间，人们好像生活在金色世界里……

“叮当”，天旦腰间的金盒里发出一声清脆的响声，金灿灿的光芒即刻消失，紧接着释放出一圈圈紫蓝色的光环。天旦像变戏法中的变脸童子，忽紫忽蓝。大家的脸也变了，你看我，青面獠牙；我看你，牛头马面。一切都变了，完全变了模样。我不认识你，你不认识我，在紫蓝光环世界里，人的面孔在变化，灵魂在颤抖……

在朦胧之中，一团神奇的旋风飞进了会议室，在人们周围转了几圈，一下飞到了天旦身上，在“天文蛋盒”上连续转圈。顿时，会议室中的紫蓝光消失了，人们恢复了本来面目。大家感受到从来没有过的愉快和轻松，似乎刚刚从童话世界里走出来。

看看天旦，真的变了：个子高了，也变得稳重成熟多了，原先笑嘻嘻的脸上，显得有些严肃。他自豪地站在大家面前，得意地伸手去触摸腰间金盒银链的天文蛋盒。忽然，从金盒里发出一个精灵般的声音：“天旦，请你撒手，不能无故就触摸。一切都在你的意念中。”天旦一惊，松开了手。大家吃惊地竖起耳朵聆听。那“天文蛋”盒里继续说：“人类的梦想，要通过努力奋斗才会实现。天旦，你是地球人类第一个远航浩瀚太空的使者。有了我，你可以广纳宇宙的信息，带领团队，克服征途上的各种艰难险阻。譬如，‘天文蛋’盒放红光，征途上可能有星人帮助，便可以勇往直前，努力完成任务。假如‘天文蛋’盒释放金灿灿的黄光，须全靠自己克服困难，独立去完成任务。若‘天文蛋’盒，紫蓝色光环闪烁，则前进的道路上困难重重，很有可能有恶人阻挠，要特别谨慎地去完成任务。在最危险的时刻，可以意念令天文蛋盒红光闪烁，寻求星人的帮助。但终身不得超过三次。切记！切记！”大家听着听着，神秘的声音似乎渐渐远去了。

十分安静的会议室，一下子狂欢起来。大家围上去，都想彻彻底底看看天旦腰间神奇的“天文蛋”盒。它有那么神奇吗？唯有阳教授坐在椅子上沉思：飞天容易，飞远难。天旦啊，人生道路曲折而不平坦，太空探索事业更加凶险而又艰辛。要想成功，你要付出比常人更多的血和汗。天旦，今后飞天远航就靠你了，希望寄托在你身上。许久，大家才簇拥着天旦离开了会议室。

第八章　大熊星上定诡计　海底世界获二珠

金盒银链的“天文蛋”盒释放出那一圈又一圈的光环，谁也没有想到，光环的能量竟然惊动了邪恶的大熊星人。

在浩瀚的太空中，唯有地球上独放特大光能，立刻引起了邪恶的大熊星人的重视。大熊星人相貌古怪：高约数十尺，面带紫铜色，鼻孔深凹，两耳直立，嘴大而扁平，配上三角形的大眼睛，十足一副鬼脸，令人一见就十分恶心。大熊星王带领一帮大小头目，站在云雾缭绕的球形建筑物的屋顶上，指着天空喷薄而出的一圈圈具有巨大能量的光环，哇哇地大声吵嚷：“那是有生命的光环。从发出的能量来看，此人超过大熊星人的智慧。我们是宇宙之王，宇宙的统治者，绝不能让此生命存在。应该扼杀，或者控制，或者为我所用，从而减轻对我们大熊星球的威胁。”一个大熊星人走上前来说：“大王，应该派遣超级智能人前往，活捉释放光环的人，把他消灭在萌芽之中，我们才能永远称霸太空。”其他几个星人也附和着说：“对呀，活要见人，死要见尸，彻底消灭他。这样，我们才能保住太空霸主的地位。”大王“嗯”了一声，点头同意了这伙星人的鬼主意，并对站在身边的内阁大臣说：“火速查清，谁有这么大的能量，释放出巨大的光环。他来自哪个星系？又是何人所为？”“是。”内阁大臣领命急步退下去了。

这帮恶人，仍在观看太空中的一圈圈神奇的光环，不断发表着各自的观点，争得面红耳赤。一声“报告”，打断他们的争执。他们直盯着前来报告的内阁大臣，看他带来了什么消息。“专家们启动最先进的长效追踪仪进行追踪。远程探明：光环来自太阳系上一颗有生命物种的星球。究竟是何种生命所为？尚未查清。不过，追踪仪显示，还有其他超强能量的信号干扰。我们正在启用远程宇宙探测器探测，相信很快就有结果。”内阁大臣刚刚报告完毕，其随身携带的星空可视电话响了，他打开屏幕，立即显示出一个负责侦察的大熊星人的影像和声音：“远程宇宙探测器和长效追踪仪传回来的数据表明，在太阳系中的地球上有一个神奇的少年。他在旋风隐形人的帮助下，他释放出圈圈不同色彩的光环。”

紧接着，探测室里的屏幕上另一大熊星人接着说：“带有星空可视电话的人，按照常规操作，马上就会接收到最新的信息。”一个很会拍马屁的大熊星人，伸手拿出一部精致的可视电话，转身交给大王看：荧屏上，一个英俊少年腰系金盒银链的天文蛋盒。在他的身后附着一个模糊的隐形人，在他的帮助下，“天文蛋”盒仍在释放一圈圈金灿灿的超级能量光环。巨大的能量，震撼太空。一个大熊星人上前，在大王面前发表意见：“大王，此人，人蛋合一，智慧无限，力量无穷，将成为太空中的超级智慧人。一旦他羽翼丰满，将会威胁我们的太空霸主地位。”大王赞许地看了他一眼。他抬头望着太空中那一道道不同颜色的光环，不知不觉地打了个寒战，脱口而出：“罕见的智慧人。”他转过身来，对身边的另一个大熊星人说：“用聚光仪收集太空中的光环，搞清是什么特殊物质的能量能够震撼宇宙。立刻对它进行科学研究。”过了一会儿，两个大熊星人抬来了聚光收集仪器，对准星空中一圈圈闪烁的光环，启动仪器，金灿灿的光环改变了原有的波纹姿态，乖乖变成缕缕黄烟、红烟、紫烟，源源不断被收集到聚光仪里。站在旁边不怀好意的一帮大熊星人，看到星空中光环的能量不断被收集，发出了阵阵奸笑。

这时，大王突然发问：“谁知道怎么去太阳系那个星球？需要多长时间？”一个大熊星人马上站出来皮笑肉不笑地说：“几十年。”另一个大熊星人，推翻了他的话：“几百年。”后边的一个大熊星人高声吼出：“几千年。”还有的说：“几万年。”怪脸大王一听，发怒地说：“一群废物，我能活多少年？”其余大熊星人见大王发火了，一齐跪下，大声呼喊：“大王能活万万年。”一见这阵势，大王的气有些消了，脸色缓和了些，漫不经心地说：“起来吧。”又继续蛮横地说，“我要你们在最短的时间内抓住释放光环的智慧人。你们说几十年，几百年，甚至上千年，还有的说几万年。我能等上几千、几万年吗？告诉你们，我只能给你们几十年的时间，把那释放光环的人捉到本王面前来。”底下的大熊星人一听，这是根本不可能办到的事情。但谁也不敢吭声，都低下了头。大王把他们臭骂一通，说道：“养你们这些蠢货、废物，真没用。不如找个机械人……”随即拨通了手中的电话。“机械部吗，派遣当今最先进的机器人前来我处。”话音刚落，只见电光一闪，一个智能机器人跪拜在大王面前。待他站起来时，看上去装束有些特别，好像铜身铁腿银脑袋。从他跪拜的举动来看，手脚行动自如，看不出是机器人，活生生像一个大熊星人，辨别不清真假。其面部长相匀称，唯独鼻子处是一个窟窿，显得有些美中不足。大王笑哈哈地看着机器人说：“好哇！我的智能勇士，有点儿像我们。”未等大王把话说完，智能机器人上前一步，自告奋勇要求介绍自身功能。大王高兴地点头同意。“大王，不要小看我这个其貌不扬的智能机器人。我可是数百位专家、工程师，经过八百年精心研究而成。视觉，可以看清三十五万千米远的物体；听觉，可以听清四十多万千米以外的声音。尤其嗅觉特别灵敏，能够嗅到五十万千米以外的气味。配上太空光速飞船，随时可以自由翱翔。尤为奇特的是，本人看到哪里就会扑到哪里，听到哪里就会打到哪里，嗅到哪里也会奔到哪里。各个器官攻防兼备。配上多功能手脚，浑身上下火力强大，功能全面，十全十美，可以对付八面来敌。无须弹药、能量补充，可以自动生成，是当前太空中攻无不克、战无不胜的特殊智能星人。若驾驶的太空光速飞船发生故障或者被击毁，可以启动自身储备的能量，独立返回大熊星座。”机器人滔滔不绝地把他的功能讲给大王听，同时边说边表演他的各项强大功能，在场所有大熊星人非常震撼，无不称绝。大王看后，再一次哈哈大笑说：“本星球有这样的能人，何愁那太阳系中释放光环的智慧人不被抓住。来人，奖给智能勇士一件黑色披风，助其在星空征途上力展雄风。同时送你一个高贵的名字——无敌超人。”大王吩咐身边的大熊星人给机器人披上披风。智能勇士很有礼貌地向大王跪拜谢恩。

此时，大王在手里的电话机中快速地输出一张卡片，看着看着，卡片慢慢变大。大王随手将令旨交给身边的一个大熊星人。那个大熊星人双手捧着令旨放开嗓门宣读大王旨意：

无敌超人听令：浩瀚太空，千里迢迢，征途凶险，你务必奋勇向前。给你配备两名助手——红叶和绿花，火速捉拿太阳系中释放光环的智慧人。即日出发，完成任务后迅速返回。

大熊星王

无敌超人接令谢恩，一闪便消失在太空中。大王大笑着，在一群大熊星人的簇拥下，走出云雾缭绕的球形建筑物……

话说天旦自从系上天文蛋金盒银链后，如获至宝，吃饭、特训也做到行不离腰，甚至睡不离身。他浑身充满了无穷的力量，思维更加活跃，动作更加敏捷。必修科目、选修项目，进步大大超出预期。计划要几年完成的特训，几个月就圆满完成了，被大家公认为“本世纪超级智慧人”。

一日，天旦一行人在参谋长的带领下，走进特训基地的另一个神秘山洞。踏进山洞，好像到了另一个奇异的世界。奇妙的洞顶直接通向天空，抬头就能看见白云飘过。岩壁是一道道倾斜的坚硬花岗岩。洞顶四周垂挂着许多千姿百态的石钟乳。洞底的地板似乎是水磨的天然花岗岩，洁净得能照出人影。洞内宽大无比，真是奇妙极了。

阳教授边走边对天旦和金助理说：“我国目前著名的宇航员、特别飞行员都在这里进行过特殊培训，同时，这里还有许多不为人知的新项目、新课题正在开展……”他们有说有笑，不知不觉来到了洞中训练基地。一架架最先进的航天飞机被伪装衣裹得严严实实，与地形地貌融为一体，不仔细看根本找不出航天飞机在哪里。如果不是地勤人员脱掉它们的伪装衣，很难把它们找到。

阳教授转身回到洞中指挥室。指挥室内，大家正在忙碌地工作。阳教授，简单布置了今天的特训科目："双机起飞训练，各自独立驾驶。"天旦和金助理接到指令，各自走向自己的飞机。阳教授和参谋长坐下来，打开电脑，只见天旦已经驾机来到白色圆圈中央，等待起飞命令。金助理紧随其后。"起飞。"话筒里传来了阳教授的命令。天旦按下起飞按钮，亮光一闪，飞机垂直起飞，从洞底冲出了洞口，一跃飞入云天。今天，他是第一次单独架机飞行，心中无比兴奋。放眼望去，壮丽山河美景尽收眼底。

金助理追了上来，他们二人双双架机翱翔天空。话筒里传来指挥部的特训科目指令：垂直倒飞、俯冲、空翻、侧飞、悬停、大小角拐弯飞等。一个个敏捷的动作，惊险的飞行技巧，人们看得眼花缭乱，心花怒放。尤为惊险的是垂直俯冲；离地面十多米才将机头拉起来飞上天空。最好的特技飞行员都难以办到的事情，他俩办到了。指挥室里不断传来喝彩声。参谋长看到这一个个惊险动作，感慨地说："初生牛犊不怕虎，这两个人的特技飞行表演，简直是天造一对，地造一双。""准备返航。"指挥部下达了命令。天空中，他俩拉近距离，平行飞行，彼此都伸出大拇指，示意夸奖对方，快乐地一起驾机返航。

突然，天空中一团黑色的强大气流快速袭来，包裹着他俩的飞机。顿时，金助理的飞机周身发生强烈的颤抖，他猛然发现天旦的飞机已经神秘消失了。这可吓坏了金助理。

这时，指挥部的屏幕上亮光一闪，天空中只剩下金助理单机一架。天旦的飞机消失得无踪无影了。指挥部像炸开了锅，急忙启动最先进的雷达搜寻天旦的飞机。话筒中连续传来金助理的声音："不见踪影，不见踪影……"

万万没有想到的事情发生了，天空中黑色气流闪电般地袭来，已将天旦连人带机带到一处海平面上。那里早已停靠着闪烁着红光、绿光的奇特舰艇。天旦驾驶的飞机很快自动着舰，朦胧之中，他听到了机器的响声，醒来一看，发现自己已坐在高速航行的舰艇上。他心想：这是怎么回事？我不是在天空中飞行吗？怎么一下子跑到大海里来了呢？看看腰间的"天文蛋"盒，怎么不发光了呢？是它不灵验了吗？这是好事还是坏事？天旦直纳闷。

奇特的舰艇潜入了水里，在深海中狂飙。眼看一群巨型鱼类张着血盆大口游过来，近了，近了，更近了。它们就要攻击舰艇了，忽然，自动航行的舰艇上，响起一阵喇叭声，话筒里传来了广播声：“天旦，欢迎你到海底世界。你现在乘坐的是闪光海轮。现在海深是九千八百米。你所看到的巨型鱼类，是我们海底城市的无敌卫士。无论什么潜艇、战舰、航母，它们都可以给予毁灭性的打击……”巨型鱼类伴随着闪光舰艇，继续向海底进发。前面海水中好像有霓虹灯光闪烁，一幅标语时有时无，显现出几个大字：“欢迎陆地智慧人！”海底城市到了。一座美轮美奂的海底城市展现在眼前，好像古希腊建筑集群。这里的设施简洁而完美，功能样样俱全。道路、广场等建筑设施完全用各色宝石镶嵌，人见人爱。

广场上早已站着两列迎接客人的海底人，看上去似人非人：人头鱼身，脸颊两边长有奇异的鳃囊，眼球突出，圆又大，而且不长睫毛，手臂短小只有三根指头，脚掌好似鸭蹼，穿着奇怪别致。当天旦走出闪光舰艇时，受到海底人的高规格礼仪接待。在他们的簇拥下，天旦走进了一个五光十色的海底宫殿。灯光一闪，两侧的海底人全部消失，唯有正堂上坐着一个眼球突露如柱，穿着奇特的海底人，这大概就是海底人的首领吧。他动了动身子，但未抬头看天旦，慢悠悠地开口说话：“小仔，你很幸运，能来到海底城市。本来我们要在陆地上见面，然而，你们人类几番干扰，不得不把你请到海底城市。接上天旨意，赏赐你宝珠一对。”这突来的好事，不容天旦做任何考虑，也不要求他回答任何问题。天旦心想：又是一件大好事。一位美丽的女海底人，穿着华丽的衣衫，单手托盘，从掩饰的帐帘里慢慢走出来。只见托盘中有一颗很小的宝珠，闪着奇特的微光，格外引人注目。她来到天旦面前，小心取出托盘中那颗闪光的宝珠，解释道：“这是肢体再生丹。安在你身上，身体上缺什么，通过意念能重新生长出来。只要有一块肉连着肢体，护着心窝，你就会死而复生。”海底人首领抬起头，看着天旦，对她说：“给他安装在左耳里。”天旦像吃了迷魂药似的，任女海底人手指轻轻一弹，左耳便装上了宝珠。紧接着，又一位美丽的女海底人托着托盘从帐帘里走了出来，托盘里，也放着一颗小小的宝珠，绽放着奇异的紫色光芒。“给他安装在右耳里。”

海底人首领毫不客气地指着天旦说。她上前给天旦解释："这颗宝珠是智慧珠。装上它，就会有一个更智慧的头脑，可以和邪恶的外星人对抗。在你的身边，还有三个人也安装了不同的宝珠，他们也有着超人的智慧。过一段时间，你就会有所体会。从现在起你可以用百年来计算你的人生寿命了。""不过有件事还要告诉你：有个旋风隐形人，一直在帮助你，培养你。近段时间，他要去执行一项特殊任务，要离开你一段时间。你不要一直依赖他，更不要随意用意念让他显身见面。否则会给他带来灭顶之灾。近期他不能帮助你了。"海底人首领补充解释道。

天旦接受了两颗宝珠后，一股暖流涌遍全身，意识更加清醒了。他指了指腰间的"天文蛋"盒，向海底人首领请教一个问题："这次我在天空飞行，'天文蛋'盒为什么不灵验了？为什么不放出任何光芒就被你们带到海底城市？"海底人首领耐心地解释说："傻小子，上次在基地会议室，早就传授了你使用方法。其中有一个关键词是'意念'。如果你已经独立奔赴遥远的太空，遇到险危，它才会释放光环。今天，你没有去用意念，另外你不仅没有遇到危险，还遇到了好事，'天文蛋'盒，会发光吗？所谓'意念'就是排除一切干扰，用心去想，你想都没想，怎么会给你释放光环？目前，我们还在给你打基础，做准备，给你创造外部条件。可是，今后真正要解决问题时，就要靠你自己去坚持拼搏，去奋勇向前。还要告诉你，你的一生中，天文蛋只有九十九次能释放光环，释放一次就少一次，所以要努力把握时机，干好每一件事，否则，事业就会半途而废。决不能辜负了我们海底人对你殷切的希望；决不能辜负那些培养你的人，对你的期待。无论遇到什么危险的情况、多么困难的事，都要用心去想、去排除，而不能完全依靠'天文蛋'。"

站在对面的天旦不停地点头称"是"。海底人首领看了看时间，继续说："小子，看来你还是不错的，有培养前途。目前，训练已初显见效，往后，与邪恶的外星人斗智斗勇，要认真对待。现在停留时间差不多了，按照地球人类现行的计时方法，这才不过几秒钟，不妨碍你返回。你驾驶的飞机，是你们世界上当前最先进的机型，可称得上空中霸王。我们略在某些部件上做了细微的调整，它会比以前飞得更快。目前你的伙伴正在空中搜寻你。去吧，乘坐我们调整后的飞机回到天空中去。”转眼间，海底人首领消失了，天旦在海底人的带领下，踏上了返回的行程。

话说金助理在天空中四处搜寻天旦，一把将提升操纵杆推上去，飞机飞得更高了，不但能用肉眼观察遥远的天空，而且启动了先进雷达搜寻。正在向地面指挥部报告“不见踪影”时，他斜视了雷达屏幕一眼，突然发现了天旦的飞机，在其机后五千米处飞行，追上来了。金助理将这一情况报告了基地指挥部。与此同时，基地指挥部在雷达上也捕捉到了天旦的座机，立即不断向天旦喊话。不久传来了天旦真切的声音。大家惊恐的心情一下子平静下来了。

双机又在天空中平行飞行。金助理有些疑问，在送话机里向天旦讨教：“天旦，你怎么会在空中捉迷藏呢？咱俩不是一起在空中飞行吗？眨眼工夫，你怎么会在空中消失得无影无踪了呢？可把我和基地指挥部的人急坏了。”天旦立刻解释道：“我怎么可能消失呢？不是还有天文蛋做伴吗？”“老实交待，你究竟去哪里了？”“以后再说吧。”这时，话筒里传来了基地指挥部再次返航的命令。天旦开足马力向基地飞去。金助理把油门加到最大，可是怎么也追赶不上天旦的飞机。金助理心想：咱们同样的机型，差距怎么这么大呢？这小子又要什么鬼花样？回去再和你算账。

基地指挥部的雷达明显地观测到天旦的飞机以惊人的速度飞回来了，而且把金助理的飞机远远甩在后面。任凭他怎么追赶，也追不上天旦的飞机。转眼间，天旦驾机从洞口降落进去了，稳稳着陆在洞中停机坪中央，然后缓缓驶入预定的停机位。天旦打开机舱盖走下飞机。由于天旦在天空消失的时间极短，谁也没有在心里留意，大家几乎有一个共同的认知，可能是电子雷达的短暂故障，或是天旦天性的顽皮，耽误了几秒钟时间。阳教授和参谋长欣然走出指挥室，急忙迎接归来的天旦。

过了许久，金助理才驾机归来，在轰鸣的发动机声中向停机位慢慢驶去……

第九章　鏖战异星飞行器　变形旗舰同抵金星

话说大熊星“无敌超人”奉大王之命，带领两名得力助手——红叶和绿花，驾驶三种不同型号的三叉形飞船，气势汹汹地冲向太阳系。

飞行不久，太空中六架蜜蜂形小型飞行器，一字排开，挡住了无敌超人的飞行路线。冲在前面的无敌超人，见状大为不悦，立即通知他的两名助手红叶和绿花摆开阵势上前迎敌。

一架蜜蜂形小型飞行器，首先迎了上来，但没有马上开炮。坐在机舱中的红面驾驶员打开舱盖，升出一面黄色的旗帜高声呐喊：“你们这些古怪的飞行器，来自何方？未经允许，为什么擅自闯入我们的太空领域？你们已经被包围了，立即驾驶飞行器跟随我们到我们的星球上去。否则，我们会对你们实行毁灭性的打击……”无敌超人哪里把他们放在眼里？据侦察电子仪器上的信息反馈：挡在前面的蜜蜂形飞行器，只不过是一些普通飞行器，只带有一些常规武器，想要对付先进的超级光能飞船根本不可能。于是，无敌超人发出警告，要求他们立即闪开，并且明确告诉他们：“你们不是我们光能飞船的对手。我们先进的光能飞船在太空如同在陆地上，想停就停，想走就走，速度惊人。你们赶快乖乖回去吧！守好自己的家园，别管闲事。我们只找会发光的智慧人，与你们毫不无相干。因为你们科技水平太差了，别说想打垮我们，你们自身也难保。要想动手，后果自负。”无敌超人说出这么一番生硬的言语，惹怒了蜜蜂形飞行器里的红面人。他们岂肯示弱？便变换飞行队列，拉开阵势，立刻，猛烈的炮击光能三叉飞船。无敌超人故意静静地停在空中，成为他们的靶子，任他们攻击。狂轰乱射的炮弹像雨点般打在光能三叉飞船的机体上、玻璃窗上，犹如橡胶弹般毫无力量，又似烂泥一样自然滑落。三叉飞船机舱里的红叶见此发出了得意的奸笑声，嘴里还咕哝着：“这是什么炮弹？简直是小孩子玩的礼花弹或者橡皮泥。”胆大的红叶人竟然推开舱门，徒手去抓蜜蜂形飞行器射来的炮弹。果然，一伸手就抓住了飞过来的一发炮弹，紧接着又抓住了两三发炮弹。红叶还发出了一阵得意的狂笑声，嘴里不停地念叨着：“螳螂挡车，还想阻挡我们前进，真是痴心妄想。”蜜蜂形飞行器上的红面人见状，眼中直冒火星，即使使用最先进的炮弹，也对光能三叉飞船毫无办法，眼睁睁看着三叉飞船上的红叶和绿花接住炮弹，在手中玩耍，无可奈何。蜜蜂形飞行器上的飞行员个个瞪大眼睛，真是奇耻大辱。其中一名飞行队员，心生一计，开足马力，带弹冲向红叶所在光能三叉飞船。另一名队员见状，也开足马力，带弹撞击绿花所在的三叉飞船。两架飞行器在撞击声中爆炸了。烟尘散后，红叶和绿花的光能三叉飞船在空中岿然不动，而带弹撞击的蜜蜂形飞行器，烟消迹灭。其余蜜蜂行飞行器上的飞行员见状，掉转机头，开足马力避开锋芒撤走了。光能三叉飞船的红叶和绿花，心中非常明白，蜜蜂形飞行器想逃跑。红面人万万没有想到：科技水平差距太远，撤退已经来不及了。无敌超人带领的飞行队，决不放过第一次太空大战的机会。一声令下，红叶、绿花两位助手按下了飞弹发射的按钮，一架架飞行中的蜜蜂形飞行器，不是在空中开花，就是拖着浓烟消失在太空中。

初次太空交战，蜜蜂形飞行器不堪一击，无敌超人团队大获全胜。光能三叉飞船在太空中得意地全速前进。“这是什么飞行器？太落后了，差距也太大了。胆敢与我们最先进的飞船对抗，只能是以卵击石。”他们一边飞，一边在送话机中相互谈论着。

飞在前面的红叶，突然发现太空中又出现了许多形如蝙蝠的不明飞行物，向他们迎面飞来。飞行中的绿花和无敌超人，几乎同时在屏幕上也捕捉到了目标。从屏幕上看，冲在前面的一架灰色蝙蝠形飞行器，机舱敞开，中间坐着一个乳白色皮肤的外星人，手里好像挥舞着一个闪着光环的荧光棒。这个外星人大声呵斥：“来者何人？未经许可，胆敢侵犯我们的太空领域。立刻，停止飞行，返回去！要么跟随我们，到我们的星球上去接受检查。否则，你们就会机毁人亡。”无敌超人飞行队哪能被他几声呵斥吓退。据超级电子侦察仪上的信息，蝙蝠形飞行器的飞行速度、火力配备，以及火控雷达，虽然比蜜蜂形飞行器强得多，但是，要想胜过无敌超人飞行队，几乎不可能。于是，无敌超人早已心中有数了，驾机迎上前去。通过屏幕，他向蝙蝠飞行团队挥挥手，同时喊话：“让开空中通道，少管闲事，管闲事是要付出代价的。我们只找发光的智慧人，不和你们决斗。回去好好钻研科学、掌握技术，来日再战。你们这样落后的飞行器，怎能和我们先进的飞行器抗衡呢？真是异想天开。”蝙蝠形飞行器驾驶员根本听不进去，他们有数量优势，岂能轻易给无敌超人让开空中通道。领队的一声令下，蝙蝠形飞行器拉开战斗队形冲向前去。

光能三叉飞船上的无敌超人看见飞上前来的蝙蝠形飞行器，继续耐心地劝导：“请你们让开空中航道，我们不伤害你们。我们路过此空域，去太阳系。你们回到自己的家园去吧！研究出最好的飞行器、武器，再来挑战。”怒火中烧的蝙蝠形飞行器驾驶员完全蔑视眼前强大的太空对手，他们摆开阵势，先发制人。一串串炮火，迅速飞向光能三叉飞船。无敌超人和绿花驾着飞船，一闪跳出了重围。留下红叶的飞船，独自迎战蝙蝠形飞行器。密集的炮弹在红叶飞船周围爆炸，只有个别炮弹能打在飞船上，但被弹出很远，爆炸了。红叶的飞船成了蝙蝠形飞行器攻击的活靶子，任其攻击，却毫发无损。红叶眼珠一转，心生一计，驾着三叉飞船直接撞击蝙蝠形飞行器，同时，他飞船机体中神奇地伸出一根如意伸缩铁钎，待靠近蝙蝠形飞行器时，一挑，蝙蝠形飞行器不是完全散架了，就是在太空中爆炸了。红叶驾着三叉飞船，在几十架蝙蝠形飞行器中来去自如，如入无人之境，搅得蝙蝠形飞行器乱成一团，完全丧失了战斗力。红叶驾着三叉飞船越战越勇，又大胆地将如意伸缩铁钎化成机械捕捉臂，捕捉到了一架蝙蝠形飞行器，拉到近前准备详细看看，但是蝙蝠形飞行器太不牢固了，在途中就解体了，碎片散落在空中。几个回合下来，蝙蝠形飞行器所剩无几。短短几十分钟之内，红叶驾驶的三叉光能飞船，未发射一枪一弹，就将蝙蝠形飞行器全歼在太空之中了。

远远观看的无敌超人和绿花驾着飞船赶了过来。只见红叶飞船的机体上，除了有少量的污垢外，并无半点伤痕。红叶打开自动清洗器冲洗了一下，污垢几乎完全没有了，机身仍然光彩照人。在胜利的欢呼声中，他们又开始了漫长的飞行。

无敌超人飞行团队向前飞行不久，前面太空中又出现了大片奇怪的飞行物，他们降低航速探测飞行。从侦探仪的视屏上认真一瞧，甲虫形的飞行器黑压压一片飞了过来。很明显，来势汹汹的甲虫形飞行器是冲着三叉光能飞船来的。无敌超人心想：人多势众，需要认真对待。他立即启动电子监视仪进行侦测。侦测的结果证实：甲虫形飞行器上，有先进的远程雷达系统，同时配有强大的火控系统；不但有各型攻击型的先进导弹，而且还有具有超级能量的激光武器，以及强大的电磁炮。虽然不能给三叉飞船构成致命的伤害，但是数量众多的飞行器，一定会带来许多麻烦。

转眼间，一队蓝色甲虫形的飞行器，已逼上前来。机舱里的白面飞行员鼓着腮帮子，高声喊叫，太空中立即传来响亮的声音：“前方飞行器中的星人，你给我听着：无论你们是人还是魔，为什么如此大胆侵犯我领空？现在你们已经被包围了，唯一的选择就是马上降落在俺们的星球唯有如此，才能确保你们人机安全。你们三架飞行器势单力薄。否则，我们会使用最先进的武器攻击，你们将会机毁人亡，悔之晚矣。”无敌超人听到这番话后，觉得口气不小，胆敢藐视大熊星座上的超级机器星人和飞船。如此强硬的态度，使他们无法接受，于是也启动对空喇叭喊起来：“小小甲虫飞行器上的人，你也听着：别看你们依仗人多势众，自认为科技先进，就可以张牙舞爪，气势汹汹地欺负人。我们侦察得到的情报显示，当前，你们的装备还十分落后。无论是飞行器的速度，还是火炮的攻击性能，以及其他武器的功能，与我们相比，差距甚远。你们再过二三百年，也不可能赶上我们现在的科技水平。让开路吧！咱们相安无事。我们到太阳系去找发光的智慧人。少管闲事，宇宙这么广阔，没有星界、空界、国界。各走其道，不碍你们的事，更不能任意找事、挑事。我们不想扼杀你们正在发展中的初级生命，不然的话，我的两名助手，忍耐是有限的。你们绝不是他俩的对手，他俩将会把你们彻底消灭在太空……”蓝色甲虫形飞行器上的白面人一听，肺都气炸了，心想：太低估我们的科技水平了吧，这是对我们莫大的侮辱。甲虫形飞行器的领队，立即发出号令。一批甲虫形飞行物器首先对最近的三叉飞船发起进攻。太空中，顿时，炮声隆隆。一枚枚带光的导弹，映红了半个太空。

甲虫形飞行器，依仗人多势众，与三叉光能飞船轮番对决。太空中硝烟弥漫，你看不清我，我看不见你。双方只能从仪器中观察对方。无敌超人觉得情况有些不妙，心想：不能这样死缠乱打，消耗时间。要想办法尽快消灭对方。他灵机一动，飞出了包围圈。无敌超人的两名助手红叶和绿花则从前后分别夹击甲虫形飞行器大队，并动用强大的闪烁激光弹攻击对方。顿时，一架架甲虫形飞行器遇光即爆。短短几分钟，大片的甲虫形飞行器所剩无几。无敌超人看看逃向远方的甲虫形飞行器，仍不解心头之恨，又启动点杀导弹，将一架架甲虫形飞行器全部摧毁在太空之中。一瞬时间，太空中飘浮着许许多多机体碎片，形成了许多太空垃圾。

一名外星巡视飞行员驾驶巨能飞船正好途经该太空区域，惊奇地发现太空中不知何时，什么原因，发生了惨烈的战斗，留下了许多飘浮在太空中的星人遗体和飞行器残骸。他将太空奇遇的实情立刻汇报到指挥中心。

巨能飞船指挥室，灯光明亮。一名指挥官，眼睛非常突露，额头圆润。接到巡视员发来的新情报，他认真地看了看，突然，他那眼球转了一圈儿，对跑来报告的星人说："通知情报技术处理室迅速查清此太空飘浮物是什么飞行物，是何种原因所致。有了结论，立刻报告！"

巨能飞船情报技术处理室内，一名操作员接收到巡视员传回来的太空资料。通过远程追踪还原成像仪，很快探测出太空飘浮物乃是甲虫形飞行器被摧毁后留下的残骸，其遭到了强大的高强度激光武器的毁灭性打击。追踪还原成像经过精细处理，将被毁的过程、活生生的战斗场面；一一显示在荧屏上。同时，还追踪到三架不明飞行物正快速朝既定方向飞速前进。

远程追踪成像陆续追踪到：一个神秘飞行队，曾经与蜜蜂形飞行器战斗、与蝙蝠形飞行器交战、与甲虫形飞行器激战。神秘飞行队，在太空中横冲直撞，一时所向披靡，打遍太空无敌手。情报技术处理部门追踪三架不明飞行物的原始飞行轨迹，侦测到此三架不明飞行物是来自大熊星的三叉飞船，装配有最先进的设备，配备有最先进的武器，同时还配有三个智能机器人。其任务是捕捉太阳系释放光环的地球智慧人。

巨能飞船上的白衣指挥官得知这一情况，心中一惊，脱口而出："这还了得，我们培育的天使，岂能让这些败类去毁灭。"白衣指挥官气愤地瞪着圆溜的眼睛，果断下达命令：“太空执勤分队，严密监控并全力追捕，拦截三叉飞船。力争把飞船、智能机器人消灭在太阳系以外。”一场巨能飞船和三叉飞船惊心动魄的激烈战斗即将开始了。

话说在停机坪上，天旦坐在飞机座舱里看上去有些无精打采，他看了看自己腰间的天文蛋盒，思索着发光已经过去很久了。不知道前方的路，会有多么凶险？他心中暗想：近段时间，一定要小心提防。听阳教授和参谋长的话外音，自己还要通过最后一个难关——金星特训考核，才能结业。他暗下决心，坚决完成最后一次特训任务。

飞机很快降落在特训基地。早已等候多时的阳教授和参谋长将他俩领去又一个特训场。一路上没有笑声、说话声，只有走路的脚步声。大家穿过曲折的通道，来到一个精心打造的小型停车场。两台豪华智能旗舰小车，在这里等候。上车后，天旦一眼就认出，开车的是很久未见面的小车司机，再次重逢，非常高兴！在参谋长的带领下，小车开出了山洞，驶入一个奇特的峡谷，在一块宽大的草坪中间停下来。只见草坪另一头，耸立着一座数百米高的冲天铁塔。天旦看看阳教授那严肃的表情，明白了这次任务很艰巨，有可能是最艰险的一次训练。参谋长发话了，非常认真地指着前方说：“这座铁塔是超级智能发射塔，高数百米，是登上金星的秘密炮塔。炮塔顶部的特殊炮弹是飞往金星的特殊飞行器，可以很快地到达遥远的金星。那里有我们新建的金星基地。那里没有老师，也没有服务人员，一切靠自己。只有把在地球上所学的知识和在太空经历的事结合起来，逐步体会，精心操作，包括维护保养所有设备，你们才会通过考核。金助理一同去金星，协助天旦完成这次特殊训练任务。”天旦看到参谋长严肃地说出此番话，心中非常明白：这是一次艰巨而特殊的任务。

金助理接到任务后，自觉地跟随天旦一起走向铁塔。来到铁塔前，仰望铁塔顶端，实在高啊！人站在地上显得太渺小了。要想到达铁塔顶端，可以乘坐升降机，可是天旦有点不情愿到升降机里去。他在金助理耳边嘀咕一阵后，金助理惊讶地说：“你能行吗？”“能行。”天旦肯定地回答。天旦向远处的阳教授他们挥手，并向金助理做了一个鬼脸，望望高耸的铁塔，心中默默想着自己飞向塔顶，果然，天旦身轻如燕，一跃跳到了铁塔顶端。他得意地站立在塔顶，再次挥手致意，然后，钻进了弹头式的载人舱。远处的阳教授、小车司机、参谋长和塔底的金助理，惊得目瞪口呆。

金助理在升降机的帮助下，很快和天旦在载人舱会合。他俩激动得拥抱在一起，热泪盈眶。终于可以离开地球，飞向太空了。同时，他俩向基地报告："安全入舱。"

基地指挥大厅里，传出倒计时口令："……三、二、一，发射。"只见火光冲天、烟雾弥漫，天旦和金助理乘坐的炮弹形载人飞行器，喷出长长的火舌，飞向天空。坐在旗舰小车里的小车司机眼睛有些湿润了：相处多年的同事、朋友，离开地球远航，心中非常不舍。突然，小车"咔嚓"响了几声，他还没有弄清怎么回事，"旗舰"小车竟然自动变了形，车尾喷出两股强大的蓝色火光，车身自动长出一对的奇异"翅膀"，慢慢离开地面，冲向天空，追赶天旦他们去了。

指挥大厅的屏幕上，同时出现了神奇的两个画面：长了翅膀的小车，奋力追赶快速前行的炮弹形载人飞行器。坐在指挥台上的阳教授揉揉眼，摇摇头，不敢相信。眼前发生的事是真的。是幻觉？他目不转睛盯着屏幕上变形的"旗舰"小车。参谋长回过头，看看阳教授。阳教授心中明白参谋长想说什么，便心平气和地说："让他们去吧！他们羽毛已经丰满了！谁也不能阻挡他们一起奔赴太空。这是天意。"参谋长也只好若有所思地点头，嘴里未说出半个不字。在场的其他工作人员沉浸在无限的遐想之中。

太空中，天旦和金助理坐在炮弹形载人飞行器中飞速前进。长了"翅膀"的变形"旗舰"小车，喷出两股红蓝色的火舌，奋力追赶天旦和金助理的飞行器。不多时，两个飞行器就在天空并肩翱翔了。追上来的小车司机用通话器大声说："天旦、金助理，我来了！"他俩透过观察孔，看到追赶上来的小车司机，欣慰地不断向他频频招手致意。这时，天旦突然想起海底人说的话——"你要慢慢体会，奇迹就会出现"。今天，"旗舰"小车追赶上炮弹形载人飞行器，奇迹果然出现了！

两个飞行器，很快飞越了四千多万千米，一起降落在金星荒凉的表面。天旦和金助理走出飞行器，踏上了人类梦想中的又一个神奇天地——金星。但是，他们眼前有如炼狱一般：大气厚重，温度奇高，几乎看不清太阳。人在金星上仿佛一下子背了五十吨重物。“旗舰”小车又恢复原来的模样，不过行驶时速比在地球上的时速下降了不少。他们三个人一同坐在车里向前行驶，自由又快活，一路欢歌，一路欢笑，敞开心扉向着天空大声呐喊：“金星，我们来了！来到你这片净土，来到了你的自由天堂。”突然，天旦发现前面有许多闪光的亮点，他指着那里说：“那就是我的最后一站，金星智能特训基地。”转眼间，小车就来到了基地停车场，只见一个硕大的圆弧状的玻璃半球体建筑竖立在荒凉的土地中，好像天然生长在金星上的一个巨大的水晶球。

天旦一行人急忙下车，跃入眼帘的是基地大门上方几个醒目的中文大字“金星智能特训基地”。他们信步来到门前，厚重的玻璃门自动打开，步入特训基地内，顿时，球形建筑内的空间里传来“欢迎地球使者光临，希望你们生活得愉快”的亲切话语。放眼望去，“呀！好大的特训基地。”金助理脱口而出。

特训基地里，不但有山有水，有森林和草原，有沼泽和湖泊，甚至还有农业和工业设施。真是一个美丽的金星乐园！他们一边谈论，一边观赏基地中美丽的景色。

不知过了多久，他们来到一座奇妙的建筑前。这座建筑构思巧妙，云集了地球建筑所有的优点，可谓融会了东西方建筑文化。金助理被眼前的奇特建筑吸引了，指给小车司机和天旦看这儿看那儿，还一边走，一边给他俩解释：“这是欧式建筑风格，那是中式建筑风格。”来到一个更加特别的建筑门前，横额上清晰地写着“金星特训基地——F–3”。大家心里都明白了，直奔大门而去。玻璃门自动打开。他们迈进室内，迎面走来一位有礼貌，身着太空服的迎宾虚拟俊男鞠躬致意：“欢迎光临。”寒暄之后，他们跟随着迎宾虚拟俊男走进电梯。少许时间，电梯停了下来，他们走出电梯，来到宽敞的大厅中央。一架崭新而又奇特的子母飞碟稳稳地停放在那里。其形似双蝶重合，编号为118，表面光洁如镜，倒映着人影。此时，迎宾虚拟俊男解释道：“子母飞碟是双机相连的先进飞行器，不但可以合并在一起执行任务，而且还可以自主分离，单独执行飞行任务。大为船，可称神鹰飞船；小为碟，可称子箭飞碟。统称子母飞碟，也可以称为子母飞船。它们是当今世上科技含量最高的飞行器；同时装备精良，武器先进，机动灵活，攻防兼备。最为神奇的是遇到对方先进的飞行器，可以立即窃取对方的先进技术，瞬间加快自身的技术升级改造，快速提高装备能力，超越对方。”迎宾虚拟俊男一边说一边给他们发放相关资料。忽然，几道亮光同时一闪，三位虚拟美女手提皮箱，分别站在他们对面，什么话也不说，打开皮箱，拿出最先进的多功能超级宇航服，首先给天旦穿上了红色的宇航服，再给金助理换上黄色的宇航服，最后给小车司机换上绿色的宇航服。同时，还给他们每人发放了一模一样的多功能、做工精致的攻防兼备的特殊手枪。站在天旦面前的那位虚拟美女，对他深情地说：“今后，你们若有悟性，适当的时机，你们手中的枪就会变化为奇异的金枪、银枪、铜枪，功能齐全，威力更加强大。”话音刚落，又一道亮光一闪，迎宾虚拟俊男和三位虚拟美女消失得无踪无影。

他们正在四处张望时，一个舷梯在无任何外力作用下自动移动过来，靠在子母飞碟上。大家心里都明白，应该到飞碟上去了。天旦和金助理很快钻进飞碟机舱。走在后面的小车司机也要往里钻时，机舱盖快速自动关闭了。他大吃一惊：怎么回事？他们隔着玻璃窗面面相觑。正在疑惑间，变形旗舰小车自动开了过来。小车司机心中明白了，快步走下舷梯。

天旦和金助理进入飞碟机舱后，发现里边的一切都是那么新颖、别致，出乎预料。他俩陆续参观了驾驶舱、弹药库、侦察设备、火控系统等，一切都是精密数控化、高度自动化，科技含量极高的智能装备。他俩协商后，分别钻进机舱。神鹰飞船由天旦驾驶，子箭飞碟由金助理驾驶。天旦入舱坐稳后，机舱传来了语音提示：“驾驶员，你好！请认真阅读操作使用说明书。”金助理也按照语音提示，仔细阅读操作使用说明书。读完之后，天旦按下了预备起飞按钮。118号子母飞碟周身立刻奇光闪烁。基地大型封闭的圆弧玻璃屋顶，自动露出一个通天航道。118号子母飞碟离开特训基地的停机坪，飞向了金星上空。子母飞碟在金星上空，似一团光在高速行驶，非常壮丽。紧接着机舱音视频设备上阳教授对他们说："英雄们，你们要尽快熟悉 118 号子母飞碟的各种性能，掌握攻防武器的使用，弄懂侦察设备的识别能力，加强自身防护。必要时可以单机出击。目前，你在金星东面飞行，也可以在金星的西面降落。""学生明白。""遵照执行。"天旦和金助理分别应答了阳教授。

这时，天旦按下子母飞碟的分离按钮，金助理驾驶子箭飞碟，慢慢脱离了母飞船，一下冲向金星上空，两团闪光的"云朵"比翼双飞，忽上忽下，把金星的天空点缀得更加美丽。飞着飞着，金助理从雷达屏幕上发现后面有可疑目标追了上来。几乎同时，天旦发现前面也有不明飞行物袭来。他俩简单分工后，各自对发现的目标加以甄别，决定必要时予以摧毁。天旦立刻启动了追踪分析仪，对冲过来的不明飞行物加以甄别。机舱里响起语音提示："前面是一块陨石。"他一不做二不休，也想试验一下基地武器的性能，于是按下了点射巨能激光炮。一道亮光一闪，那块陨石就在空中爆炸了，化成一团烟雾消失了。

金助理驾着子箭飞碟迎上后面的一个可疑目标，接通识别仪加以甄别，语音提示："变形旗舰小车开来了。"金助理恍然大悟，才想起小车司机，他也是队伍中的一员啊，差点犯了大错！他放慢航速，等待变形旗舰小车开过来。

这时，天旦赶过来了，变形旗舰小车按了几声喇叭，也追上来了。他们相互通话后，编队成三角队形，在金星上空兴奋地转了几圈儿，彼此拉开距离向着既定目标金星西面飞去。

第十章　无敌超人星空受阻　金康人偷袭地球勇士

三叉飞船上的无敌超人，指挥两名助手红叶、绿花，一路冲杀，在太空中横冲直撞。他们即将飞到太阳系，欣喜若狂，然而，他们哪里知道，在太阳系之外，另一个天体上的智慧星人，早已经把他们的行踪，掌握得一清二楚，同时还制定了拦截他们的方案。

巨能飞船指挥室内，白墙、绿地毯，看上去虽然有些简单，但是和其他设施搭配在一起，显得十分庄重而又协调。身着白衣的指挥官威严地坐在办公室里，睁大眼睛，全神贯注地盯着面前的特大屏幕。屏幕上，无敌超人，带领红叶、绿花，驾驶飞行器，杀气腾腾，朝太阳系飞去。他们的一切行踪在屏幕上显示得清清楚楚。一名侦察员报告说："根据超级雷达侦测，他们三叉飞船团队离我们只有八十亿千米。"巨能飞船指挥官心想：不速之客来得真快。他立即下达命令："各小组注意：开启隐形术。按既定方案，在预定太空位置实施拦截。"巨能飞船上各小队接到命令后立即飞向预定太空位置，实施太空伏击计划。

骄横的无敌超人在三叉飞船的驾驶舱中，仍然露着得意的笑容。他一边指挥飞行，一边和红叶、绿花在送话器里谈论着上几次战斗的胜利战绩。谈着谈着，三叉飞船上的警报铃响了，指示灯也闪烁着红光。无敌超人立即警觉起来，启动他那超级嗅觉嗅了嗅。探得在离自已飞船很远的空域，有先进飞行器向他们飞来。再看看监测屏幕，的确有可疑的阴影渐渐靠拢过来。他立即通知红叶和绿花两名助手放慢速度，探明情况后再继续前进。同时，他们拉开飞行距离，变化队形，隐蔽前行，并指示红叶驾机前去侦察。

隐形巨能飞船上的白衣指挥官，已经从屏幕上把他们的一举一动看得清清楚楚，静静等待他们进入伏击圈。红叶驾着飞行器进入有效射程后，紧接着绿花也跟进来了。但狡猾的无敌超人驾驶三叉飞船却远远躲在后面观察动静，始终不肯跟进。白衣指挥官想：决不能错过消灭三叉飞船的大好时机。首先击毁他的两名助手红叶和绿花的飞行器，然后，合力围攻无敌超人的三叉飞船，这是上上之策。他当机立断改变原有作战计划，立刻下令："各小组注意：立刻出击，击毁伏击圈里的飞行器。"此时，隐形巨能飞船上的白衣指挥官，还不放心，释放出几艘超级小飞船，一边前去支援埋伏的小分队，一边前去拖住无敌超人。

太空中，一场飞船大战一触即发。

赶上去支援的超级小飞船，与提前埋伏的飞行团队会合，把红叶和绿花的飞行器分割包围，同时向他们发起猛烈进攻。

被围住的红叶的飞行器已成为巨能飞船混合舰队的靶子。无数的星人飞弹，一齐射向红叶的飞行器。红叶的飞行器不堪示弱奋力反击。瞬间，太空中硝烟弥漫，各型飞弹爆炸的火光映红了太空。

那边绿花的飞行器也遭到另一个巨能飞船混合舰队一颗颗闪电穿甲弹、一枚枚电磁导弹以及超级激光武器的猛烈打击。绿花驾驶飞行器，在硝烟弥漫的太空中负隅顽抗。

冲上前去的小飞船也向无敌超人的三叉飞船猛烈开火。赶来增援的巨能指挥官，看到自己心爱的一艘艘小飞船遭到三叉飞船的顽强反击，渐渐力不从心了，但仍在毫不示弱地全力攻击无敌超人的三叉飞船。他赶紧发射星光高能飞弹来加强火力。一阵猛烈轰击后，指挥官仔细观察，三叉飞船反击的炮火不那么猛烈了，还不如红叶和绿花的飞船灵活机动、飞行自如，暂时静静地停在太空任巨能飞船攻击，偶尔射出一颗威力不大的反击飞弹。巨能指挥官感到奇怪，他举起望远镜一看，自己的舰队喷出的一束束激光、打出的一发发炮弹，都被吸收到对方的三叉飞船里去了，对方似乎正在获取能量，补充自身。指挥官终于明白了，立即下令："停止攻击。发动电子攻击，用定向电子病毒武器攻击三叉飞船内部的电子设备。"巨能飞船中的电子操控星人，接到命令，立刻释放定向电子病毒，破坏三叉飞船里的电子设备，打乱它的正常运转。这一招果然见效，三叉飞船再也没有能力反击了。

强烈的电子干扰也波及红叶和绿花的飞船，他俩同样无法有效操控飞船了。狡诈的无敌超人感觉遇到了太空劲敌，若继续战斗下去，后果不堪设想。于是他立刻向红叶和绿花下达了撤退命令。红叶、绿花接到命令后，立刻驾驶飞船冲出包围圈，逃向安全的太空区域。

经过这一场激烈的战斗，败下阵来的无敌超人有些“谦虚”了。在送话器中，他同红叶、绿花商量下一步战斗方案。最终他们一致同意“集中力量实施远程打击，给对方飞船舰队予以重创”的作战计划。他们重整旗鼓，静默行驶到预定的太空区域，打开电子侦察仪，探得巨能飞船装备精良，火力强大，某些方面比自身的装备还略胜一筹。无敌超人大吃一惊：太空中还有这样一支强悍的飞行舰队，真是天外有天。

巨能飞船白衣指挥官早已侦察到无敌超人三叉飞船的行踪，同时揣摸到他们的作战意图，便采取了相应的对策：攻其弱，避其强，仍然选择先打掉他的两名助手，最后集中力量消灭强敌无敌超人。

无敌超人带领两名助手，按计划编队前行。他的左翼是红叶，右翼是绿花，加速飞向预定空域。巨能飞船白衣指挥官带领飞行舰队迎了上去。双方几乎同时开火，刹那间，弹道轨迹划破了宁静的太空，炮弹在双方飞行器周边不断爆炸。

巨能飞船白衣指挥官首先确定的打击目标为红叶驾驶的飞船。无数炮弹、超级星光飞弹、高能球形闪电弹、超级核飞弹等一齐发射，不断在红叶的飞船上砰砰炸响。红叶奋起反击，但势单力薄。几次轮番攻击后，红叶有些支撑不住了，反击火力明显减弱。他的飞船外壳已经严重变形，甚至有些地方裂了大口子。红叶看着伤痕累累的飞船，心想大难将至。一发飞弹又击中他的飞船中心机舱，炸出一个大窟窿。顿时，红叶飞船失去战斗力，在太空中摇摇晃晃。

绿叶驾驶的飞船同时遭到多轮轰击，也几乎失去战斗力。三叉飞船上的无敌超人见状，大惊失色。这次大战遇到了强大对手，他无心恋战，立即启动幻影术，同时释放战场应急自救黑色烟幕弹，眨眼间消失在太空中。

巨能飞船的白衣指挥官在屏幕上看见黑色烟雾中仍然有三叉飞船飞来飞去，再次集中炮火，不断向他炮击，准备一举消灭。过了好一会儿，黑色烟雾始终不散。在烟雾中三叉飞船似乎毫发无损。他想了想：不对呀！应该不会这样。它怎么能禁得住这样强大炮火的轰击呢？便立即下达命令："停止炮击，我们上当了。那是无敌超人使用的幻影术。"巨能飞船冲进黑色烟雾之中，指挥官一瞧，只有一个三叉飞船的影子在烟雾中晃来晃去，三叉飞船的真身早已不见了踪影。

无敌超人驾驶的三叉飞船，逃到太空安全处。他不断呼叫被打散的红叶和绿花，但始终未收到应答，便各处搜寻。

被击成重伤的红叶驾驶的飞行器，在太空中不断坠落。红叶从机舱中慢慢清醒过来，望着自己的飞船遭到了星人武器的沉重打击，机体外壳弹痕累累，满目创伤，心中十分沮丧，急忙打开检测仪，对飞船进行全面评估。结果显示，飞船船体只是皮外伤，除内部少量原件已失灵外，核心部件尚未损坏，仍能自动修复。他立即启动了自动维修系统对船身外壳、内部原件进行全面维修。只见飞船内部伸出一个灵活机动、伸缩自如的机械臂，伸到船体外，像汽车的雨刮器一样，慢慢拖动凹凸之处，瞬间，凹凸的船体外壳修好了，立刻呈现出光洁如新的新船体。机械臂上又伸出一只灵巧的五指手，从预备的配件箱中挑选出所需配件，把损坏的配件更换掉。少许工夫，红叶的飞船翻新如初，恢复了原来的模样。这时，送话器里传来了无敌超人的声音："红叶，红叶，听到请回答。"。

"听到了，听到了。"红叶赶忙重复回答。

"怎么样？飞船损伤严重吗？"无敌超人继续了解情况。

"我已启动自动维修程序，已经修复完毕。"红叶应答道。

"立即定位到太空安全区域会合。""是。"送话器中还不断传来呼叫"绿花，绿花听到请回答"的声音。从送话器里得知，绿花也被联系上了。红叶的脸上露一丝欣慰的笑容。

无敌超人哪里知道，巨能飞船上的远程监控器早已窃听到了他们的对话，把他们的行踪了解得一清二楚。白衣指挥官带领精锐飞行舰队一路追踪过去，打算一举消灭三叉飞船飞行队。

瞬间，绿花、红叶驾驶三叉飞船，在太空安全区域会合了。无敌超人看了看远程追踪雷达屏幕，发现巨能飞船舰队跟踪上来了。他那得意的脸色，一下子变得忧愁起来，心想：麻烦又来了。他不得不决定再次使用幻影术，迷惑对方，避开锋芒，绕道飞向太阳系。主意拿定，他立即命令红叶和绿花执行第二套方案，麻痹对方，启动幻影术。每艘飞船立刻释放出相同的三艘攻击型幻影三叉飞船。顿时，九架攻击型幻影三叉飞船，在太空中编队前去迎战。无敌超人趁机带领两名助手驾驶飞行器，悄悄离开了此空域。

巨能飞船舰队追赶上来，白衣指挥官看到有多艘三叉飞船，误认为是赶来支援的救兵，果断下达命令全力攻击。他的话音刚落，幻影三叉飞船却首先向他们开火了。经过一轮又一轮的攻击之后，巨能飞船舰队发现这些三叉飞船火力并不强大，根本没有杀伤力，与先前与之交锋的三叉飞船相差甚远，而且火力配备十分单调。而且在强大火力的攻击下，竟然没有一艘飞船受损，仍在那里晃动。白衣指挥官打开追踪成像显示仪一看，拍案而起：又上当了。真正的三叉飞船飞行队早已远去。留下来的只是攻击型幻影三叉飞船。于是他马上命令停止攻击……

金星的天空，天旦一行人驾驶着不同的飞行器，一会儿一字排开，一会儿摆成三角形飞行，一会儿你追我赶。按计划，他们向金星的西面疾飞。

金星，虽然不是地球的伴星，但是它永远是地球的神秘近邻。它的东面，近百分之六十五的面积能够被地球上的人一睹它的容颜。因为它在太阳系九大行星中离地球最近，所以它更加明亮。除了太阳、月亮，它是我们地球人看到的最明亮的星球。因此，人们把它称为长庚星或启明星。据说，它的表面有许多二氧化碳组成的特殊云朵，可以致人死亡。金星的许多地方，地球人类仍然未识它的庐山真面目。它既有荒凉贫瘠的一面，也有远古时期，高级智能生物留下的许多未解之谜。

金星西面的一角，在群山环抱之中，有一块不为人知的圣地，那里春意盎然，绿树成荫，生机勃勃，生活着一个神秘的金康人部落。有人说他们的祖先在远古时期来自地球，也有人说他们是外星人抛弃的遗民。他们体型怪异，面目狰狞，肤色呈现红、黑、白、黄、花斑色。详细观察，他们头大鼻高视野宽，身材瘦小，身高不足四尺。他们走路像蛙跳一样，真像漫画中的奇异怪物。大多数金康人居住在棱形低矮的建筑物内，也有少量金康人居住在树上的巢穴之中。

村落不远处，有一个宽阔的广场，一座巨大的圆形标志性建筑物建立在西南角。奇妙的阶梯，一级一级绕着建筑物，一直伸向屋顶。金康人把这座建筑视为圣物，因为它常常会给他们带来福音和生存的希望。每当金康人的首领站在房顶上演讲或者发号施令时，天空中总会神奇地悬挂一块极为清晰的大屏幕，成群结队的金康人列队围观，寻求生活来源。

部落的巷子里，走出一位身着蓝色服装，头戴白色礼帽，手提古式铜锣的金康人。他沿巷边走边敲说："大家集会了，到广场上去，欢迎客人到来！"许许多多的金康人身着古怪的节日盛装，手拿蓝旗，从棱形建筑物、树上的巢穴中走出来，一路嘀咕着涌向广场。

霎时，广场上，列队站满了金康人，就连标致性建筑物的阶梯上，也站满了人。屋顶的观礼台中央，坐着一位身着奇异服装的人。他正在向上天祈祷，同时伴有有节奏的鼓乐声。下面广场上，所有的金康人都有节奏地挥动手中的小蓝旗并不停地喊着："欢迎，欢迎。欢迎，地球勇士。"好一派盛大的欢迎场面。

眨眼间，天空神奇地悬挂出巨型屏幕。屏幕上出现了三个亮点，由远而近，逐渐变大。广场上的欢呼声更加热烈了，人们渐渐能够清晰地看到天旦驾驶神鹰飞船，金助理驾驶子箭飞碟，小车司机开着变形旗舰小车，飞了过来。坐着的首领突然站了起来，右手向天空一指，释放出一道蓝光，给飞来的天旦飞行队指路。这时，广场上全体金康人不停地尖叫、狂舞。天旦带领飞行队，在首领的蓝光引导下，稳稳降落在广场上。在光束的引导下，他们的飞行器开进一个硕大的神秘机库。

天旦一行人各自走出自己的飞行器。"好大的机库。"天旦发出一声惊叹。停在那里的神鹰子母飞船忽然亮光闪烁，自动慢慢升起来，在机库中悬停。旗舰小车也动了动，自动升起来，也悬停在机库内的空中。他们不约而同往上面一瞧，吓了一大跳，只见停机库内悬停着似鸟非鸟、似虫非虫的许多稀奇古怪的飞行器。这难道是外星人飞行器的接待站吗？他们疑惑起来。

天旦观察了一下四周，发现这里空无一人，只在昏暗的角落有磷光闪烁。他出于好奇，快步走过来观看，竟然是一大堆似人非人，泛着磷光的骷髅。他心中一惊，感到非常困惑，有一种不祥的预感。他正在思索之中，突然，机库内灯光亮了，从侧门里冲出几队穿着奇特服装的怪人。眼前的那些发着磷光的骷髅竟然转眼间消失了。茫然之中，怪人们各自占领了一块场地，有的拿着棍棒搏击，有的怪声怪气地呼喊，有的敞开歌喉欢唱，还有的在狂奔乱跳，根本不知道他们想干什么。这时，金助理和小车司机赶过来了，他们看到眼前发生的一切，也弄不清他们怀有什么目的。

几声汽笛声响，打断了他们的思索。三辆无人驾驶的黑色敞篷车开了过来，分别停靠在他们面前。大家心里明白，这几辆车一定是来迎接他们的。大家也没有多想，各自坐进了敞篷车，随后快速驶出了机库，开上了迷宫般的道路。坐在前面车里的天旦觉得有些不对劲，后面两辆敞篷车怎么没有跟上来？是驶到别的道路上去了？他心想：我们绝不能分开，应该紧紧团结在一起，集中应对突发事件。

另一边的金助理和小车司机乘坐的敞篷车，确实开向了另外的通道。他们心中产生了相同的疑问。

迷宫一般的道路上，天旦乘坐的敞篷车仍然在朝前飞奔。突然，他举起拳头猛砸了一下车身，大喊：“停车。等等他们。我们应该在一起。”这一喊也奇怪了，敞篷车自动停了下来，掉头往回开。

在同一时间，金助理、小车司机几乎做了相同的动作，喊了相同的话。难道是心灵感应？或是共同的意念起了决定性的作用？瞬间，三辆敞篷车就会合在一起，车辆相互轻轻一碰，一道亮光一闪，竟然变成了一辆红色的新型无人驾驶陆战车。三个人坐在同一辆车中，车子向前方驶去。沿途有三三两两拍手欢迎的金星人还有抱着枪的，也有鬼鬼祟祟偷窥的，然而，天旦他们并不知道这些奇怪的金星人就是久居在金星上的绿血金康人。从金康人的眼神中可以看出，他们没安好心。金助理觉得情况不妙，附在天旦耳边悄悄地说："要提高警惕，注意四周的异常变化，随时准备战斗。"他们相互会意。小车司机立刻摸摸腰间，他那崭新的多功能武器也许马上就可以派上大用场了。

"砰，砰"几声枪响。子弹打在行驶的车厢上，溅出几朵火花。他们惊出一身冷汗。天旦发现旁边树林中有人偷袭。金助理和小车司机立即拔枪进行还击。红色无人驾驶陆战车快速钻进了密林中的道路。埋伏在森林中的一群金康人露出凶残的面目，抱着炸药包，举着手雷，一齐迎面朝他们扔过来。千钧一发之际，小车司机飞快地跳进了驾驶室，紧急倒车，躲过了满天飞来的炸药包和手雷的袭击，避开了一次凶险的偷袭。

红色陆战车开进了另一条林间大道。猛然间，天旦发现路旁大树后面有一个落单的金康人。他敏捷地从车厢中跃出去，抓住了躲藏在树后的金康人，像捉小鸡一样迅速地将他提上车，甩在车厢中。金助理见抓到一个金康人，知道天旦想要干什么，便立即给他警戒。

天旦用枪顶着这个金康人的脑袋说："我有几个问题想问问你。只要你老实回答，我就不会伤害你。"这个金康人好像能听懂天旦的话，点头表示同意。

"你们是什么人？"

"我们是金康人，也被称为外星遗民。"

"在金星上生活了多少年？"

"无数年。"

"怎么知道我们会到来？"

"首领告诉的。"

"为什么欢迎我们到来？"

"按惯例每个外星使者来到这里，都会这样。"

"平日吃喝什么？干什么事？"

"不吃不喝，整天玩耍。"

"为什么追杀我们？"

“你们的血肉、心肝，按部落等级分配，或多或少可以给我们一点生存能量的补充。一直可以等到下一次天外来客的到来。”

这位金康人哪里知道他们的血统里，潜藏着一种特殊基因，天机不可泄露。刚把话说完，这个金康人立刻化成一摊绿色的血水。大家终于明白了，金星上绿血金康人的真正由来。

这时，站在车上警戒的金助理大喊一声：“金康人又追来了。”天旦站起身来一看，果然，无数金康人抱着武器冲上来了。顿时，他怒气冲天，将手中的配枪变化成高能冲锋枪，向冲来的金康人猛烈扫射，打得他们倒下一大片。没被打死的金康人，在地上翻滚着哇哇乱叫。有的眼睛一瞪，两腿一伸，一命呜呼了；还有的好似亡命之徒，抱着枪继续朝前冲。天旦和金助理瞅住这一大好时机，轮番扫射，将冲上前来的金康人几乎全部击毙。他们万万没有想到，没有毙命的金康人，从地上又爬了起来，抱枪飞向空中，变成飞行金康人，从他们头顶上扑来。天旦看了看，左右两侧上空也有抱枪的飞行金康人，他果断地向空中飞行金康人开火。飞行金康人也不示弱，反击的子弹从他们身边擦过，在车身上不断溅出火花。可恶的飞行金康人居高临下，一时稍占上风。少许片刻，天旦突然来了灵感：凡是朝他们飞来的金康人，靠近就开枪，无论反手正手，不抬头，不瞄准随心所欲，一枪一个，枪枪打中他们的脑门。金康人中弹的窟窿中流出一股绿色的液体。在金助理的全力配合下，这批凶残的飞行金康人很快被消灭了。

小车司机开着红色陆战车，在战火硝烟中飞速前行。刚刚松了一口气的天旦，还没有来得及休息，烟雾之中，几名金康人好像扛着新型飞弹筒，从后面的空中追了过来。小车司机连忙将陆战车开进一个类似立交桥的石拱桥下面，借助多根桥墩，从中穿梭隐蔽前行。这批金康人更加凶狠，不断发射出一枚枚导弹，炸得石拱桥一段又一段地垮塌，碎石乱飞。天旦借助陆战车穿梭前行的间隙，向飞行金康人开枪射击。枪响之后，飞行的金康人并没有掉下来，而是消失得无影无踪。几番较量，金助理也发现了这一奇怪现象。那些飞行金康人又在另一个地点出现了，朝他们不断射击。“大家小心，那是变异的闪烁金康人。”天旦话音刚落。闪烁金康人又出现了，与他们“捉迷藏”。这时，天旦心生一计，专打射过来的飞弹。瞬间，金康人射来的飞弹不断在半道被拦截，在空中爆炸。一时，谁也奈何不了谁。

飞弹在空中爆炸，弹片、碎石在陆战车周围洒落。突然，一个闪烁金康人飞到他们头顶，向他们射击。机灵的天旦和金助理巧妙地躲过射来的枪弹。他俩随即开枪还击，闪烁金康人一闪又不见了，消失得无影无踪。猖狂的闪烁金康人仍不死心，逼得更近了，一闪，出现在天旦的正前方，正欲举枪射击，金助理眼疾手快，轻轻地推了天旦一下，子弹打中了天旦的左臂，一股鲜血冒出。天旦咬着牙忍住剧烈的疼痛，右手将带血的伤口来回揉搓了几下，弹片蹦出，伤口神奇地愈合。随后，他举枪寻找闪烁金康人。

那些闪烁金康人忽上忽下，忽左忽右，真是阴魂不散。常言道："明枪易躲，暗箭难防。"闪烁金康人给天旦他们带来意想不到的烦恼。激烈的搏击中，天旦胸口又中了闪烁金康人的冷枪，鲜血直冒。金助理和小车司机目睹这一惨象，眼睛红润了，流下了悲痛的泪水。小车司机立刻将陆战车开到一个僻静的地方。金助理赶忙上前给天旦处理伤口。天旦推开金助理的手，示意不要他帮忙，要他注意天上的闪烁金康人。只见天旦强忍疼痛，使劲揉搓，钻在肉里的弹头从血洞中蹦了出来。他用手揉了揉，伤口立即好了。

这时，闪烁金康人几乎追到了他们面前，举枪向他们射击，他们三个人几乎同时发现，并同时开了枪。奇迹出现了：闪烁金康人从空中掉在地上，流出绿绿的血水来，当场毙命。他们非常兴奋：终于找到了消灭闪烁金康人的有效方法，于是，他们三个人干脆跳下车，背靠背共同寻找闪烁金康人。大家屏住呼吸，发现一个闪烁金康人，三支枪枪口对准目标一齐开火。闪烁金康人有的在空中爆炸，有的在空中燃烧，有的掉落地上哇哇大叫。就这样，发现一个消灭一个，三人同心，三枪齐发，不一会儿就全歼了闪烁金康人。忽然，从空中传来一个沉闷的声音："年轻人，干得不错。"声音在空中久久回荡，慢慢远去。

他们疑惑地仰望深空，只闻其声，不见其人，不过觉得并无恶意，还有些赞许，感到十分惊讶。他们回过头来，再次观察四周，再没有闪烁金康人出现。大家上车，朝前方驶去。

第十一章　击溃三叉飞船　鏖战金星怪兽

无敌超人的三叉飞船舰队，遭到太空巨能飞船舰队的沉重打击后，躲到太空一角藏了起来。他们怎么也没有想到，太空中有这样一支强大的舰队，如此难以对付。跟在无敌超人身后的两名助手红叶和绿花垂头丧气地，驾着飞船慢悠悠地航行。他们心中都在盘算着：如何对付太空中出现的强大星人。

无敌超人无意之中透过前窗向太空深处望去，只见远方有红光、黄光、蓝光光环，在太空深处，一圈又一圈不断神奇地闪烁。他打开送话器呼叫：“红叶和绿花，赶快观看，太空中释放的圈圈光环。”并叮嘱他们，“那就是我们要捉拿的发光智慧人。”他们想不到这么快就找到了要找的目标，于是信心倍增。红叶和绿花在送话器里叽里呱啦地商量着对策，大意是：“应该把三艘飞船，全部对接在一起，组成飞天巨无霸。人船集中，步调一致，形成更强大的火力。一是可以集中对付太空中的强敌。如果遇到对方多艘飞船，也可以灵活机动地分离出击。二是改变飞船的原有形状，还可以麻痹对方。”听了他俩的意见，无敌超人沉思了片刻，很快同意了这个方案。红叶的飞行器对接上了；紧接着，绿花的飞行器也稳稳地对接上了。他们一下子成功地组建了一个飞天巨无霸飞船。

红叶踏进了无敌超人驾驶的飞天巨无霸飞船机舱中，绿花也跟进来了，看到无敌超人十分严肃的脸显得十分不高兴。他俩谁也不敢先开口说话。沉默几分钟后，无敌超人转过头来，看了看，见他们一副垂头丧气的样子，反而扑哧一声笑了，用教训的口吻说：“没有用的东西。受了这么点挫折，你们就这样无精打采。要想完成任务，首先要靠一种自信的力量战胜自我。还要有强大的精神和必胜的信念，这样才能不被敌人打倒。”红叶说：“头儿，我们看到你心情不好。我们怎么能高兴得起来呢？”无敌超人狡辩说：“我正在思考问题，如何打垮当前面临的太空强敌。”他语气柔和地征求他俩的意见。绿花首先发表自己的意见：“虽然我们在太空受到巨能飞船攻击，给我们飞往太阳系造成了阻碍，但是我们还有超级先进的装备。凭我们现在的能力，完全可以打败他们。”红叶也提出了自己的看法：“我不赞成强攻硬拼的办法。应该避其锋芒，绕道飞向太阳系。因为从上几次交锋可以看出，他们的飞船和武器装备并不比我们差多少，甚至在某些方面还略胜一筹。”他俩讨论来讨论去，各抒己见，争得面红耳赤。无敌超人一时也拿不定主意。

这时，驾驶飞天巨无霸飞船的无敌超人从远程追踪仪上探得附近的太空中又有一个可疑的飞行器。打开识别器甄别，并不是前面所遇的对手巨能飞船，而是一个来路不明的小飞行器在深空中晃来晃去。他长长地舒了口气。

无敌超人哪里知道？太空中出现的这个小飞行器，其实是巨能飞船释放的一个小型光速隐形飞行器，是专门搜寻、跟踪、监视三叉飞船的小型预警侦察飞船。它早已把他们的行动轨迹、谈话内容，了解得清清楚楚。多疑的无敌超人从太空中闪现的小飞行器身上似乎感觉到什么，立刻释放强电子波进行干扰，以确保万无一失，并且，悄然改变原定计划，掉转船头，绕道飞往太阳系。

巨能飞船释放的小型预警侦察飞船，根据指挥船的要求，严密监视着太阳系以外的一片太空。突然，三叉飞船不知什么原因从追踪显示屏幕上消失了，似乎有飞回去的迹象。

几分钟后，巨能飞船的机要室收到隐形小型预警侦察飞船发回来的一份报告，经过技术处理，结论报告很快被送到白衣指挥官的办公桌上。他拿起结论报告，一看，很惊讶地说：“奇怪了，怎么会不见了？”他顺手拿起桌上的红铅笔，拉开壁上的挂帘，露出一张奇特的、发光的星空地图。他比比画画好像在计算着什么，嘴里还不停地嘟囔着。只见他时而歪着头静静观看壁上的地图，时而摇摇头，时而低头沉思。突然，他急转身回到自己的座位上，对着送话器说：“小型预警飞船，请注意你，所处的太空中是最强大的对手——

三叉飞船，一刻也不能放松警惕，对它严密监视。防止三叉飞船要花招，立刻加大空间侦测力度，扩大搜索范围，启用战术跟踪雷达，间断性地开机侦察。确保太阳系的安全。”“照办。”送话器中传回执行者的声音。

狡猾的无敌超人觉察到巨能飞船派出了隐形预警，便立刻要了一个花招，开启隐形功能，关闭所有电子设备，静默隐蔽飞行到一个安全的太空区域，暂时躲开了隐形小型预警飞船的跟踪监视。他们飞行了一段时间后，打开侦察系统观看，未发现巨能飞船和它的隐形小型预警飞船。无敌超人得意地笑着说：“这是我们奇袭太阳系，捉拿发光智慧人的大好机会。”同时进行了战术分工，“全速隐形飞行。若有情况，由红叶驾驶飞船引开小型预警飞船。我和绿花直奔太阳系。若遇到巨能飞船舰队，决不要恋战。力争秘密穿过太空封锁线，直奔太阳系。”红叶和绿花听令后，立即钻进了各自的飞行器，准备迎接新的战斗任务。太空中飞天巨无霸一路飞速前行，犹入无人之境，直扑太阳系。

小型预警机正也在太空中飞速前进。当驾驶人员打开追踪显示仪时，大吃一惊：太空中出现了从来没有见过的特大飞行器，仔细观看，好像是三叉飞船，可是怎么又多出奇怪的两翼呢？它立即将影像传送到巨能飞船的分析中心。有经验的科技人员很快辨别出，这架特大飞行器就是三个三叉飞船的组合体。

正得意的无敌超人打开侦察雷达时，不禁吃了一惊：隐形小型预警机就在前方不远的空域，于是赶忙加速躲避。然而，巨能飞船指挥中心岂能放过他们，白衣指挥官立刻下达命令：“立即追击正在逃窜的飞天巨无霸。”于是，带弹的隐形小型预警飞船，率先追到有效射程范围内，发射了流星导弹。无敌超人驾驶飞天巨无霸，躲过一枚流星导弹。从侦察雷达上探得，在他的身后，只有一架小型预警飞船，带弹量有限，难以坚持长久。他快速掉转机头，迎面冲上去，向小型预警飞船发起攻击。在强大火力攻击下，流星导弹半道开花，小型预警飞船消失了。飞天巨无霸上的无敌超人正在得意的时候，他的左右两侧，同时有飞行器向他开火。无敌超人采用同样的方法，对准其中一架狠狠攻击。这一下，果然奏效，那两架飞行器也被摧毁了。这短暂的胜利显示出了他的太空霸主地位。正在兴奋时，多架飞行器包围了飞天巨无霸。

巨能飞船上的白衣指挥官在屏幕上看到自己的三艘小飞船被无敌超人驾驶的飞天巨无霸击毁，尤其是其中有最先进的小型预警飞船，气得拍案而起："这还了得。"立即下令，"最先进的光子飞船，飞往激战的太空区域，摧毁无敌超人的飞天巨无霸。"

正打得得意的无敌超人，从侦察雷达上得知，巨能飞行舰队赶上来了，立刻启用他的预定方案。红叶接到命令，把自己的飞船从飞天巨无霸上分离出去，迎上飞来的巨能飞船舰队。双方很快交火了，各型超级飞弹不断在太空中爆炸，一时间硝烟弥漫。

巨能飞船上的白衣指挥官，一气之下连续发射了超级激光弹、超能电磁炮弹以及强大的星光弹。红叶所驾驶的飞船中弹了，反击的炮火一下稀疏下来，多种炮管也不响了。烟雾之中，模糊地可以看到，红叶的飞行器右翼被击中，一下子失去平衡，跌跌撞撞，在太空中不断下坠。真是狭路相逢勇者胜。巨能飞船决不给红叶飞行器半点儿喘息的机会，连续不断地向它又射出多枚光弹。

在太空的另一头，三叉飞船上的无敌超人，从屏幕上看到红叶如此惨败的场面，立刻释放出一条金光闪闪无限延长的救命链条，企图将红叶搭救回去。当救命链条把红叶机身紧紧缠绕住拉到途中时，突然，一股深蓝色的光束，将那条救命链条熔化成数段，同时，巨能飞船撒下一张柔性天网把红叶飞船罩住了，准备活捉无敌超人的助手。红叶一下子滚到天网里不断挣扎，但一切无济于事，根本无法挣脱。柔性天网把他牢牢困住。巨能飞船上的白衣指挥官，看见把红叶活捉了，正高兴时却没想到，天网中的红叶不肯被俘，他毫不犹豫地按下自爆按钮，在太空中爆炸了。

绿花看到自己同伴这样悲壮的场面，非常气愤。未征得无敌超人同意，他立刻脱离飞天巨无霸，驾驶自己的飞船，向对方飞船冲了上去。无敌超人知道自己的助手想要干什么，在送话器里反复叮嘱："不要鲁莽行事。反击一定要用头脑，你也想去送死吗？"绿花没有理睬，一气之下，使出浑身解数，不但释放出多艘攻击型幻影飞船，而且还释放出一群自杀性飞艇，向巨能飞船猛扑过去。在幻影飞船的全力掩护下，自杀性飞艇很快逼近了巨能飞船。

巨能飞船上的白衣指挥官看到屏幕上出现这奇特的场面，轻蔑地说："一群不知死活的家伙。"立即命令多名炮手，立刻炮击，不得让它们靠近巨能飞船。

绿花的飞行队遭到巨能飞船密集炮火轰击，暂时不能靠近，在太空与巨能飞船展开了强大的火力对抗。绿花转念一想：要想击败对手，既要分散对方巨能飞船的精力，又要寻找出对方的薄弱环节，抓战机摧毁巨能飞船，为死去的同伴报仇雪恨。绿花驾驶飞船，在幻影飞船的队伍中飞来飞去寻找时机。他终于发现了巨能飞船炮火的死角，立即带弹偷偷地冲上去，渐渐逼近巨能飞船。

无敌超人在屏幕上清楚地看到，绿花想牺牲自己，争取时间，掩护他突出重围。立即呼叫："绿花，绿花。危险！别干傻事。立即返航！听到了请回答。"无敌超人反复呼叫绿花。送话器里终于传来回应："头儿，赶快去完成大王交代的任务吧！别管我了。一路保重，永别了。"绿花关掉应答器，他绝对不会放过这一大好时机。他开足马力，直奔巨能飞船。一万米，一千米，一百米，近了，更近了，一声巨响，绿花的三叉飞船撞上了巨能飞船。然而，绿花却被弹出了机舱，在太空中飘荡。

巨能飞船被绿花带弹撞击后，船身剧烈摇晃，船体严重变形，暂时失去了攻击能力。白衣指挥官紧急吩咐机械师赶快维修。

无敌超人瞅准这一大好时机，不敢继续恋战，趁对面巨能飞船火力减弱的间隙，又释放了大量的战场黑色烟雾，冲破了太空封锁线，逃之夭夭。

金星上，天旦一行人开着陆战车在大道上快速行驶。他们团结一致，齐心协力，打败了金星陆地上的绿血金康人，天空中的飞行金康人，以及闪烁金康人，已经累得筋疲力尽。金助理观察了一下四周，再无任何异常情况，将手中的枪插入枪套之中，坐在车里呼呼大睡了。天旦看了一眼入睡的金助理，也收起枪，一下子瘫倒在车厢中，也很快打起呼噜。小车司机趴在汽车方向盘上，也睡着了。

陆战车不知行驶了多久，进入到一个丘陵地带。阵阵凉风吹来，吹醒了睡梦中的天旦。他的精神似乎好多了，站起身来一望，这片丘陵漫山遍野开满了野花，五彩缤纷，美丽极了。忽然，前面大道上出现了一个白色怪物的影子，正奋力朝前跑。一闪，又不见了。他平静的心情一下子紧张起来。“有情况！”天旦脱口而出，声音惊醒了熟睡的金助理和小车司机。金助理立刻站起身来，掏枪密切注视前方。果然，有个白色的影子正在朝前面奔跑。小车司机加大油门奋力追赶。

“救命呀——”前方隐约传来呼救声。他们侧耳倾听，的确有微弱的呼救声。小车司机赶快加速前行。离那奔跑的白色怪物近了，更近了。原来，那白色怪物跑跑停停，好像故意戏耍他们，偶尔站在大道中间，还回头张望。天旦一看，那白色的怪物黄发白眼，似熊非熊，似人非人，长相奇特。仔细一瞧，它足足有四米多高，浑身长着长长的白毛，鼻高脸大，脑袋似牛头，拳头大的眼睛中喷出一股慑人的杀气；右手掐着一个不足三尺长，穿着黄衣服的小人；左手也提着一个不足半米高，穿着黑色衣服的小人，看上去，他们的体重不超过二十千克。左右两边手中的小人手脚不停乱抓乱蹬，嘴里不停呻吟，同时发出悲惨的求救声。

天旦他们站在车上，目睹这一悲惨的场面，怒上心头。天旦脱口而出：“冲过去逮住它，救出小人。”小车很快逼近了白毛怪物。金助理伸手去抢白毛怪物手中的小人时，那白毛怪物敏捷地跳到路旁，转身朝灌木丛中奔去；跑了一段路程，忽然，又在草丛中停住了，回过头来，露出狰狞的面孔，凶狠地注视着他们。天旦与它目光相对，不知道它想干什么。顿时，一股凉气从背缝中升起。他根本没想到那怪物立马做出了一个异常的举动，将右手穿黄衣服的小人掷了过来，恰好掉落在车厢中，滚到金助理的脚前。小人口吐鲜血，嘴里不停发出“救救我”的声音。话音刚落，他的小手小脚，痛苦挣扎几下，慢慢闭上了眼睛。看到这一凄惨场面，天旦的仇恨油然而生，他站起身，看见那白毛怪物仍然站在那里，朝他们发出一阵奸笑。白毛怪物提着剩下的一个小人，飞速逃走了。

气冲斗牛的天旦跳出车厢火速追赶那逃跑中的白毛怪物。金助理、小车司机也跟了上去。追过一片草地，来到一处灌木丛，隐约听到又有悲惨的求救声。他们潜伏在灌木丛中观看，不由得惊呆了。只见前面开阔地上，聚集了许多白毛怪物，三五成群正在嬉戏，捉弄先前那样类似的一个个小人。在它们身旁的藤筐中，仍关着几十个小人。凶神恶煞般的白毛怪物，把一个小人，玩耍得没有了气息，甩在一旁就不管了；又从筐中抓出一个小人，与其他怪物共同玩耍。有的白毛怪物，剥光了小人的衣服，倒挂在树上，用藤条狠狠抽打，打得小人遍体鳞伤，鲜血直流；有的白毛怪物，从藤筐中拖出一个小人，直接甩给它们的同伴，在空中似打排球一样，投来投去，直至小矮人死亡；还有的抓出一个小矮人，直接用它那笨重的脚踢，像踢足球一样，在草地上踢来踢去，直到小人再也不喊救命为止。甚至还有更加惨无人道的做法：几个白毛怪物发疯一样狂笑之后，拎着小人，一声怪叫，将其五马分尸。每个白毛怪物手中，都拿着块血淋淋的肢体，大口咀嚼起来……

躲在丛林中的天旦一行人，看到这一幕幕惨绝人寰的悲惨场面气得牙齿咬得咯咯直响。正义的力量陡然而生：绝不能再让这帮畜生如此横行霸道欺负人了。他们一起向怪物群冲去。那群怪物似乎嗅到什么异味，好像发现天旦他们冲过来了，便停止了手中残忍的活动，鼓着带血的大眼睛，拖着庞大的身躯，埋头朝天旦他们一步一步走来。天旦一看，对面的这些庞然大物令人胆寒，虽然自己的身躯显得十分渺小，但是正义的烈火在他心中熊熊燃烧。他毫不畏惧，勇敢地上前解救那些无辜的生命。他们一字排开，紧握手中的武器。面对凶神恶煞的白毛怪物迎上前去。天旦朝着走在最前面的一头白毛怪物首先开了枪。然而那怪物并没有倒下，他连开数枪，仍然没有任何反应。它旁若无人，拖着笨重的身躯，步步朝他们走来。金助理和小车司机都看傻了眼。他们不约而同地再次举枪射击。三枪齐射，奇迹再次出现了，那个龇牙咧嘴的白毛怪物慢慢倒在草丛中。这下可激怒了其他怪物，看到自己的同伴倒下，嘴里叽里咕噜怪叫着，一起蜂拥上来。

眼看这群巨大的怪物向他们逼近没有多想，天旦他们还是采取与先前同样的办法，三枪齐射，冲在前面一排的怪物倒下了。后面的巨大怪物停住了脚步，站在原地望着天空，发出声声怪叫；是在呼唤救兵，还是想出了其他怪招？一阵怪叫之后，它们全部散开，变化队形朝他们四面合围过了，很快将天旦他们团团围住。天旦他们背靠着背，严密注视着白毛怪物的一举一动。怪物们的包围圈越来越小，危险越来越大。他们再次开枪了，三枪齐发，一个接一个白毛怪物倒在草丛中，然而，其他怪兽根本不怕死，既不停止前行的脚步，也不去救护同伴，反而昂首挺胸，踩着同伴的尸体，一直朝前走。枪声不断响起，前面的怪物不断倒下，后面的怪物冲上来，总是杀不完、斩不尽。怪物逼得更近了，眼看天旦他们就要被怪物活捉。谁知他们合力一跃，竟然飞了起来，在空中向下面的怪物扫射，大部分怪物倒下了。

天旦他们飞到一片树林，各自占领一棵大树，站在树枝上，向靠近的怪物射击。单枪射击它们，根本不管用，反而激怒了其中一头白毛怪物，咆哮着冲到他们树下，看看天旦和金助理，又看看小车司机。它愤怒地跑到天旦所站的树下，双手一抱，把粗壮的大树连根带土地拔了起来，摔在地上一看没有人。天旦已经飞到另一棵树上，嘲笑它。那头白毛怪物气得发疯似的不停怪叫。怪物越聚越多，奔来的怪物，有的直接把大树随手按倒，有的抱着树干摇动，企图将天旦震落下来；还有的挥动左膀右臂，把大树拦腰打断。瞬间，树木哗啦啦地倒下一大片。天旦他们在树上跳来跳去，气得白毛怪物哇哇大叫。

这时，站在另一棵树上的小车司机高声喊起来：“天旦、金助理，不用三枪合力同射，找准白毛怪物的死穴——脑门，只管朝它们的脑门开抢，一枪一个准儿，当场击毙。”“好伙计，听到了。”天旦应道。再看看小车司机的树下，已经倒下多具怪物的尸体。天旦、金助理对准冲到树下的白毛怪物脑门射击，果然见效，一枪一个，当场毙命。其他的怪物见状，再也不敢向前靠近，怪叫着都跑开了。

天旦他们观察四周，再没有白毛怪物出没了。他们跳到地上，看到在地上那些怪物的尸体，脑门上仍在不断流淌鲜血。突然一头怪物猛然抬起头，望着天空，喷出一股粗大的血柱，接着又倒下了。他们大惊失色。忽然，从他们背后，又站起一头巨大怪物，伸手摇摇晃晃去抓他们其中一个。天旦头也不抬，反手一枪正击中那怪物的脑门。他们小心翼翼继续搜索前行，又一头躺在地上的巨大怪物，右手抓住金助理的左腿，金助理感觉它有气无力，转身朝着它脑门也是一枪，巨大的怪物慢慢松开了手……

天旦他们一行人赶到开阔地一看，藤筐中的小人仍在不停地低声呼救。那些小家伙一看救星来了，用尽全身力气，不断呼喊："救命啊，救命啊！"天旦他们一起上前赶快打开藤筐，放出困在笼中的小人。每出来一个小人，不是向他们深深鞠躬，就是跪在地上十分庄重地磕头行大礼。再看放出去的小人，有的三三两两奔向草原，有的跑着跑着飞向了蓝天，还有的走着走着钻进了地下。天旦他们望着那些小人的神奇举动，虽有些诧异，但是小人重新获得新生、自由，大家心中感到非常欣慰。

嘀嘀几声喇叭响，打破了天旦的沉思。有灵性的无人驾驶陆战车主动开了过来。天旦知道一切都结束了，也该走了。望着战斗过的树林、草地，不知还有多少未知的奥秘等待他们去探索。

陆战车的喇叭再一次响起，他们赶快上前跳上车一看，车厢里早已打扫得干干净净。原来那车厢中被摔死的小人已经不翼而飞了。大家你看看我，我看看你，沉浸在无限的遐想之中。

陆战车平稳驶出草地，在大道上飞速行驶。他们坐在车上，尽情欣赏金星上的奇异风光。忽然，一个黄中带黑的花斑身影从他们头顶一闪而过，钻进路边的草丛中。天旦看着那摇晃的草丛，似乎有动物在草丛里中奔跑。小车司机看到这突发情况，迅速跳进驾驶室，稳稳操纵方向盘，向前方疾驶。"有情况！"金助理大吼一声。又一个白色的身影从他们头顶飞身而过，也钻进路边的草丛之中，把他们惊出一身冷汗。顿时，他们的血压骤然升高，汗毛也竖立起来。金助理立刻拔枪警戒，观察周围的情况。陆战车加大油门飞速前行，猛然，又一个灰色的身影从灌木丛中蹿出来，再次从他们头顶上飞速而过。天旦回过神来，惊奇地问："那是什么动物？反复从我们头顶掠过。"金助理答道："好像是老虎，又不像老虎。好像是熊，又不像熊。我也没有辨别清楚。""嗯。有可能又是偷袭我们的某种特殊动物。咱们要提高警惕。"天旦说出了自己的看法。

陆战车开到一个十字路口停下了。小车司机在路口迷惑了，前看、右看、左看。“走哪条道呢？”他问了问车上的天旦和金助理。他俩用高倍望远镜远望空旷的草原和各条道路，一切极其安静，没有动物活动的迹象，也没有人员活动的迹象。天旦选择了走中间那条大道。陆战车直接奔向这条大道。

陆战车在大道上飞速前行。少许时间，前面大道上好像有许多动物鬼鬼祟祟向他们走来。天旦站起来，举着望远镜观看，的确有动物奔来。金助理豁然站立起来一看，非常吃惊，类似地球上东北虎的动物三三两两地向他们迎面走来。天旦揉了揉眼睛，不敢相信眼前这些老虎是真的；举起望远镜仔细观看，只见它们张着血盆大口，眼睛射出犀利的目光，昂首挺胸，快步迎面逼来：嘴里还不断发出声声咆哮，似乎天旦他们就是它们的盘中餐、腹中物。小车司机吓得不敢大声说话：“停车改道吧！不然，我们都会葬身虎腹。”车上另两个人谁也没有理睬小车司机所说的话，一直目不转睛地盯着虎群的一举一动。走在前面的几只大老虎，既凶狠又壮实。只见它们走着走着，不时用前爪在地上抓几下，或者坐在地上向天旦他们张望，好像随时就要向天旦他们发起冲锋，又好似在催促后面的老虎快速前进。金助理回头观看，更加吃惊。只见前后左右、形形色色的大小老虎从四面八方围了上来，甚至有的老虎已经快要追到车厢后面了。这时，天旦果断地对小车司机说：“快朝前面的虎群开。”小车司机二话不说，加大油门快速冲向迎面而来的老虎群。

说时迟，那时快。一只花斑老虎跳到车厢上空，咆哮着向他们扑过来。天旦手中的枪响了，老虎一下甩出一丈多远，重重摔在地上，奇怪地燃烧起来。另一只灰老虎，张着血盆大口，也跃到他俩头顶，想抓住他们。又是砰砰两声枪响，灰老虎在空中神奇地自燃起来……

小车司机驾车飞速冲进虎群，奇迹又一次出现了。它们竟然让开一条通道，退到道路两旁。没有来得及退让的老虎被车碾到后，没有留下一点儿血迹，躯体瘪瘪地紧贴在道路上，就像一张纸。其余的老虎都逃进深山中。

“哈哈，小伙子们思想过硬，思维敏捷，表现优秀。”空中传来爽朗的大笑声和洪亮的赞许声。这些声音在浩瀚的金星上空久久回荡。

第十二章　古镇上战火四起　乱石冈高人授课

绿花带弹撞击了巨能飞船后，弹出舱外，飘浮在太空中，嘴里念叨着："头儿，永别了。"突然，腿中的能量自然启动，脚下喷出两股耀眼的蓝色火焰，向三叉飞船飞去。他转悲为喜，大声呼喊："头儿，我回来了。"这声音在太空中久久回荡。

这时，无敌超人巧妙地冲破巨能飞船的封锁线驾驶三叉飞船在太空安全区域急速前行。想起助手红叶、绿花机毁人亡的悲惨场面，他心中涌起无限悲伤。正在万分悲痛时，他那灵敏的听觉猛然听到绿花的呼喊声，仔细倾听，太空中的确传来绿花呼喊的声音。他高兴得几乎蹦出驾驶舱，立刻加快航速去迎接绿花。

巨能飞船遭到绿花的飞行器带弹撞击，不但被撞得机体严重变形，而且还被撞出一个大窟窿。几个星人维修师正忙着抢修。转眼间，巨能飞船被修好了，恢复了原样。坐在办公桌前的白衣指挥官，苦思冥想绿花的如此举动。大熊星上的生物能够制造出如此有思维的亡命徒式的机器人，真是不可思议。他感慨地对同伴说："真是天外有天。宇宙无奇不有，高科技的机器人，何只我们有，其他星球，照样能制造出来。"咚咚几声敲门声，打断了他的话。一个白衣卫士推门进来报告："无敌超人驾着三叉飞船，已经冲破封锁区，逃往太阳系。""嗯，知道了。"白衣指挥官没有做出任何指示。卫士有些迷茫，知趣地慢慢退出指挥室。白衣指挥官站起来，走到左侧落地布帘前。布帘慢慢自动打开，露出带光的八颗行星绕着太阳运转的星空图。他比来画去，似乎又在计算什么。他时而在办公室里踱来踱去，时而看看星空图。丁零零，他办公桌上的电话铃响了。送话器里传来一个清脆的声音："报告指挥官，发现绿花已经逃到无敌超人的三叉飞船上。""哦，知道了！"白衣指挥官非常不耐烦地回答。只见他烦躁不安地一屁股坐在高靠背座椅上，仰头注视着天花板，似乎在思考什么。猛然，他想起地球上的秘密基地，立刻接通了机要室的电话："请给我立刻接通地球 4 号基地电话。"送话器里不断传来"地星，地星。天鸟，呼叫"的声音。

金鸡山的深处，几万年以来一直是原始森林。许多不知名的古树，依旧郁郁葱葱。其中，有一个人迹罕至的神秘地方，那就是外星人的洞穴基地，从来无人知晓。外星人的洞穴基地，从外表上无法看出破绽。即使用最先进的探测设备，也无法发现它的踪迹。

洞穴基地中灯光明亮。豪华的办公室内，一位眼睛突露，身着飞行衣的绰号北风的负责人手里拿着精致的外星电话，正在与巨能飞船上的白衣指挥官进行天地对话："天鸟，天鸟，我是地星，请讲。"

"地星，你听着，有两名外星超级机器人，驾驶三叉飞船窜入太阳系。"

"什么时间闯入的？大体位置在哪里？"

"刚刚撞入太阳系。现在已到达海王星上空。"

"他们的具体目标是什么？"

"捕捉或者毁掉释放光环的智慧人。"

"我们的任务是什么？"

"打垮，或者活捉，或者消灭这两名外星超级机器人。"

"明白。"

"千万不可大意。外星超级机器人自称无敌超人。他们武器先进，诡计多端，你要认真对待。"

"知道了。"

北风长官放下电话，快步来到洞穴基地指挥大厅。一群身穿白衣的技术人员正在紧张忙碌地操作各种设备，仔细观察屏幕上各种飞行物的外部特征。一位工作人员报告："长官，发现一可疑飞行器正快速朝土星飞去。"北风长官紧盯着屏幕说："来得真快。是它，就是它。这就是我们要搜寻的、窜入太阳系的三叉飞船。你们要严密监控，不准它从视线中消失。”同时下达命令，“歼敌号值班飞行队，立刻出击迎战。”

话音刚落，北风长官按下歼敌号飞行战队出洞的开关。金鸡山深处，数百米高的陡峭岩壁上，几棵巨大的古树连树带土慢慢移开，露出一个闪烁蓝光的洞口。一艘艘歼敌号飞船从洞里冲出去，飞向天空，迎战流窜到太阳系的三叉飞船。

无敌超人带着绿花，驾着光能三叉飞船，谈笑风生地向太阳系飞行。很快飞越木星、火星……直奔地球。

原来无敌超人和绿花早在海王星空域就窃听到巨能飞船上的白衣指挥官与地球洞穴基地负责人北风对话的机密内容。他得意地朝助手绿花扑哧一笑，启动超级隐形术，改变既定的飞行路线。几次太空激战，他悟出了一个道理：保存实力最重要。他们避开洞穴基地歼击机群，转而飞往亚洲中部的大沙漠。

无敌超人驾驶飞船很快来到大漠上空，正好遇上强大的黄沙气流云团，他们借此避开了雷达监视，一头扎进了黄沙漫天的云团之中。云团里，狂风漫卷，黄尘满天飞扬，能见度不超过五米，给无敌超人他们造就了一个天然的隐蔽场所。三叉飞船闪烁着一团团光芒，在黄尘漫天的沙漠中着陆了。无敌超人和绿花走下三叉飞船，回头看看这庞大的家伙裸露在沙漠之中，总有点放心不下。无敌超人拿出遥控器，朝飞船摆弄了几下，三叉飞船庞大的身躯，抖动了几下布满尘埃的机身，迅速缩小，化成一个怪物，一下子自动钻进了沙漠之中，巧妙地隐藏了起来。见此，他俩才放心离开。

无敌超人和绿花在黄沙弥漫的沙漠中艰难地前行。又一阵狂风袭来，满天黄尘刮得他俩东倒西歪，加之刚来到地球，地球重力使他俩感到有些不适应，甚至在沙丘中不断翻滚，经常滚成一团。他俩坐起身来，你看看我，我看看你，觉得有些不对劲。“我们外星人的模样，能和地球人相见吗？一见面，还不把他们吓跑了？”经绿花提醒，无敌超人觉得绿花说得很有道理。他们相互搀扶着站起来，使了一个奇异的招数，转了一圈儿，去掉太空宇航服，变成当地人面目，遮住外星人的六窍面孔；又换上当地人经常穿的服装，头戴太阳帽，一下子变成了两个“当地人”。他俩相互对视了一下，一阵狂笑，一闪身消失在滚滚黄尘之中。

地球上洞穴基地的歼敌号飞行战队在几万米高空穿梭飞行，仍在搜寻天外飞来的神秘飞行器。歼敌号机长不停地和洞穴基地指挥部通话：“地星、地星。天空未发现目标，请指示。”

“天鹰，天鹰。神秘飞行器已飞至地球，在亚洲中部大漠降落。”

歼敌号飞行战队飞到亚洲中部大漠上空，搜索一阵后，未发现目标，只见黄尘漫天。歼敌号飞行战队并不知道他们要追寻的目标早已隐藏起来了，仍在不断呼叫：“地星，地星。未发现目标。只有漫天的黄尘。”“天鹰，天鹰。侦察发现，三叉飞船已进入黄沙之中，请继续搜寻。务必找到来自天外的神秘飞行器。”与基地对话后，歼敌号机长带领飞行战队一头扎进黄尘风暴中，到处搜寻。飞沙走石的恶劣气候，导致搜寻工作非常不顺利。雷达侦探能力大大降低，无法搜寻。搜寻之中还差点与本队飞机相撞，情况极其不妙。洞穴基地指挥室里，北风长官在屏幕上看到恶劣的气候，只好下达了返航命令：“天鹰，天鹰。立即返航。”“明白。”歼敌号机长应答道。

霎时间，歼敌号飞行战队就来到金鸡山上空，俯冲下来，飞进了有蓝光的山洞。天然的岩石和树木立刻密封住了神秘的山洞口。严丝合缝的巧妙伪装与大山融为一体，人们从表面上根本无法发现此山就是外星人的秘密基地。

洞穴基地指挥室里，各种仪器设备不断发出嘟嘟的声音，看上去一片繁忙。北风长官在办公室里来回踱步，思考着巨能飞船上的白衣指挥官下达的任务：击毁太空来的超级飞船，活捉或者消灭外星超级机器人。派去的歼敌号飞船无功而返，他心中十分不安，一会儿坐在沙发上，一会儿走到操作人员背后看看，一会儿打开大屏幕瞧瞧超级飞船消失的地方。一时半会儿，他没找到有效的办法，急得抓耳挠腮。

万分焦急的时刻，一团旋风窜进了他的办公室。旋风之中，似乎有个模糊的人影。北风长官知道是旋风隐形人回来了。他憔悴的脸上露出了惊喜的笑容，急忙回到办公桌前的座位上，给对面的旋风隐形人讲述地球洞穴基地当前的新任务：“尽快找到天外来的可疑飞行物并将其缴获，立即活捉或者消灭来自天外的超级机器人。不然，他们将会给我们亲手培育的智慧人造成莫大的威胁，打乱我们多年精心策划的地星计划。你当前的首要任务是寻找到超级机器人无敌超人和助手绿花并且消灭他们；其次还要在沙漠中，搜寻到他们先进的飞行器，收缴他们潜逃星空的交通工具，保障我们地星计划顺利实施。”旋风隐形人不声不响地接受了任务，一闪身飞出了他的办公室。

此时，化妆整容后的无敌超人和绿花很快飞出了满天弥漫着沙尘的大漠。他们巧妙地躲过了洞穴基地歼敌号飞行战队的追捕，飞速朝既定目标前行。

不多时，无敌超人和绿花来到了一个偏僻的古镇。恰逢赶集的时日，集市上人群来来往往，川流不息。他俩混在赶集的人流中，希望能从这里找到释放光环智慧人的一些蛛丝马迹。古镇虽然没有现代化大城市的高楼大厦，但具有特色的民族建筑显得别具一格。优美的环境、洁净的街道，显示了这座古镇的活力。

集市秩序井然，人来人往，叫卖声此起彼伏；小超市、五金店、电器铺、水果摊应有尽有，人们脸上挂着开心的笑容，个个显得精神抖擞，心情愉快。

混在人群中的无敌超人和绿花，看着这充满生机的古镇，感觉一切都是那么新奇。他们不时看看走过的路人，摸摸店铺中的物品。所有的人和物，对他俩来说，都是那么新鲜而又稀奇。他们心中感到阵阵惊喜，感觉来到了另一重天地，早就把打听释放光环的智慧人的心情忘得一干二净了，尽情享受着地球人间的快乐！

突然，古镇集市上，狂风大作，尘土飞扬，刮得赶集的人们睁不开眼。衣衫、轻质货物满天飞扬，杂货、杂物、水果遍地翻滚。惊慌的人们窜来窜去，急急忙忙寻找避风处。

头戴太阳帽的无敌超人望了望天空，立刻警觉起来。他东瞧西看，并没有发现什么。他又嗅了嗅，发现有特殊星人的气味。他与身边的绿花嘀咕了几句，就分东西方向各自搜寻。说时迟，那时快，天空中，狂风夹着一串串子弹，已射向了无敌超人和绿花。顿时，无敌超人胸膛连中三枪，被打出碗大、杯大的三个窟窿。顽强的无敌超人身躯摇摇晃晃，竟然没有倒下，而且自动维修，恢复了原样。他掏出高能激光武器，朝着天空旋风气团连续射击。朦胧之中，他看见一团旋风中有一个星人的人影。他双腿一蹬，左右两腿中喷出两股蓝色的火焰，奋力追赶天上旋风中的人影。

这边，绿花也遭到旋风隐形人的严重打击。半边脑袋被打没了，太阳帽也被打飞，彻底打掉了伪装用的人形面具，露出了吓人的外星机器人的本来面目。但是他也没有倒地。被打掉的半边脑袋，他用手轻轻一拍，奇特地自动复原了，一跃而起，愤怒地杀向天空。

集市上，赶集的人们忽然遇到了惊奇的天地枪战，感到莫名其妙，吓得惊慌失措，东躲西藏。物品遍街都是，谁也不去捡拾，都钻进屋子里藏起来了。只有个别胆大的人，从窗户中探出半个脑袋，偷偷观望。

天空中，旋风隐形人与无敌超人、绿花仍在激烈战斗。

无敌超人和绿花，无论怎样也无法击中来无影去无踪的对手。只见天空相互对射出强大火力，闪出一道又一道亮光，划破宁静的天际。无敌超人不但用手中的武器攻击旋风隐形人，而且还使出他的独门绝技进行打击。他从口中喷射出一串串带光的榴弹，不断轰炸旋风气团，而旋风气团忽上忽下、忽左忽右，灵巧地躲过了他们的还击。双方密集的火力在天空不断爆炸。旋风隐形人索性从天空转入地上，在地上转着圈圈麻痹对方。机警的无敌超人也从天空追到地上，射出的子弹在旋风气团的周围溅出一团团耀眼的火花。然而，从一个又一个小小的旋风气团中不断发出神奇的光、弹，射向无敌超人，气得无敌超人眼珠滴溜溜转。他又使出另一套绝招，两眼喷出两股红红的火焰，扑向旋风气团。旋风气团又跑到另一块草地上，转着圈圈，反而找到了无敌超人的薄弱环节，当场打断无敌超人的双腿。无敌超人终于重重倒在了地上。

一旁的绿花看到他的“头儿”被击倒在地，赶快将火力吸引到自己身上。避免“头儿”再次遭到火力打击。倒在地上的无敌超人抖了抖受了重伤的身躯，断了的双腿残肢自动慢慢靠拢，奇迹般地接好了。他凛然站起来，高声大喊：“少管闲事！我们只找发光的智慧人。”继续向旋风隐形人射击。

这时，绿花哇的一声大叫，无敌超人回头一看，绿花持枪的左右手臂，同时被打断，掉在了草地上。无敌超人打了一个寒战，自言自语道：“好厉害的星人。”他一边还击，一边退到绿花身边，掩护绿花疗伤。他一只手对付旋风隐形人，一只手拾起掉在地上的一只断臂，向绿花断臂上一靠，咔嚓一声接好了。绿花用刚接好的一只手臂，捡起另一只断臂，自行接上。

旋风隐形人趁无敌超人给绿花疗伤的机会，悄悄靠近，准备再次给予对方致命的打击。哪知道无敌超人凭借灵敏的嗅觉，已经觉察到旋风隐形人向他偷偷靠近。他再次使用奇异的绝招，侧头一甩，从他的右耳中喷出一串串闪烁蓝光的圆形榴弹，击向旋风气团。这次似乎击中了旋风隐形人。飞速旋转的旋风气团中，有一个火球熊熊燃烧起来，骤然飘向天空。疗好伤的绿花也精神起来；振臂呼喊："打上了！击中了！"他俩望着那远去的火球，得意地一笑，随后立即启用腿中的能量，腾空而起，奋力追赶飘向深空中的火球。

天旦一行人合力消灭了挡在前进道路上的各种奇异的怪物和怪兽，正在继续前行时，空中传来神秘的赞许声。他们紧张的心情即刻放松下来，似乎金星上也有高人指点。瞭望深空，他们沉浸在无限的遐想之中。

陆战车驶过宽阔的大道，进入了另一条林荫小道。一阵微风吹过，迎面飘来扑鼻的桂花香气，使人心旷神怡，神清气爽。原来不知不觉间，陆战车已进入开满桂花的林荫大道。两旁桂花树翠绿挺拔，郁郁葱葱，格外迷人。林中红的、黄的、白的野花开满地，歪着脑袋朝他们微笑，好像在欢迎他们到来。

陆战车行驶到山间的尽头，再没有通车的道路通向远方了，只有一条蜿蜒的小路伸向山腰。车停下来，小车司机示意大家下车。他们都跳到地上，望着这宁静的大山，有无限的遐想。他们正在观望时，陆战车动了动，陡然腾空而起飞走了。他们还没有回过神来，山谷中传来神秘又奇特的声音："欢迎你们，地球客人。先生们，你们悟性很高。"这声音反复在山谷回荡。

天旦知道接下来该怎么做了，带头沿着山间羊肠小道徒步前行。突然，一只红眼小白兔在小路上蹦来跳去，沿着小路向山上奔跑。路越来越窄，坡越来越陡，就连一棵树木、一株小草也没有，完全是一个怪石嶙峋的乱石山。不知走了多长时间，汗水完全打湿了他们的衣衫。他们不时还要躲避从山上滚下来的飞石。但他们不畏艰险不断前行，终于走到山腰处的一个休息平台。

前面的小白兔突然消失了。休息平台上整整齐齐摆放着似鼓一样漂亮的石凳，不多不少，每人一个。平台地板、凳面十分洁净。一条神奇的小路，一直通向几百米远的陡峭山崖。他们望着平台上这三个石凳出神，它们就好像有人事先为他们准备好了似的。

忽然，悬崖峭壁中传来一个清晰的声音："请坐下。"他们抬头向陡峭的山崖看去，峭壁上仿佛有一个半身影像的长者，那语气有点儿像阳教授的声音。他们面朝峭壁，坐在石凳上。峭壁上那模糊的人影说话了："年轻人，F特训计划在这里告一段落，特训项目已经完成。你们已通过测试，符合要求，达到合格标准。这里告诉你们另外一个道理：做事先做人。有些事，你们已经做对了；有些事，今后还要面对。童年靠教养，少年靠读书，青年靠勤奋，成年靠发挥。人的一生离不开学习，确定目标，老年就可能功成名就，流芳千古。当然，常言说得好：'要想比别人聪明，勤奋出天才，无畏出英雄。'成功的奥秘：其一，聪明来源于智慧，智慧来源于博识，博识来源于学习。其二，要想有很高的人生悟性，遇事要靠自己认真反复去思考，领悟其中的道理。简而言之，只要坚定信念，持之以恒，就会奔向成功的目标。一句话：知理懂礼行天下，循规蹈矩做正人。小伙子们，你们前面的道路很凶险，努力奋斗吧，成功会向你们招手！你们这次奔赴太空，航程遥远，困难多，任务重。那就看你们的胆量和信心了。我旁边的石壁上还会出现几幅影像，你们慢慢感悟其中的道理吧！"说着说着，人物影像渐渐地消失在石壁之中。

瞬间，在人物影像消失的石壁上出现了清晰且奇妙的影像。一幅只有血管、没有肌肉的人体血液循环图像展现在他们眼前：三颗人体心脏，由许多血管串连在一起，三颗心脏在扑通扑通跳动，血液在人体无数血管里正常循环；片刻之间，图像旁边又出现了一幕：两把座椅上的人体血液循环的图像。两颗心脏也由很多血管连接在一起，也在活生生地跳动，血液仍然循环流动；石壁上又出现了残缺不全的半颗心脏，血液照样在血管里流动。三幅清晰的人体血液循环系统图，同时显现在石壁上。天旦他们百思不得其解，直勾勾地看着图像，陷入深深的思索。瞬时，石壁上的人体心脏，分别砰、砰、砰的发生了爆炸，鲜血染红了整个岩壁，图像完全消失了。然而，鲜血直冒的石壁上，再次出现一幅奇妙的图片：一颗心脏被放置在座椅上，血液在血管里照常循环，渐渐地长出肌肉，形成一个模糊的人影，穿着彩衣，从石壁影像中，慢慢走了出来。他们瞪大眼睛看着，朦胧之中，那模糊的身影仿佛是一位貌若天仙的美女。朝他们微微一笑，渐渐地消失在对面的石壁之中。他们眼睁睁地看着，一幅幅画面、一幕幕图像，似做梦一样，不解其意。

石壁上亮光再次一闪，又出现了一幕幕神奇的影像，有太阳系八大行星，以及猎人星座、小熊星座、大熊星座等，并且出现了一幅幅不认识的宇宙星空运行图：无数行星、陨石、彗星、恒星等，呼哧呼哧飞速而过，就连宇宙中超级星球爆炸的壮观场面，也呈现在他们眼前。一道红光一闪，石壁上的神秘图像完全消失了，留下陡峭、坚硬又神奇的石壁。

他们三个人在朦朦胧胧中看着、听着，深深思索，谁也没有发出半点声音，也没有人发表任何意见，更没有弄明白其中的道理。一阵微风吹来，他们猛然清醒，仍然规规矩矩坐在这休息平台的石凳上，相互瞧瞧，容光焕发。站起身来活动几下筋骨，大家感觉精神倍增，浑身增添了无穷的力量。回头看看，刚刚坐的石凳一闪全部消失了。看看这神奇的乱石山冈，望望对面那陡峭的岩壁，心中有说不清、道不明的困惑。

天旦望着那通向峭壁曲折的小路说：“该出发了！有些道理，今后，我们慢慢地去领悟吧！”话刚说完，他腰间那金盒银链的天文蛋盒忽然播放出优美的音乐。乐声之中，天文蛋盒释放出一圈又一圈红色的光环，把他们笼罩在红色的光环之中。他们仿佛到了另一个神奇的世界，石头变红了，大山变红了，就连天空也是红色的。大家心中都明白，前面的道路曲折艰险，任务艰巨，困难很多，他们将会迎来更大的挑战。

少许时间，红光散去，一切恢复了平静。天旦他们一行人沿着弯弯曲曲的小路，向峭壁前行。然而，那只消失的小白兔又跳到小路中间，鼓着它那对圆溜溜的红眼睛，朝他们看了看，转身往回跑，好像又在为他们领路，一直朝前方奔去。他们好奇地快步追上去，想与它一起快乐同行，追着追着，那只有灵性的小白兔忽然化成一只美丽的红嘴小鸟钻进了岩壁之中。正在天旦他们疑惑时，砰的一声，峭壁自动开启一道不规则的山门，门里灯光闪烁。

天旦带头大胆闯了进去，金助理和小车司机也跟了进去。啊，他们被眼前的景象惊呆了：这不是我们停放飞行器的地方吗？转了一圈儿，怎么又回来了？机库依然那么宽大，地坪中央稳稳停放着变形旗舰小车、子母飞船。只不过，它们停机的位置发生了变化，由空中转为地面了。他们走上前去摸了摸、看了看，一切完好无损，心中万分欣喜。抬头瞧瞧机库屋顶，原来悬停在空中的各种飞行器已经无影无踪了。空荡荡的机库只剩下他们三个人和各自的飞行器，显得格外冷清。

机库内忽闪忽闪的灯光好像在给他们述说着什么，又好像心甘情愿与他们快乐做伴。天旦他们不知不觉走出了机库，想再好好观看一下金星的真实世界。

第十三章　隐形人活捉无敌绿花　彩霞姑娘击溃黑影人

古镇上，无敌超人从右耳中喷出一串串高能量闪光榴弹，击中了旋风隐形人，使他似火球一样在空中熊熊燃烧，晃悠悠飘向远方。原来旋风隐形人的确中弹了。恍惚之中，他看到无敌超人和绿花追上来了，并且紧追不舍。他急忙扑灭身上燃烧的火焰，化成一团旋风消失在天空之中。无敌超人一下子失去了明显的追击目标，似无头苍蝇一般在天空四处乱窜。

旋风隐形人拖着受伤的身躯，不敢与对方恋战，机警地躲过了无敌超人的追击，快速回到金鸡山的洞穴基地。他走进洞穴基地急诊室，几个白衣大夫迎上来，随手关上了门。基地的北风长官也赶来了，守在治疗室门口，十分不安地在门外走来走去。

少许时间，急诊室的门开了。白衣大夫告诉北风长官，旋风隐形人的烧伤已经完全治愈。他严肃的脸上立即露出喜悦的笑容。旋风隐形人走出医务室，随着北风长官走进办公室。北风长官示意他坐下，谈谈与无敌超人交战的真实情况。旋风隐形人将西北古镇交战的经过，详细述说了一遍。北风长官感慨地说："真是天外有天，强中还有强中手。"他立即拨通了情报部的电话，快速将大熊星无敌超人、助手绿花的个人资料传输到大屏幕上。北风长官打开大屏幕一看，一段清晰的文字展现在他面前："无敌超人是超级特异智能机器人，经大熊星数百名专家历经八百年研制而成。他攻防兼备，是毁不灭、杀不死的机器人，号称星空第一杀手；其弱点是在黑暗中只能战斗 16 个小时。绿花也是大熊星专家团队早年研制的特殊产品。他最大的特点是自动修复功能强，武器配备先进，曾经称雄一时；弱点是黑暗中战斗不足 10 个小时。他们的任务是捉拿或者消灭地球上释放光环的智慧人。”

坐在高背座椅上的北风长官看完无敌超人和绿花的个人资料，觉得当前面临极大的潜在威胁，要想尽快彻底消灭无敌超人和绿花，恐怕要下很大的功夫。

坐在对面的旋风隐形人一下子看出北风长官的心思，灵机一动，想出了一个捕获无敌超人和绿花的好办法。北风长官叫他说来听听。旋风隐形人说：“我本人立即进行技术升级改造，装备最新研究的超级气象武器，可以呼风唤雨，任意改变气候。无敌超人、绿花可一举擒获。”北风长官一听，觉得是个好办法，点头同意此方案。他立即接通技术部电话，下达了给旋风隐形人进行技术升级改造的命令。旋风隐形人一闪身退出了办公室。

黎明时分，无敌超人、绿花仍在西北古镇上空四处搜寻被击溃的对手——旋风隐形人。突然，无敌超人看到远处天空中释放出一圈又一圈超级能量红色光环。无敌超人眼珠一转，大吃一惊，发现释放红色光环的智慧人已经不在地球上了。他仔细分析出，那个智慧人已经跑到地球邻近的星球上去了，具体位置是金星西半球，于是立刻大喊：“绿花，别找了。我们到金星上去，捉拿那释放光环的智慧人。”他们飞身而起向金星奔去。

这时，旋风隐形人通过洞穴基地技术升级后，早已悄悄潜伏在西北上空，把无敌超人和绿花的一举一动都看在眼里。等他俩冲到天空中时，旋风隐形人挡住了他们的去路。无敌超人、绿花几乎同时发现旋风隐形人的身影。无敌超人大吼：“绿花，赶快消灭挡在我们前面的旋风隐形人。”绿花正准备攻击，说时迟，那时快，旋风隐形人再没有给他们机会。他先发制人，发射了超级气象武器。

瞬间，清晨的天空刮起一团又一团强大的飓风，席卷无敌超人和绿花。他俩还没有弄清是怎么一回事，就被卷入强大的气团中。只见他们在强大的旋涡气团中不断翻滚，团团打转。无敌超人和绿花感到天旋地转，一时不知所措，随波逐流。半晌，无敌超人才清醒过来：他们遭到了旋风隐形人的气象武器奇袭。他在旋涡气团中也不甘示弱，奋力抗争，几次差点冲出了强大的气团。旋风隐形人哪肯放过，不断加大气流强度，把他们牢牢锁在气团之中。无敌超人和绿花在气团中渐渐失去战斗力，无力反抗。

旋风隐形人看到时机已经成熟，又使用第二件气象武器——聚冷超低温气流。这种聚冷超低温气流，可将气团中的温度降至几乎“绝对零度”。强大的冷气流，灌进了包裹无敌超人和绿花的气团中。他俩挥动的双手立刻结上了厚厚一层冰，逐渐挥不动了。在高速旋转的超冷气旋涡中，很快不见了人影，渐渐变成两个雪白的圆球，分别将他俩牢牢困在各自的冰球里。旋风隐形人一看，停止释放聚冷超低温气流。两个雪白的冰球，一下子失去了控制，分别朝地面俯冲下去。

嗖的一声，一个雪白的冰球砸到山坡的树枝上，枝叶纷纷洒落。雪白的冰球在山坡上不断向下翻滚，最后滚到草丛中，但完好无损。绿花被严严实实冰冻住了。突然，一张柔软的金属网从天而降，覆盖在草丛中摇动的冰球上。旋风隐形人立即收网将冰球拉上了天空。

“哐当”一声，另一个雪白的冰球坠落在西北大山的乱石冈上。圆圆的冰球比岩石还硬，竟无一点破损。然而，在摇晃的冰球中不断发出怒吼声、敲击声。在冰球的敲击处，渐渐地冒出了一点松动的冰碴儿，一个小孔露了出来。小孔越来越大，一只黑手忽然伸了出来。无敌超人用尽全身力气，震裂了坚硬的冰球，似小鸡一样挣破“蛋壳”，跳了出来。又一张神奇的天网从天而降。无敌超人的超级感觉觉察到危险正向他逼来，立刻全身伏地从天网边的缝隙溜之大吉。旋风隐形人看到逃走的无敌超人，明白失去了一次绝好的捕捉机会，心中怏怏不快，只好带着已捕捉在网中的绿花，消失在天空中。

无敌超人躲过了旋风隐形人的追捕，躲藏在一座山峰的大树下。他怎么也想不通：地球上还有这样超凡出众的能人和高科技。但摆在面前的事实，让他又不得不承认现实。他摸摸身上各种机关，想试试遭旋风隐形人气象武器攻击后，各项功能究竟怎样了。经检查他被吓住了：多项功能丧失，少部分元件已经失去了应有的功能。他垂头丧气地坐在那里，开启自动维修系统，身上的指示灯光时亮时灭，身体里不断发出微弱的响声。

正在维修时，老天爷也好像和无敌超人故意作对。晴朗的天空突然下起了倾盆大雨。他只好关掉自动维修系统，缩成一团，躲在树根夹缝中避雨。

他孤零零地坐在那里，想起了同伴绿花：你在哪里？能否逃过这次劫难？忽然，他脑海中又响起大熊星大王那威严的怒吼声："无敌超人，你在干什么？快去捉拿释放光环的智慧人。"那声音在他脑海中久久回荡。

天晴了，太阳从云层中露出愤怒的脸。无敌超人从大树夹缝中走出来，抖了抖身上残留的雨水，继续开动自动维修系统，少许时间，自动维修系统警报铃声响了，他身上忽明忽暗的灯光全部熄灭。经检验，绝大部分功能已经恢复。他活动了一下身子，浑身又充满了力量。无敌超人试了试身上的功能，火力不减，功能不减，但是六窍的特殊功能丧失殆尽，暂时不能使用，自身原有的战斗力大大削弱。他仰望天空，似乎嗅到了什么，双腿一蹬，喷出两股蓝色火焰，飞上天空。

旋风隐形人，拖着捕获的绿花，飞速来到洞穴基地。连人带网重重甩在基地密室的地板上，溅起一团团冰渣。圆圆的冰球在地上不停翻滚。冰球中的绿花大声呼喊、挣扎、敲击。

少许时间，北风长官进来了。他抬手朝那冰球一指，一道红色的光环在坚固的圆圆的冰球上绕了一圈，冰球立刻一分为二。绿花从雪白的冰球中一下子蹦了出来，跌倒在地上。几个彪悍的星人上前，用钢叉卡住他的头，其他星人上前按手按脚，几下就把绿花五花大绑。一名白衣专家拿着装满深黄色液体的巨大注射器，走到被制服的绿花身旁，将针头插进绿花的鼻孔中，液体一下子全部注入他体内。绿花哼哼了几声，挣扎了几下，就不再动弹了。几位白衣专家又把他推进了一间密室。

密室里，几位专家对绿花的肌体进行分析、研究。透视大夫报告："绿花是一个无肺、无肝、无心脏的特殊机器人。"一位星人专家风趣地说："这哪里是机器人，完全是一个无心无肺的特殊怪人。""你们在议论什么？"北风长官走进密室和气地说。众专家一声不吭。北风长官觉得可笑，半晌他又开口道："交给你们特殊而艰巨的任务，将绿花转变为我洞穴基地有用的人才。"几位专家听了，谁也没有吱声：这能行吗？但还是默认接受了这项任务。他们推着沉睡的绿花，走出了密室。

天旦一行人走出了金星上那神秘的停机库，看到了金星上难得一遇的奇特夜晚。首先映入眼帘的是太空中无数闪烁的星星，向他们眨眼，似乎在向他们诉说着太空的秘密。深空一道道白色的亮带不断拉长，好像正在铺设着去远空的一条道路。夜幕下的金星，在星光映照下，奇光异彩，十分宜人。虽然没有地球上万家灯火的壮观场面，但是几处零星的灯光闪烁，点缀出它那独有的风情。正当他们尽情欣赏夜幕下的美景时，一阵恶风从西边吹来，刮得他们几乎站不稳脚跟。远处的岩石上，一对贪婪的绿色大眼睛，死死盯住他们，好像在观察他们的动静。天旦发现有人偷窥，他却不动声色，给金助理和小车司机打了个手语。他俩领会了其中的含意。大家故意装着什么也不知道，散开了。那个黑影鼓着铜铃般的眼睛，正悄悄地向他们靠近，企图一举捉住天旦。

时间在一分一秒地过去。狡猾的黑影人没有急于下手，好像在等待最佳时期。慢慢向前移动的黑影人，放过了走在前面的金助理，又放走了小车司机。天旦突然改变方向，绕道向黑影人靠拢，三面包围已经初步形成。他们同时向黑影人扑过去，准备活捉时，黑影人提前动手了，凶猛地扑向天旦，妄想一下就逮住发光的智慧人。黑影人刚刚靠近天旦的身体，天旦腰间那金盒银链的天文蛋盒里立刻释放出一圈圈神奇的红色光环，把他弹出去几十米远，重重摔了个仰面朝天，狼狈不堪。黑影人还没有弄清怎么回事，赶上来的金助理和小车司机举枪向他同时开火。子弹在他身上溅起团团火花。金助理和小司机心中一惊，此人功夫了得，竟然能够抵御星空枪弹攻击，真是来者不善。黑影人翻身而起，躲过了密集的子弹，逃到一块石头后面，开始还击。顿时，一道道长长的火舌打破了宁静的金星大地。你来我往，枪声、爆炸声响彻金星。子弹在岩石上飞溅起团团火花，战斗打得十分激烈。

战斗仍在继续，突然，黑影人那边的枪声不响了。天旦站起来观望，那岩石后面的黑影人消失得无影无踪。金助理和小车司机分两路包抄过去查看，发现那里的确空无一人。大家非常困惑，警觉地搜索四周，防止黑影人在暗处再次袭击。

原来，那黑影人觉察到正面强攻寡不敌众，即刻改变战略战术，充分发挥自己的特殊本领，像地龙一样，潜入金星松软的地下，从天旦的背后悄悄地袭击。天旦觉察到背后地下有哧哧的响声，回头一看，地面不断隆起一堆又一堆的小小土丘，像长蛇一样向他奔来。正出神时，陡然从土堆中跳出一个彪形大汉，站在他面前，正是那黑影人。黑影人双手操起类似古代兵器的新式方天画戟，猛刺过来，天旦急忙闪过。新式方天画戟又刺向了他的右边，并且神奇地射出一梭子子弹，打在身边的岩石上。天旦赶忙操起特殊防卫枪，面对面同黑影人展开激战。他深知对方手中的新式方天画戟的威力，不但能够直接砍杀，而且还能当枪使用。天旦尽量避免与黑影人正面交锋，从侧面攻击对手。他们打得难解难分，新式方天画戟与枪管的碰撞声响彻金星上空。双方都使出全身解数，从地上打到空中。围上来的金助理和小车司机举枪助战，眼睛直勾勾看着空中打斗的二人，谁也不敢开枪，防止误伤到天旦。偶尔，他俩瞅准空当，放一枪，但是精度不高，很难打中搏斗中的黑影人。

一阵风吹来，揭开了打斗中的黑影人的黑色披风，露出了发亮的钢铁之身。只要黑影人身上亮光一闪，金助理和小司机便趁机瞄准射击。黑影人身中数弹，但仍然若无其事，继续与天旦在空中搏斗。金助理和小车司机加大攻击力度，不断提高射击精度，频繁射击。此时，黑影人觉得不妙，虚晃一枪，丢下天旦，转身俯冲下去，直接对付金助理以及小车司机。他俩见状，继续加大火力，不断向张牙舞爪的黑影人开枪射击，决不允许黑影人靠近。时间在一分一秒地过去，黑影人急了，挥舞手中的方天画戟，又接连射出子弹，似乎小车司机受了轻伤。又一阵激烈的枪战，金助理也受伤倒地，他俩的火力明显减弱。黑影人发出得意的狂笑，在古怪的笑声中，他持枪再次冲向金助理。天旦见大事不好，急忙上前用身体阻挡。刺向他的方天画戟还没有靠近身，天旦身上的天文蛋盒又释放出一圈神奇的光环，把黑影人弹得老远。小车司机急忙跑过去救治金助理。天旦回头一看，小车司机右手臂鲜血直流。金助理受重伤躺在地上。他的大腿、腹部、胸膛连中三枪，鲜血直冒，生命垂危。为了争取疗伤的时间，防止黑影人再次偷袭。天旦奋不顾身地冲上前去，继续追杀神秘的黑影人。

说也奇怪，金助理、小车司机凡胎肉体，但受伤之后，似乎一点也不疼痛。是金星特殊环境所致？还是太空的某种物质产生了作用？他们不得而知。小车司机赶忙用急救纱布擦干了金助理胸膛上受伤处的血迹，用手轻轻一挤，钻进肉里的子弹竟然跳出来了，眼看着伤口神奇地自然愈合了。金助理腿上、腹部的枪伤，在小车司机的精心治疗下，不一会儿全部治愈了。他翻身而起，看到战友手臂还在流淌着鲜血，不禁热泪盈眶，连忙给小车司机疗伤。

那边，天旦和黑影人还在继续大战。黑影人好像觉察到被他击伤的二人已经痊愈了。他把所使用的兵器往后背一插，快步上前，双手向前一推，右手对付天旦，左手对付正在疗伤的小车司机。只见他右手发出一串串闪着绿色的圆形光弹，击向天旦。一声炸响，巨大的冲击波将天旦打到小车司机疗伤不远的地方，黑影人左手也发出一束耀眼的绿光，织成密集的闪光电网，将金助理与小车司机牢牢困在闪光电网之中；又一道亮光一闪，把天旦也打入到同伴的闪光电网之中了。黑影人双手不断释放强大电流，三人在密集的闪电网中痛苦地挣扎，生命垂危。

万分危急时刻，金星上空飘来一朵五颜六色的祥云。云霞上站立着一位婀娜多姿的美女。她静悄悄地飘到正在释放闪电的黑影人身后，从口中吐出一个似云非云、似雾非雾的气团，一下笼罩住黑影人，顷刻之间截断了射向天旦他们的闪电。黑影人在浓浓的雾团之中失去了方向，急得团团转。他知道又遇到了天外高人，立即使出求生的毕生本领，蹿出雾团，消失在金星上空。

在闪电网中苦苦挣扎的天旦他们突然得救了。他们没有弄清是怎么一回事，从地上爬起来，相互打量，吃惊地面面相觑。是谁搭救了自己？心中非常疑惑。天旦想，这又一次验证了海底星人所说的话，再次出现了奇迹！他没有多想，上前高兴地与金助理，小司机拥抱在一起，蹦啊、唱啊……

这时，金星上空，一个纤细又委婉的声音传来："勇士们，不要高兴得太早了。生死搏杀还在后面。"大家一愣，停住了，惊奇地望着声音传来的方向，一瞧，啊，星光下，一位漂亮的神秘美女驾着彩云就站在他们不远的空中。只见她古式头装，水汪汪的大眼睛，红彤彤的脸蛋；身着粉红色柔纱，手上逗弄着一只可爱的红嘴鹦鹉，真是一位绝世美人。小车司机大胆走上前去发问："你是月中的嫦娥吗？怎么跑到金星上来了？"金助理朝小车司机说："不，她一定不是嫦娥。她比嫦娥还要漂亮。我似乎在哪里和她见过一面？对，在金鸡山的彩虹上！"说着，金助理转向那美人，当我们离开水家大院时，你好像是在欢送我和天旦乘坐的飞机离开的人。还有在刚才的石壁上走出来的那位美女，就是你。"天旦站在一旁，看了看云霞上的美女，腼腆地说："谢谢搭救。"

五彩云霞慢慢落地，美丽的姑娘走下彩云，高兴地来到他们面前说："伙伴们，你们中间有说对的，也有说错的。我首先声明，我不是什么嫦娥，没有玉兔相伴，只有鹦鹉相随。一代嫦娥过不惯广寒宫中的寂寞生活，带着玉兔早已离开，去了别的星球，但不是金星。二代乃至十几代嫦娥、玉兔也走了。今后，你们可以发挥无限遐想。第二位先生说得对，在地球和金星上，我们的确见过。自我介绍一下：我是彩霞姑娘，受我们星球首领的委托与你们结伴而行，一起完成太阳系飞行任务，并且和你们一道合力组建一个太空特殊飞行团队——神鹰飞行队。不过咱们还要停留一段时间，人和装备都到齐了，才能出发远航。你们明白吗？"金助理一听，非常吃惊：美女所说与基地秘密计划完全一致，真是天人、凡人心灵相通。其他两位听后，欣喜若狂，表示完全同意，不约而同鼓掌欢迎彩霞姑娘加入队伍。

夜深了，金星恢复了往日的平静，然而，被彩霞姑娘击溃的那个黑影人，身背那神奇的新式兵器方天画戟，仍不甘心失败，偷偷来到天旦他们驻地附近，一心想弄清天旦腰间究竟挂的是什么东西，有如此奇特的功能。要想捉住地球发光的智慧人，首先要去夺取他腰间的奇物。他心想，与他们硬碰硬，绝对不行。不知又从哪里来了一位天人，全力帮助他们。一人难四手呀！他心生一计：何不趁着夜色悄悄盗取天旦身上发光的宝贝，那样就能捉住发光的智慧人。于是，他小心翼翼地匍匐前行到机库外围的一个角落。仔细观察天旦他们一行人。他清楚地看到，天旦他们已经疲惫不堪，只有那位彩霞姑娘驾着彩云，悬停在机库门口，睁着一双水汪汪的大眼睛，正在警戒。再看小车司机在旗舰小车中早已入睡。金助理在子箭飞碟中打着呼噜。天旦敞开母飞船舱门，也在呼呼酣睡。

过了一会儿，黑影人看见云霞上警戒的彩霞姑娘也闭上了眼睛，大好机会来了。狡猾的黑影人潜伏在地面上，慢慢向前匍匐蠕动，不敢弄出一丁点儿声响。他一点一点穿过警戒线，慢慢靠近天旦入睡的母飞船，悄悄站起来，左手轻轻抓住母飞船舱门。他看到了天旦腰间精致的天文蛋盒，神奇的灵光不停闪烁着。他把右手伸出去，试抓了几次，天旦并无动静。但黑影人还是害怕从天文蛋盒中释放出强大的光环再次将他打倒。他思来想去，没有想出好办法，最终他心一横，右手慢慢伸向天旦腰间的天文蛋盒。与此同时，彩霞姑娘肩上的小鹦鹉突然鸣叫了几声，神奇的天文蛋盒里释放出一圈神奇的光环。黑影人被弹了出去，重重摔在停机库的地上，撞击声、鸟叫声惊醒了神鹰飞行队的所有成员。他们各自操起武器，狠狠痛击黑影人。

黑影人翻身而起，操起方天画戟奋力还击。然而，从四面八方围上来的天旦、彩霞姑娘、金助理、小车司机，枪枪命中黑影人要害。“打死它、活捉它”，喊杀声吓得他六神无主。见大势已去，他一闪身，使用钻地逃逸术潜入地下。只见停机库地上不断隆起一条快速向外界逃窜的土丘，哧哧冲了出去，逃脱了致命的打击。

彩霞姑娘驾着云霞跟上去，使用钻地弹不断攻击，炸得乱石横飞，尘土飞扬。快速前行的土丘被炸出一个又一个大坑，再也不动了。彩霞姑娘下地查看时，突然，黑影人从土丘中闪出，双脚一蹬，喷出两股蓝色的火焰，飞向金星天空，逃走了。

第十四章　绿花大闹基地飞碟洞　天旦设伏痛击无敌超人

一天，金鸡山神秘的洞穴基地里灯火通明，戒备森严。这里正在举行一场重大的实验活动。观摩台上，坐着庄严的北风长官和外形模糊的旋风隐形人，气氛显得十分严肃而又紧张。突然，扩音器里传来清脆的话语："请大家注意，测试马上开始：大熊星上的真身绿花马上出场了。"吱的一声，实验室右侧门推开了。两名黑衣武士押着技改后的绿花，走到实验大厅中央。观摩台上的北风长官对旋风隐形人说："看，我们已经给绿花脑中安装上洞穴基地的智能卡。"两名武士松开手，对绿花进行现场测试。装有智能卡的绿花呆呆地站在那里，两个眼球不停地转动，转身扫视站在四周的武士和观摩台上的北风长官、旋风隐形人。未等北风长官发布测试命令，绿花冲上前去，与旁边的武士展开激烈搏斗。

北风长官有些纳闷，装有智能卡的绿花，怎么不服从命令呢？但看，这时的绿花出手凶狠，招招致命，好像心中有刻骨仇恨，没有一点技改后的迹象。转眼间，四周的武士都被他打倒在地，哭爹喊娘，口吐鲜血。绿花怒吼着冲向观摩台。坐在观摩台上的北风长官，不敢相信眼前的事实。坐在旁边的旋风隐形人，再也忍不住了，随手抓起桌上早已预备好的一支长长的装满药水的针筒，手指轻轻一弹，射中了冲上来的绿花的胸脯。绿花哇的一声当场倒地，四脚朝天，手足不断抽搐。左侧门里冲出几名白衣专家，将地上浑身颤抖的绿花抓起来，又重新送进了密室。

过了一会儿，实验室里继续展开测试。扩音器里又传出清脆的声音："请审视，克隆绿花就要登场了。"实验室的左侧门被打开了。一位白衣专家推着坐在手推车上的克隆绿花上场了。两边警戒的武士再次紧张起来。瞪大眼睛看着克隆绿花的一举一动，害怕像上次那样，受到无辜伤害。只见那坐着的克隆绿花披着黑色披风，几乎和真绿花一模一样，难以辨别真假。克隆绿花站了起来，似乎在等待测试口令。台上的北风长官：命令他与身边的武士交谈，与他身边的武士对练、对攻。然后，对他的武器性能、他的声音，以及心理素质等各项功能都一一进行了测试。观摩台上的旋风隐形人发出感慨："效果甚佳，完全可以以假乱真。"说罢便走下观摩台，欣然领着克隆绿花，走出了实验室。

密室中被旋风隐形人麻醉倒地的绿花静静躺在手术台上。几名白衣专家正在给他进行第二次特别技术改造。当一名专家从他脑中取出原来所植的智能卡，换上另一名专家送来的新智能卡，睡在手术台上的绿花竟然苏醒了。他睁开那放绿光的眼睛，吓得专家急忙后退。绿花趁机翻身坐了起来，扯掉身上的特殊输液管等各种改造设备。一位胆小的女专家尖叫一声，边跑边喊："出事了，出大事了。"跑出了密室。另几名白衣专家傻呆呆地站在那里，没有任何反应。绿花冲上前去，不问青红皂白，一阵拳脚相加，密室内的专家都躺在了血泊中。门外的两名卫士，听到动静，赶忙冲进密室，看看里面究竟发生了什么事。一瞧，傻了眼，随后劈头盖脸遭到一顿重击。两名卫士还没有弄清怎么回事就成了冤死鬼。绿花凶神恶煞般冲出了密室。

这时，洞穴基地中，一级警报一声接着一声地响起。办公室里的北风长官心中一惊，知道出大事了，急忙打开监视屏幕。只见绿花在巷道中与洞中卫士格斗，好像比以前的野性更大了。他即刻下达命令："各部门注意，封锁洞中各个出口要道，全力拦截逃窜的绿花。决不能让他逃出洞外。"办公室的屏幕上呈现出各要道封锁洞口的画面：第一个出口，从巷道顶部徐徐降下一块巨大的岩石将其封住了，几名卫士拿着先进武器潜藏在巷道两边，严阵以待；第二出口，从旁边伸出一块厚厚的石门，也封住了；第三出口，通道也关闭了。北风长官这才长长松了口气，心想：绿花这回绝对不可能逃出去。

这时，绿花一路冲杀，犹入无人之境。不但拳打脚踢，而且拔出武器与洞中卫士展开激烈的枪战。洞中卫士虽然勇往直前，但是无法阻挡绿花逃窜。

他一路拼杀，头不抬，眼不看。只要洞中卫士一举枪、一抬头，他弹无虚发，卫士当场毙命。激战之中，虽然真花身中数弹，胸膛几乎被打成蜂窝一样，但是始终没有倒下。他毫无惧色，昂头勇往直前，冲到第一道封锁线。激战之中，一个卫士倒下去了，另一个卫士抱着枪，怒吼着冲上去，洞中枪战打得相当激烈。

潜伏在掩体里的一名洞中卫士，肩扛一枚导弹卧在那里，屏住呼吸，一动不动，密切注视着绿花一步步向他走来。他果断扣动扳机，耀眼的一团火光冲出弹筒，打在绿花身上爆炸了，穷凶极恶的绿花终于倒地了。几名卫士赶快跑过去察看，见他被炸得粉碎，残渣碎片散落遍地。然而，那些闪光的残渣碎片，在地上神奇地跳动，并且奇迹般聚集在一起，自动连接上了，渐渐构成一副奇异的骨架。电光一闪，骨架中的真身绿花，竟然复活了。围观的卫士们还没有弄清怎么回事，绿花左臂一挥，右臂一甩，几名卫士就被重重地摔在远处巷道之中，当场毙命了。绿花趁机向前冲去，一脚踹碎了厚厚的紧闭的石门，乱石横飞撒落巷道。他突破了洞中第一道封锁线，大踏步前行。

北风长官在屏幕上把这一切看得清清楚楚，真的惊呆了。他拿起送话器，下了第二道命令："各关卡注意，绿花已经突破第一道哨卡。使用最先进武器，消灭潜逃的真身绿花。"北风长官的声音在洞中各关卡回荡。各哨卡守卫得到消息紧急备战，准备全力对付绿花。

绿花迈着大步，在地道中急走。几名洞中卫士手持先进的聚能光能枪，潜伏在洞中掩体里，时刻等待绿花到来。他们手中的先进武器，击中目标瞬间可以产生极高温，立刻将其熔化成铁水。

绿花在地道中肆无忌惮地前行。潜伏的一名卫士扣动了光能枪的扳机，枪响了，其他卫士手中的枪也响了，一颗颗神奇的光能弹射中了绿花。只见他身上数个弹孔里熔点慢慢扩大，流出许多红红的铁水，身体再也支撑不住了。摇摇晃晃之中，绿花朝天胡乱放了几枪，终于又一次倒在洞中巷道里。几名卫士围上来，看到罪恶的绿花熔化，终于成了一团铁水，彻底消失了。大家高兴得拍手叫好。一名卫士急忙向指挥部报告了击毙绿花的捷报。可是，旁边一名卫士惊奇地指着熔化中的铁水说："看，铁水在不断变化，慢慢收缩、聚团、隆起。"那些卫士看得傻了眼。似乎从隆起的铁水中，模糊出现一个神奇的小小人形，渐渐变大，立马显现出一个奇异的人体。他抖了抖火红的身躯，掉下一层薄薄的红色铁屑，立刻，呈现出一个浑身光溜溜，由特殊材料制成的手持双枪的特异绿花。一名卫士大喊："绿花再次复活了。"旁边的卫士吓得一下子散开，快速躲进掩体里，观察特异绿花的动静。

特殊材料制成的绿花，拖着笨重的脚步，一步一步走向第二道石门。掩体中的卫士再次扣动了聚能光能枪的扳机。射在绿花身上的光能弹，溅起一团团蓝色的火花，随后渐渐熄灭，已经不起作用了。即使用最先进的武器，在他身上也没有用了。他冒着枪林弹雨，一直朝前冲。躲在掩体中的一名卫士，看到特异绿花无畏地逼过来，撒腿便跑，但是已经来不及了，特异绿花几个大步追上去，随手就逮住了慌乱中急跑的卫士，把他重重摔在巷道中，使他口吐鲜血，当场断气。紧接着，他继续追赶奔跑中的另一名卫士。追上之后，绿花飞起一脚，将卫士一脚踢到头顶的岩壁上，重重落在地上，也咽了气。

这时，潜伏在掩体中的其他卫士再次扣动复仇的扳机。子弹打在特异绿花坚硬的身体上，弹起一团小小的火花，软绵绵地掉在地上。射出的其他超能激光弹，对他没有丝毫损伤，就连打坦克用的最先进的火箭高能激光穿甲弹，打中他身体之后，也只是产生巨大的冲击波，使他倒退一两步，肢体也没受到一点伤害。他不顾一切，愤怒地冲上去，一头撞开了洞中第二道石门，直逼最后一道关卡。

洞穴基地指挥室的北风长官，在屏幕上目睹洞中的激烈场面，按下了办公桌上死亡之洞的红色按钮。只见洞中疯狂奔跑的特异绿花的前面，厚厚的一块金属板从洞顶落下来，堵住了他前进的道路。他急转身往回跑，砰的一声，又一张厚厚的金属板落地，切断了他的退路，把他牢牢困在死亡之洞里。

黑暗中的绿花在伸手不见五指的洞中慌了神，四处碰壁，愤怒地胡乱敲打洞中四壁。慌乱之中，突然，他几拳砸在封洞的金属板上，发出当当的响声，拳击之处，竟然凹下去了。他心中有了生存的希望，再次猛击几拳，坚硬的金属板竟然被砸出几个圆圆的孔洞。但随后一股股高达几千摄氏度红色的岩浆从孔中喷射而出。但他依然毫不畏惧，用力击打金属板。红色岩浆瞬间淹没了他大半个身子，他依然挥舞拳头猛砸。岩浆没过他的头顶，金属门也熔化成了铁水。红色岩浆奔泄而出，特异绿花淹没在了岩浆之中。

洞穴基地北风长官目不转睛地观看着大屏幕，死亡之洞的岩浆在地道里呼啸着倾泻而去。特异绿花被滚滚的岩浆完全吞噬了。北风长官心中正在高兴的时候，在奔腾的岩浆之中，似乎有个一沉一浮的人影。他瞪大眼睛，伸头仔细观看：岩浆中的确有一个人影，并且那人影探出了半个人头，顺流而去。他惊呆了：难道几千度的岩浆还不能将特异绿花熔化吗？岩浆出口之处，便是洞穴基地停放飞行器的机库。特异绿花一旦重新上岸，将会给洞穴基地带来灭顶之灾，造成无法估量的损失。北风长官惊慌失措地抓起办公桌上的送话器，深情地说："卫士们，特异绿花在岩浆中复活了，马上要上岸了。全力保护停机库，坚决不能让特异绿花进入停机库。坚决把他消灭！拜托了。"

奔流的岩浆中，渐渐浮起一个通红通红的火人，他拖着岩浆上岸了，一步一个红色的脚印，直奔洞中紧闭的机库大门。他走上前去，一脚就踹开了机库大门。早已埋伏在机库中的卫士，看见一个奇异的火人冲了进来，大家一齐开火。子弹、榴弹、闪光弹像雨点一样打在他身上，但他仍毫不畏惧地在弹雨中穿行。打在他身上的子弹、榴弹熔化了，掉落在地上还溅起团团火星。他冒着弹雨冲进了机库，看到机库里停着各种稀奇古怪的天外飞行器：有的像悬挂在空中的花、鸟、兽、虫；有的像日常生活用品，诸如碟、碗、瓢、盆；有的呈现各种几何体形状；还有的类似当代最先进的飞行器。特异绿花心中一下子明白了：出口不远了！他满怀信心地寻找出路。

洞中卫士借助飞行器作掩体，并且决不能让特异绿花靠近飞行器。枪炮声不断响起，不但没有挡住特异绿花前进的步伐，还被他举枪还击了。他手中奇异的枪射出一颗颗奇特的红弹、绿弹，黄弹，像信号弹一样，不断变化弹道轨迹。弹头很有灵性，拐着弯专打掩体后面的卫士却不损伤挡在卫士前面的飞行器。洞中卫士觉得已经无险可守了，一个个干脆肩扛导弹、抱着枪，冲向特异绿花。一个卫士倒下，另一个卫士又冲上去，轮番向特异绿花攻击。

狡猾的特异绿花一边对付冲上来的卫士，一边四处寻找出口，想尽快摆脱洞中卫士拼命的车轮战术。

一阵微风透进来，特异绿花那通红的身躯慢慢变成铁青色。他终于发现了出口，得意地发出一阵狂笑。他反手几枪击中冲上来的卫士，边打边撤，来到通向外界的大门。他猛击几拳，金鸡山陡峭的半山腰乱石不断向外滚落，逐渐露出一个通向外界的洞口。他赶忙爬出洞，兴奋地启动腿部特殊能量，双脚一蹬，喷出两股蓝色的火焰，飞向天空。

天亮了，被彩霞姑娘击溃的黑影人脱去伪装，躺在金星的乱石冈上，正在休息。他嘴里不断低声念叨着绿花的名字。哦，原来三番五次偷袭天旦他们的竟然是无敌超人。

这时，无敌超人感觉到绿花快要到他身边了。于是，他抬头仰望金星上空，只见天空上有一个忽闪忽闪的亮点，越来越亮。无敌超人凭借超级视觉看到，是助手绿花找来了。亮点一闪落地，果真是自己期盼的同伴绿花。他万万没有想到，站在他面前的绿花是旋风隐形人释放的克隆绿花，深信不疑地开口问道："绿花，你是怎么逃出来的？"克隆绿花自信地回答："头儿。那天遭到冷气团的强大打击，我困在冰球中，几乎毙命，用尽全身本领，捅破冰球，才夺得一条生路。我躲到地球上一座无名大山的岩洞中，自我疗伤了一段时间，慢慢恢复了功能。经信息反馈，探知你已经离开地球，我一刻也不敢怠慢，便来到金星上找你，协助你完成大王交代的任务。"无敌超人听完这番话，觉得很有道理，也自然相信了。

无敌超人也道出了他目前的困境："我自身功能还没有完全复原。由于求胜心切，想立刻捉住发光的智慧人，早早来到金星，几次交战，尚未得手。为了躲避地球上星人的追击，又想及时捉住发光的智慧人，因此，没有来得及驾驶藏在沙漠中的三叉飞船。待咱俩捉住发光的智慧人后，再驾驶三叉飞船一起回去复命。"他俩友好交谈之后，制订了下一步计划，准备再次偷袭金星停机库。

彩霞姑娘一行人，很快从克隆绿花身上得到信息反馈，无敌超人马上就要奇袭金星机库。她和天旦他们一起商量，将计就计，在途中，打他们一个措手不及。他们悄悄地走出了金星的机库，在彩霞姑娘的带领下，来到金星上一座稀奇古怪的山峰。彩霞姑娘介绍，这里是一个最佳地点，无论他们是从天上还是地下来偷袭，都是无敌超人的必经之地。并且这座山峰有着神奇的魔力，强大的超级磁场可以大大削弱无敌超人的多项功能。再配上嶙峋的山峰，构成天然的金星迷宫，居山坚守，易守难攻。无敌超人从地下进入，很难逃脱，这样就能彻底消灭无敌超人了。天旦他们各自选择有利地形，早早埋伏起来，等待无敌超人来袭。

金星荒凉的沙丘路上，无敌超人和克隆绿花正在鬼鬼祟祟地前行，突然，天上一个黑色的云团飘了过来，嗖的一声，降落在他们面前：竟然又出现了一个绿花，与克隆绿花的衣着打扮一模一样。无敌超人傻了眼，看看这边的克隆绿花，又看看那边的真身绿花，很难辨别谁真谁假。站在一旁的克隆绿花心中一惊：关押在洞穴基地的真身绿花怎么会逃出来呢？他首先开口说道："他是假的。"真身绿花眼睛一瞪，绕着克隆绿花边转边想：是说我被洞中星人岩浆锻造了呢？还是说与洞中星人的战斗？怎么才能说清自己的真实身份呢？恐怕一时有口难辩，难以说清啊！片刻他自言自语地说："你们洞穴基地还可以嘛！制造出一个绿花的替身，欺骗我的头儿。"接着指着克隆绿花大声吼道，"你才是假的。""你是假的，我是真的。"双方争辩得非常激烈，以致动起了拳脚。从地上打到天上，从天上又打到地上，双方实力几乎相当。一时打得难分难解，谁也没有占上风。打斗之中，真身绿花的外衣被克隆绿花撕裂了一个大口子，暴露出光溜溜的铁青色身躯。站在旁边观战的无敌超人一看，后到的绿花身体颜色发生了根本性变化，误认为第二次出现在面前的真身绿花是假的。他立刻有了主见，指着真身绿花说："你是假的。"当即站在克隆绿花一边，一起对付真身绿花。"头儿，你错了。他才是假的。别帮错了人，将来会后悔的。我才是真的绿花。"真身绿花一边争辩，一边和他们交战。无敌超人相信自己的眼睛，肯定不会错。无论真身绿花怎样争辩，无敌超人再也听不进去，操起方天画戟与真身绿花厮打。二人联手，很快打败了真身绿花。真身绿花看大势已去，难以获得头儿的信任，含恨而逃。

隐蔽在金星神秘山峰上的天旦他们忽然听到对面山脚下不知什么原因传来阵阵喊杀声、枪声。彩霞姑娘提醒大家："沉住气，不要慌乱，无敌超人已遇到麻烦。为了不暴露目标，切不可冒失前去参战。"大家只好听从彩霞姑娘的叮嘱，静静潜伏在山头上，等待无敌超人进入伏击圈。

无敌超人与克隆绿花联手打败了真身绿花后，他们按照既定路线继续前行。走到一个神奇古怪的山峰下，看到山峰奇异，怪石嶙峋，狰狞的岩石好像猛兽张着血盆大口，又像恶神攥着奇特兵器。无敌超人觉得这些虽然不可怕，但是心中还是犯嘀咕，想启动自身能量，飞天而去。不知什么原因，这一招儿不灵验了，没有办法，只好老老实实从陆地而去。他俩走着走着，不时从山壁上掉下块块坚硬的岩石，顺着山坡滚下去，溅起团团尘雾，他们需要及时躲闪，还要不时抬头观望。走在前面的克隆绿花心中明白，很快将无敌超人带进了半山腰的超级中心磁场，进入彩霞姑娘他们的伏击圈。他在前面加快脚步走向山顶，一闪，消失了。

无敌超人觉得很奇怪，走在前面的绿花怎么不见了呢？他嗅了嗅，发现附近不但有星人，而且还有发光的智慧人，方才如梦初醒，知道上当了：原来，跟随在自己身边的绿花才是假的。他追悔莫及，再次启动他的飞天功能，哪知道自身的功能几乎全部丧失，根本不随他的意愿。正在反复尝试时，山顶上的天旦、彩霞姑娘他们一齐动手了，一块块坚硬如铁的怪石，铺天盖地向无敌超人砸去。他拖着笨重的脚步，扭动笨拙的身躯慌忙躲闪。无敌超人拼命挥动手脚抵挡横飞的乱石，推开砸来的石块，做最后的垂死挣扎。天旦看见挣扎中的无敌超人，岂肯放过消灭他的大好机会。他组织大家，奋力推倒似小山一样的一堵乱石墙。大小石块轰隆隆奔腾而下，砸向挣扎中的无敌超人，把他埋得严严实实，再也看不见其身影了。

天旦他们一齐走出掩体，往山下观看，乱石堆中好像石块在晃动。无敌超人，从乱石缝中竟然探出了半个脑袋，贼眉鼠眼向四周张望。为了彻底消灭无敌超人，天旦他们准备再次用乱石块覆盖，把他彻底埋葬。

突然，金星上空飞速飘来一团黑云，降落在掩埋着无敌超人的乱石堆上。参战的克隆绿花一见，大喊一声："不好，真身绿花要救走无敌超人。"他第一个冲了上去。

这时，真身绿花急忙推开一块块压在无敌超人身上的石块。天旦他们又推倒一堵石墙，即使乱石砸在真身绿花身上，他也全然不顾，从石缝中迅速救出无敌超人，搂着他飞向天空。

赶上前去的克隆绿花操起洞穴基地配备的最先进的武器，连续对真身绿花、无敌超人射击。弹道划破宁静的天空，真身绿花不甘示弱，奋力还击。战斗在激烈地进行，无敌超人从朦胧中渐渐苏醒，看着飞行中的绿花在救自己，真是后悔当初错把同伴当敌人。无敌超人很快恢复了部分功能，从真身绿花怀中挣脱出来，试着用眼睛喷出奇异的火球，分别喷向冲上来的克隆绿花和彩霞姑娘。双方打得难解难分。

在激烈的战斗中，真身绿花的特殊武器击中了克隆绿花，他带着火光跌跌撞撞地下坠。彩霞姑娘见同伴受伤了，便驾着云霞快速冲上前去，使用特别云雾武器，猛烈攻击无敌超人和真身绿花。天旦他们也追上来了，无敌超人见对方人多势众，又有星人助战，夹着尾巴逃走了。彩霞姑娘他们追了一程，不见对方踪影，只好返回。

克隆绿花被无敌超人击伤后，重重摔落在山坡的乱石上，燃起熊熊大火。当彩霞姑娘和天旦他们赶到时，整个克隆绿花在超高温的作用下，都快烧成灰了。大家心中明白，克隆绿花要想重新站起来已经不可能了。只能眼睁睁地看着克隆绿花烧成一堆废品。彩霞姑娘流下两行悲痛的泪水。天旦他们一边含着泪水，一边捧着沙土，就地掩埋了克隆绿花燃烧后的遗骸。在他的墓前竖立起一块庄严的墓碑，上面写着“神鹰飞行队第一勇士克隆绿花之墓”。大家望着长眠在金星上的第一勇士，依依不舍地离开了。

丁零零，天旦腰间的天文蛋盒又发出了清脆的响声，同时释放出圈圈红色的光环，光环之中还夹带着圈圈淡淡的黄色光环。天旦有些弄不明白，痴呆呆站在那里发怔，心想：怎么红光中还有黄光呢？机灵的彩霞姑娘一下看出了天旦的心思，上前解释说：“没有什么好奇怪的，这说明前方的道路更加凶险。虽然有星人帮助我们，但是也要靠我们自身努力去完成任务。”大家一边说着话，一边向机库走去。

第十五章　天虎两擒无敌超人　天旦击毙恶魔绿花

旋风隐形人执行完任务后，迅速返回到地球洞穴基地。他进洞一看，洞中一片狼藉，打斗的痕迹十分明显。洞中工作人员正在清理卫士的尸体。他知道洞中出大事了，急步上前，推开北风长官办公室的门。北风长官正在通信机中向上级汇报，看到隐形人进来，点头示意让他先坐下歇息。北风长官接着对上级说："天鸟，天鸟。大熊星绿花大闹基地，基地损失惨重，我们正在清理，同时，绿花经岩浆锻铸后，锻造出了一个特异绿花，功能大增。在短时间内消灭他，仅凭基地的力量，有一定困难。请求增援。"通信机中传来对方的回应："地星，地星。你们密切关注无敌超人和特异绿花的动向。我们立即派人增援你们。"北风长官放下通信机，紧绷的脸色缓和了许多，转身对坐在对面的旋风隐形人说："特异绿花鏖战群雄，打死打伤我多名洞中卫士，并在高达几千度的岩浆中活着出去了。可想而知大熊星的科技水平并不比我们星球差。我们基地要想彻底降服无敌超人和特异绿花，非常困难。"旋风隐形人听后，感到很吃惊，向北风长官报告另一个不幸的消息："克隆绿花在金星上，被无敌超人和特异绿花联手摧毁了。两个浑蛋仍在金星上逍遥法外，给我们培养的智慧人构成了致命威胁。"北风长官听后大惊失色。脱口而出："难道我们基地的科学技术真的跟不上他们吗？"

"是的。当前科学技术日新月异，飞速向前发展。我们有点儿跟不上他们了。"

"报告，基地上空出现不明飞行物。"扩音器里传来侦察员的声音，打断了他俩的谈话。

北风长官打开识别器，从屏幕上一看，哦，原来天空中出现的不明飞行物，正是上级派来的支援基地的飞行器。他俩赶忙走出办公室，到洞中机库迎接援兵。

一道亮光一闪，一艘崭新的高级飞船稳稳停在机库中央，在灯火的映照下显得格外耀眼。机舱门打开了，走出一位身穿宇航服的星人。只见他眼睛突露，显得很有精神。北风长官很有礼节地快步上前迎接。参加迎接的基地星人发出雷鸣般的掌声，表示热烈欢迎。

走上前来的星人自我介绍："报告长官，我叫北极天虎，代号天虎。在太空N中继站工作。上级派我前来协助你们，捉拿超级外星人机器无敌超人和特异绿花。""是的。特异绿花大闹我们洞穴基地，打死打伤多名洞中卫士，且设备损失惨重。他们仍然在金星上，逍遥自在。现在就看你的了。"北风长官紧紧握着北极天虎的手说。他们一边走，一边说着无敌超人、特异绿花的特点。

来到基地指挥室，北风长官详细介绍了，无敌超人和特异绿花的各项功能以及他们过去的所作所为。坐在沙发上的北极天虎一言不发，认真听着，思考着对付无敌超人和特异绿花的方案。突然，他站起来，一声不响地走到指挥室的追踪显示屏前，打开一看，发现狼狈的无敌超人和特异绿花竟然龟缩在金星的金冈岭上，特异绿花正在给无敌超人疗伤。从显示屏上看，特异绿花没有半点损伤，元气十足。而无敌超人的功能，看上去已经恢复到八九成。他们很快就会给发光的智慧人构成严重威胁。

北极天虎发现这一严重情况，急转身，随手拿起放在办公桌上的红色铅笔，在金星地图上画了两个红圈，同时在金星的西南空域也画了一个红色的圆圈。他鼓着眼睛对北风长官和旋风隐形人解释："这个红色圆圈是发光智慧人的宿营地，那个圈是无敌超人和特异绿花疗伤的所在地。要严密监控无敌超人、特异绿花的动向，一有动静立即互通。金星上空的这个红色圆圈是我们伏击无敌超人和特异绿花的作战空域。具体分工一下，北风长官通过追踪雷达，在洞穴基地坐镇指挥。我和旋风隐形人各自驾驶飞行器直奔金星。我在金星上空使用战术云团隐蔽；旋风隐形人驾机攻击金星金冈岭的无敌超人和特异绿花。只许败，不许胜。将他俩带入我预定的伏击空域，你的任务就完成了，接下来就该我出手了。”他一边指着地图，一边解释。大家同意了此方案，同时还制定了第二套预案。

北极天虎和旋风隐形人，急匆匆地走出了指挥部办公室，来到机库，各自驾驶自己的飞行器，双双飞出了基地。他们很快飞到金星上空的预定空域。北极天虎的飞行器，喷出一团隐形的白色烟雾，烟雾慢慢变浓，眨眼间将那闪光发亮的飞行器完全掩盖住，好像一朵白云挂在金星上空。旋风隐形人则驾机直插金星的金冈岭。

正在金冈岭疗伤的无敌超人，突然嗅到有人来偷袭，立即警觉地站起来，抬头望望金星上空。旋风隐形人架机首先朝他俩射出了密集的子弹、炮弹。无敌超人大喊一声：“不好，旋风隐形人来了。”基本恢复功能的无敌超人、特异绿花，急忙飞身还击。刹那间，金冈岭上硝烟四起，炮声隆隆。旋风隐形人按照预定计划，边打边撤，偶尔朝紧追的无敌超人、特异绿花放几下冷枪、冷炮。他俩不知是计，穷追不舍，继续跟踪上去。旋风隐形人看了看前面空域，能够清楚看到挂在天空中的那朵白云了，心中非常明白，已经进入了设伏的预定空域，而没有在意的无敌超人和特异绿花仍然紧追不舍。

这时候，隐蔽在白云中的北极天虎，看到无敌超人、特异绿花果然上当了，脸上露出了开心的微笑。捉拿无敌超人、特异绿花的时机成熟了。他鼓着大眼睛，密切注视着飞上来的无敌超人和特异绿花。北极天虎机舱中的红色指示灯亮了，根据自动系统测距分析可知已进入最佳攻击距离了。他毫不犹豫地按下红色按钮，飞船的炮管中喷出两条奇异的闪光发亮的自导高磁捆绑绳：一条飞向飞行中的无敌超人。只见那条发亮的绳索飞速而去，无敌超人一看，不好，千方百计全力躲闪，却怎么也摆脱不了自导高磁捆绑绳的追击。顷刻之间，发亮的自导高磁捆绑绳将无敌超人一圈又一圈缠绕捆绑。无敌超人再也猖狂不了，一下子失去了强大的攻击能力。北极天虎将被捆绑住的无敌超人收回到机舱中。另一条自导高磁捆绑绳则在不断追击特异绿花，他还没有弄清是怎么回事，发亮的自导高磁捆绑绳已牢牢粘贴在他身上，也将他一圈又一圈捆得结结实实。特异绿花同样失去了所有功能。北极天虎同样通过捆绑绳将特异绿花收押在机舱中。

观战的旋风隐形人目睹北极天虎捉拿无敌超人和特异绿花惊心动魄的场面，心中暗暗喝彩，同时发射出三发红色信号弹，告诉上级和基地空战大捷，也表示对北极天虎胜利的祝贺。他跟随北极天虎向地球基地飞去。

关押在北极天虎飞船机舱中特别囚室的无敌超人和特异绿花十分沮丧。黑暗之中，他们各自用头碰了碰特殊材料建造的特别囚室的四壁，又用脚踹了踹脚下的地板。试探之后，他俩都摇摇头，觉得毫无办法。等待的结果，当然不言而喻了。

不甘心失败的特异绿花拼尽全身力气扭动了几下身躯。他感觉到捆在自己身上的高磁捆绑绳有松动的迹象，不敢相信这是真的，还会出现奇迹吗？再次用力摇动自己的身躯，果然有松动的迹象。绝处逢生的念头陡然从心中升起，他自信地跟无敌超人说："头儿。待我解开身上的自导高磁捆绑绳后再来救你。咱们一起逃出这特别的囚室。""没有那么容易吧？我的好伙伴。"无敌超人回头说道。

特异绿花凑到无敌超人身旁一看：闪亮的自导高磁捆绑绳，从腿到肩膀，将他牢牢无结捆绑，无一点缝隙，更没有松动的迹象，而特异绿花摇动自己的身躯，确实感到有稍微的松动，但是不能一下子解开。他眼珠一转，灵机一动：有办法了。未打结的自导高磁捆绑绳，一定有某种特殊功能，磁力绳可以转移到其他物体上。他将缚在肩膀上的自导高磁捆绑绳绳头，往无敌超人身上一靠，奇迹出现了，捆在特异绿花身上一端的磁力绳头竟然奇迹般地黏附在无敌超人身上了。聪明的特异绿花绕着被捆绑的无敌超人，朝相反方向用力慢慢旋转，解开了缚在自己身上的自导高磁捆绑绳。相反，无敌超人一圈又一圈又被重复捆绑了一次。无敌超人与他争吵不休，骂骂咧咧，并说绿花不怀好意。"头儿，别吵了，别争了。我来帮你解开自导高磁捆绑绳。"绿花边说边帮他解自导高磁捆绑绳。摸摸上绳头、摸摸下绳头、摸摸中间捆住无敌超人身上的每一圈高磁捆绑绳，这才知道捆得结结实实，没有一点儿间隙；无论用手怎样拉，手一松又自动黏上了，怎么也解不开无敌超人身上的自导高磁捆绑绳。特异绿花仍不死心，用手解不行，就用火烧，用刀砍，什么办法都用尽了，自导高磁捆绑，绳仍牢牢黏在无敌超人身上。

绿花自言自语道："奇怪，我们来自同一个星球，由同种物质组成，我扭动身躯就有松动；头儿，你扭动身躯怎么会越扭越紧呢？"无敌超人回答："绿花，你已经不同了。在地球上，你已经通过岩浆的千锤百炼，成了特殊材料，抗磁性比我强得多。而我是原身、原物质，抗磁性就比你差远了。"无敌超人说出这番话，还有另一个目的：激励特异绿花解开自导高磁捆绑绳。

特异绿花听了头儿的一番话，觉得有一定道理，猛然醒悟，右手用力抠开缚在无敌超人身上一端的绳头，将自己的左手伸进绳头与无敌超人身体的夹角之间，阻隔了磁力，那绳索再也不能捆住无敌超人的身体。剥离的一端绳头，一圈又一圈缠绕在特异绿花的左手臂上了，无敌超人见状喜出望外，感觉有了逃生的希望，鼓励特异绿花照此方法去做。在二人共同努力下，自导高磁捆绑绳一圈又一圈被剥离了。无敌超人也得救了。盘绕在特异绿花手腕上的一圈圈闪闪发光的自导高磁捆绑绳，随着他轻轻一抖，全部掉在了地上。

重新获得自由的他俩分外兴奋，在紧闭的特别囚室中四处寻找通向外面的出口。他们左敲敲、右打打，飞船上密闭的特别囚室，既没有一丝亮光，也没有一点缝隙，他俩有些失望。特异绿花心生一计，抬起他的钢铁之手，悄无声息地抓透了囚室铁壁，一缕阳光奇迹般地透进室内，透过孔洞，能够看到外面的星星了。他俩欣喜若狂，接连使尽全身力气硬生生地将特别囚室扒出了一个不规则的孔洞，趁机钻了出去，逃走了。

北极天虎在驾驶室里觉得机身有异响，正在纳闷，忽然，送话器里传来地球洞穴基地北风长官的声音："天虎、天虎。你们捕获的无敌超人、特异绿花已经逃跑了。"北极天虎大吃一惊，立刻问："有这样的事？"他打开囚室监视屏幕一看，果然，特别囚室墙上出现了一个窟窿，囚室里已空无一人。他一下子明白了机身发生异常的原因。他气得牙齿咬得咯咯直响，马上通知旋风隐形人执行第二套抓捕预案。他掉转机头，朝无敌超人、特异绿花逃跑的方向追去。

逃脱后的无敌超人和特异绿花，在金星上空并排飞行，特异绿花说："头儿，我们这次遇到了强大的对手。”

“我也正在思考这个问题。”

“不知是哪个星球的星人，这么厉害！”

“绿花，你记住，有句名言是“人外有人，天外有天”，这是自然规律。”

“是啊……”

绿花还没有把话说完，北极天虎驾驶飞船就赶了上来，旋风隐形人则架机挡住了他俩向前飞行的去路。他俩不敢应战，掉头就逃。哪知道后面飞来多艘飞船，堵住了他俩逃跑的去路，只好仓促应战，拼命抵抗。包围圈越来越小，他俩无论怎样拼命抵抗，已经不管用了。北极天虎释放了第二件奇特的工具——自导追踪捕捉器。只见它四四方方，形状类似保险柜，柜门敞开，快速追赶无敌超人。无敌超人很快就被吞进了自导追踪捕捉器之中了。紧接着，另一个自导追踪捕捉器，全速追赶特异绿花。特异绿花连忙左突右闪。自导追踪捕捉器追上了特异绿花，然而，捕捉器根本不接收对方，反而喷出奇特的火焰，将特异绿花喷得远远的。他趁机跳出了包围圈。

旋风隐形人见状，岂能放过对方，冲上去全力追赶。狡诈的特异绿花求生心切，不敢恋战，眨眼间就消失在太空之中。失去了追击目标，北极天虎只好将捕捉到的无敌超人收押在机舱中返回基地，留下旋风隐形人继续搜寻逃跑的特异绿花。

特异绿花独自一人逃到太空一角，心想：头儿，你一定遇难了。他下定决心，准备独自去捉拿发光的智慧人，完成大王交代的任务。

天旦一行人在停机库休整，各自忙着保养、检查自己的飞行器，准备开始新的征程。天旦在闲暇之余摆弄着防身用的超级变形激光手枪。他的枪非常特别，只要有光，就有打不完、用不尽的子弹，而不需配备预备弹夹，而且经久耐用，威力强大，随心而变，高度自动化。当他无意之中把枪贴在腰间天文蛋盒上时，手枪周身奇迹般闪着金灿灿的光芒。金助理和小车司机围上来，看到这一神奇现象，心中纳闷：难道他的手枪是吸收了太空中的某种特殊物质，还是天文蛋的神奇造化？一定会跟先前大大不一样了，也许合成了某种新物质。如果是那样，那么它的功能一定比以前更加完善，火力比以前更加强大。金助理想着看着，手枪上闪烁的光芒渐渐消失，枪身完全改变了原有的颜色，好像镀上了一层薄薄的黄金。金助理爱不释手，抢过枪来，想证实自己的判断。他跑出机库，举枪朝对面的大山扣动扳机，枪管中射出一颗绿色的光弹，击中了对面山上的一块巨大的岩石。那块岩石爆炸了，乱石横飞。小车司机看呆了，脱口而出："这哪里是什么防身武器，比大炮还厉害。"金助理一声不吭，接连扣动扳机，半个山头被炸平了。真是奇迹，威力如此巨大！大家都傻眼了，不敢相信这个小手枪有如此威力。金助理开口说话了："天旦，我们的枪，你也应该给我们沾点儿'喜气'啊！"开心的天旦爽快地答应了。金助理首先把手枪交给天旦，天旦把枪贴在天文蛋盒上，枪身立马释放出圈圈银白色的光环。少许，银白色的光芒消失。金助理这把枪身变得晶莹透亮，似乎镀上了一层高纯度的银粉，美丽极了。小车司机也掏出自己的手枪，交给了天旦。天旦同样把枪贴在天文蛋盒上，枪身立刻释放出圈圈紫色的光芒。顷刻之间紫光消失，这把手枪竟然呈现出紫铜色的枪身，格外精致。大家心中顿时明白，在金星上，接收了太空特殊精气，神奇地出现了三枪——金枪、银枪、铜枪。三个人各自测试了自身枪的功能，结果都出乎预料。特别是三枪齐发攻击同一个目标，威力更加巨大，可以击毁任何坚固的目标。这真正兑现了那位美女发枪时所说的话。他们高兴地跳起来了。

旋风隐形人仍在太空驾驶飞行器四处搜寻逃跑的特异绿花，突然，旋风隐形人的送话器里传来地球洞穴基地北风长官的声音："旋风、旋风。特异绿花很快就要接近发光智慧人的宿营地——机库了。火速前往。""明白。"旋风隐形人一边回答，一边追赶上去。旋风隐形人驾机，很快追上了飞行中的特异绿花，向他开火。特异绿花扭头一看，发现是自己的老对手旋风隐形人赶来了，连忙出手反击，并且高声大吼："隐形人，少管闲事。我不惹你，你为什么对我穷追猛打？我的任务是捉拿地球上发光的智慧人。"旋风隐形人边打边回答："恶魔，打的就是你。你杀我洞中卫士，血债累累。你破坏我们的地星计划，该杀。"特异绿花发现旋风隐形人没有帮手，只有他一个人，于是壮着胆子说："来吧，鹿死谁手还很难说。"隆隆炮声打破了宁静的太空，一道道弹道的亮光划破了天际。双方你来我往，打得非常激烈。

彩霞姑娘得知情报，驾着云雾飞碟赶到了发生激战的太空，发现了猖狂的特异绿花。她立即从云雾飞碟中射出特殊的飞弹，打在特异绿花身上，冒出团团火花。特异绿花扭头一看，又来了一个帮手，无心恋战，掉头逃跑。旋风隐形人看出他的心思，立刻再次使用气象武器，强大的气流团向他袭去。只见特异绿花在强大的气流团中团团打转，拼命挣扎，始终无法冲出气流团。旋风隐形人见时机已经成熟，再次使用第二件超级气象武器，释放聚冷超低温气流，将特异绿花牢牢锁定在冷气团中。挣扎的特异绿花眨眼间又变成一个雪白的冰球，在空中飞速下落，哐当一声，落在山坡上不断翻滚，正好滚进了金星上一个神奇的地洞。旋风隐形人驾机落地，彩霞姑娘紧随其后，谁也没有多想，相互配合，追进神秘的洞中。

地洞中一片漆黑，寒气逼人。坚冰包裹着的特异绿花，滚进洞底。他扭动钢打铁铸的身躯，几下弄破了坚硬的冰球，站起身来，借助照射进洞里的淡淡星光一瞧，神奇的地洞中奇异的冰柱到处耸立，真是一个藏身的好地方。他躲在冰柱后面，静静观察洞中的情况。

一团旋风也钻进了这奇异的地洞。只见旋风隐形人、彩霞姑娘钻进洞后，借助灯光，在奇特的冰柱丛林中各处搜寻。由于光线昏暗，搜寻难度极大，他们几乎搜遍冰洞的各个角落，也未发现特异绿花的身影。旋风隐形人站在洞中大喊："有胆量的绿花，你出来，咱们面对面较量。你像老鼠一样龟缩在洞中不敢出来，我出去封住洞口，让你永远出不去。"

躲藏在冰柱后面的特异绿花再也忍不住了。一听说要封住洞口，那大王交代的任务就无法完成了，不如拼命一搏，还有希望完成任务。他举起手中的枪，偷偷向喊话的旋风隐形人开火。瞬间，漆黑的冰洞中火光冲天，战火照亮了沉睡数万年的洞穴。旋风隐形人有了明确的追击目标，精神倍增，在奇异的冰柱丛林中奋力追杀特异绿花。一根根粗大的冰柱在弹炮的轰击下，横七竖八倒在洞底。

彩霞姑娘目睹战火中的冰洞更加绚丽，一明一暗的火光增添了几分神秘的色彩。她也冲了上去，对准冰柱后面的特异绿花射击。一座冰岩被击碎了，冰块像乱石一样到处飞溅。特异绿花又躲在另一根冰柱后面射击。冰柱被击倒在地，他逃到一座冰峰后面射击，冰峰被轰平了，他又躲到另一座昏暗的冰山角落偷偷打冷枪。总之，狡猾的特异绿花借助洞中的冰岩、冰峰、冰柱作掩护，打一枪换一个地方，似乎越战越勇。照这样打下去，不知什么时候才能逮住绿花。旋风隐形人觉得在洞中采用猫捉老鼠的战术极为不妥，便停止射击，悄悄来到彩霞姑娘身边，对正在射击的彩霞姑娘俯身贴耳说："这种战术不妥，我们要改变策略。你去守住洞口，我在洞中把特异绿花赶出来，使他无藏身之地。在光天化日之下，他就失去了优势。"彩霞姑娘一听，觉得有道理，就停止了射击，飞快地来到洞口潜伏起来。

枪声停了，洞中一片漆黑。旋风隐形人沿着冰柱、冰峰一个角落又一个角落搜寻。狡猾的特异绿花躺在冰岩上一动不动，静静地鼓着眼睛观察旋风隐形人的一举一动，等待时机准备再次奇袭。旋风隐形人化作一团风，绕着座座冰峰寻找，终于发现透明的冰岩上，一双蓝色的眼睛正骨碌碌地转动，似乎远远在盯着自己。他心想：一定是特异绿花。他假装未看见，继续绕着冰柱转了一圈儿，猛然释放出一阵狂风袭向特异绿花。几乎同时，特异绿花觉得旋风隐形人已经发现了自己，正准备还击，一团旋风将他高高卷起摔在洞底。他瘫倒在地上，一动也不动了。旋风隐形人一看得手了，心中十分高兴，小心地走近瞧瞧。哪知特异绿花故意装死，突然站起来，挥拳对旋风人猛击。旋风隐形人一个躲闪让过。特异绿花拳头击打在冰柱上，冰柱被拦腰切断，掉在地上溅起团团冰碴儿。他见没有击中旋风隐形人，气得发疯似的寻找自己的对手。完全暴露在明处的特异绿花，给旋风隐形人创造了袭击的条件，他手一挥，巨大的冰块一块块飞速砸向特异绿花。特异绿花手脚并用，冰块七零八落地掉在脚下。特异绿花忙于对付来袭的冰块，无力抽身对付旋风隐形人，他觉得自己渐渐处于下风，很难应付来无影去无踪的旋风隐形人。要想完成任务，这种战法只有死路一条。他让过一块来袭的巨大的冰岩，双脚朝地上一蹬，启动了脚上的飞天功能，朝洞口冲去。旋风隐形人迅速追了上去。

潜伏在洞口的彩霞姑娘见特异绿花冲出来了，立刻开枪向他射击，但没有挡住他飞向天空。彩霞姑娘驾着云雾飞碟追了上去。

冲出洞口的旋风隐形人一见彩霞姑娘追了上去，特异绿花一时不可能逃出他们的视线，心想：假如特异绿花回头再次潜藏在这神奇的地下冰洞，将会带来更大的烦恼，不如永远封住这秘密的冰洞。他绕着一座小山飞行了一圈后，将整个小山头切割，连土带石升上空中，快速移动过来，朝着洞口落下，严严实实封住了这个地下冰洞。随后，他驾机追赶潜逃的特异绿花去了。

特异绿花看到始终甩不脱彩霞姑娘的追击，心想：她的同伴旋风隐形人有可能马上赶到，如果那样，大难将会临头。想到这里，他心急如焚，决定干脆孤注一掷，绕开他们的追击，直接捕杀发光智慧人，也许那样就能完成任务。特异绿花当机立断，扭头飞向天旦他们的宿营地，却没有想到旋风隐形人驾机已经挡住了他前行的路。他见势不妙，无心恋战，虚晃一枪，改变方向继续潜逃。旋风隐形人岂能放过他，紧追不舍。

彩霞姑娘看出了特异绿花的狼子野心。为防不测，她驾着云雾飞碟回到宿营地，向天旦他们诉说了追击特异绿花的战斗经过，吩咐他们分散隐蔽，防止特异绿花突然偷袭宿营地。天旦他们三个人都站了起来，再三请求参加打击特异绿花的战斗，并说他们各自所配备的防身武器完全脱胎换骨，在天文蛋的造化下，神奇地变成金枪、银枪、铜枪，射程远，威力大。彩霞姑娘经过再三斟酌，勉强同意了天旦一人飞身加入战斗，其余二人原地分散隐蔽。

宿营地上空的枪声响了。旋风隐形人驾机全力阻挡特异绿花进入天旦他们的宿营地。霎时，彩霞姑娘、天旦所站的位置上溅起团团弹花。他俩飞身一跃冲向天空，共同阻击特异绿花的攻击。

天空中的战斗仍在激烈地进行，突然，一道亮光一闪，北极天虎驾着光能飞船赶来了。空中传来一个洪亮的声音：“特异绿花，你哪里逃？今天就是你的末日。”声音在天空中久久回荡。紧接着，飞行器里又释放出一种熊熊燃烧的天炉，自动追击拼死抵抗的特异绿花。特异绿花见大势已去，无心恋战，加速逃跑。天炉紧追不舍。

天旦冲了上去，操起变异的金枪，瞄准正在天空中逃窜的特异绿花，扣动扳机，枪管中射出一颗绿色的光弹，直接击中特异绿花的身躯，竟然让特异绿花在空中爆炸了。残渣、碎片洒落一地。天旦高喊："打中了，消灭了！"燃烧的天炉立马追到离地几十米的低空，自动寻找撒在地上的残渣、碎块。像超级磁铁一样，将地上一片片、一块块残骸全部吸进了燃烧的天炉。片刻之间，北极天虎已将特异绿花的残渣、碎片收完收尽，关闭了燃烧的炉盖，再将天炉回收到机舱中，架机飞走了。

旋风隐形人驾机看到自己呕心沥血培养的天旦有如此卓越的战绩，心中无比惊讶，暗暗伸出大拇指，表示赞赏。他回头看了看，依依不舍地离开了宿营地上空。

金助理、小车司机听到天旦在空中胜利的喊声，急忙跑出掩体，看到空中的壮观战斗，心中无比钦佩。瞬间，天旦、彩霞姑娘从空中落地了。彩霞姑娘不停夸奖天旦在作战中的勇敢表现，大家在一起欢庆胜利。

这时，彩霞姑娘却神秘地说："走。是时候了，我们去金星广场迎接最后一名特殊队员吧！"大家用疑惑的眼神望着她，不知道要去接谁。她没有做任何解释，神色一本正经，谁也不好去问，只好跟随她一起去迎接那位神秘的队员。

第十六章　不明飞行物袭基地　超人术后入神鹰队

深夜，地球特训基地的指挥办公室灯火通明。总指挥阳教授和参谋长坐在雷达监视屏幕前，观察天旦一行人在金星上做出发前最后的准备工作。他俩看见天旦一行人出色地完成各项训练任务，并和星人一起合作，消灭了来自太空中的第一个劲敌，欣慰地笑了。

突然，办公桌上的电话急促地响起。阳教授打开免提，送话器中传来惊人的报告："总指挥，深山发射场遭到不明飞行物的炮击，请示出击。"阳教授豁地站了起来，心想：高度保密的特训基地怎么会遭到不明飞行物攻击呢？超级监视雷达干什么的？参谋长也大惊失色。阳教授立即提出了一个方案，参谋长点头同意。参谋长抓起桌上的另一部电话，果断下达命令："F-280 飞行大队立刻出击，务必消灭空中不明飞行物。"放下电话，他长长舒了一口气。

阳教授静下心来，坐在沙发上，观看雷达监视屏幕，只见基地发射场上空，一个超级巨大的飞行器闪着绿光，浑身长刺，不断向发射架、现场指挥所、伪装的先进飞机进行炮击。此时，基地上空的警报一声接一声地响起。见此情景，参谋长抓起桌上的一级战备值班电话命令说："飞弹部队，若不明飞行器闯入警戒空域，立刻开炮！立刻开炮！摧毁，消灭！"激烈的战斗在基地上空打响了。

基地大山西侧的山脚下，高度隐蔽的石门紧急打开了，洞中放射出冲天的光芒。一架架全天候多功能 F-280 重型先进隐形攻击战斗机冲出了神秘的山洞，飞向激战的夜空。一位机长驾机冲在前面，从机舱的侦察屏幕上，探得那闪着绿光的不明巨大飞行器，好像是几百架战机拼接在一起的。不禁感叹道：“好大的一个庞然大物，真是从未见过的飞天巨无霸，也许遭遇到了传说中的超级飞天航母。”看到自己的战友驾着战机飞过去了，他按下最先进的空对空飞弹的发射按钮。一枚枚飞弹拖着长长的火焰，击向喷出绿色火光的巨大不明飞行物。

此时，飞弹部队从山林中，也发射了一枚枚先进的地对空飞弹，喷出道道蓝色的火光，击向闪着绿光的不明巨大飞行物。然而，一枚枚飞弹，不是在途中爆炸，就是偏离弹道轨迹飞向遥远的天空，似乎遭到了精准拦截，又似乎遭到了强电磁干扰。飞弹始终无法击中目标，霎时间，导弹在天空中，轰隆隆地不断炸响，打破了漆黑的天空。

机长模糊中看到不明巨大飞行物灵巧地在夜空中飞行。从它绿色的光团中，射出枚枚带有红色火焰的飞弹，落在基地飞弹发射场爆炸了。多处地空飞弹发射车同时遭到不明巨大飞行物的毁灭性打击。再看自己的战友，他们驾驶的先进的 F–280 战机与巨大飞行物奋勇搏击，显得十分脆弱而又渺小。拖着红色火焰的飞弹，闪电般击中战友们驾驶的 F–280 战机。一架架先进的战机，几乎变成了巨大飞行物的空中移动活靶，在天空中不断爆炸。机长觉得自己也将成为巨无霸的打击目标，在劫难逃。眼看一枚飞弹飞来，他驾驶的 F–280 长机无法躲过，冒着黑烟消失在夜空之中。

哐当一声，阳教授气得站起身，一拳砸在办公桌上。他从雷达监视屏幕上得知，第一批先进战机已损失殆尽。地空飞弹发射基地也遭到灭顶之灾。站着观看的参谋长被教授的举动吓了一跳，目睹如此战况，惊得目瞪口呆，半晌未回过神来。多少年来，从未见过如此悲壮的空战。阳教授抓起桌上的电话，再次下达命令：“T–550 飞行队出击，坚决消灭空中巨无霸。”

屏幕上，基地东北方的山林中，一架架最先进的 T–550 歼击机，从隐蔽的树林中飞出，冲向不断开火的巨大的飞行物。

基地丛林中，零星的飞弹，仍在不断发射。只见那闪烁绿色光团的巨大飞行物，快速移动着它那笨重的身躯，只要发现地上有火光的地方，它的飞弹就奇迹般射向那里，迅速加以摧毁，几乎是发现一处摧毁一处。

隐形 T-550 战斗机机群冲上去了。飞在前面的一位飞行员，启动了空对空猎杀飞弹，然而，射出去的那枚飞弹途中改变了原有精准的弹道轨迹，一个九十度的急转弯，飞向了自己的作战机群中，自家的一架战机被击中爆炸了。其他几位飞行员也启动了空对空飞弹，不是折转飞向自家战机，就是偏离目标飞向远空，完全乱了套，飞弹的弹道根本无法控制。飞行员们傻了眼，弄不明白究竟发生了什么。瞬间，当代先进的战机，不是互相残杀，就是被同伴发射的导弹击落。侥幸留下来的战机也难逃厄运，被巨大飞行物在天空中点杀。

指挥部中的阳教授、参谋长在屏幕上看到空战如此惨烈，阳教授气得暴跳如雷，再次抓起桌上的电话，决心使用最后的撒手锏。他郑重下达命令："战鹰 J-1226 飞行大队出击，彻底歼灭巨大飞行物。"瞬时，基地西南山脚的地洞中，不断飞出一架架 J-1226 歼击机，他们拉开战斗队形，冲向巨大的飞行物。但见那巨大飞行物似乎改变了战略战术，将高度快速提升数百公里，同时释放数架隐形飞行器向战鹰大队扑来。

驾驶当代最先进的 J-1226 歼击机的飞行大队大队长，首先发现了扑上来的一架隐形飞行器，按下威力无比的空对空长剑飞弹，飞速射向扑上来的隐形飞行器，竟然一下就击中了目标。其他战机上的伙伴看到大队长旗开得胜，大大增强了战胜巨大飞行物的信心，也锁定飞向自身的隐形飞行物，发射了相同的先进导弹，当即击毁了它们。飞行大队长带领大家杀开了一条血路，直奔巨大飞行物。

然而，巨大飞行物突然从它周身闪着绿色的光团中，神奇地伸出无数个炮管，像刺猬一样，全方位、多角度、无死角地快速炮击 J-1226 歼灭机机群。飞行大队长还没有搞清楚怎么回事，他带领的超级飞行团队的先进战机几乎全被击伤或击毁。他本人的战机也被击中了，向地面俯冲下去。

千钧一发之际，深空一侧，出现了一道神秘的光带，直接照射到猖狂一时的巨大飞行物的机身上。它刹那间燃烧起来，拖着受伤的机体，想逃走，但已经晚了。又有两枚飞弹将它锁定，闪电般地击中了它，骤然在天空爆炸，残骸碎片飘落在山坡和基地上。

击毁巨大飞行物的功臣，原来是北极天虎和旋风隐形人。他俩得知培养发光的智慧人的基地竟然遭到不明巨大飞行物的偷袭，特意赶来增援。击毁巨大飞行物后，他俩驾驶飞船，在特训基地上空，神不知鬼不觉地搜索了几圈，见已无大碍，十分安全，便悄悄地消失在天空的尽头。

坐镇指挥部的阳教授、参谋长在雷达监视屏上，目睹了这场激烈的战斗，大为震撼，就连富有作战经验的参谋长，也搞不清楚，弄不明白，哪里来的巨大飞行物，又是谁将它击毁的。阳教授说："参谋长，对这次突如其来的空中之战，你有什么想法？"

"参谋长，我不明白，我们使用当前最先进的战机，有的还是第一次亮相的先进飞机，怎么就敌不过那个不明飞行物呢？"

"实战才能看出性能，取胜才能证明先进。"

"如此可以说明，当前我们还没有空中优势。"

"是的。实践证明，没有制空权，落后就要挨打。我们的防空部队以及先进飞行装备几乎遭到了灭顶之灾啊。"

"那闪着绿光的巨大飞行物是哪里来的？"

"有可能是他国的试验飞行器，也可能是天外来客。"

"是谁击毁了它？"

"参谋长，有可能是我们的先进战机或者地空飞弹，还有可能是外星人的帮助。"

"报告。基地山头上发现不明飞行物残留的碎片。"一个卫士打断他们的谈话。阳教授和参谋长心中正好有一个共同的想法：去前沿阵地上看看。

这时，天已亮了。阳教授、参谋长跟随卫士来到那个小山头上。阳教授从卫士手中接过望远镜，放眼望去，只见地上数百米高的发射塔被拦腰斩断，停机坪上的先进战机被炸得七零八落，前沿指挥所弹痕累累，就连地空飞弹发射车也是东倒西歪。目睹这一惨烈战场，举着望远镜的阳教授，双眼不知不觉流下了泪水。

一个卫士抱着一个发光残片急匆匆地跑上前来："报告参谋长，这块特殊碎片从来不曾见过，好像是不明飞行物的残骸，重而且会发光。"参谋长迫不及待地从卫士手中抢过来观看，心想：得到了一件罕见的科研标本，多么不容易啊！阳教授放下望远镜，回过头来，仔细观察参谋长手中的稀有物件。只见它长约三十厘米，宽约二十厘米，厚约几厘米形状不规则，似乎一会儿放绿光，一会儿放红光，有时还放紫光。敲敲它，坚硬如铁，不知是什么特殊材料锻铸的，而且好像它在无缘无故地变小，慢慢气化，却无烟无味。眨眼工夫，参谋长拿在手中的发光残骸消失得无影无踪了，没有留下一丁点儿尘粒，完全气化在空气中。参谋长不敢相信眼前的事实，摸摸自己的手，干干净净的。阳教授看出了他的心思，乐观地说："世间稀奇古怪的事多着呢！没有什么大惊小怪的。让我们的年轻人去探索吧！"看到阳教授如此充满自信，参谋长不好意思多问。望着从山头升起的太阳，冉冉升向天空，想起"飞天计划"，参谋长便对阳教授说："是时候了，我们应该启动既定的飞天计划。"二人议论着飞天计划的内容，向特训基地指挥部走去。

天旦一行人来到金星的迎宾广场上，嗖的一声，一艘闪光的飞船降落在广场一角。天旦他们赶忙迎上去。飞船的舱门打开了，冲出了多名持枪的黑衣卫士，站在舱门两边警戒。机舱中一个长方形的奇怪箱子被推出来，几名白衣专家连忙把它放在担架车上推走了。站在一旁的彩霞姑娘介绍说："这艘飞船是星人北极天虎专程护送我们要接纳的又一位超级星人。据星人专家反复科学论证，该星人要在金星上动一次特大'手术'，吸收天地精华，才能变成我们的人，为咱们服务。地球上没有'手术'的基本条件，只有金星上才能满足特殊'手术'的基本要求。耐心等待'手术'成功，星人即将加入神鹰飞行队。"天旦他们听后，面面相觑，等待奇迹出现。

担架推车进入金星基地高度机密的科研大厅。天旦他们紧随其后。走进科研大厅，门框上挂着"新材料开发室"的牌子。神秘的箱子被推了进去。几名手术专家早已在门口等候。专家将担架车上的神秘箱子抬到手术台上。一名助手拿来一个类似灭火器一样的器具，抽出软管，对着神秘箱体周身喷了一遍，又一下插进箱子中，释放出呼呼的气流声。箱中传来砰砰的敲击声，谁也不知道里面发生了什么。似乎助手在给铁箱做术前的消毒处理，又像给箱中的人做术前麻醉，或者给箱中注入金星上的某种物质。瞬间，敲击声停止，摇晃的箱子再也不动了，当然，真相就不得而知了。两名助手推来手术器械。手术盘中存放着特别精致的铁锤、改刀、梅花扳手、断线钳、板斧，还有电工用的钉锤、尖刀、测电器、仪表、万用表等器具。这哪里是什么手术？不用你多想，肯定是一场特殊的手术，就得用特殊器具。

“手术”开始了。一位头戴大白帽、胸前标有“快刀主任”字样的专家操起铁锤，朝那手术台上的铁箱重重敲击了几下，神秘的箱盖被砸开了。箱子里喷出一团团蓝色的火焰，他毫不顾忌，伸手拖出箱中一团黑乎乎的东西，放在手术台上，仔细一看，原来是昏睡的无敌超人。只见他鼻子处是一个窟窿，三角眼，相貌非常特别。忽然，无敌超人三角眼的白眼珠慢慢翻转了几下，手术室里，气氛骤然紧张起来。专家们都知道，他的助手绿花无比凶残，而他比绿花还要厉害。快刀主任吓得额头的汗珠一点点地往下流。为了防止发生意外，另一位大夫拿来了带有光环的高磁捆绑绳，把无敌超人的手脚一圈又一圈捆绑在手术台上。捆绑之中，无敌超人手脚动了动，另一名专家把提前准备好的高效麻醉药朝他脸部喷射了一遍，他立刻闭上了双眼，再也不动弹了，紧接着又朝他鼻孔里追补了一针麻醉剂。专家们这才心放地开始工作。

快刀主任吩咐助手将麻醉的无敌超人推进最先进的检测室。从探测屏幕上清楚看到，无敌超人没有五脏六腑，全身钢筋铁骨，体内安装了数个高、精、尖智能芯片，腹腔中完全充填了天外的新物质，皮下组织也是太空新材料。这些材料与他身体各部位电子感应器连接，组成了神奇的多功能智能身体。围观的其他专家细细观察，互相讨论：外星人的科技发达，技术先进，能够制造出这样高度精密的智能机器人，不可小觑。给无敌超人做了全身透视检测后，快刀主任心中有了底。

无敌超人很快又被推上了手术台，专家们接通了他周身的各种检测线路。在助手的协助下，快刀主任使用专用工具，将昏迷中的无敌超人的大脑打开了。快刀主任使用特殊器具将其中隐藏的智能芯片一个、两个、三个都取出来，丢在手术盘中，换上了助手递过来的、金星实验室最新研究出来的、闪烁光环的超级智能芯片，很快完成了无敌超人的大脑改造手术。

紧接着快刀主任剥开无敌超人的衣衫，使用专用利斧劈开他的胸膛。取出潜藏在里面的四个智能卡片，也丢弃在手术盘中；再装上一颗跳动的人造机械智能心脏。手术仍在紧张进行，快刀主任一边手术，一边介绍安装的芯片：“这是机能调节芯片，那是呼吸芯片，那是再生智能芯片……”接着又在无敌超人的腹腔中，安装了五个闪烁各种微光的超级智能芯片。大型改造手术很快完成了，白衣专家将他推进了康复静养室。

过了一会儿，躺在康复静养室床上的无敌超人似乎动了动，渐渐苏醒过来，半睁着一双三角大眼，虽然没有从前那种凶神恶煞的目光。但是一旁看护的专家们还是非常紧张，有的死死盯住无敌超人面部表情的变化，有的细致地观察着他的举止，还有的严密地观察着设备上的数据变化，大家一点也不敢松懈。无敌超人完全睁开了双眼，然后慢慢坐了起来。他温和地扫视了四周，看了大家一眼，没有一点异常举动。从他的灵魂深处可以清楚地看出，一个和睦、友善的新一代无敌超人诞生了。或者说一个可操控的拼命三郎横空出世。一位专家兴高采烈地走出手术室，郑重宣布：“改造手术获得圆满成功。”

等候在手术室外面的天旦他们得知改造手术成功了，高兴得几乎跳起来了。他们在飞天道路上又得到一员天外猛将。手术室的门打开了，无敌超人仍然和以前一样披着黑色披风，随着专家走了出来。彩霞姑娘上前说：“勇士，我们恭候你多时了，咱们可以并肩战斗了。”“请你们多多关照。”无敌超人很有礼貌地回答。

天旦他们五个人欢快地来到机库前的广场。天旦陡然停下来，看了看无敌超人，好像有什么话要对无敌超人说，但是话到嘴边也没说出口。忽然，他拔出金枪，朝对面山上一块大石头射击，石头爆炸了。无敌超人心中立刻明白了，这是想试探他的功夫怎样。他随手一指，手指尖上马上射出两道蓝光，射中对面山上巨大的石块，石块也被击碎了。天旦再次扣动扳机，砰砰几枪，远处粗壮的三棵大树被拦腰斩断。无敌超人见状也不甘示弱，口吐火焰，鼻子里喷出一道蓝色光团，袭向更远的几棵大树，当即把它们炸翻倒地，并且燃烧起来。围观的金助理他们大为赞赏。实践证明，改造后的无敌超人完全恢复了所有功能。

他俩比赛得正起劲时，负责通讯的金助理的送话机中传来地球特训基地的呼叫："神鹰，神鹰。我是深谷。听到请回答。"

"深谷、深谷。听到了，请讲。"

"立刻启动 F–4 计划，按既定方案执行。"

"学生明白，遵照执行。"

他俩立刻停止了比赛。大家得知了立即启动 F–4 计划的命令，无敌超人显得十分平静，转身说："伙伴们，让我们一起面对未来，并肩作战，共同完成 F–4 计划任务，实现地球人的崇高理想——飞向遥远的太空。不过，你们要稍等片刻。我去去就回。"他说着，启动腿中的能量，消失在金星上空。

无敌超人出院时，专家对彩霞姑娘早有秘密叮嘱。无敌超人仍在康复阶段，要随时监控他的一举一动；如有异常举动，立即擒拿，实施第二套方案。此时他突然出走，彩霞姑娘驾着云雾飞碟悄悄地紧随其后。

那天，亚洲中部的大沙漠，天气格外好。太阳往日那愤怒的脸蛋一下子显得十分温顺。一望无垠的大漠，在微风的吹动下，卷起团团黄烟，好像给美丽起伏的沙丘，披上一件件轻飘飘的黄色柔纱，美丽极了。一道亮光一闪，无敌超人从天而降，一头扎进沙漠之中，然而，那沙漠仍然没有闭上贪婪的大嘴，将无敌超人吞噬在流沙里。跟踪上去的彩霞姑娘借着天空云团的掩护，暗中注视着无敌超人的一举一动。看到他钻进沙漠之中，彩霞姑娘心中十分担忧。忽然，一个几百米高的沙柱拔地而起，沙柱里，无敌超人驾着三叉飞船冲了出来，在高空不断翻着跟斗，清洁机身。彩霞姑娘立刻明白了他回到大漠的真实目的是来寻找自己的光能三叉飞船，并没有其他的任何异常举动。于是，彩霞姑娘悄悄先行飞回金星。

在金星机库前，天旦他们正在静静等待，发现天空中有一个亮点飞速而来。大家猜想，一定是无敌超人回来了，然而却是彩霞姑娘首先落地。她简单述说了跟踪无敌超人的经过。紧随其后，无敌超人驾驶三叉飞船飞了回来。实践再一次证明，无敌超人已经安全渡过康复期，是可以接纳的一位天兵天将。

嗖的一声，无敌超人驾驶的三叉飞船垂直降落在停机库的一角。飞船周身闪烁着微微的蓝光。天旦他们一行人赶忙迎上去。无敌超人打开舱门，笑盈盈地走下自动伸出的舷梯。天旦第一个上前紧紧握住无敌超人的手说："欢迎你加入神鹰飞行队。"其他人也把手伸过来，紧紧搭在一起，他们结成了一个牢不可破的飞行战队。

按计划倒计时起飞的第一次钟声响了。金助理站在三叉飞船旁边，紧急主持了第一次 F-4 飞天计划全体人员的分工会议。他非常严肃地宣布："飞行队的名称为'神鹰飞行队'。飞行队队长由天旦担任，代号'母船'，或者叫'神鹰'；飞天开路先锋由无敌超人担任，代号'三叉'；右翼由小车司机担任，代号'旗舰'；左翼由金助理担任，代号'子箭'；断后由彩霞姑娘担任，代号'云霞或者云雾'。当前的飞行目标是飞向火星。"刚刚宣布完飞天计划，神鹰飞船上起飞的钟声再次响起。年轻的天旦以队长的口气下达了第一个命令："出发。"大家各自跑步钻进自己的飞行器，驾驶飞船、飞碟等飞行器升空了。

天旦驾驶神鹰飞船，正在全速飞行，突然，身旁特殊打印机上的指示灯亮了。从打印机中飞出一只神奇的红嘴鹦鹉，嘴上叼着一张精致的卡片。天旦一看，心想：这不是彩霞姑娘身上的那只鹦鹉吗？怎么飞到我的机舱来了？天旦没有多想，接过鹦鹉嘴上的卡片，上面清楚地打印着火星小档案及飞行目标的全部内容：

火星小档案及飞行目标

F−5

直径	约6779千米
与太阳平均距离	约2.28亿千米
公转周期（1火星年）	约686.9天
自转周期（1火星天）	约24小时37分23秒
体积排行（地球为1）	约0.15（第七位，称老七）
外观	红锈色
危险系数	三颗星
飞行目标	着陆火星

地球基地

天旦看了看，虽然是一些熟悉的天文小常识，但是这时的提醒更值得重视。可爱的红嘴鹦鹉一边飞，一边给天旦朗诵。指示灯就此熄灭了，神奇的小鹦鹉也消失了。望着那神奇的打印机，天旦沉浸在无限的遐想之中。

第十七章　先锋搏流星雨太空暗礁　天旦误喝小行星隐形水

神鹰飞行队在茫茫太空中快速飞行。广袤的太空让他们显得是那么渺小，而他们心中的理想又是那么伟大；征途是那么遥远，目标又是那么明确。开路先锋无敌超人轻松自如地驾着三叉飞船，快速独自前行，看上去颇有些得意。他完全变了个样子，脸上总挂着开心的笑容。他很敬业地注视着机舱中各种侦察显示荧屏，希望首先侦察到有价值的线索，抢占头功，迎得神鹰飞行队全体队员的青睐。

紧随其后的天旦他们驾着各自的飞行器，划破茫茫太空紧紧追赶。忽然，天旦想起天文蛋盒先前释放过一次光环，暗想：前面有可能遇到极大的困难，要靠自己独立解决，或者请求星人协助解决。当前，我们不应该紧紧跟在无敌超人的三叉飞船后面，而应和他保持一定距离，那样才能管控风险。让先锋无敌超人首先发挥先锋作用，为风险可控迎得宝贵时间。他急忙呼叫：“子箭、旗舰、云霞，放慢飞行速度，与三叉保持三万千米距离飞行。”接收器里分别传来了“明白”的回答声。瞬间，三叉飞船消失在他们的视线中，飞向远方。只有通过监视屏幕才能看到三叉飞船的身影。天旦反复叮嘱：“先锋小心探路，前面有可能出现异常情况，决不能麻痹大意。”

先锋无敌超人接到指令后，更加小心谨慎地飞行，密切注视着太空中的变化。他每隔几分钟就向神鹰汇报前面太空的情况。飞着飞着，忽然，他从机舱中的监测屏幕上探知遥远的太空中有一场密集的流星雨：流星有红的、蓝的、淡白的……甚至有的还拖着长长的白色尾巴，同时，从远空中还传来奇异的响声。他觉得不妙，急忙向跟在后面的神鹰飞行队队友呼叫。“神鹰、神鹰。三叉呼叫。”

“三叉，听到了。有事请讲。”

“前面太空发现密集的流星雨。”

“放慢速度，详细观察后再报告。”

他们正在送话机里对讲时，天旦从侦察屏幕上正好也探知有好大一场流星雨就在前面不远的太空。他果断下达指令：“神鹰飞行队，立刻停止前进。悬停静观其变。”同时呼叫驾驶三叉飞船的无敌超人快速返回。他深知太空中流星雨的厉害：史料记载，流星雨是天体中的自然现象，是某行星、恒星自然爆炸后的陨石飘落在太空。它们并不是太空中的孤魂野鬼，而多数是成群结队，受某个星球周期变化的特殊力量所吸引，形成自然奇观。然而，人们看到的每个发光的物体，都是一块坚硬无比的陨石，或许是某种特殊物质。它们大小各异，坠落的速度不一样，由于温度不同，在太空中就会产生不同的光芒。当然，飞行器绝对不能进入流星雨之中，一旦进入就会带来无法想象的恶果。在太空中静静等待的天旦他们，焦急盼望无敌超人驾驶三叉飞船早点儿返回安全区域。

忽然，天旦的送话器里传来急切的呼叫声：“神鹰，我的飞船上空发现流星雨。”天旦听到后斩钉截铁地说：“快速返航！快速返航！！”催促他快速执行命令。先锋无敌超人一边报告，一边掉转机头快速返航。待认真观看屏幕时，他简直不敢相信自己的眼睛：自己飞船上空，流星雨已经铺天盖地地压下来了，再向队长报告已经来不及了。他立刻改变主意，紧急下降。凭借三叉飞船固有的飞行速度，避开流星的撞击。然而，三五块陨石，好像故意与他作对，似乎装有制导系统，喷出火舌紧追不舍。他心中非常明白，只有超越流星雨的自由飞行速度，才能避免机毁人亡的灾难。他开足马力，充分发挥精湛的飞行技术，巧妙地躲过了迎面而来的流星雨的撞击，而后面的几块快速追击的陨石，仍然死死咬住他不放。他急得满头大汗。周围有零星的流星雨，从飞船旁边不断飞速划过，他深知密集的流星雨随后将至。危险信号一个接一个向他传递。一块陨石拖着火光擦身而过，好险呀！正在庆幸时，又一块陨石斜着飞速而来，立刻穿透三叉飞船的机尾，冲击出一个粗大的圆洞。那圆洞完全像精密机器钻出的标准孔洞，三叉飞船剧烈摇晃了几下，无敌超人凭着高超的技术，稳住了机身。经自动检测仪探测，飞船并无大碍，无敌超人驾驶三叉飞船，继续穿行在稀疏的流星雨之中。

先锋无敌超人驾驶三叉飞船，在流星雨中穿梭飞行，巧妙地躲过了许多陨石的袭击，然而，大面积的流星雨已经逼上来了。随着似炮弹爆炸般的几声巨响，他所驾驶的三叉飞船发生剧烈的颤抖。无敌超人心中明白，又是陨石撞击了自己的飞船。不看不知道，一看真的吓一大跳：整个飞船船身被撞出多个窟窿，船身上还有火苗燃烧。飞船的动力明显减弱，飞行速度立刻慢了下来。他沉着冷静，没有惊慌，稳稳驾驶三叉飞船前行，同时启动自动灭火功能，快速扑灭燃烧的火焰。他再次启动自动修复功能，飞船机体上，伸出智能机械臂，在他精心的操作下，很快修复了撞击后的孔洞。他在密集的流星雨中，驾驶飞船，忽左忽右，忽上忽下，机智地躲过了一块又一块陨石的袭击，犹如敏捷的海燕在滂沱大雨中飞行。

悬停在几万千米远太空安全区域的神鹰飞行队，天旦他们从侦察屏幕上目睹了无敌超人精彩的搏击场面。大家谁也没吱声，屏住呼吸，暗暗为他加油，生怕打扰他，分散了他的注意力，完全由他充分发挥大熊星机器人的聪明才智，希望他闯过难关，安全返回。

在流星雨中奋勇搏击的无敌超人驾驶飞船不知飞行了多少千米，似乎已经飞出了密集的流星雨。在他的前面，只剩下少量的陨石了。他那紧绷的脸，渐渐松弛下来。看看探测屏幕，天旦和战友们向他招手微笑，表示胜利的祝贺。

他们正在屏幕上相互祝贺胜利时，天旦又从侦察屏幕上观察到，在无敌超人飞行的前方，有一个不发光的黑乎乎的神秘异物，他急忙紧急呼叫：“三叉、三叉。前面有一块不明异物向你袭来。”无敌超人立刻回答：“看到了。是太空暗礁。”天旦得知实情，惊讶地脱口而出：“无敌超人，你真是祸不单行。初次担任先锋，就给你来了个下马威。”大家都深知太空暗礁是飞行器的无形杀手，一旦撞到，后果不堪设想。最可怕的太空暗礁，有的可能是天外飞行器遗留的残骸，有的也可能是飘荡在太空中的孤魂野鬼——特殊陨石。

即使最先进的雷达侦察设备也无法完全捕捉到它的行踪，探明它的具体位置。因为它对雷达波有较强的吸收能力，所以不易探明它的身影。因此，它有极强的隐蔽性、突发性，可对飞行器造成毁灭性的破坏。

一块太空暗礁好像安装了精密自导设备，快速追向无敌超人驾驶的三叉飞船。无敌超人尽力躲闪，但是已经来不及了。那黑乎乎的大家伙，像太空中的一把巨形大刀，迅速冲向无敌超人驾驶的三叉飞船，撞出了火花，当即把三叉飞船劈成两半。三叉飞船一半失去控制，在太空中摇摇欲坠；另一半是无敌超人的驾驶舱，也失去了平衡，跌跌撞撞向下落。相撞的巨大冲击波，使无敌超人恍惚间失去了神识，连人带飞船在太空中不断翻滚。

天旦从雷达侦察屏幕上看到这一切，在送话器中急切地呼叫："三叉，三叉，怎么样？听到请回答。"反复呼喊，始终没有应答。眼看三叉飞船不断下坠，天旦也毫无办法，心中颇有些伤感，心想：出师不利，先损失一员大将。今后，飞天的征途还会有许多未知，怎么办呀？天旦转念一想，不相信无敌超人就此夭折。对，不能失去信心，他继续高声呼叫。

在太空不断翻滚的无敌超人猛然惊醒，他摸摸自己的脑袋，被碰扁了，用手轻轻一拍，恢复了原状。他深知事态的严重性，定了定神，检查了下三叉飞船的损伤情况。他深知光能三叉飞船的独特性能，还有恢复的基础。他充分发挥精湛的驾驶技术，稳住半截船身快速飞行，向不断下坠的另一半机体残骸渐渐靠拢。奇迹发生了，被切割成两段的船身对接成功了。断裂的接缝处，一道蓝光哧哧而过，船体内外接缝修复得完好如初。同时，三叉飞船恢复了原有的性能。

这时，通信器里又传来了天旦急促的呼叫声："三叉，三叉。怎么样了？听到请赶快回答。""神鹰、神鹰。飞船已经修复。立刻返回。"无敌超人诚恳地应答道。

在远处安全区域中，神鹰大队各飞行器上的全体成员，从雷达侦察屏幕上清晰地看到无敌超人在太空中惊心动魄的壮举，无不为他叫好。大家从心里非常感佩有这样一位无畏的机器人相伴且担当开路先锋。奋斗的目标，多了几分胜算。

无敌超人躲过太空暗礁，满面春风地驾驶三叉飞船来到天旦他们所在的安全区域。天旦在机舱中伸出大拇指向他表示夸奖。只见他淡淡一笑，夸耀地说：“小菜一碟。”从他说话的语气中，天旦发现他有些疲惫，心想：应该让他休整一下，调整一下精神状态，让金助理驾驶子箭飞碟担当临时开路先锋。决心已定，天旦在送话器里郑重宣布：“金助理，驾驶子箭飞碟，临时担当开路先锋。无敌超人接替你的飞行岗位，随编队继续前行。”无敌超人接到命令后，怎么也不肯让开先锋的位置。经过一番争吵，他勉强同意了。金助理驾驶子箭飞碟飞向远方。

承担临时开路先锋的金助理驾驶子箭飞碟，在太空中飞行了一段时间，通过远程侦察，发现前面有一颗小行星正有规律地运行，还发出浅蓝色的光芒。他激动地向神鹰报告：“神鹰，我是子箭。前面有一颗小行星，似乎具有生命迹象。”“听到了，放慢航速，仔细观察。”“明白。”他们相互应答。

这一破天荒的喜讯很快传到了神鹰大队每一位队员耳中，大家无不欢欣鼓舞。他们加快航速，很快赶到金助理所在的太空区域。大家都启动了最先进的雷达侦察设备，对那颗闪着微弱蓝光的小行星进行全面探测。他们发现小行星上，不但有山有水，而且还有森林和草原。天旦心中十分欣慰，心想：真是天助我也。我们不但可以在这个神秘的小行星上休整一下，而且还可以补充一部分给养。紧接着彩霞姑娘、无敌超人也报告了他们的侦察结论，情况大同小异。天旦当即下达命令：“无敌超人，首先着陆小行星。侦察后报告情况，倘若安全，所有飞行器登上小行星。”

休整后的无敌超人接到命令，驾驶三叉飞船在小行星上空巡视了一番，没有发现什么异常情况。他便选择了小行星上的一片草地，稳稳降落在草地上。他打开机舱，走到草原上。放眼望去，一片辽阔的大草原，只有奇花异草随风飘动，没有任何异常。整个大草原，显得吉祥而又宁静。凭借自身神奇的听力和卓绝的视力，无敌超人巡查了一遍，没有发现任何情况，兴奋地站在草地上大声报告：“神鹰，神鹰。小行星上没有异常情况。我已站在草原上了。”天旦收到无敌超人的报告，带领神鹰大队全体成员驾着飞行器，风驰电掣般赶到小行星上空，一一降落在无名小行星的草原上。

他们陆续走出飞行器，步入神奇的草原。看到这美丽的景色，天旦似小孩儿一样，在绿色的草地上打起滚来。那边金助理扯开嗓门放声歌唱。就连星人彩霞姑娘和无敌超人也被这美景所打动，欢乐地跳起了太空舞蹈。小车司机驾着变形旗舰小车，时而在空中飞行、时而在草地上狂飙。天旦看到小车司机玩儿得很欢、风趣、别致，他也一头钻进了小车，驶向远方，去欣赏远处的奇异风光。霎时，这几位从天而降的来客，打破了沉睡了几万年的小行星草原上的宁静。

三位队员玩儿得正高兴的时候，草原西南方天边，有十多只排着长队的天鸟，鸣叫着向他们上空飞来。他们几名队员，有的说那是迁徙的天鹅，有的说那是草原上的雄鹰，还有的说那是可怕的恐龙鸟。众说纷纭，无法确定。金助理好奇地向飞翔的天鸟大声呐喊："天鸟，天鸟。你飞过来落在地上，我们和你交个异星朋友吧！"那些飞翔的天鸟似乎听懂了金助理的喊话，果然飞了过来，歇息在他们不远处的草地上。

站在草地上的天鸟，足足有一人高。它们看上去比鸵鸟高大，尖嘴利爪，体格健壮，行动敏捷，迈着雄赳赳气昂昂的步伐，向他们走来。金助理从来没见过这种奇怪的鸟。看样子，它们像是传说中的凶猛鸷鸟，一时不知所措。无敌超人看出了金助理的心思，大胆地走上去，伸手抚摸着天鸟那长长的脖子。天鸟显得十分温顺，毫无敌意。彩霞姑娘还坐在天鸟背上，像骑马一样在草原上奔跑。不过，她身上的红嘴小鹦鹉，鸣叫了一声，飞走了。金助理拿出精巧的摄像机，快速拍摄下珍贵的镜头。他也欢快地钻进了天鸟群中玩耍，同时，带领几只天鸟，在草原上浪漫地奔跑，享受这份独有的快乐！

他们正在兴致勃勃时，突然，金助理身边一只大个天鸟，仰头尖叫了一声，红色的眼睛射出愤怒的目光。其他温顺的天鸟，好像接到它的指令，一下子脸色大变，变得凶狠起来，像有预谋似的，一齐围攻身边的来客。只见金助理身边的那只发号施令的头鸟，伸出长长的脖子，露出尖嘴，冷不防朝金助理右手臂狠狠啄了一下，叼起一块血淋淋的肉吞食起来。金助理忍住钻心的疼痛，一气之下，飞起一脚把那硕大的天鸟踢翻在地。这下可惹怒了他身边的其他天鸟，它们蜂拥上来，猛啄金助理。他东躲西闪，身上的黄色宇航服还是被啄出了几个窟窿，被撕烂的破口中流出了血来。他忍住剧痛，抽出防身匕首，左冲右突，奋力搏击天鸟，却始终无法摆脱它们的包围，他的举动反而更加激怒了那些凶狠的天鸟。天鸟从天上、地下全方位向他进攻。金助理真想其他同伴赶快过来帮忙解围。他斜眼一看，无敌超人和彩霞姑娘也正忙着和天鸟徒手搏斗。他们像吃了迷魂药一样，无法施展各自的高超技能，任由天鸟捉弄，甚至被啄倒在地；站起来，又被啄倒。天鸟甚至还把他们叼上半空，再甩下去……

兜风的小车司机，驾驶旗舰小车，载着天旦，赶了回来。远远看到人鸟大战的情景，他们感到有些不可思议：难道他们一身绝世的功夫，也对付不了几只天鸟吗？天旦急中生智，掏出防身用的金枪，向正在和无敌超人打斗的那只天鸟砰砰开了几枪。天鸟倒在地上，发出了惨叫。几声枪响之后，像喝了迷魂汤的同伴恍然醒悟：徒手与天鸟搏斗，简直是徒劳无功，无法取胜。他们各自赶忙拔枪，朝围攻的天鸟射击。顷刻之间，凶猛的天鸟全部躺在地上，一命呜呼了。草原恢复了往日的平静。

天旦来到他们身边，看到他们浑身被天鸟啄得伤痕累累、血迹斑斑，显得十分狼狈，生气地说：“奇怪呀，几只天鸟差点儿就难倒我们飞天的英雄。往后太空的路，又该怎么走下去呢？”受伤的金助理说：“不知为什么，我的神志一时间完全不清醒，失去了正常思维和行为能力，似乎那些天鸟身上有一种特殊的气息，完全控制了我。”彩霞姑娘和无敌超人上前打圆场，表示也有同感：“就连我们星人也无法充分发挥自己的聪明才智，任天鸟捉弄，何况金助理。”他们向天旦诚实地述说了各自的亲身感觉。

正当大家议论那些天鸟身上带有某种不为人知的特殊气息时，小行星的西南方天空再次出现无数只天鸟，铺天盖地向他们飞来。天旦举起望远镜观看，真是有点儿吓人：天鸟数量多，个头大，两翼展开足有几米之长。它们黑压压一大片扑过来了，几乎遮住半个天空。生长在地球上的人，从来没有见过这么多鸟一起群飞，一个个痴呆呆站在那里不知所措。

一只天鸟发出一声尖叫，冲下来，扑向人群。大家领教过天鸟的厉害，猛然醒悟，连忙跑步钻进各自的飞行器。其他天鸟接着俯冲下来，轮番拼命撞击停在草地上的飞行器，撞得飞行器摇摇晃晃，咚咚作响。天鸟企图撞开飞行器，叼走机舱里的队员。天旦他们启动了高能火焰喷射器，喷向天空，组成了密集的火网，烧得天鸟纷纷落地，皮焦肉烂。有的天鸟带着火苗，落在草地上仍在不停燃烧；有的应声落下，发出撕心裂肺的惨叫。整个草原的空气中弥漫着羽毛和皮肉的焦臭味。然而，幸存的天鸟没有停止进攻，依然拼死撞击飞行器。

在高能火焰喷射器的强大火力打击下，空中的鸟群中间渐渐露出了一片天空。可是，飞行器的四周燃烧着的天鸟堆积如山，远处的天鸟仍然不断飞来。天旦有些急了，猛然清醒：应该立刻避开这些天鸟的纠缠，另选一个僻静的地方，再探这颗小行星上的真实情况。天旦驾驶神鹰飞船，杀开一条血路，首先起飞。天鸟还在不断追赶。看看同伴们的飞行器，天鸟层层叠叠吸附在上面。当然，对于先进的飞行器来说，这根本不是问题。他们也开动机器，抖了抖庞大的身躯，机上的天鸟立刻散开了。飞船、飞碟冲向天空，很快甩脱了天鸟的追击。首先追上天空中的神鹰飞船的，是彩霞姑娘的云雾飞碟，她向天旦笑了笑，表示自己没有大碍。紧接着大家都赶了上来。天旦一看，都到齐了，那些不可一世的天鸟并没有追赶上来，招呼大家朝前方继续前行。

天色渐渐暗下来，天旦从侦察仪上寻得一块沙滩，驾驶飞船巡视一番，觉得十分安静，便下令神鹰飞行队再次降落到这颗神秘的小行星上，希望大家度过一个安静的夜晚。天旦吩咐：“晚上，每个队员闭舱休息，不得擅自走出飞行器。一旦有情况，大家快速起飞，朝预定目标前进。”大家遵照天旦的指示，在飞行器中关门休息。

这一夜，十分安静。短短几小时后天就亮了，天旦早早起床，走出机舱。他迎着初升的太阳，漫步在沙滩上，呼吸着新鲜空气。他伸伸懒腰，打打太极拳，别有一番风味。突然，他像想起什么似的，举起高倍望远镜，观察远空、山川、河流、大地，一切都是那么寂静，才放心地坐在沙滩上。其他队员也陆续走出了飞行器。小车司机拿着检测仪，快步走到河边检测水质情况。经测试得知，河水无毒无味，含有各种微量元素，与地球淡水基本一致，不但可以用来梳洗，而且可以饮用。天旦一听检验结果，也来加入金助理和小车司机的梳洗行列，洗头洗脸。站在沙滩上的彩霞姑娘和无敌超人，看到地球人梳洗的举止，发出一阵咯咯的傻笑。

梳洗中的天旦无意之中捧起清澈的河水，美美地喝了几口。奇迹出现了：天旦的头渐渐不见了，胸部也消失了，进而四肢全都看不见了。在场的金助理和小车司惊呆了，看到天旦神奇般地消失了，半晌没有说出一句话。就连两位星人也看不见天旦的身影了，大家都傻了眼。这还了得！咱们的头儿不见了！今后怎么完成飞天任务？怎么去北极星？金助理责怪小车司机："怎么化验的？"这可急坏了承担化验任务的小车司机，他立刻扯开嗓门儿大声呼喊："队长，你在哪里？快快说话，不能丢下我们走了。"可是，隐身中的天旦，却把队友们看得一清二楚，见小车司机靠近自己，故意退了几步，半晌才生气地说："喊什么？我就在你们面前！"金助理和小车司机只闻其声，不见其人，摸也摸不着，看又看不见，急得四处乱抓乱摸。"你现身嘛，免得我们着急啊！"天旦看到他们确实着急上火了，并没有开玩笑。只是他万万没有想到，喝了几口河水，就有如此效果。更不知道河水中含有什么不为人知的特殊微量元素，竟然使自己身体全部隐藏了。"大家都不能看见我的真身。"隐身中的天旦，非常着急，无论怎样也恢复不了真身。看到同伴们仍在呼喊，到处乱摸，他真的急了。他真想立刻恢复真身，怎么办？怎么办呀？隐形中的天旦索性跑到河边再喝几口河水，站起身来，跑到沙滩上的人群中大声呼喊："还我真身。"这一喊不要紧，一道光一闪，天旦现出了真身，站在人群中。大家一起围过去，七嘴八舌向他请教，究竟发生了什么，他为什么突然消失在大家的视线中。天旦回头指着河水说："是它可以让我隐身。只要你喝两口，真身全部消失。再喝两口，大声说'还我真身'，立刻恢复原形。"天旦几番验证隐形而去、还我真身，非常神奇。金助理猛然醒悟："这可能就是传说的如意隐形水，在这颗小行星上，我们终于找到了。"听他这么解释，大家都想试一试，这神奇河水的特殊功能，急忙奔去喝河水。

他们刚刚跑到河边，徒然间河水中喷起一个巨大冲天的水柱。他们吓得急忙抬头，连连后退到沙滩上。认真一看，水中站着一个神奇的巨形人面鱼头人。只见它鼓着一对硕大的眼珠，扇动它胸前那两个巨大的鳍，鼓着鳃，口吐河水，摇头晃脑，愤怒地发出一阵哇啦哇啦的吼叫。还没有弄明白咋回事，巨形鱼头人就慢慢消失在了河水之中。

彩霞姑娘听懂了它所说的话，上前给大家解释：“其大意是，你们这些可恶的家伙，屠杀我们的生灵，打扰了我们的宁静，弄脏了我们的草地，偷喝了河水，污染了我们的河流，践踏了我们的家园，破坏了原始生态。赶快滚开，不然，我们的援兵马上就到了。你们的尸体将会永远留在我们这颗星球上。”大家一听，觉得人面鱼头人说的有理，谁也不敢去河边尝试那中的如意隐形水了。天旦立即醒悟：此地不可久留，转身带领队员快步钻进各自的飞行器，驾驶飞船、飞碟飞向天空。

天旦驾驶飞船俯视小行星上那神奇的河面，发现许许多多奇形怪状的巨大水鸟，已经赶到了他们玩耍的河边及河水中了。天旦心想：行动稍慢一点，有可能又是一场人鸟大战，谁输谁赢就很难判断了。河水中的水鸟嘶叫着，拍打着翅膀起飞了，向天旦他们的飞行队追去。他们开足马力，快速冲向太空，把那些奋起直追的水鸟，远远甩在后面。天旦望着那颗神奇的小行星，有一种说不清道不明的感觉。

第十八章　神鹰大队着陆火星　天旦巧救三名队员

神鹰大队摆脱了小行星上无名水鸟的追击，一路飞行，不知飞行了多远。突然，先锋无敌超人发来报告：“神鹰、神鹰。我发现前面太空有一朵奇云。云中有山，山中有云。”“等等，我们马上赶到。”天旦回答后，招呼神鹰大队其他所有飞行器，立刻赶到无敌超人所在区域。

天旦透过舷窗向外观看，果然，前面太空中出现了奇异的天体现象：云中山峰闪烁金光的壮丽美景，令人无不惊叹。他想：这有可能是人们常说的“海市蜃楼”。假如是“海市蜃楼”，附近的太空一定存在一个真实的山峰，或者又一颗星球。正想着，送话机里传来了金助理的声音：“队长，前面的天体奇观，一定是‘海市蜃楼’，我和小车司机到近处去侦察一下，你看如何？”天旦一听，正合他意，爽快地同意了。

金助理驾驶子箭飞船，小车司机开着变形旗舰小车，很快到达闪烁金光的奇峰美景云山前，双双钻进了“海市蜃楼”之中。他俩的飞行器一会儿从“云中”钻出去，一会儿又从“山峰”中钻过来。远处的天旦看得眼花缭乱，这也证实了他心中的想法：这的确是自然的天体现象。金助理、小车司机自由飞行一阵后，没有找到闪射金光的真实奇峰美景，仍不甘心，驾驶飞行器再一次钻进“云山”之中。飞行了一阵，他们又发现了一个奇妙的天体奇观：遥远的太空中神奇地出现了三个不同颜色的“月亮”：一个红色的大“月亮”，两个绿色和白色的小“月亮”。金助理正要报告这一天体奇观时，通信器里传来了天旦的声音：“子箭、子箭。你们发现前面太空中奇异的天体现象了吗？”金助理听到后，心中一惊：这么快，他们也赶过来了。

他立刻回答："神鹰，我们看到了，有三个不同色彩的'月亮'，一大两小非常奇特。我们正想向你报告这一奇观。"

通信器里又传来了天旦欢快的声音："告诉你们，我们已经飞到了火星上空。那红色的大'月亮'就是火星。绿色的小'月亮'是火卫一，白色的小'月亮'是火卫二。"

"哇——，我们真的飞到火星上空了。"

"三叉，三叉，着陆火星。我们恭候你的佳音。"与金助理对话后，天旦给无敌超人下达了飞往火星的指令。

先锋无敌超人接到命令后，驾驶三叉飞船快速飞向火星。他穿过一层薄薄的大气，来到火星的近空。绕着火星外围飞行了一阵，火星好像被浅红色的柔纱遮住了它羞涩的脸蛋。近点，再近点，无敌超人驾着三叉飞船，穿过淡红色烟雾，来到火星的低空。

三叉飞船选择闪烁金光的一处滩头降落了。无敌超人在机舱中警惕地观察火星地面四周情况，发现并无异常。推开舱门，他踏上了火星大地，高兴地对着天空高呼："神鹰、神鹰，我已登陆火星，站在火星上了！一切正常，请赶快着陆。"天旦他们似乎听到了无敌超人的呼喊，顷刻之间，驾驶各自的飞行器，接二连三地降落在神秘的火星表面上。大家看见无敌超人在火星上玩儿得很欢。队员们陆续走出机舱，踏上火星。

天旦走着走着，惊奇地发现，脚下所踩的黄色鹅卵石，黄澄澄、金灿灿的，漫山遍野到处都是。它们大小不同、形态各异。抬头望去，停在不远处的飞行器，好似被镀上了一层金，就连行走的人也像穿上了金色的衣裳。小车司机高兴地大呼："我们来到了火星，站在火星上了！"

负责通讯的金助理立刻将这一进展报告地球基地："基地，基地，我们已登上火星，降落在金光灿烂的沙滩上了。"

送话机里，立刻传来特训基地阳教授的声音："好，你们真伟大！竟然这么神速般地登上了火星，我为你们骄傲！同时，你们要仔细探测，力争有新发现。想念你们！期盼你们……"

正当他俩对话时，天旦突然大喊一声："天上有情况。"金助理与阳教授的对话被打断了。大家吃惊地抬头向火星天空望去，只见几个无身的人头，披着白发、黄发、黑发、蓝发，鼓着一对铜铃般的眼睛，晃晃悠悠向他们这边飘过来。他们是神还是怪，弄不明白。可怕的无身披发火星人，飞到队员们的头顶，停住了。他们怒目圆睁，一声不吭，死死盯住队员们。顿时，大家感到毛骨悚然，屏住呼吸，不知所措，傻呆呆地站在原处。突然，空中的那些无身披发火星人，不声不响地张开大嘴，吐出颜色各异的缕缕奇光，将地面上的所有队员卷走了。

天旦被一缕红光神奇地带进了神鹰飞船，彩霞姑娘也被红光带进了云雾飞碟。他俩各自坐在自己的机舱里，不由自主开动飞行器，离开了沙滩。他俩一前一后，在火星低空飞行了一阵后，降落在山间一片草地上。天旦朦胧之中走出机舱，看见美如地毯的绿色草地、奇异的山峰、怪异的树木，风景美如画，顿时心旷神怡，在草地上奔跑起来。美丽的彩霞姑娘带着可爱的小鹦鹉，像仙女一样从空中飘落下来，一把抓住了奔跑中的天旦的手。他似乎没有拒绝，也紧紧握住彩霞姑娘纤细柔嫩的小手，双双在翠绿色的草地上欢乐地狂奔。

正当天旦和彩霞姑娘玩得正欢时，突然，前面草地上出现了一位神奇的火星人朝他俩走来。他们好奇地迎上前去。只见那火星人长相特别古怪，头大鼻塌，一只眼睛长在额头中间，一张古猿大嘴；手长，脚像鸭蹼，全身长满红毛，真是有些吓人。未等天旦他俩开口说话，他便开口说道：“地球使者，请止步。赶快离开吧，别打扰我们的安宁。”

天旦很有礼貌地说：“我们千辛万苦来到火星，是你们尊贵的客人！理应好好接待，而不应该驱赶我们，同时我们可以传授给你们先进的科学技术。”

那火星人生硬地说：“不，不不，我们不欢迎你们的到来，更不想学习什么狗屁技术。你们地球上环境污染严重，就是你们这些人类所致。”

天旦又说：“火星人，不能对地球人有偏见。我们交个朋友，相互了解对方的情况。找到能够让火星人、地球人类共同生存、共同生活的空间，不是更好吗？”

火星人愤怒地说：“不，绝不能交朋友。地球上人满为患，像你们那样发展下去，少则几百年，多则几千年，人畜污染，工业污染，病毒传播，地球上再没有生存空间了。”天旦正要辩解，火星人转眼消失了。

天空中传来那火星人最后的声音：“地球使者，思考一下吧。你们地球人类，今后将会付出更加惨痛的代价！”那声音在火星上空久久回荡。

金助理被一缕蓝光带进子箭飞碟；小车司机被一缕黄光带进了变形旗舰小车；就连无敌超人也被一缕紫光神奇地带进三叉飞船。朦胧之中，他们各自驾驶飞行器，在火星上空飞行了一会儿，自动降落在火星上一处奇异的山坳里。

大家昏昏沉沉地走出各自的飞行器，发现天旦和彩霞姑娘没有跟上来。金助理一看：这可出大事了，咱们的头儿又不见了。顾不上欣赏火星上奇山异草的美丽风景，他和小车司机扯开嗓子朝天空不断呼喊：“天旦，彩霞姑娘。”“神鹰、云霞……”等来的是阵阵回声。无敌超人见他俩真的急了，用超级听觉侧耳听了听，又朝天空看了看，神秘地说：“你俩莫急，他俩在火星的北边。你们在原地上待着，我去看看就回来。”未等金助理和小车司机同意，他便启动腿中的特殊功能，飞向了天空。

他俩回头一看，面前闪出一个奇怪的火星人。只见他头大眼白，全身长着黄色长毛。小车司机吓得倒退两步，手脚直打哆嗦。那黄毛火星人张开扁平大嘴说：“地球使者，别害怕，我暂时不会伤害你们。不过你们得赶快离开我们的星球，不然我会对你们不客气。”

金助理连忙答话：“朋友，我们是太阳系的追梦人，想了解外星上的地理结构、自然规律，以及外星上的各种生命特征。我们不会为难你们，更不会伤害你们火星人。”

那火星人便说：“追梦人，我绝不是你们的朋友。你们地球人心太高，贪念大，争强好胜。你们人与人比，家与家比，国与国比，为了各自的私利，钩心斗角，不择手段，争得你死我活，甚至大打出手，大开杀戒。个别人私心更重，为了自己的利益，损人利己，甚至谋财害命。地球人同处一个星球，为什么就不能和睦相处呢？为什么不能好好一起生活呢？宇宙空间有它的自然法则，不需要去改变。只要改变，就会失去平衡，就会出大事。因此，请你们别打扰我们的安宁。”小车司机赶忙上前解释，而那黄毛火星人根本不听，一闪身，消失得无影无踪。

无敌超人一路飞行，很快来到火星的北边，飞到天旦和彩霞姑娘的头顶上空，看到几位全身是红色长毛的独眼火星人，将他俩团团围住，步步近逼。一位彪悍的高个子红色长毛独眼火星人急步向前，远远地朝天旦猛推一掌。天旦还没有弄明白怎么回事，就被一股巨大的力量莫名其妙地推向远方。万分危急时刻，无敌超人从天而降，一把接住了飞行中的天旦。被搂在怀中的天旦，抬头朝无敌超人扑哧一笑，表示感谢!

再看那边草地上的彩霞姑娘，只见她身轻如燕，一会儿在天上，一会儿在地上，逗弄那些红色长毛独眼火星人。红色长毛独眼火星人抓不住，打不上，气得暴跳如雷，不是捶胸顿足，就是嗷嗷怪叫。

天旦使用的如意隐形功能，一闪，隐身潜入到独眼火星人的行列之中，左一拳、右一脚打得独眼火星人晕头转向。时间一分一秒地过去，虽然打斗非常激烈，但是没有对独眼火星人造成致命的伤害。远处观战的无敌超人发出阵阵笑声。

天旦和彩霞姑娘正在得意时，山坡的树林中突然又冲出一队队嗷嗷怪叫的独眼火星人。他们有的高举刀叉，有的攥着木棒，还有的捏着石块，向打斗激烈的战场冲了过来。天旦一看，独眼火星人援兵来了，他们人多势众，更不知道这些独眼火星人还会有什么举动，此处不能久留，便立刻显身，对彩霞姑娘说：“咱们撤退。”无敌超人见状，冲上去断后。他们紧急撤退到各自的飞行器里，驾驶飞船、飞碟离开了神奇的草地。

无敌超人冲上前去，挡住了独眼火星人的进攻，很快打败了追上来的独眼火星人。他启动腿中的特殊能量，飞上天空，将天旦和彩霞姑娘领到金助理和小车司机停留的奇异山坳上空。

山坳里，一群黄色长毛火星人正在和金助理、小车司机打得不可开交。眼看他俩渐渐处于下风，天旦吩咐无敌超人前去支援。无敌超人飞速而下，落在地面上，冲上去几拳打翻了围攻金助理和小车司机的那些黄色长毛火星人。无敌超人拉住他俩说：“走吧，别和这些火星人纠缠。天旦他们在上空等着我们。”他俩一听，天旦已在上空，心中大喜，一溜烟钻进各自的飞行器飞上了天空。

金助理刚飞上天空，送话机里传来了阳教授的声音：“金助理，有新发现吗？”“有。火星上有山有水，有植物，还有火星人。教科书上不是说火星上无水，无植物，更无火星人吗？”“有可能那是你们的幻象或是幻觉，也有可能是奇迹……总之，好好考察吧，也许会有出人意料的情况……”他们互相对讲着。

天旦驾驶神鹰飞船在火星上空等来了金助理、小车司机驾驶的飞行器。离开火星上空之前，天旦俯视神奇的火星大地，发现这里不但有奇山异水、美丽的风光，而且还有智慧生命。他在心中默念：“再见了，火星！再见了，可爱的火星人！你们没有伤害我们，我们也没有伤害你们，有缘咱们再相会。”天旦他们驾驶飞船、飞碟匆匆离开了火星上空。

神鹰大队全速飞行不长的一段时间，一个深蓝色的星球出现在远方的太空。按照惯例，无敌超人早早驾驶三叉飞船前去侦察。天旦的送话机里传来了无敌超人的声音：“神鹰，神鹰。我已降落在火卫一上。一切正常，可以着陆。”天旦立刻回答：“辛苦了！马上赶来。”神鹰大队向火卫一快速飞去。

飞船、飞碟很快降落在火卫一这颗星球上，他们发现这翠绿色的地面不是什么草地，而是珠光玉石的珠宝圣地。放眼望去，满山遍野闪烁着蓝光、绿光和白光，仿佛是翡翠、玛瑙、钻石，还有许多不知名的稀有矿物质，镶嵌在这颗星球大地上。天旦、金助理和小车司机哪里见过这么多珠宝玉石，欣喜若狂，到处欣赏，甚至拿在手中认真掂量、仔细观看，并发出感叹。

“这块翠绿色的翡翠太漂亮了！真是极品！”

“这真是上乘玛瑙！”

“这砖石纯度很高！”……

他们高呼：“我们发现新宝藏了！”无敌超人和彩霞姑娘也觉得新奇，跟着他们一起欣赏。

他们观赏得正起劲时，突然，迎面出现两团闪着辉光的神秘光团，若隐若现，非常奇妙，向他们奔来。那两个神秘的光团，一会儿是绿色的辉光，一会儿呈现橙黄色辉光，一会儿又变成十分漂亮的红、绿辉光，一闪一闪来到他们面前。天旦认真一瞧，竟然是两位闪烁辉光的奇怪火卫一星人。看傻了眼的天旦想着看着，没有开口说话，其中一位辉光人首先说话了：“你们这些捣蛋的地球人、外天星人，跑到我们星球上来干什么？你们已经打扰了我们的宁静。”

天旦急忙上前客气地解释：“朋友，对不起。我们是来自地球的追梦人，想探索宇宙空间的奥秘，其中包括你们火卫一星人在你们星球上的生活、生产和发展状况。”

那位辉光人蛮横地说：“不必了。太阳系中，虽然地球科技发达，人口众多，但是命运不会久远了。我们不欢迎你们，赶快滚蛋，不然，我们的护宝卫队就会消灭你们这些贪婪的人类。”

金助理赶紧上前苦苦恳求：“尊敬的辉光人，请允许我们参观你们的星球。我们不会损害你们的一草一木，绝不拿走你们的一宝一物，更不会伤害你们。”

另一位辉光人生气地说：“不行，决不能上前半步。”说着，两位辉光人一闪不见了。顿时，天旦傻了眼，感到事态的严重性。大家吃惊地望着他，等他拿主意。突然，他头盔上的微型通信设备又传来了清楚的语音。

“天旦，你们到达什么位置了？”

“教授，我们已站在火卫一上了。”

“火星考察完了？”

“是的。”

“火星上温度怎样？”

“最高温度二十八摄氏度，最低温度零下一百三十摄氏度。”

“仔细考察。争取有重大发现。”

这时，无敌超人大吼一声：“别说了。无身披发火星人又出现了。”这一句中断了天旦和阳教授的对话。天旦急忙抬头向天空一看，果然，飘来一群奇怪的无身披发火星人。他们与先前在火星上见过的披发火星人一模一样。他们早领教过这些奇怪的无身披发火星人的厉害，怎么在火卫一又出现了呢？

天旦立刻高声叮嘱队员：“赶快进入戒备状态，防止披发火星人偷袭。”他立刻启用隐形术，一闪消失了。

性急的无敌超人知道躲闪已经来不及了，干脆冲上天空奋力一搏。无身披发火星人好像早已知道无敌超人冲上来的目的。未等他出手，途中就被几位无身披发火星人口中喷出的各色神光牢牢锁住，并带走了。彩霞姑娘一看，那神奇的光团竟然如此厉害，能够控制无敌超人的全部功能，并使他乖乖就擒，也觉得非常不妙，立刻化成一条淡淡的彩虹飞向远方。剩下的金助理和小车司机吓得转身回跑，但已经晚了，被那些无身披发火星人口喷黄光卷走了。剩下的几名无身披发火星人在空中盘旋了一阵，又在珠光闪烁的地面搜索了一番，才慢慢离去。

短短几秒钟，无身披发火星人就带走了神鹰飞行队三员大将。隐形中的天旦看在眼里，急在心头，却毫无办法。望着那些可恶的火星人渐渐地远去，他现身站在珠光闪闪的绿宝石地面上，苦苦思索营救金助理、无敌超人和小车司机的方法。眼前，一朵彩云飘来，彩霞姑娘现身站在他面前，立即看出了天旦的心思，忙说：“队长，你在此等候。让我去侦察后，咱们再想办法营救三位队员。”这时天旦也没有别的好办法，只好同意了。

彩霞姑娘驾驶云雾飞碟，嗅着无身披发火星人留下的气息，一路追踪，很快来到一座闪烁银白色光环的奇异山峰的山脚，无身披发火星人的气味消失了。她降落到银白色的地面上，一瞧，这里非常奇妙：山是银白色的，树是银白色的，就连小草也是银白色的。她没有心思欣赏这奇异风光，一心想寻找失去的队友，便小心搜寻，终于在奇异的山脚发现了一个古怪的山洞。远远望去，有几位独眼长毛火星人把守着洞口。彩霞姑娘心中一下明白了，同伴可能就在山洞里。仔细观察，未见可恶的无身披发火星人。她见机会来了，立刻化成一缕彩云，钻进了神秘的山洞。

洞中灯火通明，沿着洞顶静悄悄地前行，在山洞的旮旯里放着三个银笼。彩霞姑娘一眼就看出，三个银笼里分别捆绑看一个人，正是所找的同伴。但是笼门牢牢锁住，又有几位无身披发火星人在洞里来回巡逻，一步也不离开，怎么办呢？她悄悄地巧妙绕开巡逻的火星人，凑近观察，三个银笼中的金助理、无敌超人和小车司机并无大碍。彩霞姑娘心中甚喜，在三个银笼上绕了几圈，无敌超人知道彩霞姑娘来营救他们了，望着飘飞的彩云，不好意思地淡淡一笑，并将好消息悄悄告诉了笼中队友。已泄了气的金助理和小车司机立刻来了精神，抬头望着飘飞的彩云，表示心中的谢意。霎时，彩云巧妙绕开披发火星人巡逻，飞出山洞。笼中三人知道彩霞姑娘去搬救兵了。他们相互会意地笑了。

彩霞姑娘走后，天旦一直心事重重，在翠绿色的宝石地面上走来走去，思考着队员们的安危问题。亮光一闪，几个辉光人出现在他面前，他们那奇怪的样子，显得神秘而又可怕。那些辉光人什么话也没有说，杀气腾腾地将他团团围住。天旦知道来者不善，正想启用隐形术，一个辉光人提前动手了，一掌将天旦打到几十米外的绿宝石地面上。天旦翻身而起，启动隐形术消失了。那个动手的辉光人追到天旦跌倒的绿宝石地面处，眼看被打倒的人不见了，各处寻找，不见其人，气得大声吼叫。隐形中的天旦，索性和辉光人玩起了捉迷藏游戏。他凭借自身隐身功能，闪到辉光人身后，左一拳，右一脚，不是把他们打翻在地，就是一脚将他们踢出很远，重重甩在绿宝石地上。刹那间，围攻他的辉光人不知所措，被打得人仰马翻，躺在地上哇哇直叫。辉光人心知不是隐形天旦的对手，赶忙逃走了。

天旦现身正想离开这是非之地时，一道光环一闪，彩霞姑娘现身站在他面前，向他诉说了三位同伴被困在山洞的情况。天旦一听已经探明同伴被困的方位和地点，便说："云霞。我去准备一下。无论怎么困难？我们一定要把他们营救出来，同时赶快离开这是非之地。"天旦做好了一切准备工作，便与彩霞姑娘一起跃上天空飞走了。

转眼间，他俩就来到山洞对面银白色的树林中。远远看去，神秘的洞口，的确有几个独眼长毛火星人在把守洞口。他想，只要没有无身披发火星人，一切都好办。他俩简单商量后，留下彩霞姑娘在洞口接应。天旦手中的枪变成无声麻醉枪，隐身而去。

已隐形的天旦神不知鬼不觉来到洞口。几位独眼长毛火星人手拿武器在洞口来回巡逻。当然，他们看不见天旦已经来到他们面前。天旦举起神奇的无声麻醉枪，向走来的一个独眼长毛火星人脸上悄悄地喷了几枪，这个独眼长毛火星人没走几步就晃晃悠悠倒下了。其他几个巡逻的独眼长毛火星人看到自己的同伴莫名其妙倒在地上，一起围过来查看。天旦一看机会来了，立刻上前朝这几个独眼长毛火星人连喷数枪麻醉烟雾。顷刻之间，几乎没有一点声响，洞口的几个独眼长毛火星人昏昏沉沉倒在了一起。只有一位抵抗能力较强的独眼长毛火星人感觉不对劲，转身匆忙往洞内跑，嘴里喃喃自语："有外星人……"话没有说完，也倒在了洞口地上。

天旦彻底解决了洞口的岗哨。不由分说，根据彩霞姑娘提供的洞中路线，他大胆向洞里搜索，很快找到了关押金助理、无敌超人和小车司机的银笼。他隐身靠在洞壁上观察，深洞里，吵吵嚷嚷，热闹非凡。银笼周围仍有四个无身披发火星人在洞中忽上忽下、忽左忽右严密防守。天旦早已知道他们的厉害，不敢轻易惊动他们。看见三位队员就在不远处的银笼中，为了确保万无一失，天旦重新检查了一次身上的装备，同时做好了自身的防护准备，静悄悄地继续向前慢慢靠近，再靠近。他机警地躲过了迎面飞来的无身披发星人的正面撞击，反手举起无声麻醉枪，扣动扳机，将一团麻醉烟雾射向迎面飞来的一个无身披发火星人。无身披发火星人还没有弄清怎么回事，鼻子嗅了嗅，哐当一声，掉在洞中地上。其他几个巡逻的无身披发火星人看到同伴掉在地上，赶忙上前查看。天旦见麻醉十分奏效，趁乱向他们也连开数枪，释放出大量的麻醉烟雾。一个个可怕的无身披发火星人悄然无声地都躺在了地上。

这时，银笼中的金助理、无敌超人和小车司机看到被麻醉倒地的无身披发火星人，知道天旦来营救他们了，他们立即屏住呼吸，等待救援。天旦现身冲到银笼前，从缝隙中首先给队员们分发了防护装备，然后，快速打开关着金助理的银笼，并解开他身上的特殊绳索。在金助理的全力配合下，他很快又解救了银笼中的无敌超人和小车司机。他们一刻也不敢在洞中耽搁，轻脚轻手向洞口走去，迎头撞上两位手持刀叉的独眼长毛火星人。他俩一见，大喊大叫道："不好了，不好了。外星人打开囚笼跑出来了。"天旦冲上前去，几拳将他俩打晕在地，一溜烟地跑出了山洞。

在洞口等候的彩霞姑娘，一看天旦带领同伴一个不少都出来了，欣喜若狂。她正准备一起离开时，天旦上前吩咐道："云霞，你留下断后。洞中的火星人已经发现了我们，他们很快就会出来了。力争拖延几分钟，给我们创造离开这颗星球的机会。我们在火卫二的上空等你。"

天旦他们前脚一走，断后的彩霞姑娘一看，果然如天旦所料，从洞中飞出一队晃晃悠悠的无身披发火星人，紧随其后是一群辉光人，紧接着又冲出手持刀叉的独眼长毛火星人。洞中人马似乎倾巢出动了，拉开阵势，准备决战。

彩霞姑娘知道自己的任务，立即冲到他们阵前。一个光辉人飞快迎上前来，一看，仰头哈哈大笑，轻蔑地说："女流之辈，别跟他们去了，留在俺们星球，再造几个特殊的火星人。"彩霞姑娘一听：胆敢漫骂侮辱我！她肺都气炸了，生气地说："女人怎么了？天地之间讲阴阳平衡，人世之间必有男女。天上地下自然法则不可违背，否则万物消失。你们星球也不例外。"另一位辉光人吼叫着冲上来说："不跟你高谈阔论。你们肮脏的灵魂诡计多端。麻醉我们的同伴，打伤我们火星人。赶快投降，不然死路一条。"彩霞姑娘一看这阵势，知道这将是一场生死搏杀，绝对不能硬碰硬。几番口水仗打下来，估计拖延的时间也差不多了，她巧妙化成一朵神奇的彩云，闪电般冲入火星人队伍里，搅乱了他们的阵脚，打翻那两个讲话的辉光人。彩云又迅速飞上天空，击落数名无身披发火星人，最后趁乱跳上悬停在空中的云雾飞碟，飞走了。

第十九章　黄色陨石载神鹰闯关　时空隧道彩姑救护天旦

天旦带领被营救出来的三名队员，迅速赶到火卫一原来停靠飞行器的地方，钻进各自的飞行器，启动飞船，离开了这颗神秘的星球。

神鹰大队正在火卫一上空全速航行，突然，天旦驾驶舱中打印机上的指示灯又亮了，神奇的红嘴小鹦鹉叼着一张卡片又飞到天旦面前。天旦心中明白，接过卡片一看，上面清楚打印着：

木星小档案及飞行目标

直径	约 14.28 万千米
与太阳平均距离	约 7.78 亿千米
公转周期（1 木星年）	约 11.86 地球年
自转周期（1 木星天）	约 9 小时 55 分 30 秒
体积排行（地球为 1）	约第一位（1316, 称太阳系老大）
外观	（显红斑）太大了
危险系数	四颗星
飞行目标	穿越小行星，着陆木星

地球基地

漂亮的小鹦鹉仍然用鸟音中文朗诵给天旦听。鸟声刚落，小鹦鹉一闪身，钻进了打印机里。天旦正在困惑时，腰间的天文蛋盒里发出“叮当、叮当”的响声，同时释放出圈圈黄色光环。他立刻明白，黄光闪烁说明前面的行程一定会遇到艰难险阻。他立刻想起：彩霞姑娘怎么还没有返回？火卫一上不知还会发生什么情况。于是她立即呼叫：“云霞、云霞，赶快撤离。”扩音器里传来彩霞姑娘响亮的声音：“报告队长，我已安全撤离。正在飞行途中。”天旦焦躁的心情，终于松弛下来了。吩咐无敌超人前去探路，飞向木星。

无敌超人飞行不久，有了新发现，立即向队长报告：“神鹰、神鹰。远处太空有颜色各异、大小不一的无数陨石，挡住了前行的道路。”天旦果断下达命令：“原地待命，不得鲁莽前行。”刹那间，神鹰大队很快汇集到了三叉飞船的飞行区域。远远看去，的确有许许多多颜色不同的奇特的小行星挡住了飞行器前行的去路。

天旦立刻启动远程电子探测仪，从屏幕上可以清楚看到这些神奇的小行星，颜色各异，挨挨挤挤，向一个方向高速运动，每个小行星还在自由旋转。上看数千米，望不到头；下看无法计算，望不到尾；左瞧右看，深不可测。要想驾驶飞行器穿越这神奇的陨石阵，的确困难。其他队员目睹眼前的现状，惊呆了。通过雷达，反复探测，这里是通往目的地的必经之路，是必须闯过的一道关口。为了神鹰大队的安全，决不能冒险从小行星带中硬闯过去，于是，天旦经过深思熟虑后，决定由彩霞姑娘驾驶云雾飞碟，深入小行星带中侦察，无敌超人从右边小行星带探索，金助理从上方搜寻，力争找到可以通过的安全通道，有消息立即报告。任务分配完后，大家纷纷各忙其事。

彩霞姑娘领到任务后，首先驾驶云雾飞碟，立马来到小行星带前，一看，震惊了。小行星带中，不断运动的小行星呈现各种各样的形状，有三角形、椭圆形、方块形的，还有圆柱形、圆锥形的，甚至还有凹凸不平、带刺的。小行星一个接一个从眼前快速闪过。运动中的小行星相互碰撞，火花四溅，声音震耳欲聋，使人心惊胆战。此情此景，星人彩霞姑娘也觉得困难重重，何况凡人，要驾驶凡间飞行器从运动中的小行星带里穿越很难。她将侦察刀的真实情况，如实汇报给了天旦，毅然驾驶云雾飞碟，大胆闯入快速运动的小行星带中去了。

金助理驾驶子箭飞船，从小行星带上方侦察。他打开侦测仪观看，只见小行星带中的小行星五颜六色。向前飞行，他又发现奇异的小行星带好像不断增多，向外扩张。先前那些圆溜溜的小行星越来越少。只有大小各异、形状不规则的许多小行星，在高速运动，偶尔相互撞击，发出隆隆的声响。金助理觉得非常奇怪，开足马力，继续向前，探个究竟。他驾驶飞行器飞了一会儿，发现远处太空有巨大爆炸，令人毛骨悚然。他敏锐地往侦测仪屏幕上一瞧，不禁大吃一惊，只见深空中无数颗小行星莫名其妙自然爆炸了，整个深空布满了奇异的星云。具有专业知识的金助理，一下子明白了其中的奥妙。再往前行，就会大难临头，进入“死亡之空”，就像地球上的“死亡之谷”一样，一经闯入，就会九死一生。他知道再往前行，会一去不复返，当即在太空中紧急刹车，将子箭飞船悬停在太空之中，详细观察那片神奇的深空。啊，好大一片多姿多彩的星云，一颗颗小行星仍在不断地爆炸。于是，他陷入沉思：这些小行星为什么会自然爆炸呢？也许是小天体完成了从起源到兴旺，最后走向灭亡的哀鸣；也许是深空中尚未探明的某种外力或者内因，迫使它们毫无选择，只能自毁其身。

一声巨响，打破了金助理的沉思。他回过神来，眼睁睁看到一颗小行星由小变大，不断膨胀，最后在深空爆炸。数不清的燃烧的小行星碎片向四周撒落。燃烧中的个别陨石，又在太空发生第二次、第三次爆炸，形成了朵朵奇特的星云。即刻，他离开了这恐怖的区域。

无敌超人驾驶三叉飞船，从右边小行星带方向不断向前行进。沿途，小行星带中不规则的小行星，发生剧烈撞击，溅出火光，令人惊恐。一路追踪，他脑海中产生一个疑问：这些移动的小行星到哪里去？前行之中，他斜眼观看小行星带，发现那些不规则的小行星完全变了模样。不规则的小行星不见了，变成圆形的或者椭圆形的，色泽也更加明亮了。他开足马力继续靠近观看。哇塞，原来是它们经过连续碰撞和气流摩擦，改变了原有的容貌。再向纵深探视，竟然出现了一种“黑吃黑”的奇特现象。小行星带中，一块个头不大的黑色小行星，张开贪婪的大嘴，看见一个黑色的小行星运动过来，就神奇地把它吞噬到肚腹中。只要是黑色的小行星，它都毫不留情，一个接一个吞吃。然而，其他颜色的小行星，即使运转到它面前，甚至和它发生碰撞，也置之不理。它专挑周围的黑色小行星，无论大小一律吞并。看样子，它那神奇的肚腹似乎永远填不饱，但个子似乎永远长不大。

好奇心促使无敌超人继续前行，再一次向小行星带深处细看，又一种奇怪的天体现象展现在眼前：竟然有“黑白通吃”的天体奇观。一个个头儿较大的小行星，一半是白色，一半是黑色。白色部分似乎是脑袋上部，中间隆起一个鼻梁，黑色部分好像是嘴巴。它张开大嘴，凡是黑或白的小行星，从它旁边经过，无论大小，通通吃掉。其他颜色的小行星则一概不理。吃了一会儿，好像吃得差不多了，晃了晃它那白色的脑袋，个头在慢慢地变大，瞬间，鼓出来一个圆溜溜的黑白小行星，好像一个吹胀了的气球，终于撑破了肚皮，砰的一声爆炸了。鼓出来的这颗小行星，外形是上面部分较大，呈白色；下面粘连的部分较小，呈红色；白色部分与红色部分各有一张奇特的嘴。这颗小行星一出生，就在小行星带中横冲直撞，露出更凶残的本性，一路追击各种小行星，见一个吃一个，不分颜色一律通吃。行进之中，交替轮换：白的吃完，红的吃；你吃一个，我吃一个。那白色部分在吞吃其他小行星的过程中，偶尔还吐出不符合自己口味的闪光小行星，似乎有点儿只吃软不吃硬的迹象。可是，那红色部分就不一样了，更加凶残。小行星无论大小，无论软硬，它翻着白眼，大胆吞吃，就连白色部分吃剩下吐出来的渣渣也毫不嫌弃，一律吞吃。它吃得正起劲时，迎面来了一颗神奇的小行星，说话了：“我是你的朋友，你不能吃我。”而那红色部分笑哈哈地说：“对不起，朋友，我也要吃。”毫不留情地吃下那颗小行星。这样周而复始，重复多次，它那贪婪的肚腹似乎永远填不饱……无敌超人看见这奇怪的天体现象，不寒而栗，立即驾驶三叉飞船远离这恐怖的小行星带，继续前行。

彩霞姑娘驾驶云雾飞碟，一头钻进了高速运动的小行星带中，凭借高超的驾驶本领，在小行星之间的夹缝中敏捷地穿越过去。惊险的场面一个接一个。她从小行星带中的红、蓝两颗小行星缝隙中快速通过后，飞到一颗半圆形的黑色小行星上时，回头一看，红、蓝两颗小行星发生了剧烈的撞击，溅出团团火花。好险呀，差点儿就会粉身碎骨。看看自己脚下的小行星，凹凸不平，自由旋转，停不住，站不稳。只好又跃上附近一颗紫色小行星。还未站稳脚跟，原来所站的那块凹凸不平的小行星突然被飞来的一颗小行星从表面擦出一道刺眼的绿色火光，消失在小行星带中。她抬头看了看，各个方位的各色小行星不断向前运动，真是天要塌下来一样。头上的颗颗小行星，即将压下来，左右两边的几颗小行星，几乎与她擦身而过，她目不暇接，感到头晕目眩，不得不化成一缕云彩，飞到另一颗运动的小行星上……

变形旗舰小车早已稳稳对接在神鹰飞船上，悬停在安全的太空区域。小车司机在机舱中协助天旦处理各项工作，与三位侦察勇士保持密切的通讯联系，同时将侦察到的画面一一播放在显示屏上。谁也没有多少言语，静静地观察着传输回来的图像。他俩心中都知道，当前面临着严峻的困难。小车司机偶尔斜视一下天旦的脸色，见他神情严肃，表现得更加稳重成熟了。他没有多问，认真地把传输回来的图像，调整得更加清晰。屏幕上，金助理驾驶子箭飞碟，从反方向突然出现了。无敌超人驾驶三叉飞船，也从反方向出现了。天旦心中豁然明白，前面太空中的小行星带，好像一个完整的蛋壳。要想到达目的地，必须冲破“蛋壳”才行，否则只会徒劳而返。

小车司机报告：“队长，彩霞姑娘在小行星带中消失了。”“要不停地呼叫。”天旦回答后，对着送话器大声呼叫：“云霞，听到请回答。”“云霞，云霞。报告情况。”他俩反复呼叫，始终没有回音。

天旦哪里知道，彩霞姑娘早已钻进了小行星带深处。受小行星磁场的严重干扰，电子设备失灵，通讯中断。即使他们的声音喊哑了，嗓子喊破了，彩霞姑娘也不会知道。天旦垂头丧气地从座椅上站起来，走到舷窗前，透过明亮的玻璃窗，遥望那神秘的小行星带。猜想着彩霞姑娘在小行星带中的种种情形……

突然，神鹰飞船发生了微微的颤动，金助理子箭飞碟对接上了，紧接着无敌超人的三叉飞船也对接上神鹰飞船。天旦的无限猜想顿时被打断了。他俩陆续走进飞船指挥大厅。看到天旦满脸的愁容，知道有事发生。从小车司机那里打听到，彩霞姑娘在小行星带中失去了联系，无敌超人急忙走到天旦身边说：“队长，别着急，让我来看一看、听一听，也许就可以探到彩霞姑娘的蛛丝马迹。”这时无敌超人站在窗前，侧耳听了听，又抬头眺望千里之外的小行星带。好像他的目光已经穿透了那神奇的小行星带，看见彩霞姑娘现身在小行星夹缝中，仍在一个一个艰难穿越。惊险场面迫使无敌超人脱口而出：“跳，后面的小行星来了。”小行星带中的彩霞姑娘，似乎听到了无敌超人的话语，用力一跃，跳到另一块陨石上。突来的一个小行星，擦着刚刚站过的那颗小行星，一闪而过，摩擦出缕缕白色的烟雾。“穿过去，上面的小行星压下来了。”彩霞姑娘好像非常听指挥一样，又站在另一颗白色的小行星上面了，刚才所站的那颗小行星被撞得粉碎。“赶快，右前方有一颗巨大的小行星飞过来了，好像上面有模糊的骷髅。”彩霞姑娘完全听到了无敌超人所说的话，一下子紧紧贴在小行星上。带有骷髅的小行星擦身而过，消失在流石之中。

彩霞姑娘在小行星带中闯过一道道艰难险阻，忽然，她看到一个闪烁微微黄光的小行星，上面栖息着她的红嘴小鹦鹉，她心中明白了。黄色小行星慢慢向她靠过来，她急忙跳上去，觉得非常奇怪：只作平行移动，并不自由翻转，而且周围的所有小行星都神奇地离它远去，没有一点儿危险。她站在黄色小行星上仔细观察，脚下的黄色小行星犹如一个巨大的特殊飞行器，在小行星带中神奇地飞行。她抚摸着手中的小鹦鹉，表示感谢！心中多么希望它能够载着自己穿过小行星带啊！远空的无敌超人看到这激动人心的场面，拍手叫好，嘴里不断地说：“站好呀！仔细考察，给我们找出安全的航道。”旁边的天旦、金助理、小车司机都感到莫名其妙，你看看我，我瞧瞧你。

无敌超人好像万里太空的指挥员，不但发现了彩霞姑娘，而且还指挥她穿越小行星带。天旦再也忍不住了，上前拍了一下无敌超人的肩膀说：“彩霞姑娘到底怎么样了？”无敌超人转身兴奋地说：“好哇，好得很！彩霞姑娘已经站在一颗十分安全的黄色小行星上了。我相信她会找到穿越小行星带的办法。”大家悬着的心终于落下了，紧张的气氛也立刻缓和下来，几个人七嘴八舌地议论开了。

彩霞姑娘站在神奇的黄色小行星上飞快前行，竟然没有一颗小行星向她袭来。这颗神奇的黄色小行星，不但可以容纳神鹰大队所有飞行器，而且还十分安全。霎时间，黄色小行星载着她奇迹般冲出了极度危险的小行星带，来到一个新的区域。天上有比地球大上一千多倍的星球，就挂在不远的太空。她站在神奇的黄色小行星上，伸伸懒腰，打打哈欠，享受另一重天地的无上快乐！

站在神鹰飞船舷窗边的无敌超人突然惊叫起来，大声说："彩霞姑娘冲出了小行星带，消失了。"天旦听到后，又喜又忧，喜的是彩霞姑娘经过艰难险阻，终于安全穿越了小行星带，忧的是彩霞姑娘怎么会在无敌超人的视野中消失了呢？天旦严肃地对无敌超人说："严密监视小行星带，务必找到彩霞姑娘的身影。"无敌超人遵照天旦的叮嘱，目不转睛地盯着远空神秘的小行星带，希望尽快搜索到彩霞姑娘的行踪。

小行星带的那一边，彩霞姑娘站在黄色小行星上，尽情欣赏着天上的奇特美景。她忽然想起与队友多时未联系，恐怕他们也十分焦急。然而，如何返回去？这是摆在她面前一大难题。她豁然想起天旦在小行星上喝到隐形水的情景，于是学着天旦的样子，壮着胆子说："黄色小行星，请你显灵，返回去，迎接神鹰大队。"说来奇怪，她脚下的黄色小行星，似乎非常有灵性，理解彩霞姑娘心中的想法，掉转方向，驮着彩霞姑娘，冲向神秘的小行星带。此时，她的心情甭提多高兴了，大声喊："队长，我回来了！我找到安全航道了。谢谢，亲爱的黄色小行星！谢谢，可爱的红嘴小鹦鹉！"

站在舷窗前的无敌超人再一次叫起来："回来了！回来了！彩霞姑娘驾着黄色小行星回来了！"站在一旁等候消息的所有队员都非常吃惊。金助理上前摸了摸无敌超人的头说："你没有发烧吧？彩霞姑娘怎么会驾驶黄色小行星回来呢？""果真如此，实实在在。"无敌超人非常认真地说，眼睛一直死死盯住那遥远的小行星带，生怕有一丁点儿闪失。金助理看到他那认真的样子，终于相信了。

这时，一直在调试远程追踪设备的小车司机也叫出声来："信号恢复，能看到彩霞姑娘了。"天旦和金助理急忙围到小车司机身后，观看显示屏上的图像。果然，彩霞姑娘"驾驶"着一颗黄色小行星回来了！所到之处，小行星带中的各种小行星纷纷让道。真是天无绝人之路！她一路畅通无阻，转眼间，一次性成功穿越小行星，回到了天旦他们所在的太空区域，悬停在不远处。彩霞姑娘启用送话器，呼叫天旦他们："队长，你们赶快来到黄色小行星上，让它搭载我们穿越小行星带。"彩霞姑娘边说边向他们招手。

天旦他们看到眼前活生生的这一切，欣喜若狂。彩霞姑娘不但找到穿越小行星的方法，而且还"驾驶"黄色小行星来迎接。人家打心眼儿里佩服这位星空奇人，同时心中明白了一个道理："世上无难事，只要肯登攀"，任何艰难险阻都会闯过。他们望着悬停在太空中的神奇黄色小行星，真的非常佩服彩霞姑娘。他们分别钻进了自己的飞行器，从神鹰组合体飞船上分离出去，陆续降落在彩霞姑娘所站立的黄色小行星上。谁都不敢贸然行事，走出机舱，严防发生不测事故。此时，彩霞姑娘像个指挥员，来回向他们招手致意，并说："赶快停下，不要耽误时间了，立刻穿越小行星带。"大家都停了下来，彩霞姑娘觉得也是时候了，她一跺脚，手一挥，振振有词轻声念着："尊敬的黄色小行星，送我们穿过小行星带。谢谢！"话音刚落，神奇的黄色小行星上奇迹般地出现了一个黄色的光团，将神鹰大队的全部人马笼罩在光环之中，搭载他们缓缓驶入小行星带里。所到之处，各种各样小行星自动让路，无一阻拦，无一碰撞。

天旦看到这奇异的现象，怎么也想不明白，看看黄色小行星自动飞速前行，更是无法理解。是什么原因让那些小行星让路？又是什么力量驱动黄色小行星高速前行？一时半会儿弄不清楚，也找不到合理的答案。突然，眼前豁然开朗，他们已经穿越小行星带，来到一个广阔明亮的新区域。天旦透过黄色的光环，看到这里的天更大，月更圆。他们无不沉浸在胜利的喜悦之中。

黄色小行星闪烁神奇的光环，搭载着天旦他们在太空继续飞速前行。天旦他们打心眼儿里高兴，感谢彩霞姑娘作出的特殊贡献。大家正在高兴之时，那黄色小行星，似乎在慢慢变形，逐渐拉长。各个飞行器在拉长的黄色小行星上自动变位，依次排开队列。大家心里非常恐慌，顷刻之间，拉长变形的黄色小行星，变化成无限延伸的黄色光道。天旦他们觉得仿佛掉进了一条神秘莫测的黄色时空隧道里，各自驾驶飞行器在其中高速前行。

在黄色的时空隧道里，神鹰大队不知飞行了多长时间。天旦飞在前面，不时呼叫后面的队员，自始至终保持着通讯联系，生怕后面的队员跟不上来，掉队了，或者发生意外。他集中精力，小心驾驶神鹰飞船，一直盯着前方，生怕出一丁点儿纰漏。眼前，黄色的时空隧道无限延长，神秘莫测。人们更加迷惘，满脑子有许多说不清、道不明的问题，深感困惑。

这时，天旦发现时空隧道中有一块黑乎乎的东西迎面冲来。他驾驶飞船急忙躲闪，但是已经来不及了，哐啷一声响，那黑乎乎的东西重重撞击在神鹰飞船上，蹦出了金灿灿的时空隧道，化成一团火光，消失在无际的太空。神鹰飞船左翼被划开了一道长长的裂缝。强大的气流不断涌进机舱，被撞昏的天旦喘不过气来。他慢慢松开了紧握操纵杆的右手，昏迷过去了。神鹰飞船一下子失去控制，在时空隧道中跌跌撞撞自由飞行。

紧跟在后面飞行的彩霞姑娘首先发现天旦发生了意外，便快速收起云雾飞碟，冲进了天旦的飞船。此时的天旦耷拉着脑袋，昏迷在座位上。她急步上前，用她那娇嫩的身躯紧紧捂住天旦的头部，阻挡强大气流对天旦的冲击。然而，失去控制的神鹰飞船在时空隧道中忽上忽下、忽左忽右地乱撞，不时撞在时光隧道壁上，擦出团团刺眼的火花。万分危急时刻，彩霞姑娘一边护理天旦，一边紧急呼叫队友增援。

金助理驾驶子箭飞船赶来了，无敌超人开着三叉飞船赶来了，小车司机的变形旗舰小车也开过来了。他们千方百计地想办法，以超凡的胆量，把飞行器一一对接在失去控制的神鹰飞船上。大家七手八脚地忙碌起来，无敌超人首先跨进驾驶舱，稳住失去控制的神鹰飞船。然而，强大的气流仍在不断窜入，刮得他们东倒西歪，站不稳脚跟，严重影响了金助理、彩霞姑娘给天旦的施救护理。

一旁的小车司机看在眼里，急在心头。他急中生智，操起修补机体外壳用的维修枪对准裂口，挤压出膏状的特殊物质，一点一滴地快速粘连住机体的裂缝。气流把他刮倒了，立刻站起来；站起来，又被刮倒了……就这样艰难地维修，最终将裂缝渐渐地堵上了。小车司机刚刚松开维修枪，裂缝上那膏状特殊物质的终端，神奇地出现了蓝色的火焰，沿着修补后的裂缝吱吱闪过，飞船外壳自动焊接好了，不留一点疤痕，完好如初。飞船内也恢复了平静。

抢救天旦的行动仍在继续进行，但无论怎样施救，天旦始终没有苏醒。金助理、小车司机急得团团转，自言自语地说："怎么办？怎么办呀？"彩霞姑娘眼角流下了悲伤的泪水。

不知什么感应，天旦昏迷不醒的信息，居然传到了数百千米之外地球上正在熟睡中的阳教授脑海里。梦境之中，阳教授仿佛看到神鹰大队全体人员乘坐一颗黄色小行星，穿过了太空奇异的小行星带，居然掉进了一个黄色的时空隧道。在时空隧道里，神鹰飞船被一块无名陨石损坏了，天旦也被撞得昏迷过去了，其他队员正在全力抢救。阳教授急得在睡梦中大喊："赶快挤压人中穴。"他猛然惊醒，看看手表，已是深夜两点钟，但梦境记忆犹新，心想：难道天旦真的发生了意外？他很不放心，翻身起床，急步走到远程雷达探测室，打开专用追踪显示屏。荧屏上雪花点点，毫无一点儿正常信号，愁得他在雷达探测室里走来走去。

丁零零，远程追踪雷达上的警铃响起。阳教授快步来到显示屏前一看，信号恢复了。屏幕上，神鹰飞船组合体犹如一个大型航天站，在时空隧道里高速前进。神鹰飞船中，彩霞姑娘仿佛听到地球上阳教授梦中的指导，立即挤压天旦的人中穴。天旦渐渐苏醒过来，慢慢睁开了双眼，看到同伴都围在自己身边，他笑了笑说："没事。飞出时空隧道了吗？"队员们面面相觑，谁也不好回答。正在驾驶神鹰飞船的无敌超人以半开玩笑的语气说："快了，待你站起来之后，就冲出时空隧道了。"

天旦听后，没有答话。在同伴们的搀扶下，他站了起来，扭了扭身躯，摇了摇脑袋，觉得身体并无大碍。他推开同伴，走到驾驶舱，果然，无敌超人驾驶神鹰飞船，嗖的一声飞出了时空隧道，来到又一个神奇的太空区域。

阳教授看到这一切，爽朗地笑了，关闭远程追踪雷达，起身走出探测室，站在阳台上。他望着深夜神秘莫测的星空，多么希望能用肉眼寻找到神鹰飞行队的身影啊！他在心中默默念着：你们一路飞好！飞向心中理想的目标！

第二十章　太空歼灭烈火飞碟　流沙吞噬无敌超人

无敌超人驾驶神鹰飞船组合体冲出了时空隧道，来到一处罕见的外太空空间。大家认真一瞧，这是一片神奇的太空区域，竟然有六十多个“月亮”围绕在比地球大一千多倍的红斑星球的周围，呈现出人类历史上从来没有见过的罕见天体奇观。

“月亮”比地球大，星球比“月亮”明。天旦看到这宏大的天体奇观，心想：难道已经来到了木星系吗？回头问：“我们到了什么位置？”金助理肯定回答：“我们已经进入木星系区域。”“哦，原来这就是木星系的真容。”天旦既赞美又肯定地说。大家争先恐后透过舷窗瞭望，都想先目睹木星系的独特美景。此时，飞船里，发出了不同的声音：“那闪有火光的‘月亮’一定是木卫一。”“那闪烁蓝光的‘月亮’可能是木卫三。”“有湖泊海洋的‘月亮’好像是木卫二。”“那是木卫四吧……”吵嚷声闹得天旦几乎晕了头。他立刻庄重宣布，队员们各自回到自己的飞行器上向既定的目标出发。

瞬间，他们各自从神鹰飞船上分离出来，驾驶各自的飞船，高兴地做出各种特技飞行的惊险动作，似自由的小鸟一样在太空翱翔，又似庆贺胜利，还好像去迎接新的战斗。

大家正玩儿得兴高采烈时，负责太空警戒的无敌超人突然发觉星空有异常情况。他瞪大眼睛，从驾驶舱向外看。有几个带有火光的可疑飞行物，向神鹰大队忽闪忽闪地奔过来。他立刻警觉起来，连忙呼叫：“神鹰，神鹰。太空有情况。”玩儿得正起劲的天旦脸色突变，知道又有危险又向他们逼来，立马吩咐其他队员：“保持战斗队形，准备进入战斗。”话音刚落，太空中闪烁红、黄、紫、蓝光的飞行物，已经一字排开，挡住了他们前进的去路。

天旦发现其中一个不明飞行物中坐着一个面目狰狞的长耳朵鬼怪星人，似乎正恶狠狠地注视着他们。天旦立刻察觉到情况不妙：有可能遇到传说中烈火家族的飞碟了。他们是邪恶的外星人，在太空中挑起事端，干尽坏事，被他们盯上，一定没有好果子吃。天旦悄悄地在送话器中通知其他队员：“不要惹怒前面的烈火飞碟，避其锋芒，绕道前行。释放太空战场掩护烟雾，赶紧撤离危险太空区域。无敌超人断后。”大家按照指令，立刻释放烟雾撤离了危险区域。

烈火飞碟上的长耳朵鬼怪星人好像知道了天旦他们的战术意图。他们驾驶烈火飞碟冲上前去，射出一个个熊熊燃烧的奇异火球，快速奔向神鹰大队飞行器释放的各处战场烟雾。明晃晃的火球，遇到战场烟雾自动爆炸了。他们哪里知道神鹰大队各个飞行器在烟雾的掩护下，早已主动撤离战场。半晌，烈火飞船上的鬼怪星人一瞧没有击中目标，知道上当了，气得大喊大叫：“狡猾的发光智慧人，哪里逃！”吩咐手下其他鬼怪星人立刻搜寻失去的目标。

很快，一个闪烁紫光的烈火飞碟发现了断后的无敌超人的三叉飞船。其他鬼怪星人得到情报，迅速围了过去。未等领头的长耳朵鬼怪星人发话，一串串各种颜色的火球炮弹，一齐飞向三叉飞船。无敌超人见状，凭借三叉飞船的优越性能，使出八面迎敌的本领，启动光弹拦截系统，顿时，一发又一发的拦截光弹，从三叉飞船的射击孔中迸射而出，迎头击中了来袭的红、蓝、黄、紫各种颜色的火球炮弹，在途中开了花。领头的鬼怪星人一计不行，再生一计，按下超级能量激光武器发射键。其他烈火飞碟上的鬼怪星人，也使用了超级激光武器。太空中，许多彩色的光束，一齐射向三叉飞船。摆出了不击毁三叉飞船决不罢休的架势。

无敌超人识破了鬼怪星人的用意，立即启动吸收激光的武器系统，将一束束超能量的激光收集在三叉飞船的武器库内并予以储存。烈火飞碟中的鬼怪星人见状大惊失色：不但没有击毁对方，反而给对方补充了超级能量。屡屡受挫的长耳朵鬼怪星人明白了，神鹰飞行团队不可小觑，立马收起激光武器，悻悻地离开了。太空暂时恢复了平静。无敌超人遵照天旦的叮嘱，瞅准战场瞬间的空隙释放战场烟雾，迅速撤离了。

烈火飞碟上的鬼怪星人，发出鄙视的一声奸笑，猜透了无敌超人的心思。立刻，发射尖端的烈火追踪光弹，迅速追击刚刚撤离的三叉飞船。正在追赶天旦的无敌超人，猛然从侦察屏幕上发现后面有多枚光弹全速向他袭来。他再次启动光弹防御系统，快速射出一枚枚拦截光弹，然而这次拦截不起作用了。拦截光弹一碰追踪光弹就爆炸了，而烈火追踪光弹却毫发无损，从烟雾中钻出来，一路紧紧锁定三叉飞船。无敌超人赶忙启动第二次、第三次拦截。但即使用最先进的拦截光弹，结果仍旧一样，拦截光弹一碰就爆；而烈火追踪光弹竟然安然无事，拖着长长的火舌，死死咬住目标不放。无敌超人心中一惊，明白这是遇到了空中强大的劲敌，照这样下来，不但自己会被击伤或击毁，而且还会暴露神鹰大队的踪迹。他横下一条心，迅速垂直拉升三叉飞船，引开烈火追踪光弹，朝相反的方向飞行。

其中的一枚烈火追踪光弹拖着紫色的火焰，沿着无敌超人的飞行路线，拐弯跟踪上去了，其余的几枚烈火追踪光弹，飞向另一方向。

木星系上空更加神秘。烈火飞碟上的鬼怪星人，借助天时、地利的优势，全力追杀神鹰大队。

飞向另一方向的几枚烈火追踪光弹在长耳朵鬼怪星人的操控下，一路追寻，很快就跟踪上了神鹰大队的飞行器。其中一枚烈火追踪光弹锁定了天旦驾驶的神鹰飞船，在后面紧紧追赶。天旦觉得不妙，立刻启动强电磁干扰，希望能够改变烈火追踪光弹的飞行轨迹，然而丝毫不起作用，光弹仍然追上来了。他急忙启动末端防御反导系统，可是与无敌超人一样，射出去的枚枚导弹不堪一击，反而被烈火追踪光弹击爆。烈火追踪飞弹从爆炸的烟雾中钻出来，安然无恙，紧紧咬住天旦的神鹰飞船不放。这时，天旦真的有些急了，眼看光弹就要击毁自己心爱的神鹰飞船，他立刻使出绝招，驾驶神鹰飞船垂直向下翻滚，希望能躲避烈火追踪光弹的追击。然而，意想不到的是，那枚烈火追踪光弹也拐了一个大弯俯冲下去，大有不追上神鹰飞船决不收兵的架势。

喷着黄色火焰的烈火追踪光弹，咬住了金助理驾驶的子箭飞碟；喷着蓝色火焰的烈火追踪光弹，则在追赶小车司机驾驶的变形旗舰小车。他俩并肩飞行，相互鼓励，不断改变飞行路线，交叉飞行，时上时下，希望能够干扰烈火追踪光弹的追击。然而事与愿违，那烈火追踪光弹像长了眼睛一样，无论他两怎样改变飞行路线，仍然死死盯住锁定的目标。他们急忙释放干扰弹，但丝毫不起作用，黄、蓝两枚烈火追踪光弹仍紧追不放。金助理急了，启动了激光点杀光弹，想一举摧毁紧跟在后的黄色光弹。只见追踪光弹弹体上亮光一闪，虽然被击中了，但是并没有被摧毁，仍喷着黄色火焰冲杀上来。

这边小车司机驾驶变形旗舰小车情况更加危急，他无论怎样变化飞行路线，始终摆脱不了蓝色火焰追踪光弹的跟踪追击。近了，更近了，眼看小车司机的变形旗舰小车就要被击毁了。

远处太空中唯一没有被烈火追踪光弹攻击的是彩霞姑娘驾驶的特殊飞行器——云雾飞碟。彩霞姑娘突然发现了危机中的变形旗舰小车，千钧一发之际，她的云雾飞碟放射出特殊雷鸣闪电。一道道奇特的光束从云雾飞碟上发出，击中了那枚追击变形旗舰小车的蓝色火焰光弹，它周身被闪电缠绕，失去了控制，立刻停止了追击，在空中打了几个滚儿，爆炸了。变形旗舰小车趁机开走了。彩霞姑娘又立即赶到金助理那边，用同样的方法，将追击金助理的黄色火焰光弹也击毁了。金助理也得救了。他们还来不及庆贺胜利就急忙飞向天旦激战的区域。

这时，天旦从驾驶舱屏幕上得知，金助理、小车司机在彩霞姑娘的全力协助下，完全摧毁了鬼怪星人的烈火追踪光弹，他俩已经安全脱险，正在赶来救援，这一下子增强了他的必胜信心。他骤然想起老祖宗留下的五行法宝金、木、水、火、土，相生相克的基本法则，心中一下有数了。天旦驾驶神鹰飞船，大角度俯冲，垂直提升，瞅准时机发射最新气象武器，释放大量的聚冷超级雾霭。刹那间，那枚喷着红色火焰的烈火追踪光弹在超级雾霭中失去了方向，熊熊燃烧的火焰渐渐地熄灭了，弹体上渐渐地结上一层冰，冰层逐渐增厚，完全无法跟踪、追击目标了，似无头苍蝇到处乱窜并摇摇摆摆，最后爆炸了。赶来增援的金助理他们，刚刚抵达那片区域，看到天旦驾驶神鹰已经成功自救。大家兴奋地汇集在一起，不约而同想起了打掩护的无敌超人。天旦从侦察屏幕上看到不知什么时候，无敌超人也摧毁了那枚喷着紫色火焰的追踪光弹，正在和几个烈火飞碟在太空激战。天旦一声令下，大家迅速飞往无敌超人鏖战的区域。

无敌超人全力对付四面攻击的烈火飞碟。获得烈火飞碟能量之后的三叉飞船，越战越勇，烈火飞碟渐渐处于下风。突然，太空传来一个鬼怪星人的声音："停止攻击，我们好好谈谈。"无敌超人仔细辨别，声音是从烈火飞碟中传出来的。所有烈火飞碟停止了对他的攻击。无敌超人也只好停止反击，瞧瞧他们还要什么新花招。"无敌超人，这就对了。我派一个星人和你谈谈。"突然，从另一个飞碟中传出奇怪的话语。同时，一个小小的火人向无敌超人的三叉飞船飞去。"别靠近，站在双方交战的中心区域。"无敌超人提出了警告。一闪一闪的小小火人似乎听懂了无敌超人所说话的意思，在双方交战的中间地带停了下来。只见他浑身火苗缭绕，露出一个无火的长耳朵鬼怪小人头，龇牙咧嘴，生气地说："无敌超人，我们本不想伤害你，先前，你是大熊星上的英雄。你的功能、你的飞船、你的披风、你带的两名助手红叶和绿花，都是大王所赐。尤其是红叶和绿花都惨死在这帮发光智慧人手里。难道你就不记得了吗？让我们联合起来，共同对付发光智慧人。否则，我们再也不会讲情义，立刻击毁你的三叉飞船，并且把你消灭。目前，你已经被包围了，无路可逃。而你的伙伴，已被我们的烈火追踪光弹牢牢锁定，很快也会被消灭。放下武器，共同对付发光智慧人，是你唯一的选择。"那长耳朵鬼怪小火人，连珠炮似的大放厥词后，一闪回到了烈火飞碟之中。然而，重新安装上金星智能芯片的无敌超人，根本听不懂长耳朵鬼怪小火人所说的话。他觉得对方是在胡言乱语、挑拨离间，更是在强词夺理。这哪里是什么谈判，完全是恐吓、威胁，顿时，他胸中燃起万丈怒火，不加思索展开对烈火飞碟全方位的新一轮炮击。

赶来增援的天旦他们错过了观看他们太空对话的大好机会。只见三叉飞船上的无敌超人，仍在顽强迎战烈火飞碟上长耳朵鬼怪星人。天旦连忙发射了超级气象武器，一团团聚冷超级雾霭袭向猖狂的烈火飞碟。顿时，烈火飞碟的攻击停了，飞碟上燃烧的火焰也渐渐熄灭了，似乎从那浓浓的雾霭中，传出怪声怪气的惨叫。一个个长耳朵鬼怪人，披着黄发，从烈火飞碟中蹦出来，在超级聚冷雾霭中，不断翻滚，声声嘶叫，自行爆炸了。彩霞姑娘赶忙发射太空超级雷鸣闪电，猖狂一时的烈火飞碟团队刹那间被彻底消灭了。太空恢复了平静。

神鹰大队队员欢聚一堂，望着神秘的木星，那张巨大的红斑大花脸，似乎张开大嘴在述说着什么。深空中张张神奇的各色小脸又像在点头微笑。天旦深知太空中有许多未知的秘密在等待他们去探索。他当即下令，向木星进发。

神鹰大队全速向木星飞去，首当其冲的仍然是无敌超人。他与大队人马保持一定距离，驾驶三叉飞船在太空飞行。飞行一段时间后，从探测屏幕上，他发现前面有一颗闪烁蓝光的小星球。他加快速度朝前方飞去。小星球越来越大，几乎肉眼都能看清楚了。他急忙呼叫："神鹰、神鹰。我是三叉，发现新目标。""三叉，我也发现了，向目标靠近，那是木卫三。若没有危险，继续搜索前进。可以先着陆木卫三，探探虚实。"送话机里传来天旦改变计划的指令。

无敌超人遵照天旦的指示，驾驶三叉飞船，放慢速度搜索前行，来到蓝色小星球上空。他绕着这颗小星球飞行几圈后，没有发现异常情况，便大胆继续靠近。远远望去，云雾之中，似乎有一座高耸入云的镇山宝塔。宝塔正释放出微弱的蓝色光环。他驾驶飞船抵近一瞧，云雾之中灵光闪烁，若干座精工细做的宝塔冲天而起，好像向苍天述说着什么。宝塔下面还有许多不为人知的秘密。他驾驶飞船大胆穿过了云雾，眼前又呈现出一个广阔的新天地，不但有沙漠、山川、树林，而且还有茂盛的草原，甚至有塔林。无敌超人将这里的新发现，立即汇报给了天旦。他选择在离塔林不远的沙漠上降落。然而，意想不到的事情发生了。三叉飞船刚刚着地，一下子连人带船就被沙漠吞噬。冲出云端的雄伟壮观的神奇塔林，几乎全部垮塌了，扬起团团烟雾，弥漫沙漠。

天旦收到无敌超人发回的最新信息，带领神鹰大队飞速赶到灵光闪烁的木卫三上空，一瞧，并没有什么冲天的宝塔，一切都是那么平静，但是有一个不祥的预感涌上他的心头：无敌超人一定出事了。他紧急呼叫："三叉，三叉，报告情况。""三叉，你怎么样？有危险吗？"再重复呼叫，还是始终没有回信。他着急了，驾驶神鹰飞船扎进了浓浓的云雾之中。其他队员也跟着冲了进去。穿过云层，根本没有无敌超人飞船的影子，展现在眼前的是木卫三的真实面貌：沙漠、奇山、异草和奇妙的森林。无敌超人一下子销声匿迹了。他们驾驶飞行器，搜遍了木卫三的各个角落，都没有找到无敌超人的身影。

有超级灵感的天旦好像有所发现，快速降落在木卫三靠近沙漠边缘那片奇特的草地上。他坐在驾驶舱中，环顾四周，见无异常情况，推开舱门，一跃踏上草地。他警惕地看了看远方的一片森林，总觉得那里藏有许多秘密，便扭头奔向那神秘的沙丘。其他队员也跟了上去。

大家走进沙漠，一瞧，好大一片亮光闪烁的特殊沙漠这时出现了一种奇怪现象，沙漠之中，流沙奇迹般地从地下喷出来，犹如许多泉眼从沙漠里冒出。喷出的沙粒似乎还带有不知名的特殊黏液，渐渐地堆积成一个个奇异的沙峰、沙柱。在微风的精心"雕刻"下，逐渐雕琢出一座座绝世精美的"宝塔"。好奇心促使天旦上前仔细看一看、摸一摸鬼斧神工的"宝塔"。他刚刚踏上塔前微微闪光的沙漠，感觉像是踩上了水面上漂浮的厚厚青草垫。天旦摇摇晃晃，发觉不对劲，一跃退了回来。沙塔、沙柱竟然倒塌了，形成几个奇怪的流沙旋涡，大量的各种特殊沙粒，涌进地下无底的窟窿。旁边的其他队员赶忙后退几步，惊奇地看着周边大量的沙粒不断流入旋涡之中，无不万分惊讶。

眨眼间，沙窟窿填平了。在另一块沙漠上，几股冲天的特色沙柱喷射而出，如此周而复始，仿佛在向他们暗示着什么。天旦抬头望去，远方那一根根冲天的沙柱、一座座雄伟的宝塔，似乎仍在长高，并且在阳光照耀下闪烁着微微奇光。天旦立刻觉醒：无敌超人一定是掉进流沙的窟窿里了，便立刻吩咐："小车司机在此等候无敌超人。金助理和彩霞姑娘随我去塔林搜寻。"分工之后，天旦他们匆忙奔向远方塔林。

原来无敌超人着陆的地方，就是天旦他们刚才走过来的沙漠。果然被天旦言中了，三叉飞船在这片沙漠降落时，巨大的冲击力和自身重力，使这片脆弱的沙漠瞬间失去了原有的自然平衡，高耸入云的“宝塔”自然坍塌了，他一下子连人带船掉进了沙漠的无底窟窿。三叉飞船在窟窿中被厚厚的特殊流沙彻底深埋，一点也动弹不得。无敌超人几次尝试冲出流沙窟窿，哪知飞船一动，反而越陷越深，只好作罢。他又启动通讯系系，向天旦报告自己的位置，然而，含有特殊物质的沙粒切断了他与外界的通讯联系。他左思右想，与外界取得联系只有靠自己的力量了。虽然他有过在沙漠中逃生的经验，但是没有遇到过这样厚重的特殊沙粒。无敌超人顽强地用力缓缓地推开舱门，捣蛋的沙粒似潮水般涌进，淹没了他整个身躯。当然，这对特殊材料制造出来的无敌超人并不可怕，打开舱门就取得了一半胜利。他抓住门框，用力爬出了驾驶舱，进入了翻腾的流沙之中。他尝试启用腿中的特殊能量，但是失灵了，根本无法启动，只好一步一滑，在翻滚的流沙中艰难地向外爬行。

天旦他们一行人在神奇的塔林中行走如飞，四处搜寻无敌超人。他们不断呼喊他的代号“三叉”，希望能够尽快找到，突然发现前面有一座宝塔闪烁着更加耀眼的光。他们飞奔而去，想一探究竟。来到塔前，宝塔正面塔基上，磷光点点，忽明忽暗，出现了一幅神秘图案；宝塔的另一侧塔基上，也忽闪忽灭地呈现出另一幅神秘图案。天旦和金助理跑来跑去，仔细辨认。天旦惊奇地说：“这不是地球远古时期流传下来的无人认识的‘无字天书’吗？”一经提醒，金助理恍然大悟，又细细甄别；的确，两侧分别是《河图》《洛书》图案，在阳光照耀下熠熠生辉。这些图案怎么会出现在木卫三上呢？难道木卫三的星人去过地球？或者是远古时期地球人来过这颗神秘的星球？天旦想着如此神作，心中十分纳闷，突然，他耳朵里传来无敌超人在流沙中的求救声。一时半会儿无法弄清神秘图案的来龙去脉，而营救无敌超人是当前的头等大事，于是他们就赶紧往回走。

天旦没有想到，就在他们降落时，不远处森林中，几个黑色的精灵潜伏在草丛中，偷偷地观察着他们的一举一动。看见天旦他们渐渐远去，这几个精灵便从草丛中贼头贼脑地蹿出来。它们身高不足一米，全身漆黑，椭圆形的头上镶嵌着铁钳一样的大嘴巴；额头两边还长着两条奇异的长长的触须，鼓着一对黑得发亮、椭圆形的大眼睛，伸出几双不成比例的黑手，走起路来颤巍巍的，真像地球上的黑色巨形蚂蚁。几个奇异的黑色蚁兽，手持奇异武器，悄悄地猫腰走到沙地草丛中隐藏起来，似乎在侦察，又像担任警戒任务。看见天旦他们已经远去了。一个体壮的黑色蚁兽，转身跑回去，站在草地的高处，发出叽叽的叫声，好像在指挥，又像在召唤树林中的同伴。

果然，隐藏在树林中的黑色蚁兽似乎接到了指令，一个接一个排着队出来了。它们犹如千军万马，直奔神鹰大队各个飞行器。它们似乎早已经过严密的组织分工，兵分几路，各就各位。手持红旗的黑色蚁兽，领着一队蚁兽，窜到了神鹰飞船的下面；手持白旗的黑色蚁兽，领着一队蚁兽，钻进了变形旗舰小车下面；手持蓝旗的黑色蚁兽，领着队伍奔到子箭飞碟下面；就连彩霞姑娘的如意云雾飞碟，它们也不放过，手持紫色小旗的黑色蚁兽，带领人马跑过去了。同时，那些蚁兽搬来树枝、杂草，对飞行器进行了巧妙的伪装，从空中、地面看，肉眼很难发现它们。

草地高处，手持蓝旗的黑色蚁兽，挥动几下手中的旗帜。各小队旗手接到旗语指令，站在飞行器上，挥动手中旗帜，嘴里叽叽叫个不停。下面的黑色蚁兽，鼓着腮帮，用尽全身力气，一起前拉后推，各型飞行器竟然悄悄地排成长龙向树林深处慢慢移动起来。

这时，正在流沙窟窿中爬行的无敌超人觉得沙层越来越薄，便加快了前进的速度。沙粒飞速摩擦他全身，产生微微的火花，构成了沙中一个奇特的钢花人。他借助流沙向外喷出的力量，如虎添翼，飞速向前。

赶来救援的天旦他们早已在流沙窟窿口等候。只见流沙窟窿口喷出的沙粒越来越高，突然，一个火花身影从沙流中拔地而起，在天空中翻了几个跟头。大家知道，无敌超人出来了。一个闪光的人，落在不远处的沙漠上，一看，果然是苦苦搜寻的无敌超人。大家惊喜若狂地奔上前去。无敌超人笑盈盈地走过来，向天旦他们述说消失的经过。

站在一旁的小车司机迫不及待地问："无敌超人，三叉飞船呢？怎么不带出来呢？"天旦赶忙解围说："不要紧，只要人没事就是胜利。我来解决埋在流沙里的三叉飞船。"他不慌不忙地从宇航服的口袋里掏出一个袖珍遥控器，大家跟着他后退了几步。只见天旦对准不断喷出的流沙一按，一束红光一闪，埋在沙层里的三叉飞船，终于启动了，喷着火焰，徐徐上升，瞬间冲出沙地，直冲云霄。在他的精湛操控下，三叉飞船稳稳降落在不远处的草地上，大家一齐围上去，欢庆胜利。

正当大家欢庆胜利时，天旦猛然想起自己的飞行器，抬头望去，停靠在草地上的所有飞行器，神秘地消失了。金助理看到天旦那苍白的脸色，知道大事不妙，一定发生了意想不到的事情。大家健步如飞，跑到原地查看，结果发现各型飞行器不翼而飞。不知什么人，留下一张神秘的纸条，上面写着："此星球，只能用冷兵器作战，不能动用枪炮，方可渡过难关。"

天旦拿着纸条，望着这神奇的木卫三，环顾美丽的草原、奇异的沙漠、莫测的森林，悔恨当初未曾留人警戒，一时大意，失去了大家的飞行器，内心非常惭愧。两位星人虽然心中不悦，但是并没有说什么。天旦灵机一动，吩咐无敌超人驾驶三叉飞船从高空侦察，彩霞姑娘在低空搜寻，若有发现，立刻报告；其余人员随他去远方的密林寻找。任务分配完后，队员们各自出发了。

第二十一章　大战洞穴神秘蚁兽　巧救同伴与飞行器

黑色蚁兽静悄悄地将神鹰飞船、子箭飞碟、云雾飞碟和变形旗舰小车搬进了密林深处，一路缓缓前行，走着走着，前面道路上又来了一队帮手——暗红蚁兽。它们叽叽几声怪叫后，触须轻轻相碰，抚摸对方的身体，表示亲切的慰问，纷纷加入到搬运队伍里来。此时，搬运的速度立刻加快了。仔细观察他们走过的路，几乎没有踩倒一株草，更没有折断一根树枝，沿途不留一点痕迹。

一个手持小蓝旗的黑色蚁兽沿着搬运队伍，跑步摇旗呐喊。搬运队伍里，立刻走出一个身材魁梧的黑色蚁兽，上前和它一阵交头接耳后，又朝搬运队伍吹出几声奇怪的口哨。队伍里立刻冲出一队手持原始工具的黑色蚁兽，跟随那位手持小蓝旗的蚁兽，匆忙走了。搬运飞行器的黑色蚁兽、暗红蚁兽，得知“外星人”追来的消息，在各自手持小旗帜头目的鼓动下，个个干劲十足，加快了搬运的步伐。

这时，无敌超人驾驶三叉飞船从它们头顶飞过，狡猾的蚁兽得知哨兵报告，停止前进，借助枝叶的伪装，躺在各个飞行器下面一动不动，巧妙地躲过了空中的侦察。待天空中飞行器掠过，蚁兽们立马加快速度，将神鹰大队的各型飞行器搬进一个神秘的洞穴，同时用石块、泥土、树枝将洞口进行了巧妙的伪装，只留出一个很小的洞口，方便蚁兽进出。不仔细观察，很难发现这里有个神秘洞穴。

无敌超人驾驶飞船，在木卫三的天空上对地侦察了一番后，未发现飞行器踪影。彩霞姑娘在低空搜遍了森林、草原，也没有找到飞行器的踪影，便返回到三叉飞船上等待消息。

天旦、金助理、小车司机在森林中焦急地搜寻他们的飞行器。密林深处是那么安静，除了偶尔听见几声奇怪的鸟鸣之外，并无其他声响。他们大胆向前寻找。就在他们前面，一群神秘的黑色蚁兽躲藏在丛林中，监视着他们的一举一动，正在张网以待。天旦好像预感到什么，立刻让大家拉开距离，搜索前进。越来越近了，黑色蚁兽剑拔弩张，随时准备偷袭。走在前面的天旦，首先进入了蚁兽伏击圈。一个手持钢叉的黑色蚁兽，从他背后突然偷袭上去，妄想一举刺中天旦。机警的天旦反手一挡，顺手抓住了刺过来的钢叉，转身飞起一脚，将黑色蚁兽踢出老远，重重摔在地上。另一个黑色蚁兽举着棍棒，猛扑上来，天旦借用夺在手中的钢叉，迎上前去，一阵激烈的打斗，把它打倒在地。蚁兽连忙翻身而起，连滚带爬地逃进灌木丛林。看到狼狈逃窜的黑色蚁兽不堪一击，天旦脸上露出了得意的微笑。

几乎同时，金助理、小车司机也遭到手持原始兵器的黑色蚁兽的攻击。他们各自使用所学功夫，一阵拳打脚踢，很快打跑了偷袭的黑色蚁兽。他们笑着走到一起，心中有些明白了，继续搜索前行。

走着走着，从树枝上、草丛中又蹦出几个不甘心失败的膘肥体大的黑色蚁兽，气势汹汹地将天旦他们团团围住，准备决一死战。有过打斗经验的天旦他们，看着团团转的奇特黑色蚁兽，心中早已有了底：一定要遵照纸条上的告诫，不能开枪开炮。黑色蚁兽怒吼着，挥舞刀叉、棍棒冲上来了。天旦他们见招拆招，借用缴获的武器，一人对付三四个黑色蚁兽。经过一场惊心动魄的激烈拼杀，进攻的大个黑色蚁兽，有的手臂负伤，有的头破血流、鼻青脸肿，有的则躺在地上哇哇怪叫。一些大个黑色蚁兽一看形势对它们极为不利，拖着受伤的身躯，向密林深处逃跑了。

天旦他们终于意识到，飞行器失踪一定与这伙黑色蚁兽有关，是它们从中捣的鬼，赶紧追踪而去。

黑色蚁兽把盗来的飞行器，刚刚搬进神秘的洞，深洞中又来了一批体魄健壮的暗红蚁兽，接替了所有黑色蚁兽的搬运工作。黑色蚁兽并没有进入深洞，全部自觉溜出了洞外。似乎它们有等级之分，该干啥就干啥。神鹰大队的各型飞行器，在暗红蚁兽全力搬运下，渐渐被搬进了神秘的深洞之中。

这个深洞中，有许多游动的发光团，犹如无数的电灯，把洞穴照亮得如同白天。走到洞中大厅中央，更是灯火辉煌。抬头观看，色彩各异的兽皮挂满洞壁，就连洞中地板也铺上了各种兽皮地毯，在荧光的照耀下，显得十分奢华。洞厅内歌舞升平，大厅中央半睡在座椅上的一个身材极为臃肿的白色蚁兽首领，看上去足足有二十米之高，腰系花斑兽皮，背上长有一对奇异的白色翅膀，鼓着一对球形的特大蚁眼，偶尔斜视一下它的喽啰们。身旁的蚁兽，不停地给它端茶、喂饭，按摩侍候。

大厅两边，各摆放有一排整齐的座椅，分别坐着腰挂短刀的各色蚁兽。它们好像是小头目，又像是卫队首领，狼吞虎咽地吞吃餐桌上的山珍野味。当它们吃得正香时，一个手持钢叉的暗红蚁兽急匆匆跑进来，上气不接下气地说："首领，他们来了。"小头目们立刻放下手中未啃完的骨头，吃惊地望着蚁兽首领。半睡的蚁兽首领一听，知道谁来了，猛然推开正在侍候它的小喽啰坐起来，鼓着一对慑人的大眼睛，一声不吭地环顾四周，然后朝左边的两个小头目挥了挥手。那两个小头目好像领会了蚁兽首领的意思，各自领着一队蚁兽出去了。

此时，暗红蚁兽已将盗来的"宝贝"陆续搬进了大厅。各自飞行器一字排开，摆放在大厅的一角。白色蚁兽首领一看，发出了一阵恐怖的哈哈大笑声，夸奖道："你们辛苦了，弄来这么多新玩意儿，劳苦功高。奖励你们每位一顿大餐。"说完后，它呼的一下飞到了神鹰飞船上，翻来覆去观看，用手摸摸、敲敲，嘴里高声自语，"好东西，好东西啊！"还不时侧耳倾听。它从来没有见过这样一个个稀奇古怪的"宝贝疙瘩"，爱不释手。它站起身，招呼手下的其他蚁兽小头目，也爬上飞行器，共同欣赏天外来的"宝贝"。转眼间，神鹰飞船、子箭飞碟、变形旗舰小车和云雾飞碟上爬满了形形色色的蚁兽小头目。它们在飞行器上高兴地跳啊、唱啊，发出阵阵吓人的怪叫声……

无敌超人、彩霞姑娘坐在三叉飞船中，一直没有获得天旦他们的信息。时间久了，他俩都有些困倦，不知不觉打起盹儿来。迷糊之中，无敌超人鼻子嗅了嗅，觉得有些不对劲：有股奇怪的气味。突然，坐在对面的彩霞姑娘尖叫了一声，看见一个红脸怪趴在飞船外面舷窗上，张开大嘴，朝她龇牙咧嘴，做鬼脸动作。无敌超人惊奇地望着不敢吱声的彩霞姑娘，不知发生了什么事情。见她用手指了指趴在舷窗上的红脸怪物，无敌超人恍然明白，原来是外面舷窗上的小小花脸怪物吓坏了她，便说："这有什么可怕的。"用手轻轻拍了几下玻璃，那红脸怪物消失得无影无踪，他转身照常闭目养神。

不多时，又有几个红脸怪物悄悄地趴到无敌超人那边的舷窗上，彩霞姑娘再次发出一声尖叫。无敌超人生气地打开舷窗，打掉了那捣蛋的小小红脸怪物。他把头伸出窗外观察，哪儿有什么红脸怪物？早已逃得无踪影。彩霞姑娘走过去探头查看，也没有发现它们的行踪，便安心休息了。然而，他俩根本没有想到，狡猾的红脸怪物静悄悄地躲藏在他们三叉飞船下面，神不知鬼不觉地将三叉飞船托起，并且慢慢朝前移动……

天旦一行三人在丛林中一路追击黑色蚁兽，希望尽快找到它们的老巢，寻回失踪的飞行器。

这时，躲在树上的一群有翅膀的黑色蚁兽，手握原始兵器，鼓着贪婪的大眼睛，全神贯注地窥视着他们。眼看天旦已经走进攻击范围，一个手持刀剑的飞蚁兽，呼的一声从树上飞下来，刀剑直刺天旦的后背心窝。机灵的天旦听到后面的响声，转身闪过。那飞蚁兽的刀剑，一下刺中了迎面的粗大树干，怎么也拔不出来。天旦飞速跑过去，将那飞蚁兽一拳打飞，晃晃荡荡飘落到另一片丛林。又有几个飞蚁兽手持刀剑从树上飞下去。天旦随手拔掉插在树上的刀剑，与它们展开一阵对打，很快击溃了偷袭的飞蚁兽。

同时，金助理、小车司机也遭到飞蚁兽的攻击，一阵短兵相接，飞蚁兽也被他俩赶跑了。三个人聚集在一起，继续小心翼翼地搜索前行。突然，从灌木丛中闪出几个体壮如熊的暗红飞蚁兽，它们腰系兽皮，手持短斧，挡在前行的道路上。天旦心中明白，来者不善，也顾不上临走时阳教授再三叮嘱的"以和为贵"的纪律约束，心想：目前只有用拳头说话，刺刀见红了。他们相互对视了一下，都知道该怎么做了。一个笨拙的暗红飞蚁兽举着短斧，气势汹汹地冲上来了，小车司机首先冲出去迎敌，几拳打倒了来犯的一个暗红飞蚁兽，夺过了它手中的兵器。其他几个彪悍的暗红飞蚁兽一看，这还了得，哇哇直叫，凶神恶煞般一齐冲上来，将小车司机围在中间。天旦、金助理急忙跑上前去解围，很快夺下了一些彪悍暗红飞蚁兽手中的短斧。你来我往，双方战斗得很激烈，发出哐当哐当的响声，溅出团团火花。尤其是天旦，更是怒火冲天，招招致命，拳拳击中对方的要害，不一会儿就把一群五大三粗的暗红飞蚁兽打成重伤，躺在地上呻吟。轻伤的飞蚁兽翻身而起，逃进了林中。天旦一看躺在地上号叫的暗红飞蚁兽已完全丧失了反抗能力，便扬长而去。

天旦他们追踪了一阵，一下失去了追击目标。前面的树林越来越密，照这样追下去，恐怕还会被动挨打。天旦灵机一动，呼的一声腾空而起，踩着树冠枝叶前进。金助理和小车司机则在地面搜索前行。

树冠上行走如飞的天旦突然停下了脚步，远远望去，那茂密的树叶下面，隐约埋伏着许多神秘的蚁兽。他猫腰仔细查看，树冠之中有许多身背弓箭、手持兵器的飞蚁兽。它们悄悄地注视着金助理和小车司机。天旦心中一惊：不好，情况对他俩极为不利，便轻手轻脚地退回来，跳到地面，远远地站在他俩的前面。他不敢大声说话，朝他俩打着手语，示意前面有埋伏，要他俩赶快退回去。

正当他们蹑手蹑脚往后退时，利箭、钢叉像雨点般向他们袭来。他们灵巧地借助树木遮挡，躲过了突然奇袭。飞蚁兽发疯一样轮番进攻，钢叉擦身而过，利箭插满了他们四周的土地，但他们都敏捷地躲过了。

少许时间，钢叉、利箭终于稀疏下来，愤怒的天旦趁机拔出插在脚前土地上的钢叉，向树冠上的飞蚁兽掷去。只听哇的一声，一个白色飞蚁兽被刺中，掉落地上当场毙命。凑巧，似乎打死的是它们其中的一个小头目，树上立刻扑下几个颜色各异的飞蚁兽，不顾生死，将地面上那白蚁兽尸体抬起来，飞走了。其他飞蚁兽一窝蜂似的扑向天旦他们三人。

一群暗红飞蚁兽，围住了金助理，拼死抓住了他。它们用特殊的尖屁股寻找金助理的肉体，使劲往肉里蜇。金助理全力反击，打倒几个暗红飞蚁兽，但最终因寡不敌众，被暗红飞蚁兽的毒针蜇入体内。毒针中的毒汁起了作用，金助理摇摇晃晃倒下了。

一群黑色飞蚁兽围住了小车司机，它们好像事前商量好了，一齐冲上去抱住小车司机，也用尖屁股寻找小车司机裸露的皮肤，将毒针蜇入他的体内。几个回合后，小车司机也倒在了地上。

一群体壮如牛的白色飞蚁兽涌向了天旦，双方打得非常激烈，天旦一时无法脱身支援金助理和小车司机。天旦眼看两位同伴有危险，便使出绝招，打翻了几个向他攻击的白色飞蚁兽，立即冲上前去增援危急中的金助理。但是已经太晚了，暗红飞蚁兽扛上金助理飞走了。天旦急忙转身跑向小车司机那边，几个体壮如牛的白色飞蚁兽，立刻出现在他面前，和他展开激烈的对打，掩护其他黑色飞蚁兽抬上小车司机也飞走了。天旦一看不妙，避开白色飞蚁兽的缠斗，腾空追踪而去。他突然间想起无敌超人、彩霞姑娘，赶忙紧急呼叫：“三叉、云霞，紧急增援。”他一边呼叫，一边追击抢走同伴的蚁兽。

三叉飞船上的无敌超人和彩霞姑娘朦胧之中猛然收到盼望已久的天旦他们的消息，非常惊喜，睁开眼睛一看，不知什么原因，三叉飞船已经变换了位置，进入到了树林。无敌超人心中立刻明白，一定是红脸怪物在作祟。他推开舱门查看，看到果然是一群红脸怪物在搬运三叉飞船。飞船下面的红脸怪物听到舱门的响声，觉得被人发现了，纷纷起飞，逃向密林深处。他俩望着那些远去的红脸怪物，预感到天旦他们有可能遭到了暗算。二人商量后，彩霞姑娘看守飞船，无敌超人前往增援。

天旦跟踪飞蚁兽追到山脚，没有找到金助理和小车司机。只见山脚洞口处许多飞蚁兽挤挤攘攘，蜂拥着正朝洞里钻。他想，同伴一定是被这伙神秘的蚁兽弄进了洞穴，便急步上前准备冲进洞里。突然，天空中飞来一群红脸怪物，落在洞口，也拼命往洞里钻。这时，跟踪追来的无敌超人也赶来了，落地站在他面前。天旦喜出望外：来了得力帮手，他胆量更大了。他简单地向无敌超人陈述了与各种蚁兽战斗的经过，说两位同伴也被蚁兽抢走了。他俩急步向洞口走去，没有及时钻进洞的蚁兽一见他俩追上来了，纷纷夺路逃窜。而洞里的蚁兽却在紧急封堵洞口，泥土、石头不断向外滚落。天旦上前操起缴获在手中的钢叉，插入封堵洞口石块的缝隙，用力一撬，封堵洞口的泥石墙垮塌了，露出一个荧光闪闪的神秘洞穴，而蚁兽们早已逃得无影无踪。

他俩小心地往洞里走去，突然，哐当一声响，厚重的一道石门，从洞顶而降，堵住了前去洞中的道路。无敌超人傻了眼，天旦立即从宇航服的口袋中，掏出一个火柴盒大小的袖珍激光切割枪，对准石门一扫，一道蓝光沿着石门边缘快速闪过，巨大的石门顷刻倒地，道路打通了。无敌超人抢先飞快往洞里奔去，天旦赶紧收起激光切割枪，紧随其后。

洞中，白色蚁兽首领领着蚁兽大小头目，仍在欣赏搬进洞里的各型飞行器。一个身穿兽皮的红脸怪物手持古怪的兵器跑进来，高声报告：“报告大王，他们进洞了。”蚁兽首领一听，立刻从飞行器上跳下来，对前来报告的红脸怪物说：“不中用的东西，再探。”并呵斥令正飞行器上玩耍的几个小头目带领人马赶快前去支援。它刚刚吩咐完毕，又一个身穿黄色兽皮的蚁兽手持短斧急匆匆前来报告：“首领，第二道石门也被打开了。”喧闹的大厅顿时安静下来。在飞行器上玩耍的几个小头目，悄悄地溜到地面上，望着白色蚁兽首领，等它拿主意。首领冷眼环顾了一下四周，目光落在捆绑在柱子上的金助理和小车司机身上，心中一下有了主意，吩咐几个小头目：“严加看管，他俩大有用处。”然后再次吩咐两个小头目带领人马前去增援，其余蚁兽留守洞中，准备战斗，消灭胆敢闯进洞来的“外星人”。一切工作布置妥当，白色蚁兽首领回到宝座上，监督手下喽啰们忙里忙外做战前准备工作。

天旦、无敌超人连破洞中两道石门，没有遭到洞中蚁兽阻拦，继续大胆向前走。走了一阵，他俩一瞧，洞中四通八达，洞中有洞，洞洞相连，犹如精心打造的神奇迷宫。这与他们使用的兵器格格不入。洞里灯火忽明忽暗，显得更加神秘而又恐怖。天旦正在心里想着走哪个洞时，突然，前边闪出几个手持刀叉的红脸怪物，阻挡住他们前进的道路。急性子的无敌超人一瞧，这不是趴在飞船舷窗上的红脸怪物吗？非常愤怒，不由分说，首先冲上去迎战。红脸怪物哪里是无敌超人的对手，即使兵器刺到他钢打铁铸的身上，也只能溅起团团火花，毫发无损。几番激烈的打斗，红脸怪物手中使用的各种兵器被无敌超人一一夺下，抱在怀中。不甘心失败的红脸怪物赤手空拳，凶神恶煞般再次冲上来。无敌超人将抱在怀中的兵器往天旦脚下一甩，走上去一拳一个，红脸怪物纷纷当场毙命。一个受轻伤的红脸怪物一边逃跑一边喊：“太厉害了！恶神来了！”天旦拾起地上的兵器投出去，正中逃跑的红脸怪物的后心窝。它哇的一声倒在地上，四脚一蹬，归了天。

他俩继续小心探索前行。突然，从洞顶跳下一群手持古怪兵器的黑色飞蚁兽，围住了无敌超人；紧接着又冲出一队手持短斧的暗红蚁兽，围住了天旦。

那边无敌超人无畏地走上前去，放任黑色蚁兽向他猛刺或者举棒击打，即使身上溅出火花，也不还手。再看黑色蚁兽，有的兵器打断了，有的兵器弹出很远。无敌超人没有倒下，仍然步步逼近它们，吓得那些黑色蚁兽倒退数步，痴呆呆地站在一旁，瞪眼观看这位天外来的奇人。一个胆大的蚁兽挺着兵器又冲上来了，无敌超人直接迎上去，顺手夺过兵器，飞起一脚把它踢出了几丈远，摔在地上一命呜呼了。其余的黑色蚁兽一看，大惊失色，纷纷仓皇逃命。

这边，几位暗红蚁兽手持短斧围住了天旦，张牙舞爪地冲上来，天旦操起缴获的兵器迎上去。他凭借敏锐的头脑、灵活的身体、超常的散打能力，对付那些嗷嗷直叫的暗红蚁兽绰绰有余。他冲进了蚁兽群中，行走如飞，来去自如。枪枪刺中它们的要害，招招打中它们的命脉。不一会儿，猖狂的暗红蚁兽大部分躺在了地上，没有负伤的暗红蚁兽夹着尾巴逃走了。天旦回头看看无敌超人那边，战斗早已结束了，无敌超人正向他走来。他们相互笑了笑，继续搜索前行。

他俩一前一后朝前走去。突然，灯光完全熄灭，洞里一片漆黑，伸手不见五指。他俩觉得情况不好，高度警惕地缓慢前行，龟缩在洞中暗处的许多蚁兽，密切注视着他俩的一举一动。蚁兽凭借洞中地形优势，手持兵器，潜藏在两侧洞壁和洞顶，准备随时向他俩发起新一轮进攻。

走在前面的无敌超人，沿左侧洞壁搜索前进，突然，一支长矛从石缝里刺出来，正好刺中他的腰部，溅出一团火花。他随手夺下长矛，闪电般地回刺进去，哇的一声后再也没声了。同时洞顶又刺出一支梭镖，刺中他的头顶，也溅出一团火花，他操起手中缴获的长矛刺上去，洞顶也发出一声惨叫，正刺向他的另一支梭镖哐当一声掉落地上。无敌超人昂头挺胸，靠右侧洞壁前行，石缝中又闪出一支蛇矛，刺中他的后背，依然溅出一团火花，他头也不回，反手将手中的兵器插进那石缝，石缝里再次发出一声惨叫，蛇矛也掉落在地上。原来无敌超人具有夜视功能，黑夜中所见如同白天。他继续向前急行，猛然间，地上发出一阵扑哧扑哧的响声，无数把明晃晃的尖刀冒出，妄想阻挡他前进的道路。他上前飞起一脚，踢断了地上冒出的一把尖刀。尖刀飞向洞顶，正巧刺中了洞顶隐藏的一只蚁兽。它大叫一声滚了下来，掉在刀丛中，再也不吭声了。紧接着，无敌超人踩在刀尖上行走，尖刀弯曲了，折断了，他同时将手中的兵器刺向脚下的地洞。地洞中操控兵器的蚁兽，一阵哇哇乱叫，再也不出声了。地面上无敌超人还没有踩到的一把把尖刀，自动缩了回去。

这时，洞中灯光亮了。紧随其后的天旦也遭到蚁兽攻击，但都被他统统击败。趁着光亮，他赶到无敌超人身边一看，他们已来到洞中宽大的十字路口。有三条去路，他俩左瞧右看，不知该走哪条路。天旦有些犹豫。无敌超人侧耳听听，伸头望望。“队长，靠右行吧！”无敌超人肯定地说。天旦知道他有这方面的奇特功能，于是点头同意。他们靠右继续搜索前行。

没走多远，砰的一声，他们回头一看，一道结实的铁栅栏落下，封堵住他们的退路。又是一声响，前面洞中也落下同样的一道铁栅栏，挡住了他们前进的道路。顿时，洞中两头铁栅栏上爬满了各种蚁兽，它们举着兵器大笑，并大喊：“捉住了！”兴高采烈地庆贺胜利。当然，那些蚁兽并不知道他俩有多利害。天旦冷静地同无敌超人商议，不管后面铁栅栏上的蚁兽，继续前行，寻找金助理、小车司机以及飞行器，要分秒必争。无敌超人将手中的长矛抛给天旦，快步冲上去，抓住前面的铁栅栏，那些狂笑的蚁兽一下子变得鸦雀无声，连连后退，半晌，才举着兵器冲上来攻击。天旦也冲上前和它们对打了起来。各色蚁兽怎么也打不到机智灵活的天旦。不能用热冰器，无敌超人瞅准时机，两只手轻轻用力，将牢固的铁栅栏上的铁棒掰弯、掰裂、掰断，好像掰干柴一样，很快掰出一个大洞。蚁兽见状，慌忙往深洞里逃去。天旦穿过铁栅栏，挺着长矛奋力追赶。

一个白色飞蚁兽高举兵器，慌慌张张跑进蚁兽首领大厅，高喊着："首领，不好了，他们抄近路冲进来了。"安静的大厅立刻喧闹起来。正在座椅上昏睡的白色蚁兽首领拍案而起，大声说："慌什么？大家安静。"它看到浑身颤抖的手下，知道形势危急，立刻焦急地吩咐手下白色飞蚁兽前去拦截。一群身背弓箭的白色飞蚁兽急匆匆地冲出了蚁兽首领大厅。

无敌超人、天旦在洞中集中精力追赶逃窜的蚁兽时，一张奇特的大网闪电般从他俩头顶撒下来，快速将他俩收在网中，之后高高吊起。一群蚁兽举着古怪的兵器，吆喝着围上来，准备向他俩发动进攻。蚁兽根本没有想到，这小小的普通网怎能难住无敌超人和智慧人天旦。无敌超人轻轻一扯，网绳立刻断了。他俩跳到地上，怒目圆睁注视着围上来的各种蚁兽，吓得它们急忙后退，转身逃进了深洞。他俩相视一笑，追了上去。

嗖嗖的响声传来，冲在前面的无敌超人说："小心，暗箭射来了。"天旦抬头看去，数支暗箭已射到无敌超人钢筋铁骨的身上。当然，无敌超人连枪弹都不怕，还怕原始弓箭吗？支支利箭不是当即落地，就是弹出很远，对他没有一点儿伤害。他迎着密集的箭雨冲了上去。天旦一路挥舞缴获的长矛阻挡飞箭，紧跟在无敌超人身后，也冲了过去。白色飞蚁人见手中的武器对"外星人"不起一点作用，感叹地高吼："不得了，真是不得了！"其余白蚁人一看这阵势，丢下弓箭，撒腿逃进了神秘的洞穴。

天旦、无敌超人一路追赶洞中白色飞蚁兽，突然，又一道石门砰的一声再次被关上，挡住了他俩前进的道路。无敌超人飞快地跑上前去看了看，回过头来同天旦商量，之后又转身走了几步冲了上去，一脚踹开那重重的石门。石门分三段倒在地上，溅起满天灰尘。最后一道通向蚁兽首领大厅的大门被打开了，吓得洞中各种蚁兽全部龟缩在蚁兽首领所坐宝座的台阶上，傻呆呆看着冲进洞来的天旦和无敌超人。

他俩一看，惊喜若狂，拼命冲进洞来：没有白费功夫，一直苦苦寻找的神鹰飞船、子箭飞碟、变形旗舰小车、云雾飞碟都在这里，只是它们都变了模样，都在闪闪发光。被五花大绑的金助理、小车司机被几个蚁兽挟持着，站在蚁兽首领的身旁。他俩昏昏欲睡，没有一点意识。看到这阵势，天旦心中明白蚁兽首领要做什么了。

天旦压低声音，对无敌超人说：“不可鲁莽行动。要见机行事，首先解救同伴。”这时，白色蚁兽首领开口说话了：“小的们，别害怕。我们手中有人质、飞行器。他俩不敢把我们怎样？”紧接着，蚁兽首领又面朝天旦他俩说，“对面的星人，你们给我听着：你们伤害了我的蚁兽，捣毁了我们的设施，罪大恶极。我退让一步，当前解决问题的方法有两条，你们任选其一。一是带走你们中毒的两位同伴，留下飞行器。二是开走你们的飞行器，留下两位人质。不然，咱们同归于尽。你们考虑考虑再回答。”天旦一边听蚁兽首领提出的苛刻条件：当然不能满足它的要求；一边看着那几个手持尖刀的蚁兽，刀尖一直对准金助理、小车司机的颈项。他思考着：用什么办法解救，才能两全其美呢？无敌超人几次示意直接冲上去逮住蚁兽首领，抢回同伴，但都被天旦暗暗阻止了。

对蚁兽提出的条件，天旦连忙回答：“我俩商量后回答你。”天旦骤然想起自己曾经在小行星上喝过隐形水，现在不妨一试。他扭头悄悄对无敌超人说：“我去了，你注意，见机行事。”他在心中默念“真身隐去”。刚默念完，他就完全消失了。在无敌超人的眼里，仿佛有一个模糊的人影，一闪一闪地穿过蚁兽，奔向座椅上的白色蚁兽首领，一把揪住他。蚁兽首领还没有弄清咋回事，天旦显现了真身，用枪顶住它的脑袋，大声说：“叫你们所有蚁兽全部退下。给我的同伴解毒，释放我的同伴，归还所有飞行器。不然就打死你。”这招很灵，白色蚁兽首领哆嗦着发话了：“听他的！你们赶快退下，给他俩解毒，归还他们所有的飞行器。”唯命是从的各色蚁兽按照首领的话一一照办。另有两只蚁兽各端来一碗解毒水，急忙给金助理和小车司机喂下，待他俩清醒后，主动退到一旁。天旦一看差不多了，同伴也得救了，一切都比预想的要顺利。他遵守承诺，并没有开枪，一掌将蚁兽首领推到对面的蚁兽群之中。洞中刮起阵阵神奇的旋风，惊恐万状的各种蚁兽瞬间被奇迹般地卷走了。

旋风之后，喧闹的蚁兽首领大厅内只剩下神鹰大队全体成员和他们的飞行器。厅内没有一只蚁兽，洞壁的兽皮挂帘被刮得七零八落。洞壁上，露出一幅意想不到的天体图案。在荧光的照耀下，整个天体图案栩栩如生地展现在他们面前。天旦跑上前去观看，用手指着图案说：“这是巨蛇星座、乌鸦星座，那是麒麟星座、小犬星座。”金助理、无敌超人和小车司机也围了过来。大家共同欣赏洞中神奇的星空图案，并且惊奇地发现图案上星光闪烁，仿佛星星正沿着一定的轨迹在运动。巨蟹星座、狮子星座的星星，好似被施了魔法一样忽明忽暗，有的消失了，有的特别明亮。小车司机深有感触地脱口而出：“神奇，太神奇了。”

天旦偶然回头一看，各个飞行器表面附着一层荧光，越看越耀眼。他大吃一惊，生怕在神奇的洞穴里再生变故。他吩咐全体队员立刻登上各自的飞行器，离开这诡异的洞穴。无敌超人驾驶云雾飞碟也飞出去了。天旦看着大家都安全地离开了，这才钻进了自己的飞船，望着蚁兽首领大厅，只见从四面八方不断涌来许多闪光游动的荧光团。荧光团越聚越多，瞬间布满大厅。他不知不觉打了个寒战，最后一个驾驶神鹰飞船匆匆忙忙离开了神秘的洞穴。

第二十二章　斗士在木星遇困境　奇人暗中对付星人

天旦他们驾驶各自的飞行器，冲出了神秘的洞穴，一刻也不敢在木卫三这颗神秘的小星球上多停留。彩霞姑娘一看：不对呀，咱们的飞行器怎么个个都变了模样？飞行中的神鹰飞船、子箭飞碟、变形旗舰小车都被一圈儿光环笼罩，好像朵朵闪光的云，肉眼无法看清它们的真实面目。她马上呼叫天旦："神鹰，神鹰。听到请回话。"

"云霞，听到了，有事请讲。"扩音器里传来天旦的声音。

"你们的飞行器怎么变成了一个个发光体？像云彩在飘荡。"

"你的云雾飞碟不是也变成一个光团了吗？似彩云在飘荡。"

"这是为什么？三叉飞船怎么没有改变模样呢？"

"那是洞穴蚁兽的荧光杰作。三叉飞船未进洞穴蚁兽，因此没有享受蚁兽洞中的'特殊待遇'。"

"原来如此。"

轰隆隆几声巨响，木卫三上传来惊天动地的爆炸声，打断了天旦和彩霞姑娘的对话。天旦侧目观看，木卫三半个星球沉浸在一片火海之中，红彤彤的火焰映红了半边天空。天旦感到阵阵热浪扑来，自言自语道："原来有高人给我提示，不能开枪开炮的真正原因就在于此。好危险呀！"假如他们不果断离开木卫三，后果不堪设想。他立刻下令，全速飞行，离开危险区域，向木星靠拢。

太空中，神鹰大队各个飞行器装扮得像一个个闪烁奇光的不明飞行物，在高速航行。唯有三叉飞船仍然保持本来面目冲锋在前。

神鹰大队离太阳系最大的行星——木星越来越近了。十六个大“月亮”挂在天上，还有几十个小“月亮”也露出了张张笑脸。比地球大一千多倍的木星，被多姿多彩的云彩遮住了神秘的真容。天旦目睹这一太空奇观，感慨万千，正想发表感言，突然，腰间的天文蛋盒里发出一阵悦耳动听的乐曲，同时释放出圈圈红色的光环，映红了飞船船舱。他大吃一惊，立刻明白了登陆木星将会遇到不可预测的凶险。其他队员同时也看到了从神鹰飞船上喷薄而出的圈圈红色光环，都理解其中的含意。大家清楚地知道，他们将面临无法规避的腥风血雨。

飞在前面的三叉飞船，很快到达木星厚重的大气层，浓浓的彩雾导致能见度极低。无敌超人打开远程雷达侦察，探得红斑云层深处，闪电一个接一个，雷鸣一声接一声，滂沱大雨下个不停，似乎没有停下来的意思。透过雨雾观察：木星表面几乎是一个沸腾的海洋，巨浪滔天。见此情景，他放慢航速，对要去木星表面有些迟疑了。他立刻将侦察到的情况汇报给天旦。送话器中传来了天旦的声音：“三叉，三叉。绕过红斑大气层，避开雷鸣闪电、氨冰暴雨空域，选择风平浪静的安全地带着陆。”无敌超人遵照队长的指令，驾驶三叉飞船另选空域搜索前行。

天旦万万没有想到，早已有外星人捷足先登。几个方头三眼外星人带领一个奇特的智能机器人团队，正在木星上进行考察。一个身穿银灰色衣服的方头三眼外星人跑进冰屋，正向他的头领报告：“报告。天空发现可疑闪光飞行器，向我们飞来。”

“难道还有高级生命来木星吗？”方头三眼外星人头领反问道。

“有可能，高空无人侦察机从来不会谎报敌情。”站在旁边的一位方头三眼外星人答道。

“立刻再派几架无人侦察机前去重新证实。智能攻击机做好战斗准备，随时待令。地上还没有伪装的设备、飞行器，紧急全面伪装，决不外露一点痕迹。”方头三眼外形人首领下达任务后，外星人们遵令忙各自的事去了。

无敌超人的三叉飞船在木星红斑大气层中快速飞行，不久，终于寻找到了一片奇特的空域，那里没有飓风，没有雷鸣闪电，没有氨冰暴雨。他加速向前飞去。天空中出现了几只奇特的“小鸟”向他飞来，飞行速度几乎超过了三叉飞船的航速，但是无敌超人没有留意。神秘的“小鸟”绕开三叉飞船，飞向深空。其中一只“小鸟”突然折返，追上三叉飞船，栖息在三叉飞船上。无敌超人对此丝毫没有察觉，仍然驾驶三叉飞船快速向木星飞去。

木星上空的其余几只神秘“小鸟”，快速飞向天旦带领的神鹰大队。天旦他们误认为那只是木星上的天然飞鸟，谁也没有去关注它们。而那些聪明的“小鸟”避开迎面相见，从他们侧面飞过，然后九十度急转弯，分别从后面追上神鹰大队的各个飞行器，神不知鬼不觉地栖息在神鹰飞船、子箭飞碟、变形旗舰小车和云雾飞碟上。瞬间，一个个探险队员好像吃了迷魂药一样，沿着无敌超人的飞行航线，向木星全速飞行。

啪的一声，三叉飞船着陆在木星坚冰般的地面上，紧跟着，神鹰大队各型飞行器也降落下来。这里，既没有狂风暴雨，也没有涌动的液态氢，只有习习微风。放眼望去，到处是冰川、冰原、冰雕的奇特地貌。木星好像是一个冰雕的星球，十分寂静，几乎没有一点生命迹象。

天旦他们萎靡不振地坐在各自飞船的驾驶舱中，没有欢笑，更没有惊喜，谁也没有走出飞船。突然，停放飞行器的冰封的地面上，渐渐隆起一个奇异的“冰包”，冰层渐渐破裂，闪出一个奇特的星人。只见他方脑袋的额头上，多长了一只能自动旋转的眼睛，身穿银白色的衣服，腰系双枪，双手叉腰，张开青蛙般的大嘴，发出一阵惊天的大笑声，看上去他是一个星人的头儿。笑声中，在他周围的地上，又奇迹般冒出几个和他一模一样的星人，不过个子比他矮了许多。大个子星人朝着陆的飞行器指了指，几个小个子方头三眼人，立刻奔向神鹰大队各个飞行器。他们上前做出同样一个动作，挥手摇着五指，嘴里振振有词地念叨着：“来，来来——”。天旦他们好像着了魔，或受了什么特殊物质控制，非常听指挥，一个个傻呆呆地走出了飞船，跟着诡异的方头三眼人，乖乖来到大个子方头三星人面前，并一字排开。方头三眼人头领围绕着天旦他们转圈，又对他们各自打量一番之后，惊奇地发现，天旦腰间有一个微微发光的非常精致的天文蛋盒。“真伟大！带着‘宝物’奔赴太空。”他一边说，一边伸手去拿“宝物”。他的手还没有摸到天文蛋盒，陡然从盒中爆发出一股神奇的力量，将他打翻到几十米远冰封的地面上，痛得哇哇大叫。

几个矮个子方头三眼人连忙跑上去，把头领搀扶起来，扶着他一瘸一拐来到天旦面前。他左瞧右看了一阵后，又支使几个小个子方头三眼人再去尝试，结果一样，弹得更远，摔得更痛。方头三眼人头领气急败坏地说：“把他们统统押进审讯室。”天旦他们既没有一个人吭声，也没有任何反抗，乖乖跟着另一个方头三眼人走向审讯室。

天旦他们根本没有想到，在木星上空遇到的那一群“小鸟”原来是方头三眼人头领释放的侦察攻击机。别看它们其貌不扬，小得可怜，可是有一身特殊本领，不但飞行速度快，善于贴身近战，而且能释放高强度光辐射神经麻醉剂。对生命物种及非生命智能物品都有麻醉控制的特效。一旦对方被控制，一切只能听从他们头领的使唤。天旦他们之所以那样，就是那些“小鸟”在他们各自的飞行器上释放了大量光辐射神经麻醉剂，把他们的意识完全控制住了，只好听任摆布。

这时，趴在神鹰大队各飞行器上的一只只“小鸟”，在一个方头三眼人的操控下神秘地离开了，各自飞向远方。

木星冰屋审讯室里，方头三眼人全副武装站立两边。神鹰大队队员们被绑在冰柱上，唯有天旦没有被捆绑。方头三眼人临时提审官坐在冰雕座椅上，首先审问天旦：“你们来自什么星球，到这里来干什么？”

天旦还没有恢复正常意识，如实答道：“我们来自地球！去太阳系各个星球考察，包括现在这个星球。”

提审官指着彩霞姑娘和无敌超人问：“你们中间，为什么有非地球人、智能机器人？”

“他们都是我们的外星朋友，自愿加入太空追梦考察队。”

“你们的终极目标是什么？”

“冲出太阳系，去北极星，去银河系，甚至去更远的宇宙空间探索。”

“啊！你口气不小。能实现理想目标吗？”

“不试怎能知道？不拼怎么能实现？”

“你们为什么能够忍受住如此严寒的侵袭？”

“我们是通过特殊训练锻炼出来的。”

“你身上佩戴的发光盒是哪里来的？”

“它是我们地球人与外太空智慧人的结晶。”

“能送给我们吗？保证你性命无忧。”

“不能，绝对不能！即使牺牲我的生命，也不能给你。”

方头三眼人提审官听后，发出大声的奸笑，说道：“好小子，你果然没有撒谎。你们也是我们梦寐以求的天外标本，不但给我们带来了地球人，而且还带来了其他外星人，以及外星人制造的智能机器人。甚至还有外星人的飞行器。感谢你们，给我们带来了好运。”

提审官话锋一转，凶相毕露，高声吼道：“来人啊，把发光智慧人给我拿下。”从侧屋里立刻冲出几个方头三眼人打手，一齐扑向天旦。他们还没有靠近天旦的身体，天文蛋盒里立即爆发出一股特殊的能量，把他们弹出很远，甩到冰屋东边的墙角下。他们爬起来，在提审官的唆使下又试了几次，结果一样，根本无法靠近天旦。提审官见手下如此无能，便亲自上去再次查看。他向天旦周身打量一番后，目光再次落在天文蛋盒上。他假惺惺地说：“这件东西真神奇。你主动摘下来送给我后，立刻释放你们所有人员，同时护送你们离开这颗星球，怎么样？”天旦斩钉截铁地回答：“绝不可能。”星人提审官气急败坏地说：“也罢，也罢。那就只有死路一条了。在押的其他人员不审了，押送他们到俺们星球去，好好研究研究，一定会解开他们身上的各种神秘密码。”

提审官话音刚落，一个矮小的方头三眼人匆匆跑进屋来，上气不接下气地说：“提审官，头领吩咐，审问立刻停止。捕获的外星人、智能机器人就地看押，天空上又发现不明飞行物，头领叫你去商量应对的办法。”提审官一听，十分惊喜，便说：“好运又来了。”叮嘱手下好好看管在押人员，然后跟着那位前来报告的方头三眼人急急忙忙走出了审讯室。

方头三眼人提审官来到空旷的冰封大地，看到几位方头三眼人站在冰面上，正在指指点点看着手里的太空地图。一个小头目指着天空说：“根据远程无人机侦察获得的情报，木卫十六卫星附近有一个神秘的不明飞行物正在那里游荡。”另一位小头目说：“不不，不明飞行物现在已在木卫三附近。”双方争得面红耳赤。这时，提审官赶来，打断了他俩的争论，大头目对他说：“提审官，我们交好运了，赶快操控无人攻击机上天，捉拿另一批外星人。”提审官点头同意，接受了任务，转身一声不吭地跑到冰封大地一角，掏出微型遥控器一按，冰面上的一张伪装冰网迅速自动打开，露出几个巨型圆盘式飞行器。在他的操控下，亮光一闪，几个圆盘式飞行器喷出火舌，离开冰面，飞向天空。

方头三眼人释放的无人侦察机发回来的情报的确没错，木卫十六卫星附近确实有一个不明飞行物。原来那是眼睛突露的白衣指挥官驾驶巨能飞船，探得天旦他们在木星受困，特意赶来救援。

巨能飞船驾驶舱里，仍然有几个白衣星人在忙碌着，突然，办公桌上的通信器里传来急促的声音：“报告指挥官，我是先锋飞船。天空发现几个不明飞碟快速向我们飞来，请指示。”“仔细甄别，也许是其他星球释放的侦察或者探测飞行器。若没有危害，让它无害通过。尽量少惹事，最好不惹事。必要时，避开它的飞行轨迹，绕道着陆木星。”白衣指挥官给先锋飞船做了明确指示后，指挥飞船调转航向，绕道飞行。然而，白衣指挥官从雷达探测屏幕上清楚地看到那些不明飞碟也改变了飞行路线，加速追了上来。白衣指挥官立刻下令：“发射电磁弹消灭它。”刹那间，一发发电磁弹在不明飞碟群中爆炸，耀眼的电光团还未闪过，一个个不明飞碟又从光团中毫发无损地钻了出来，步步紧逼巨能飞船。白衣指挥官一看，下了第二道命令：“歼击机出击，迅速拦截。”一架架先进的歼击机立刻从巨能飞船中飞了出去。

木星上空，两个星球的外星人的飞行器，展开了激烈的战斗。天空中炮声隆隆，电光闪烁。奇特的飞碟与歼击机在太空中时上时下，你追我赶，谁也奈何不了谁。战斗几乎处于胶着状态。巨能飞船中的白衣指挥官目睹自己的歼击机一时半会儿不能取胜，在木星上空竟然遇到太空强敌，果断地再次下达命令：“天霸闪光无人机出击。”眨眼之间，天霸闪光无人机赶到激战的空域，向猖狂的敌方飞碟发射星光穿甲弹，一下子击中了一个飞碟。其他几个飞碟同时也遭到攻击，不是在天上开花，就是在太空摇摇欲坠。天霸闪光无人机无一损伤，一起胜利返回到指挥飞船上。

巨能飞船快速向木星靠近，然而，驾驶舱中通信器里再次传来先锋人员急促的声音：“报告指挥长，前面又发现奇怪的飞行物，好像长了多个翅膀的棱柱，近了，更近了，请指示。”“别着急，绕开它，向我靠拢。我释放吞天大嘴飞行器，将来者通通吞噬。”指挥长按下了发射按钮，一个奇异的吞天大嘴飞行器，拖着蓝色的火焰，从指挥飞船上冲出去，迎上了长有翅膀的棱柱。它张开乌黑的神奇大嘴，来一个就吞食一个；接连不断变着戏法地吞吃，拐着弯地吞噬，似乎有多少就能吞吃多少。一个聪明的有翅膀的家伙似乎发觉了什么，扭头就逃。吞天大嘴飞行器哪肯放过，追上去一口将其吞噬。似“小鸟”一样的神秘飞行器又出现了。吞天大嘴飞行器张开大嘴，像喝水一样，将那一只只神秘“小鸟”迅速喝进了肚子，消除了太空中的又一大祸害。

原来，木星上的方头三眼人释放了一批又一批先进的无人作战飞行器，都被巨能飞船上的超级飞行器击毁或吞吃了，尤其是后者捕获了攻击性极强的智能“飞鸟”，让其一个也没能回去。

这时，冰窟指挥室里的方头三眼人头领，瞪大眼睛，从指挥屏幕上清楚看到太空战斗的经过，觉得来者太强悍了，形势非常严峻。他立即改变作战部署，抓起办公桌上的送话机大声说：“各部门请注意，鳄鱼、蜘蛛智能机器人潜伏警戒；看管在押天外人的人员，继续就地隐蔽看守；其余人员赶快进入地下基地指挥部躲避。待对方着陆后，寻找时机出击，拖死他们，打垮他们，消灭他们。”木星冰面上的方头三眼人以及大小头目们接到指令，立刻返回到地下指挥部隐藏了起来。

白衣指挥官的超级巨能飞船，很快着陆在木星厚厚的冰面上。他的先锋飞船早已停靠在不远处的冰面上，见指挥官飞船落地，旋风隐形人从敞开的先锋飞船的舱门里走出来，钻进指挥船，与指挥官商量后，领到任务又出发了。坚硬而又光洁的冰面上出现了一团神奇的旋风，似乎旋风中有一个神秘的人影，一路旋转着，消失在远方的冰面上。

紧接着，巨能飞船中一道亮光一闪，飞出一条摇头晃脑金光闪闪的金龙。

在天空张开大嘴大叫几声，吞云吐雾地盘旋一阵后，落在冰面上，飞向远方。

巨能飞船里又一道亮光一闪，又奔出一条晶莹透明、鼓着铜铃般眼睛的水晶龙。几乎和金龙一样，做出了同样的动作，落到冰面上，飞向相反的方向。

少许，巨能飞船指挥舱里，传来奇特的声音："报告指挥官，我是旋风隐形人。经侦察，木星地下冰层有许多陷阱。方头三眼人躲藏在冰窖、冰窟里，神鹰大队各型飞行器被冰网巧妙伪装，肉眼很难发现。智慧人和他的同伴被关押在冰屋之中，而且个个神志不清。"白衣指挥官立刻回答："少管其他闲事。解救神鹰队员是你的重要任务。切记，决不能让他们知道搭救他们的人是我们外天星人。我已释放了智能金龙和智能水晶龙，能彻底清除木星上最大的危害。剩下的方头三眼人，靠他们自己的能力，就能独立解决。我走了，在太空等你凯旋。"说着，超级巨能飞船慢慢升起，离开了木星表面，飞向木星上空。

放飞的智能金龙在光洁的冰面上四处搜索，突然停下来，蠕动它那灵活的身躯，尾巴朝冰面重重一甩，砸出了一个窟窿。猛然，一只奇特的巨大钢铁蜘蛛，从窟窿中蹦出来，迈着沉重的脚步，踩在坚冰上，溅起团团冰碴儿，一步一号叫，向金龙走来。金龙早已充分做好了战斗准备，昂头挺胸迎上。它那神奇的大嘴里喷出一串串燃烧的火球，击向迎面奔来的钢铁蜘蛛。眨眼间，钢铁蜘蛛燃起大火。燃烧中的钢铁蜘蛛仍不示弱，灵敏地抖了几下身躯，燃烧的火苗自动熄灭了。步步紧逼金龙。它那笨重的身躯，每向前一步，脚下坚实的冰面就被踩得哧哧作响，震出长长的裂纹。金龙见状，晃动着吐火的龙头，再次迎上去，与它扭打在一起。金龙敏捷地抽身而出，龙尾重重一甩，打断了钢铁蜘蛛的一条腿，飞身回头又咬碎了钢铁蜘蛛的另一条腿。钢铁蜘蛛的两只前爪牢牢抓住了金龙的尾巴。金龙顺势不断扭动身躯，奋力左右摇动龙尾，咔嚓几声响，钢铁蜘蛛的另外几条得力的腿也被折断了。钢铁蜘蛛一下瘫痪在地，失去了有效的攻击能力，在冰面上艰难爬行。金龙一看，飞向天空，龙尾朝它轻轻一扫，那钢铁蜘蛛仰面朝天，自动散了骨架，再也不能动弹了。见此，金龙扬长而去。

另一条水晶龙也在天寒地冻的冰面上快速滑行。然而，潜伏在冰洞里的一条机械鳄鱼，鼓着铜铃般的大眼睛，观察着水晶龙，见它过来了，突然从洞穴中蹦出来，张开大口，凶猛地扑向水晶龙，妄想一下将它吞进肚腹。机灵的水晶龙见状，腾空而起，从嘴里喷出一串串闪烁绿光的梭镖，直刺机械鳄鱼的头部。机械鳄鱼见状急忙躲闪，但还是有一支绿光梭镖击中了它的头部，发出了奇怪的号叫。这一声号叫不要紧，它头上的绿光梭镖竟然奇迹般地蹦出来，掉在冰面上。机械鳄鱼立刻从冰面上一跃蹿上天空，同水晶龙展开鏖战。一场恶战下来，它们双双落在冰面上，相互缠绕在一起。水晶龙咬住机械鳄鱼的腹部，狠狠一撕，扯烂了它的肚皮。机械鳄鱼挣扎了一阵，瘫痪在冰面上，闭上了绝望的眼睛。智能水晶龙见状，向天上飞走了。

旋风隐形人很快来到关押天旦他们的冰屋，看见门外站着两个身着银灰色服装的方头三眼人守卫。他没有上前招惹他们，而是悄悄地化成一阵风，从门缝溜进屋内。一看，神鹰大队全体队员被牢牢捆绑在冰柱上，都埋头似睡非睡，只有天旦伏案在冰桌上打着鼾声。他悄悄地巡视一周，探明了队员们之所以神志不清，原来是方头三眼人使用了光辐射麻醉控制了他们的神经系统。没有解药，根本无法恢复他们的意识。旋风隐形人通过诊断得知，晚来几个小时，也许他们再也不可能恢复正常意识了，真的成了方头三眼人所需要的地球人标本。

旋风隐形人认真诊断每一位队员，发现情况十分危急，幸好他早有准备，随手拿出一个特殊的透明喷具，给天旦头上轻轻喷射了解药，同时，也给金助理和小车司机头上喷射了药物。他又拿出一支红色的特殊注射器，从无敌超人和彩霞姑娘的后背，分别注入了解药，然后站在一边观察。天旦渐渐苏醒，恢复了意识。他抬头一看，所有队员都被捆绑在冰柱上，肺都气炸了，连忙上前，给他的队友们松绑。无敌超人也醒过来了，看到捆在身上的绳索，生气地一扭身子，绳子齐齐整整地断了。瞬间，队员们全部恢复了意识，七嘴八舌议论着刚才的遭遇，表示要认真对付可恶的方头三眼人。当然，他们根本不知道是旋风隐形人在暗中帮助，使他们恢复了意识，摆脱了困境。躲在一旁观察的旋风隐形人，见他们彻底得救了，心中暗暗高兴。接下来的事，靠他们自己的能力就能独立解决了。于是，旋风隐形人化成微风，在他们周围轻轻盘旋一阵，神不知鬼不觉地离开了冰屋，驾驶先锋飞船，追赶太空中等待的白衣指挥官去了。

守在冰屋门外的两个方头三眼人听见屋内有动静，同时伴有说话声。他俩砰的一声推开紧闭的审讯室门，惊奇地看见捆绑在冰柱上的天外人全部自行松了绑，聚集在一起正在嘀咕什么。方头三眼人知道情况不妙，尖叫一声，操起手中的冲锋枪向他们扫射。眼疾手快的无敌超人，一把将天旦他们推到自己身后，飞身扑上去，子弹打在他身上溅起团团火花。他两手分别掐住了两个方头三眼人的脖子，使劲一捏，方头三眼人就身首分家，鲜血飞溅，倒在地上一命呜呼了。天旦知道，枪声可能惊动了其他方头三眼人，大家简单商量后，小心地向冰屋外走去。

枪声的确传到了方头三眼人的指挥中心。方头三眼人的头领额头上眼珠一转，立刻明白关押天外人的冰屋一定出事了，便吩咐身边两位矮小的手下前去探明情况。他俩领命后，从冰窟爬上冰面，左看右看，见无异常，一路鬼鬼祟祟来到冰屋对面小小的冰山上，趴在冰面上观察。只见天旦他们一个个正从冰屋里走出来，其中一个手下，大声嚷叫："'外星人'逃出来了。"掏出随身佩戴的双枪，向天旦他们开火。天旦他们早有准备，分散躺在冰面上。子弹打在他们身边哧哧作响。不怕子弹的无敌超人腾空而起，吸引对面方头三眼人的火力。天旦、金助理趁此机会举起了金枪、银枪，向方头三眼人还击。枪响过后，对面半座冰山几乎被轰平了，方头三眼人火力尽失，枪声再也不响了。

天旦他们赶到轰平的山头，搜索一阵，未见方头三眼人的踪影，小心搜索前行。深埋在冰碴儿堆里的两个方头三眼人，突然从冰碴儿里蹦出来，张开有尖齿的蛙形大嘴，吼叫着，举起明晃晃的复仇大刀，从背后分别扑向天旦和金助理。他俩一听身后有动静，知道有方头三眼人从背后来袭，各自反手一枪，击中了方头三眼人的要害。方头三眼人倒在冰面上，流出两摊肮脏的黑血，污染了一片透明的冰面。击毙了偷袭的星人之后，天旦他们一路在茫茫的冰面上继续前行。

负责侦察的彩霞姑娘和无敌超人兵分两路，从不同方位在前面冰上一路侦察。那边，无敌超人首先发现，冰面上有很多激烈打斗的痕迹，留下许多奇异的残骸。这边，探索中的彩霞姑娘也看到了冰面上遗留下许多不明残骸。她感到非常惊奇：谁曾经在这里战斗过？

走着走着，无敌超人的特殊嗅觉似乎嗅到冰层下有方头三眼人的气息。他停下来，在冰面上东看西找，陡然站住，抬脚，用力踩踏坚硬的冰面，几下踩出了一个较大的冰窟窿。一道亮光一闪，一些不明飞弹突然从冰窟窿里射出来，在天空中爆炸。与此同时，无敌超人周围，从冰层里悄悄闪出几位方头三眼人，操着奇特的双枪朝他开火。有着超级感觉的无敌超人一下子蹦上天空，躲过了方头三眼人的偷袭。他手中的枪也随即响起，偷袭他的几位方头三眼人纷纷中弹倒地，再也无力反抗。

枪声引来了彩霞姑娘。他俩来到冰窟窿处，小心向里探望。只见窟窿里又一道亮光一闪，密集的光弹不断打出洞外，在天空中砰砰炸响。他俩急忙后退几步，然而，就在他俩背后不远处的冰面上，悄悄隆起一个神秘的冰包，一个钢铁巨人从冰包里钻了出来，抖了抖身上的冰碴儿，迈开沉重的脚步，向他俩奔过来。听到响声，他俩同时回头一看，一个钢铁巨人两眼怒放蓝光，双手握着奇特的武器，步步逼近。他俩连忙拔枪射击，不知什么缘故，手中的枪怎么也打不响。他俩大吃一惊，急忙飞上天空。哪知钢铁巨人眼中射出的蓝光，好像有巨大的吸引力，将他俩牢牢锁住不得动弹，从天空拉到地上，又从地上拉到天上。

钢铁巨人发出震天的一阵哈哈大笑，蔑视地说："外星人，只有这点儿本事就敢来这儿混。我还没有动用武器呢，你们就没有办法了吗？"他俩像傻了一样，一句话也说不出来，任其摆布。钢铁巨人眼中射出的两道蓝光将他俩慢慢向它收拢，嘴里还不断地说："来、来、来，到我们的星球上去，那里更好玩哈……"

千钧一发之时，天旦、金助理和小车司机听到枪声，快速赶来了。看到彩霞姑娘和无敌超人竟遭到钢铁巨人如此羞辱，他们气愤的同时举起了金枪、银枪、铜枪，朝钢铁巨人背后一齐开火，准确地击中了它的后心窝。顷刻之间，它笨重的身躯倒地，手中的特殊武器毫无目标地朝天空放了数下空枪，并喃喃地说：“后生可畏。你们有点儿小本事，竟然能够打败我。”话音刚落，眼中蓝光就消失了，整个身躯发生剧烈爆炸，燃起熊熊大火。无敌超人和彩霞姑娘如梦方醒，冲上前去，向那燃烧中的钢铁巨人连开数枪，以解心头之恨。

消灭了钢铁巨人，大家一起再次向冰窟窿走去。冰窟窿里的枪弹，仍然在不断朝外扫射。天旦他们三人又同时举起了神奇的三枪，向洞中一齐开火，顿时，窟窿里传来阵阵沉闷的爆炸声，飞弹再也没有射出，枪声再也不响了。大家一起来到洞口查看，突然，从窟窿里飞出一个黑影蹿上天空。无敌超人一见便说：“你们进洞搜索，我去消灭他。”他只身上天，追赶那神秘的黑影人去了。

冰窟里，硝烟还未散尽，彩霞姑娘首先冲进了方头三眼人的老巢。她发现冰窖里是处神秘的指挥中心。大厅的地板上，横七竖八地躺着多具方头三眼人的尸体。各种器材、设备被炸得一片狼藉。

天旦他们陆续走进洞里，惊奇地发现洞厅一角整齐地摆放着许多五光十色的奇怪物件，惹人喜爱。小车司机好奇地走上前去，想拿起那些闪光发亮的物件，但怎么也拿不动，它们好像紧紧粘连在地面上。金助理看见了，急忙上前看个究竟。他摸了摸那圆柱形光亮的物件，打量一番之后，十分惊讶地说：“这些物件来自木星很深的地壳，是外星人钻探取得的矿石标本。”他也学着小车司机的样子，伸手去掂量掂量究竟有多重。一旁搜索的天旦瞥见，便说：“别拿了，外星人比我们地球人更聪明。抢先来到木星，获取了重元素组成的特殊重物质。那些重物质比地球上的同类物质的密度高，超出我们的想象，小小厘米见方的物件有可能重达数吨，你们是拿不动的，更无法带走，只能饱饱眼福了。”他们一听恍然大悟，只好跟着天旦继续搜索方头三眼人老巢指挥中心的其他秘密。

从冰窟窿里飞向天空的神秘黑影正是方头三眼人的头领——幸存的最后一个方头三眼人。他凭借自己的特殊本领，在木星上空快速逃窜。无敌超人岂能放过，很快就在天空追上了他，准备一举活捉，向天旦他们报喜。

方头三眼人头领不甘示弱，转身与无敌超人在空中展开近距离搏杀。方头三眼人头领哪是无敌超人的对手，渐渐处于劣势。他见大势已去，再次虚晃一枪，飞身潜逃，同时拔出特别武器向无敌超人开火。机灵的无敌超人躲过射来的子弹。他右手一挥，密集的光弹一齐射向逃窜的方头三眼人头领。可是，方头三眼人头领已经逃进浓浓的五彩云层，似乎没有击中。无敌超人快速追入五彩云层中，一股刺鼻的氨气迎面扑来，他立刻明白，已经进入了木星的氨冰云层，能见度极低，立即启动特殊视觉功能。他看见方头三眼人头领借助氨冰云层作掩护，继续拼命逃窜。无敌超人奋起直追，然而，云雾之中，氨冰暴雨越下越大，他知道身下的木星表面，是一个神秘莫测的海洋，对自己极为不利。他两眼一瞪，几颗神奇的弹丸从眼睛迸发而出，射向奔命逃窜的方头三眼人头领。它似乎被击中了，掉进了咆哮的海洋里。无敌超人不敢冒失前去证实，只好原路返回。

第二十三章　水晶老大口蜜腹剑　天旦勇士神奇自救

天旦他们找到了方头三眼人盘踞在木星的老巢，除了搜到他们库存在木星地下冰窖中的宝藏外，再没有什么新发现。他们只好钻出冰窖，来到原来停放飞行器的地方。天旦拉开伪装的冰网，一架架飞行器依然闪闪发光。经检查，一切完好无损。

这时，无敌超人也赶回来了，向天旦他们述说了在木星氨冰云层与方头三眼人头领的战斗经过。天旦他们听了之后，并没有详细追问战斗过程。大家心中明白，来到木星的使命已经基本完成，离开耐人寻味的木星，才是当前紧要的事。天旦立刻命令："离开木星，向土卫六出发。"话音刚落，他腰间天文蛋盒里叮当一声响，闪射出一圈又一圈神奇的蓝色光环。天旦他们明白闪烁蓝色光环的含意，驾驶神鹰飞船离开了冰封的木星大地。

先锋无敌超人仍然在前面太空开路。突然，他发现深空中似乎有一座移动的城堡，缓缓移动过来。他驾驶三叉飞船快速飞上前观察，果然是一座晶莹透明的城堡。好像传说的水晶宫。他立刻将这一重大发现，报告天旦："神鹰。三叉呼叫。"

"三叉。神鹰听到，请讲。"

"前方太空，有一座移动的水晶宫。"

"什么？什么？太空中，竟然有移动的水晶宫？"

"是的，美丽极了。"

"好的，我们马上赶到。"

天旦和队友们获得这一惊人消息，很快赶到了无敌超人所说的区域。远远望去，太奇妙了，的确有一座美丽的宫殿，在太空自由移动。那宫殿在阳光照耀下，闪闪发光，美轮美奂。

他们驾驶飞行器围绕着美丽的水晶宫，前前后后，上上下下，巡视飞行几圈。美丽的水晶宫里，静悄悄的无任何声息。他们也不敢冒失飞进，正准备离开这座神秘的水晶宫时，突然，从梦幻般的水晶宫里飞出几架晶莹透明的飞机，闪电般飞到天旦驾驶的神鹰飞船前面，挡住了他的去路。天旦急忙紧急空中刹车，减慢飞行速度，放眼望去，世上绝无仅有的漂亮的水晶飞机，在他前面飞来飞去，好像并无什么恶意。他想起了临行前阳教授叮嘱他们的行为准则——“一切以和为贵”。他看了看其他队友的飞行器，也有几架绝世精美的水晶飞机在他们周围飞来飞去，似乎还在给他们做飞行表演。他心中有些明白了，回头一看，一架水晶飞机拖着一幅红色的标语，上面写着几个大字：“欢迎智慧人视察水晶宫”。同时，神奇的水晶宫里，传出温馨的话语：“地球上的使者，天外的星人，欢迎你们来水晶宫做客。恭候你们多日，一路辛苦了！你们历经艰难险阻，应该来水晶宫休整一下，更应该补充一下自身的能量。”那甜蜜的声音反复向天旦他们传来，在天旦脑海中久久回荡。他心中一惊：他们不仅知道我们的人员组成，而且知道我们要路过这里。难道是上天的安排？眼见耳听，盛情难却，他们被温馨的话语打动了。天旦爽快地答应：“好吧，打扰了！我们去你们的水晶宫参观参观。”他立刻向队员们下令，着陆水晶宫。大家接到命令，驾驶飞行器飞向水晶宫。

精美的水晶宫在太空中绝无仅有，在阳光照耀下闪光发亮。这里的一切，全部是用晶莹剔透的水晶石建造的。透明的建筑集群，明亮的地板，以致所有设施、花草、树木，也是水晶石做的。水晶星人把这座宫殿装扮得格外神秘。然而，水晶宫没有想象中的那样热闹，只有稀疏的水晶星人成双结队在殿外悠闲地走动。尤为奇怪的是每对闲逛的水晶星人，总是一高一矮的组合。高个子身后紧跟着一个矮小的水晶人，二人形影不离，不可思议。

一架架漂亮的水晶飞机，率先着陆在宫殿前的广场上。每架飞机上都走出了一高一矮两名水晶星人飞行员，矮个子紧跟在高个子身后，快步加入到水晶星人的欢迎队伍里。

紧接着，神鹰大队的各型飞行器，似一团团云彩，飞过来了，也降落在水晶广场上，把水晶宫点缀得更加美丽。天旦和他的队员陆续走出了各自的飞行器。早已等候在此的水晶星人老大迎上前去，一个矮小的水晶星人紧随其后。老大满脸笑容紧紧握住了天旦的手，说："朋友！欢迎来到水晶宫做客！"他随后对金助理、小车司机也是一样的话语。然而，在接待无敌超人和彩霞姑娘时，他话锋一转："热烈欢迎天外智能星人来到我们小小水晶宫做客。"相互寒暄之后，一行人一起向水晶宫殿走去。

站在一旁的天旦，一听老大的话，似乎他早就知道了自己一行人的底细。正想向水晶星人老大打听时，老大看出了天旦的心思，像老朋友一样拍着他的肩膀说："智慧人，你就别多问了，一切都是缘。你我相逢，几千年、几万年才相遇一次，都是缘分。有些事不能刨根问底，糊涂点儿，显得你更加聪明。在朦胧之中生活，更自在，更愉快！一切顺其自然。"天旦看了看鹰鼻鹞眼的水晶星人老大，也不好意思再提问了。他们一边走，一边友好交谈，好像多年未见的老朋友，无话不说，友好得亲如一家人。

这时，一个矮小的水晶星人，匆匆跑来报告："老大。一切按照你的吩咐安排好了。"水晶星人老大挥了挥手，示意让他退下，转身对天旦说："走，我请你们吃太空大餐。"有这样的美事？天旦心存疑虑，回头看了一眼走在后面的无敌超人。无敌超人立刻明白了队长眼眨眉动的含意，立刻走出人群，向水晶星人老大请求道："谢谢你的美意。你知道，我是不会吃餐的，就留在外边玩玩吧。"天旦连忙附和道："对，你留下来，不与我们去凑热闹了！"回头又风趣地对水晶星人老大说，"尊敬的老大，你知道，他是机器人，不能去享福了。"水晶星人老大仰头哈哈大笑，明白了天旦的意思，点头同意了。大家一起交谈着，走向水晶宫的餐厅。

步入水晶宫的豪华餐厅，抬头望去十分壮观，一张精美的特大水晶圆桌摆放在餐厅中央。许多水晶星人美女，婀娜多姿，早已恭候在旁。刹那间，天旦他们仿佛进入了美女天堂，心中无不赞叹。此时，水晶星人老大看到天旦如此痴迷，干咳一声，示意大家入席坐下，并拉了一把看傻眼的天旦，让他坐在身旁的水晶座椅上。刚刚落座，立刻上来一位十分俊俏的水晶星人美女，偎依在天旦身旁。天旦抬头看了看，的确美貌无比；又看了看对面的金助理和小车司机，也有美女围着调情嬉笑。唯独彩霞姑娘拒绝了水晶星人俊男的侍奉，独自一人呆呆坐着，似乎没有好眼色地瞥了天旦一眼。骤然，天旦想起老祖宗的一句名言："色是刮骨钢刀。"心中注意水晶星人是否有所企图。他故意打了一个哈欠，推开身旁的水晶星人美女。喧哗的餐厅顿时安静下来。再看看特大的水晶圆桌上，除了中间摆放着一簇精美的花和桌面上的水晶碗筷之外，空空如也，没有什么所谓的美食大餐。天旦心中更为疑虑。旁边的水晶星人老大，再一次看出天旦心中的想法，大声说："开席了！"

餐厅西北角立刻传出一个女音："尊贵的远方客人，欢迎你们来到我们水晶宫做客！第一道菜菜名是'太空香酥龙肉'。"话音刚落，一条不大不小的活生生的黄头白眼飞龙，若隐若现从餐厅一角飞出来，吞云吐雾，神奇地盘旋了一阵，渐渐缩小，落在飞来的水晶大盘之中，一盘香喷喷的香酥龙肉轻轻落在水晶桌的转盘中央。水晶人老大连忙解释："几千年才出现一条太空白眼飞龙，其美味令人回味无穷，快吃。"话音刚落，喇叭中又清脆地报出第二道菜的菜名："银河清蒸大龙虾。"只见餐厅的上空，一只鲜活的蓝色大龙虾也爬上飞来的水晶盘中，菜盘在天上转了几圈，一盘热气腾腾的清蒸大龙虾轻轻放在桌上。水晶星人老大再次解释："八千年才能捕捉一只，其味美令人终生难忘。"紧接着，喇叭中报出第三道菜的菜名："北极星麻辣熊掌。"一盘香气扑鼻的麻辣熊掌从空中飞来，自动放在餐桌上。水晶星老大解释："一万年才能生长出一头天熊，几万年修来的福才能享用。"在座的金助理、小车司机看得目瞪口呆。只听喇叭中又报出南天飞鱼、云中天蟹、太空飞禽、宇宙仙果等几十道太空名菜，魔幻般地堆满了水晶大圆桌。水晶人美女端上了水晶宫窖藏的万年飘香玉液。在水晶星人老大的热情祝酒声中，加上水晶星人美女的周到服务，天旦他们尽情畅饮，敞开肚皮饱餐太空美味佳肴。然而，爱吃龙肉、龙虾的水晶星人老大，口口卡住，呛得他鼻涕眼泪一齐喷出来，没有吃上一口顺畅饭。

大家在欢乐和谐的气氛中吃得起劲时，天旦无意中扭头发现水晶星人老大身后有一个满脸委屈的矮小水晶星人，没有共同进餐。看上去，他那额头上有一个模糊闪光的小太阳胎记，于是，招呼他到席前来就餐。水晶星人老大随手碰了一下天旦说："别管他。本性不改的东西，一律不得享用。凡是小人没有资格享受，只能利用。"

"他们生气了，不给你办事，你怎么办？"

"他们不敢生气，至少现在不敢。当前全靠我给他们撑腰壮胆，否则，太空就没有他们的立足之地了。今后他们求我办的事，还多着呢。"

天旦拧不过水晶星人老大，往后一看，果然，所有的小水晶星人，都远远站在餐厅一侧干瞪眼。天旦只好作罢。老大身后的矮小水晶星人似乎听懂了水晶星人老大说话的含意，竟然愤愤离去。

水晶宫殿前的广场上，神鹰大队各个飞行器，在阳光照射下闪烁着奇异的荧光。无敌超人在水晶广场上踱来踱去，守护着队友们的飞行器。他一时闲得无聊，广场上也没有几个水晶星人走动，便放心地到处走走看看，寻找水晶星人多的地方凑凑热闹，趁机也可以打听一下水晶宫的秘密。偶然，他发现三三两两的水晶星人行踪有些诡异，扎堆的七八个水晶星人在嘀咕什么，还不时在窥视他。他没有更多地去想其中的原因，主动迎上去和他们搭话，准备了解情况。没想到那些矮小的水晶星人见无敌超人一来，谁也不搭理他，纷纷散去。

无敌超人没趣地独自一人散步到了水晶宫的另一侧，无意之中发现了水晶宫的武器库。大门竟然敞开着，他迈步进入库房里，发现库房中存放着大量的水晶智能飞行坦克、水晶飞行装甲车、水晶高射炮、水晶机枪，甚至还有不知名的各种水晶导弹等先进武器。他心中不寒而栗，觉得有点儿不对劲，转身急忙奔向自己停靠飞行器的地方，远远发现几个矮小的水晶星人正在往神鹰飞船上爬，于是，他大吼一声："干什么，不得无理。未经允许，不得爬上飞船。"吓得爬上飞行器的矮小水晶人跳到地上，撒腿跑了。

天旦更没有想到，水晶星人老大热情洋溢的背后，几个水晶星人正在密室里，策划一个天大的阴谋。一群水晶星人小头目，围坐在水晶办公桌前争论不休。一个水晶星人小头目说："巧夺、智取天文蛋盒是上上之策。"另一个小头目说："武力征服，最稳妥。"还有一个小头目说："直接杀死智慧人，既干脆又直接。"坐在正面管事的水晶星人有些不耐烦地说："谁敢保证在夺取天文蛋盒的过程中不发生意外，不被神鹰大队中任何一人发现？假如有人发现了，后果不堪设想。不但我们水晶宫难保，而且你我性命堪忧。他们既然敢遨游太空，配上了顶尖的飞行器，装备了精良的武器。所有人员都不是等闲之辈，还有星人保驾护航，要想轻而易举地得到宝物，实在难呀！”又一个水晶星人小头目献计道：“不如让手下人去捣鬼，我们暗中支持。若有事发生，我们假意从中调和，可保双全，坐收渔翁之利。既不得罪客人，也可保全水晶宫和你我的性命。”他们一直争论不休，没有形成统一意见。

水晶餐厅里，水晶星人美女使尽深身解数款待天旦他们一行人。餐厅大门悄悄关闭，天旦他们仍然沉浸在欢乐的气氛中，谁也没有留意。宴席上的彩霞姑娘似乎很不痛快，偶尔侧目而视天旦身边的那位水晶人美女，并且自作自贱，大吃暴饮。不一会儿，神鹰队员一个个喝得烂醉如泥，趴在桌子上打起呼噜，进入了梦乡。

水晶星人老大一看是时候了，心中大喜。用手指了指天旦腰间那神奇的天文蛋盒，暗示侍奉天旦的那位水晶星人美女去摘取。美女明白老大的意思，轻轻揭开天旦身上红色的宇航服，手指刚触碰到天文蛋盒时，嘣的一下，那位美女腾空而起，水晶老大蹑手蹑脚蹿上去，接住了掉下来的美女。其他几位水晶星人美女在老大的怂恿下，轮番盗取天文蛋盒，结果一样被弹到半空之中，被老大一一接住。最后一位美女鲁莽地碰到天文蛋盒，被弹得更远。老大来不及接住，砰的一声摔在餐厅水晶地板上，惊醒了醉梦中的天旦。其他的水晶星人美女为了掩人耳目，趁机跳起了美妙的太空舞蹈。队员陆续醒来，没有察觉到什么异常，更不知道发生过什么事，反而陶醉在歌舞声中。

嗒嗒——似乎有几声隐约的枪声。似醉非醉的天旦敏锐地从座椅上站起来，其他队员也豁然站起来，竖起耳朵听，不知道外面发生了什么事情。大家想冲出去看个究竟，水晶星人老大一把拉住天旦，坐下说：“放心吧，没事的。我绝对保证你们的安全。不会擦枪走火的。”天旦见他说得真切、诚恳，并无异常。他们只好又坐下来，继续欣赏水晶餐厅里的莺歌燕舞。

原来，水晶广场上，无敌超人正寸步不离地守护着飞行器，看到广场一角一群矮小水晶人不知什么原因互相打了起来。他们越打越凶，甚至掏枪对打起来。枪声传到餐厅，打扰了天旦他们的兴致。无敌超人不知是计，赶上前去观看，见几个矮小的水晶星人抱着一团，打得不可开交，赶忙上前劝阻。矮小水晶星人看到无敌超人已经到来，双方停止了打斗，一下子对无敌超人横眉冷对。围观的其他矮小水晶星人也一齐围了过来。他们张牙舞爪，咄咄逼人地向无敌超人围过来。无敌超人方知上当了，便说："站住，我是你们老大请来的客人，没有得罪你们。你们想干什么？你们散了吧，咱们还是朋友。我们会很快离开，不要没事找事，自找苦吃。好好过你们的幸福日子，享受每天快乐，才是你们水晶人最大的幸事！"那些矮小的水晶星人愣住了，立刻停止前进。一个小头目思来想去，觉得不能听无敌超人所说的话，把手一挥，一群矮小的水晶星人冲上去，有的抱住腿，有的抓住手，有的搂住腰，还有的骑在无敌超人的肩膀上。无敌超人晃动了几下身躯，仍然忍住性子说："小的们，别欺人太甚。撒手吧！别没事找事，回到你们该去的地方，你还是你，我还是我，当什么事情也没有发生。"矮小水的晶星人不但不听劝阻，反而使出各种阴招，拼命打击无敌超人的命脉之处，甚至有个矮小的水晶星人从后面持枪冲上去，顶住无敌超人后心窝，连开数枪。他的后背火花四溅。子弹不但没有击倒无敌超人，反而弹了回来，反弹到那位开枪的矮小水晶人身上，吓得他连连后退。这可惹怒了无敌超人，他抬手甩掉了爬在手腕上的矮小水晶星人，挥拳打掉了头上、腿上死皮赖脸的小水晶星人。见他们在地上痛苦地呻吟，仍不解恨，无敌超人抬起他那坚硬的机械脚，猛踩一下，一个矮小的水晶星人便一命呜呼了。开枪的矮小水晶星人吓得撒腿便逃。无敌超人哪里肯放过对方，冲上去用双手抓住，举过头顶扔到广场东南角的水晶地板上，把矮小的水晶星人摔得粉身碎骨。围观的其他矮小的水晶星人见状四处逃窜，并大声呼喊："杀人了！""外星人杀人了"……

嘀嘀——几声汽笛声响，一辆别致的水晶巡逻警车飞驰而来。几个矮小的水晶星人大喊大叫迎面扑上去，水晶巡逻警车紧急停下，走下来一个水晶星人小头目问："怎么回事？"一个矮小的水晶星人上气不接下气地说："报告，外星人杀人了。"水晶星人小头目一听，这还了得，胆敢在我们水晶宫杀人，千古奇事。往前一看，水晶地面上果然躺着几个不能动弹的矮小水晶星人。水晶星人小头目快步上前，对向他报告的那位矮小水晶星人狠狠扇了几个耳光，生气地说："你们这些没有用的东西，又给我找麻烦。"随后大步上前质问无敌超人："为什么伤害我们水晶星人？"无敌超人指着一伙额头上有太阳胎记的矮小水晶星人说："是他们首先挑起事端，甚至开枪想打死我。我忍无可忍，稍动了拳脚，没想到他们太不禁打了。"小头目哪里能听得进无敌超人所说的话，沉默了一会儿说："你不应该将他们一下子打死。给我拿下，去我们老大那里解释清楚。"无敌超人不想事态扩大，毕竟所有队友还在水晶老大那里做客。他并没有反抗，只是说："去哪里说理也不怕，只要不是歪理邪说，横行霸道就行。"任凭他们车上下来的几名武装人员把他绑走了。

哐当一声，餐厅的大门被撞开。正在观看歌舞的天旦他们一愣。一伙全副武装的矮小水晶星人冲进来，将他们围住。天旦丈二和尚摸不着头脑。领头的竟然是被水晶星人老大贬损过的矮小水晶星人，他大声嚷道："报告老大，我们的人被你请来的客人打死了。"老大心中暗喜，立刻反问道："有这种事？"小水晶星人回答："有，肯定有。不信你到审讯室去看看，凶手已被捉拿。"老大回过头来，虚情假意地对天旦他们说："对不起，我们应该一起去证实，是真是假，马上就会调查清楚的。我们决不会伤害你们。"并叮嘱全副武装的矮小水晶星人说，"对客人不得无理。"天旦一听，知道事态严重，只好跟随他们一起走了。

推开审讯室的门，天旦他们跟随水晶星人老大走了进去，看见无敌超人被五花大绑捆在水晶椅上。水晶星人老大走上前去，严肃询问小头目："发生了什么事？"小头目诉说了缘由，一旁的几名矮小水晶星人跟着帮腔，颠倒黑白，胡说一通，把责任全部推给了无敌超人。虽然无敌超人说明了真相，但双方仍争论不休，焦点是谁先惹事，水晶星人被打死了……然而，水晶星人老大心中早已有定论，提出解决事端的两条苛刻条件："一是立即处决无敌超人，杀人偿命。天上、地上，一样的规则。二是留下你们的飞行大队长智慧人，给我当副官。其他人员可以安全离开，继续完成你们的飞天梦想。否则就不好办了，你们一个也不能离开，后果自负。"

天旦一听，水晶星人老大的话明显带有威胁的成分，并且有意栽赃陷害，猛然醒悟：这是水晶星人是有计划、有预谋的陷害。他终于明白了水晶星人老大的真实意图。但见他们人多势众，天旦不想再生变故，耽误行程。他没有轻易发火，忍气吞声地答道："水晶人老大，待我们回到飞船商议后再答复。无敌超人，暂且委曲一会儿。"说完之后带着队员们转身就走。水晶星人老大高声说："慢，时间有限，十分钟以内尽快给我答复。"水晶星人老大挥了挥手，示意挡道的矮小水晶星人放行。

天旦他们快速回到神鹰飞船的会议室，天旦说出了心里想法："目前，我们已经陷入被动局面。谁得势，谁所说的话就是理。何况现在的评判者是水晶宫的老大，我们又在他的地盘上。你们应该清楚最终结果了吧。我想将计就计，他们要我留下，想要我的天文蛋才是最终目的。我准备同意水晶星人老大的第二方案，换回无敌超人，这样你们才可以安全脱身。我去当副官是假，想办法、找机会脱身是真。金助理驾驶子母飞船带领大家迅速离开。彩霞姑娘，天黑之后，选择适当时机，驾驶云雾飞碟，隐蔽潜入水晶宫，协助我逃离水晶宫。这样可确保安全。"大家争执了一番，都不愿意让队长去冒此风险，但是谁也没有想出更好的办法，只好同意了天旦提出的方案。

天旦回到水晶星人老大的办公室，爽快地答应了对方提出的第二个条件，留下来当老大的副官，但是有一个条件：亲自护送神鹰大队队员安全离开水晶宫。老大一想，自己的目的已经达到，心里非常高兴，立刻满足了天旦提出的条件。队员们一起来到水晶广场的停机坪上，无敌超人也被释放出来了。天旦一挥手，他们各自钻进了自己的飞行器。金助理将子箭飞碟对接在神鹰飞船上，大家乘各自飞行器离开了神秘的水晶宫。望着远去的队员们，天旦爽朗地笑了。

几声机器轰鸣，天旦猛然回头一看，水晶宫如临大敌，一架架水晶战斗机冲向天空；一辆辆会飞的水晶坦克、水晶装甲车也在水晶宫上空巡逻；大小水晶星人全副武装抢占水晶宫各处制高点，就连水晶高射炮、水晶导弹也布满了水晶广场。水晶宫完全笼罩在浓浓的战争气氛之中，大战一触即发。天旦心中明白，水晶星人老大有计划地做了战斗部署，也是有意做给他看的。

“走吧，智慧人，不，副官，该到里屋去休息了。”水晶星人老大滑稽地向天旦说。天旦没有应答，微微点头表示同意，跟着老大，一声不吭地向水晶宫殿走去。

天旦跟随老大走进一个特殊的房间，走着走着，突然，一个长方形的水晶柜从天而降，砰的一声将天旦装在特制的水晶柜中。此刻围上来几个好要阴谋诡计的水晶星人小头目，发出一阵狡诈的笑声。一个水晶星人小头目说：“老大，我们把智慧人一刀杀了，马上就能得到我们想要的宝贝。还在等什么？给他讲什么仁义？囚禁起来干吗？多此一举。”水晶星人老大得意地说：“你们不懂，你越想要的东西，越不能强取豪夺。强夺的东西，伤己害人，并且影响极坏。他主动交给你，才算你有本事。如果得不到，耍点儿小聪明，也能得到，影响也越小。你们懂吗？”这时，老大凶相毕露，对囚禁在水晶柜中的天旦直白地说，“智慧人放聪明点，主动交出身上的天文蛋盒，我可以饶你性命。否则，我就把你永远困在水晶柜中，不给你吃，不给你喝，饿死你！困死你！关死你！总之我会得到你身上的宝贝。”天旦在水晶柜中沉默不语，方知上了老大的当，气得一阵拳打脚踢。水晶柜的内层被打得粉碎，然而水晶柜的外面又快速长出一层新的水晶石，恢复了原样，仍然将他牢牢困在里面。水晶老大笑哈哈地说：“智慧人，别费力气了，我知道你力气大，超出常人，因此，我为你量身特制了再生专用水晶柜，坏一层就会再生长一层。钢枪打不穿，铁锤砸不坏，何况你只能用拳脚，只会白费力气了。你不交出天文蛋盒，就去等死吧。”天旦不信，拔出金枪射击，结果和水晶老大说的一样，根本打不穿水晶柜，子弹镶嵌在水晶柜壁中，慢慢融化成了水晶石。他只好坐下来养精蓄锐，另想办法。水晶星人老大看了他一眼，领着一帮水晶人匆匆地走出了水晶屋。

金助理带领神鹰大队在太空飞速前行。这时，送话机中传来无敌超人的声音：“金助理，祸是我闯的，应该我去营救队长。”小车司机也在送话机里说：“我愿意陪同无敌超人前往，誓死营救队长。”彩霞姑娘听到了，非常生气地说：“队长制定的方案，你们怎么可以随意更改呢？出了事谁来承担？”二人说不过彩霞姑娘，只好同意。天黑之后，彩霞姑娘悄悄地飞往水晶宫。

囚禁在水晶柜里的天旦，苦思冥想一阵后，猛然想起了自己的隐形术，为何不试一试？让水晶人主动打开再生水晶柜，自己就可以钻出去了。只要出去就有办法。于是，他默念“真身隐去”，立刻隐身不见了。只有那天文蛋盒闪烁蓝蓝的微光，在水晶柜中来回晃动。正巧一个水晶星人进屋巡查，发现再生水晶柜里智慧人不见了，只剩一个闪光的天文蛋盒，飘浮在水晶柜里。他边跑边喊：“智慧人不见了，智慧人逃跑了。”几个水晶星人跑进屋来察看，看到囚禁在水晶柜里的智慧人的确不见了，只剩一个闪光的天文蛋盒。大家齐声喝彩：“胜利了！胜利了！我们得到宝贝了。”同时水晶星人议论纷纷，“智慧人害怕了，丢下宝物逃走了。”“不可能。神仙都逃不出再生水晶柜，何况凡人。”有的水晶人，跃跃欲试，想拿出水晶柜里的天文蛋盒。

消息很快传到水晶星人老大那里，他急急忙忙跑来查看，绕着水晶柜巡查一番后，非常惊讶，心想：凡间智慧人怎么会不见了呢？心中非常纳闷。他随手朝空中一抓，一根精致的水晶棍握在手中，小心插入关押智慧人的水晶柜里，搅动那闪光的天文蛋盒，发现天文蛋盒在柜中飘来飘去。奇怪了，真的没有智慧人。他又想了想，暗自发问：“有这么容易吗？轻而易举就得到了宝贝。不，不不，智慧人非常聪明，肯定在耍什么花着儿？绝不能轻易打开水晶柜，把他放跑了。否则，前功尽弃。”他立刻吩咐一个小头目：“锁好这间房屋，严密看守，没有我的指令，谁也不能擅自打开。四十九天后，我亲自来取智慧人留下的宝物。”其他水晶星人再也没吭声，跟着他快快离去。

天色渐渐暗下来，星光升起。彩霞姑娘驾驶闪光的云雾飞碟来到水晶宫殿上空。她启动雷达侦察，发现水晶宫的远空，有不少水晶飞机，近空有许多飞行水晶坦克、飞行水晶装甲车，就连广场上也布满了水晶高射炮和导弹。水晶宫殿各个角落暗藏杀机。她正想着如何进入时，几架水晶攻击机快速朝她飞来，同时向她开炮了。云雾飞碟一时间成了空中的活靶子，炮弹在它周围不断爆炸。她立刻加大油门，开足马力撤离战场。然而，对方的导弹似乎长了眼睛，紧追不放，幸好云雾飞碟的航速大大超过了水晶导弹的追击速度，躲过了一劫。

夜晚，水晶宫里静悄悄的。囚禁在特殊水晶柜中的天旦想到，白天他用隐身法欺骗水晶星人老大，可是，狡猾的水晶星人老大并没有上当，并说要关押他四十九天，这可把他急坏了。他现身站起来，见水晶屋里空荡荡，没有一个人影，感觉十分困倦，不知不觉一屁股坐在水晶柜中打起盹儿，渐渐进入了梦乡。

天旦腰间的天文蛋盒突然闪烁起灵光。金盒盖动了几下，竟然自动打开了。盒中的天文蛋动了动，在奇妙低沉的乐曲声中，不断闪烁着金灿灿的光芒。翠绿色的蛋壳上，渐渐啄出一个小洞，洞口钻出一个毛茸茸的黄色小鸡头，小鸡睁开眼睛，向四周望了望，挣破蛋壳蹦了出来，跳在水晶柜里。金灿灿的小鸡在睡梦中的天旦身旁蹦来跳去，它歪头看了看熟睡的主人，抖了抖身躯，渐渐化成一个神奇的小小金刚人，在水晶柜中巡视几周。突然，他伸出一双奇特的金刚小手，猛然插进了特制的水晶壁，用力一搬，一块水晶石就握在手中，并且一口又一口地吃进肚子里，这样连续几次，特制的水晶柜一侧露出了一个大洞，再也没有自动长出新的水晶石封住洞口。小小金刚人看了看，似乎还不放心，亲自试钻了几回，才完全放心，立马渐渐缩小，又化成一只小鸡，跳进了蛋壳，天文蛋恢复了原貌。当然，熟睡的天旦对刚才身边发生的事情，一概不知。

彩霞姑娘驾驶云雾飞碟甩掉了导弹追击，怎么也没有想到，如此静悄悄地来到水晶宫的上空，会被水晶人很快发现。她豁然想起，是洞穴荧光在作怪，远远看去云雾飞碟是一个发光团，因此，被水晶人提前发现，遭到攻击。她立刻驾驶云雾飞碟在太空倒飞几圈，巧妙抹去了云雾飞碟上的荧光，驾着一朵不发光的云团，再次驶向水晶宫。果然，水晶宫值班巡逻的水晶飞机再也没有发现她的到来，误认为是飘来的自然云朵。她悄悄绕过水晶飞行坦克、飞行装甲车，潜伏到水晶宫的低空观察。这时，水晶宫城楼上的一个警戒水晶星人看到一朵奇怪的云快速飘过来，立即扣动了手中的水晶机枪的扳机射出一串串子弹，但没有打中彩霞姑娘。彩霞姑娘也没有还击，悄悄挪动了一下云团的位置，明白自己现在的重要任务是营救队长。“哪里打枪？”“发现什么了？”水晶星人吵嚷着，水晶广场乱成一团。

红嘴鹦鹉几声清脆的叫声，夹杂着枪声，一下子惊醒了睡梦中的天旦。

他知道彩霞姑娘来了，翻身而起，一看原丰可以再生的特制水晶柜柜壁竟然奇迹般地出现了一个能够钻出去的洞口。有这种好事？他没有多想，立刻钻出了水晶柜。一听，水晶屋外的过道上，来来往往的水晶星人川流不息。天旦立刻隐身穿过水晶墙壁，混进水晶星人的人流之中。前方，一个水晶星人摇旗呐喊：“外星人进来了！外星人进来了！”到处是武装巡查的水晶星人，为了减少不必要的麻烦，天旦不动声色，在水晶星人的人流中疾走。天旦远远看见水晶星人老大带领一帮水晶星人迎面而来，他闪身而过，回头一瞧，他们打开了关押他的那间水晶房门。知道水晶星人老大会很快追过来，他跑步来到水晶广场，一眼就看见彩霞姑娘的云雾飞碟停在广场低空一角，仍没有被水晶人发现，心中大喜。这时水晶宫的警报响起，同时大小探照灯的灯光把水晶宫照得如同白天。

水晶星人老大领着一帮兄弟发疯似的冲到广场上，高声吼道：“智慧人，赶快主动出来，我们还是朋友。如果被搜查出来，性质就不一样了，就别怪我不讲仁义，咱们就是敌人了。现在还是我说了算，既往不咎。你被捉住，只有死路一条。”老大身边的其他水晶星人，也帮腔喊着：“智慧人，赶快出来……”瞬间，水晶宫乱成了一锅粥。隐形天旦一听，知道自己没有被发现。他纵身一跃，进入了悬停在低空的云雾飞碟，现身坐在机舱中，彩霞姑娘欣喜若狂，立刻驾驶云雾飞碟飞向太空。

这时，口是心非的水晶星人老大似乎有所察觉，亲自驾驶水晶飞机升空。彩霞姑娘的云雾飞碟周围导弹不断炸响，危急时刻，无敌超人赶来增援了，金助理驾驶子母飞船也赶到了！他呼叫道：“队长、彩霞姑娘，迅速离开危险空域，我们断后。”他俩迎上追来的水晶飞机，立刻开炮。水晶星人老大的座机中弹爆炸了，同时，又击毁了来袭的数架水晶战斗机。金助理、无敌超人还不解恨，又向水晶宫发射了数枚远程光弹、超级电磁弹……

霎那间，水晶宫传来连续不断的爆炸声，陷入一片火海之中。金助理、无敌超人这才放心地驾驶飞碟、飞船，离开了神秘的水晶宫上空。

第二十四章 星人三请神鹰队员 天旦预测火山爆发

无敌超人、金助理驾驶飞船、飞碟，炮击了水晶宫之后，驾驶飞行器追上了太空中撤离的飞行团队。彩霞姑娘驾驶云雾飞碟，把天旦安全送回到了金助理的子母飞船上，他们各自驾驶自己的飞行器，在太空，犹如几朵闪光的彩云全速飞行，按既定飞行航线，飞向土卫六。

无敌超人驾驶三叉飞船，仍然担任开路先锋，在前面飞行不久，顺利飞到土卫六上空，打开远程探测仪侦察发现，土卫六星球上空，笼罩着浓密的大气。星球表面除了有浓雾之外，剩下的全是光秃秃的一片，没有一棵树木，也没有小草。全是怪石林立，尘埃堆积。几乎没有一点生命迹象。看到这一切，他大失所望，心想没有必要登陆土卫六，立刻向天旦呼叫："神鹰、神鹰。我已在土卫六上空。"

"三叉，仔细侦察土卫六的实际情况。"

"已经探得土卫六十分荒凉，似乎没有任何生命，干脆绕过它，直接飞向土星吧！"

"不，它是我们行程中的既定目标，绝不能遗漏。即使没有任何生物，也要认真探索。你抵近侦察，倘若没有危险，可以首先着陆土卫六，一探虚实。"

"好的。"

无敌超人与天旦一番交谈之后，驾驶三叉飞船直奔土卫六。穿过厚厚的大气层，土卫六地表就呈现在他眼前，的确是一个寸草不生的荒凉星球，只有嶙峋的岩石，荒凉的大地好像在述说着什么。他飞行了几圈之后，没有发现异常，选择了一片极其平坦的地面着陆，溅起团团尘埃。透过机舱向外观察了一会儿，似乎没有什么危险，他大胆钻出了机舱，踩到土卫六的地上，一切都是那么的安静祥和，兴奋地仰头朝天空大声呼叫。

“神鹰。三叉呼叫。”

“三叉，听到了，请讲。”

“我已经站在土卫六的陆地上了。”

“什么情况？”

“非常安全，只是太荒凉了。”

“好的，我们马上赶到。”

不一会儿，神鹰大队的各个飞行器也降落在无敌超人着陆的区域。未等尘烟散尽，天旦他们就走出机舱，踏上了这颗神秘星球的大地。放眼望去，虽然大地显得荒凉，但是头上的天空更加美丽。硕大的木星、五彩斑斓的土星，高悬在壮丽的太空，还有许多亮晶晶的星星和月亮一样的星球，显得十分壮观。行进中的小车司机不知不觉打了个哆嗦。被天旦瞅见了，一看随身携带的温度计，吓了一跳，温度表上指向零下一百摄氏度。天旦问小车司机：“还能够坚持吗？”小车司机风趣地回答：“没关系，好像进入了地球上的初冬。”天旦扑哧一笑，心中立刻明白他的意思，继续搜寻土卫六上有价值的线索。

身穿黄色宇航服的金助理，一边走一边解释：“刚才我们穿过的大气层是土卫六上的氮气层。氮占98%，其余是甲烷。这个星球最高温度为零下一百摄氏度，最低温度可达零下一百八十摄氏度，对于人来说，早已冻成冰块了，哪还能自由行走啊。”突然，远方叽里呱啦的吵闹声打断了他的话语。

他们朝远方望去，有一群似人非人的奇怪动物朝他飞奔而来。大家立刻紧张起来，天旦心中闪出一个疑问：难道如此荒凉的星球还有生物吗？看看再说吧。转眼间，那群怪物赤手空拳来到他们面前。天旦仔细一瞧，怪物们长相十分奇特。人面兽身，全身长着长长的毛发，好像传说中的狮身人面人。大家正不知所措时，为首的狮身人面人面带慈祥，摇头摆尾地从队伍中走上前来，站起来说：“别怕，天外来客，我们不会伤害你们的。别看我们其貌不扬，但是心地善良。我们这个星球十分友好，如同一个村子，团结得像一家人。没有杀戮，更没有战争，享受着别有一番风情的天伦之乐。”队员们紧绷的脸立马松弛下来。

天旦也上前一步，大胆向头领连珠炮一样提问：“尊敬的星人，你们如此美好？怎能在极度严寒、雨草不生的恶劣环境中生存呢？吃什么？喝什么？能活多少年？”

狮身人面人头领随口回答：“地球上的友人，谢谢你们还关心我们的生存之事。各人有各人的生存法则，我们早已适应了这个星球的自然气候，同时以大地为生、尘土为食，吸自然空气，寿命与星球同在。”

他的话语刚完，站在一旁的小车司机迫不及待地追问：“这个星球还有其他的智慧星人吗？相处得如何？”

“有，有！山谷中有细腰双面人；山顶上有会飞的人面鸟人；氮气海洋中还有独脚透明人。不但大家相处和谐，而且每逢其他部落有添丁进口的大喜事，几位部落头领都相聚在一起互相祝贺！亲近得如同一家人。”狮身人面人头领毫不隐讳地回答。

“你们有烦恼吗？快乐吗？”金助理也提问了。

“我们唯一不理想的是出生率太低了。一个部落几十年，甚至几百年，才诞生一个小生命，我们这里生命是最宝贵的。资源永远用不尽，我们过着无忧无虑的美好生活，快乐极了！”狮身人面人头领肯定地回答。

“报——”一个身材瘦小的狮身人面人边跑边喊，打断了头领的话语。他急匆匆地跑到头领面前，上气不接下气地说：“山谷细腰双面人三哥传来话，请天外客人去山谷做客。”那狮身人面人头领挥了挥手说：“去吧，我会带领他们去拜访三哥的。”瘦小的狮身人面人转身跑回去报信了。

天旦听到有星人请去做客，心想，正想探明“天上人间天堂”的实情，何乐而不为呢？他毫不推辞，爽快地同意了。狮身人面人头领给手下的星人做了一番安排后，带领大家向山谷三哥的住地出发了。

走进山谷，氮气扑面而来，山路崎岖，怪石嶙峋，云雾缭绕，山石若隐若现。一条羊肠小道伸向深谷，狂风刮得两边光秃秃的山石呼呼怪叫，也刮得大家东倒西歪。此时此刻，显得神秘又恐怖。

他们走着走着，风停无雾了，山谷里似乎隐隐约约传来锣鼓声，越听越响亮。领路的狮身人面人头领回头对天旦他们说：“你们听，锣鼓声是三哥的迎宾礼仪。他们早早在恭候你们的到来。”天旦朝他笑了笑，表示谢意。

大家很快来到三哥干枯而又荒凉的住地。天旦一看，这里没有宏伟的宫殿、美丽的亭台楼阁，更没有优美的风景，不是人们想象中的“人间天堂”，只有怪石与他们做伴。几张高低不平的大石板上，站着二十几个长相奇特的星人。只见他们个子不高，长着一对肤色各异的人面连体脑袋。四只小手从两侧腰间伸出，一双赤裸裸的蹼脚显得十分奇特，腰细得几乎快要分身了。难怪狮身人面人管他们叫细腰双面人。然而，他们精神饱满，欢快自如地跳着太空迎宾舞蹈，敲锣打鼓迎接天外来客。天旦他们来到一块较为平整的石板上，细腰双面人立刻停止了歌舞和敲锣打鼓。高处石板上，站着一个细腰双面人长者，估计就是这个部落的首领。他开口说话了：“四弟，一路辛苦了！带领天外客人坐下。”只见那双面人头领的两个脑袋上的两张嘴你一句我一句地说，颇为神奇。

“三哥，你们久等了，感谢你们高规格的盛情接待。几百年才能听到你一次欢乐的锣鼓声，看到一次迎宾的舞蹈。”狮身人面人头领不紧不慢赞许地回答。

天旦他们一看两位头领心存善意，并且彬彬有礼，一起落座在石板上。其他各石板上的细腰双面人，看到客人已经入座，也纷纷落座了。双面星人头领开口讲话了：“地球上的友好使者，欢迎你们来到我们这里来做客！前面四弟有可能介绍了我们这里的大体情况，这里我就不多说了。你们地球人虽然有智慧，社会发达，有胆量遨游太空，但是你们所做的一切，我们都清楚。你们有什么疑问都可以提出来，我可以给你们一一解答。”首领双脑袋上的两张嘴，你一句，我一句，说得那么真切。

天旦有礼貌地首先举手提问：“尊敬的星人，你们住在哪里？睡在什么地方？”

“我们住在岩石板上。石当床，天作被，安逸又舒适。”

“你们吃什么？干什么？”

“我们以大山的石块为食。观天看地，串门贺喜，就是我们要干的事。”

“你们幸福吗？”

“我们无忧无虑，无争无斗，无利益冲突，顺其自然，享受着天伦之乐，难道还不幸福吗？”

“你有真诚的朋友吗？”突然，小车司机毫无礼貌地从中插了一句不相干的题外话，打断了天旦与细腰双面人首领的对话。

双面人首领看了眼小车司机，并没有责怪他，和蔼可亲地说：“小伙子，我知道你心中的疑问。这里我多说几句，我肯定有真诚的朋友。那就是大哥、二哥和四弟。当然，你们地球人就没有我们这么幸运了。你们的朋友要么是棋牌朋友，要么是酒肉朋友，要么是相互利用的朋友。真心真意的真诚朋友，难寻、难找，更难长期交往啊！当然，一切都不是绝对的。你们的父母终身无私无畏，到死还想着你。此外，特别有良心的、有仁爱的、有生死之情的好战友、好同伴、好路人，有可能成为你忠实的朋友。总之，你们地球人曾有人说：‘没有永远的朋友，只有永远的利益。’因为地球人私心太重，贪念太强，所以结交真诚的朋友，太难，太难了！知己难寻啊！”

他两双眼睛目不转睛盯着小车司机，接着说：“小伙子，你结交的朋友呢？你真心实意对待他们，而他们呢？花言巧语，想方设法欺骗你，算计你！在你结交的朋友中，有的花言巧语，骗取你的数万元金钱。他知恩不报不说，有了收益，却没有你的，反而处处算计你、坑害你，而你忍气吞声。在你心中，那些人模人样的人，难道是你的朋友吗？”

双面人目光一扫，对大家说：“地球人活到六七十岁时，或者将要离开人世时，回过头来，想一想，看一看，你一生结交的朋友中，有几个对你是真诚的？人们只顾眼前各自的利益，不管他人死活，因此难以找到真诚朋友啊！当然，地球上，比你更惨的人，比比皆是。被熟人、朋友坑蒙拐骗的多着呢！不过没有关系，‘人在做，天在看’，他们做了亏心事，这辈子假如不遭报应，他的子孙后代一定会没有好下场，一定会遭报应！善有善报，恶有恶报！奸诈狡猾的人，一定不信我说的话，以后的现实会给他证明。你们一定要记住：积德行善，利在社会，福在子孙后代……”双面人首领的一席话，似乎说中了小车司机的心事。他脸上青一块、红一块，再也不好意思提问题了。

猛然，一只硕鸟从高山上飞下来，在人们头顶上盘旋了几圈，一下子落下来栖息在细腰双面人首领身旁。哦，原来是一个会飞的人面鸟人，他悄悄地对首领叽里咕噜地说：“奉二哥的旨意，恭请三哥、四哥和天外客人到山顶去做客。”“嗯，你回去吧。我们答应二哥的邀请，很快就会赶到。”他俩在嘀咕什么？天旦他们一时无法听清楚，难道星人会耍什么花招？大家面面相觑，立刻紧张起来：决不能再上当了。正在疑惑时，人面鸟人飞走了。双面人首领站起来，大声宣布：“山顶二哥敬请四弟和我与在座的天外客人一起去山顶做客。”顿时，天旦他们的紧张打消了。天旦一听，还有这样的好事，又有星人请去做客，探访星人也是探索太空的重要任务之一，于是同意了山顶鸟人的邀请。

山上奇峰异石，道路十分难走。细腰双面人首领在前面艰难地爬行。狮身人面人头领、天旦他们有礼貌地尾随其后。不一会儿，山上传来琴声和悠扬的歌声，那领路的双面人首领回头告诉天旦：“二哥已在山顶迎接你们了。听，优美的琴声、歌声是献给你们听的。这是二哥按照这里最高礼仪接待你们。”天旦立即应声答道：“请允许我称呼你为三哥。三哥，请你转告二哥，我们全体队员对他的盛情接待表示深深的感谢！”大家在谈笑之中来到二哥的住地。

山顶，球场大的一块平地上，几十位人面鸟人像企鹅一样，早已列好队，一边弹奏着乐曲，一边唱着听不懂的歌谣，一边欢快地拍打着身上的五色翅膀。天旦细细瞧了瞧，那些奇异的山顶人面鸟人体态和地球人差不多，不过是鸟形大嘴，比雄鹰的嘴还大，显得十分奇特。看到客人来到他们中间，奇妙的歌声更加嘹亮。人面鸟人似乎早有编排，穿插到来客的队伍里，大家融会在一起，边奏、边唱、边跳。人面鸟人时而歪头笑着，看看客人那张张笑脸，好像亲人一样缠缠绵绵；时而轻轻地扇动他们漂亮的翅膀，与天旦他们一起快乐地载歌载舞。神鹰队员完全忘记了是在天上还是在地上，沉浸在幸福的欢乐之中。

跳着跳着，天旦感觉心神不定，有一种不祥的预感，心中感到阵阵不安。他透过心灵的窗户一看，脚下的大山之中，有翻腾的熔岩，立刻惊出一身冷汗。他悄悄地退出歌舞场，在空旷的石坝上走了一圈，感到这座大山的确是一座高危险等级的火山，即将要喷发了。正当他想重新证实时，歌舞声结束了，人面鸟人有礼貌地退到了一边，天旦赶忙走进自己的队伍里。

一位身材魁梧的人面鸟人头领快步上前，向每位来客彬彬有礼地深深鞠躬，嘴里还振振有词地说着“欢迎远到的天外客人”这样亲切的话语。天旦趁这偷闲的工夫遥望太空，只见七彩的土星高悬，放射出神奇的光芒给这里的山川、云雾、星人都穿上了各色彩色衣裳，仿佛是一座耸立在太空的仙山。天旦觉得自己也成了仙人，享受着天上人间的天伦之乐。“亲爱的地球人，尊敬的星人，欢迎你们到我们山顶做客。”人面鸟人头领温情的话语打断了天旦的沉思。

天旦抬头望去，那人面鸟人头领接着说：“客人们，三弟还没有说完的心里话，在这里我补充说说。地球与我们土卫六也算同宗同族，咱们同有一个祖宗——太阳。我们享受着祖宗的阳光雨露。虽然今生今世永远是这个祖宗的曾子玄孙，但是我们过着截然不同的生活：你们地球上，圈地为国，各自称王，制造出许多高精尖的杀人武器，甚至还库存了大量的毁灭人类的武器。假如哪一天，有个主事的人心里一不高兴了，发动战争，地球都可以毁灭数十遍了，真为地球人类生存担忧啊！你们地球人感到痛苦，我们星人看到了也很悲哀。假如你们地球上没有战争，没有国界，共同发展，共同繁荣，生活得像一家人，那是多么美好的一个星球。这应当是地球人的梦想，也是我们星人的愿望！你们如果经常来往于天地之间，咱们一起谈天说地，那才是真正的天伦之乐……”人面鸟人头领一番精彩的演讲，深深触动了队员们的心，大家不约而同地鼓起掌。

掌声过后，天旦礼貌地上前一步，向二哥询问：“尊敬的二哥，你们生活得如此简陋、简朴，如何知晓地球上的一切？”

“天旦，我也可以称你为天使。你从小天资聪颖，超凡出众，是天地之人的福分啊！你和你的团队驰骋太空，架起天与人的太空走廊，是一个伟大的壮举。我们虽简陋，不敢与你们相比，但是心不烦、事不多。简朴能长寿，简朴也能出能人。至于如何知晓地球上的事吗嘛，我们自身独特的方法，既有感应，也有感悟。只能意会，不可言传。你一定记住：人在干什么？天上人都知道。人心相通，天人相通，就连动物也是有灵性的，心灵也是相通的。”

“你们有灾难怎么处理？”

“我们从来没有发生过灾难，几千年、几万年都这样。即使有灾难，我们也会启用特殊的处理办法。”

“你们住在火山上，自然灾害就要发生了。”在座的星人一听，仰头哈哈大笑。

“不可能，你能预测，有先知先觉的功能？那我们……”

人面鸟人头领的话还没有说完，只见亮光一闪，一位神奇的独脚透明人的模糊身影站在他面前，一番交头接耳后，又说了一阵听不懂的语言。一道亮光再次闪过，独脚透明人消失得无影无踪。头领欣然宣布：“客人们，相信你们已经看到了刚才站在我面前的独脚透明人，他是氮气海洋大哥派来的使者，请在场的客人去他们那里做客。”天旦一听，又有星人大哥邀请去做客，感觉无上荣光，心中大喜。天旦也想全面弄清这些星人的底细，看看他们的大哥还有什么话说，从中再受到启发。天旦立即同意去氮气海洋，拜访大哥。

这时，人面鸟人头领手一挥，几个人面鸟人立刻来到客人们面前蹲下，请求客人上背，驮着他们去大哥的住处——氮气海洋，就连无敌超人和彩霞姑娘也被人面鸟人头领热情地推到了鸟人背上，一起飞走了。

云雾里，天旦他们骑在人面鸟人背上飞行，别有一番风情，十分兴奋地享受着从来没有过的一种快感。大家很快钻进了浓浓的云雾，相互看不见对方了。骤然间，狂风大作，队员们几乎坐不稳，担心掉落到神秘莫测的氮气海洋里，都牢牢抓住鸟人。飞了一阵，再没有了狂风呼啸，飞行也渐渐地平稳下来。前面氮气云雾里，似乎有忽闪忽闪的灯光。天旦心想：那里大概就是独脚透明人大哥的神秘宫殿了。果然不出他所料，人面鸟人驮着他，朝有灯光的地方飞去。

目的地到了，天旦从鸟人背上翻身下地，一看这里并没有什么神秘的宫殿，更没有什么电灯之类的照明设备，只有一片发出奇光异彩的鹅卵石。头顶完全被翻腾的氮气云雾包裹，根本看不见太阳、星星以及其他星球。不过有几朵神奇的云彩像灯光一样照亮了大哥的弹丸之地。

一群独脚透明人住在既没有云雾也没有狂风的一个神奇空间里。他们围坐在发光鹅卵石上好像在咕噜着什么？其模样与在山顶二哥处见到的独脚透明星人一模一样，只能看到一个个模糊的独脚人影，不仔细看，很难发现他们的身影。看到客人到来，一位浅蓝色高大的独脚人立刻从星人堆里站出来，山顶人面鸟人马上说："大哥。客人到齐了。""二弟，你辛苦了，我们四兄弟，几百年相聚一次，今天，是我们星球的特等大事。见到你们和天外来客，我非常高兴！"独脚透明人老大边说边从人群中走出来，迎上山顶老二（人面鸟人头领）、山谷老三（细腰双面人头领）、平原老四（狮身人面人头领），几兄弟紧紧拥抱在一起，眼眶里闪烁着激动的泪花。

片刻之间，大哥放开他的三兄弟说："慢待客人了，赶快请客人就座。"在几位星人头领的热情招呼下，天旦他们落座在光秃秃有颜色的鹅卵石上。浅蓝色透明人大哥讲话了："远到的客人，你们辛苦了！欢迎你们来到氮气海洋做客。天旦，你们的梦想一定能实现。你的出世是你们世界的幸事，也是我们星人的幸事。但是值得注意的是你们地球生存空间有限，出现许多生存难题：噪声倍增、气候变化、资源锐减等。虽然我们星球没有发达的科技、先进的技术，但我们遵循星球天体的自然法则，保持原始风貌，有恒定的星人……"似乎透明星人大哥有说不完的话。然而，天旦心中有一种强烈的预感，实在坐不住了：这个星球要出大事了，而且时间不多了，要想办法赶快离开。

于是，他站起来举手打断大哥的讲话："大哥，你说得真好！有些问题我们地球人已经醒悟，正在着手解决。有一个问题请问大哥：'今后人类的命运如何？'"

"小子，你问到点子上了。人类的命运，除了上天外，最终要靠人类自己决定！"大哥肯定地说。

“你们星人的命运，谁来决定？”天旦接着问。

“我们的命运，掌握在我们自己手里。”大哥回答。

天旦急促地说：“二哥所处的大山是一座火山，马上就要爆发了！”在场的星人一听，一片哗然。各个星人头领正在疑惑时，一个独脚透明人从后面像袋鼠一样匆匆跳到大哥面前报告：“大哥，山顶人面鸟人传来消息，二哥住地的山顶已有浓烟冒出，有火山爆发的迹象。”几位星人头领一听，果然被天旦言中，纷纷向他投去了赞许的目光。这时，大哥脸色突变，成了粉红色，鼓起红色腮帮子说：“惭愧呀，我们怎么不知道呢？你算是高人啊！提前预测到了二弟住地火山马上要爆发。我们要全力开展自救。大家护送客人离开，保护他们，也就是保护我们自己……”三哥突然打断大哥的话说：“大哥，我去护送天外来客，不然，他们就会永远留在这个星球上了。”大哥认为三弟提出的请求合理，点头同意了。大家各自迅速撤离氮气海洋。

氮气海洋中，一路是大哥领着一帮兄弟，紧急奔赴二哥住地——火山就要爆发的地方；另一路是三哥（细腰双面人头领）带领神鹰大队全体人员，腾空而起，钻进了翻腾的氮气云雾。无敌超人突显自身本领，两腿中喷出两股蓝色火焰冲向前方，把带路的三哥远远甩在他的身后。

穿过沸腾的氮气云雾，天旦几乎能看见停在平坝上的各型飞行器。突然，山顶传来一声惊天动地的巨响，土卫六山摇地动。天旦眺望二哥所住的那座山峰，巨大的黑色烟柱冲天而起，弥漫天空。这时，护送他们的三哥在飞行中急切地说：“客人们，二哥的住地火山已经爆发，请你们紧急落地，驾驶飞行器赶快离开，不然，火山灰很快会飘来，把你们掩埋。晚了就走不了，将会永远留在这个星球上。”他们听到三哥的忠告，各自飞快地落在自己的飞行器旁边，一看，每个飞行器前都有两个狮身人面人在守护。天旦心中非常感激，队员们有礼貌地向他们打招呼：“谢谢你们！尊敬的星人！”“客人们，再见了，欢迎你们下次再来做客。”守护的狮身人面人彬彬有礼地应答。天旦他们迅速驾驶各自的飞行器离开了地面，三哥仍在地面上，依依不舍，向天空频频挥手。

天旦他们各自驾驶飞行器迅速飞到高空，俯视脚下那曾经登陆过的土卫六，喷薄而起的黑色尘埃几乎完全笼罩了人面鸟人的居住地。队员们驾驶飞行器飞走了，只有天旦驾驶神鹰飞船在低空盘旋一阵后，飞向高空继续远远观察。他十分担心土卫六上可敬可爱的星人的生命安全，然而，山顶那黑色的火山口已经吐出了长长的火舌。

火山，再一次全面爆发了，刹那间，翻腾的熔岩从火山口涌出，沿着山坡流淌，冒出缕缕青烟。山红了，大地也是一片火海。突然，奇怪的事情发生了。那些人面鸟人嘴里叼着不知名的石块；细腰双面星人每两个人一组，抬着神奇的石板；狮身人面人身背重物，跃上天空……他们排起长队，轮番向火山口投去。尤其是独脚透明人更为大胆，一个个双手抱住发光的鹅卵石，从空中勇敢地扑进了熊熊燃烧的岩浆喷口里，去整理丢进去的封堵熔岩的填充物。他们出来时，再也不是透明星人了，完全被熔岩烤成一个个黑乎乎的焦人。天旦在天空目睹星人们视死如归，精诚团结，群策群力，被他们与自然灾害坚决斗争的伟大精神所震撼，心中不无赞叹地想：伟大的星人，愿你们与天地同在！

时间在一分一秒地过去，星人们仍然在与火山喷发做顽强的抗争。天旦本想看看结果，希望所有星人平平安安，然而，驾驶舱中的警铃响了，同时发出催促的语音："天旦，队友们已经远去，请你跟上。"他猛然醒悟，立刻驾驶神鹰飞船飞向深空。

第二十五章　彗星光临土星大地　两位勇士奇遇星人

天旦驾驶神鹰飞船，迅速飞离了土卫六，追上了自己的飞行团队。他驾驶舱中打印机上的指示灯又亮了，那只神秘的红嘴小鹦鹉从里面钻出来，嘴上叼着一张卡片。天旦将卡片接在手中观看，是地球基地发来的有关土星的小常识以及飞行目标，上面清楚地打印着：

土星小档案及飞行目标

直径	约 12 万千米
与太阳的平均距离	约 14.29 亿千米
公转周期（1 土星年）	约 29.46 地球年
自转周期（1 土星天）	约 10 小时 33 分
体积排行（地球为 1）	约 745 个地球，第二位（老二）
外观	最漂亮（五颜六色）
飞行目标（绕过光环带）	登陆土星
危险系数	四颗星

地球基地

可爱的红嘴小鹦鹉边飞边用鸟声给他朗读。鸟声刚落，送话器里传来了先锋无敌超人的声音："神鹰，神鹰。前面有数万米的极端雷暴天气。""三叉，土星外围大气层有数万米的雷暴大气层。小心侦察，寻找没有雷暴处穿越。我们马上赶到。”天旦在送话器里下达了进一步侦察的指令。天旦带领飞行团队，迅速赶到了无敌超人发现有雷暴天气的区域。茫茫无际的云层里，惊雷一个接一个炸响，好像无数的炮弹在不停地爆炸；耀眼的闪电一道又一道，似无数的银鞭，在不断抽打万里云层，几乎没有停下来的迹象，显得格外恐怖。这么危险的云层，飞行器根本无法进入。天旦他们几乎侦察了大半个土星大气层，也没有找到能够穿越的合适空间。

天旦正在万分焦急时，送话机里传来了无敌超人兴奋的话语：“神鹰，神鹰，找到安全航线，并且我成功地穿越了雷暴大气层，来到了土星近空。啊，好大的一颗美丽星球！赤道上好像镶嵌着一张巨大的彩色密纹唱片，自动高速旋转，真是太漂亮了。真是太阳系中最美丽的星球。”“三叉，三叉，不得轻易靠近那迷人的光盘。那巨大的光盘，别看它美丽动人，但它有强大的特别磁场，同时，又是多种不知名的冰冷岩石组成。尤其是它的半径达十四万千米，厚度达十多米。一旦擅自闯入高速旋转的光盘，不是把你磨成粉末，就是把你吸收到光盘上，牢牢粘住，永远脱离不开，后果不堪设想。仔仔细细观察，等待我们到达之后，实施有效的土星登陆计划。”“是，坚决服从命令。”无敌超人与天旦通话后，遵照指令，远离土星美丽光盘继续巡查，很快发现登陆土星的最佳着陆点。

天旦带领飞行团队，沿着无敌超人提供的安全航线飞速前行，进入土星大气层。云层深处，闪电、雷声依然接连不断。天旦正在安全通道上高速航行时，他腰间那神奇的天文蛋盒，突然奏起了美妙的乐曲，同时释放出圈圈黄色的光环。机舱黄了，人也黄了，就连神鹰飞船机体外也喷发出一圈又一圈振荡的黄色光环。天旦心中立刻明白，要想轻而易举地登上土星再离开土星，并没有想象的那么容易。

很快，神鹰飞行团队穿过了土星那可怕的雷暴大气层，一颗特别美丽而又巨大的星球，实实在在呈现在他们面前。浅黄色星球表面，垂直安装着特别巨大的、高速旋转的“彩色光盘”，将土星中分为两个半球，也把土星打扮得更加漂亮。同行的队员们个个赞叹不已：好一个神奇的美丽星球！天旦驾驶神鹰飞船巡视一番后，没有见到无敌超人的踪影，心中十分担心他的安危。他拿起送话器呼叫：“三叉，三叉。神鹰呼叫，你在哪里，听到请回话。”反复呼叫数遍，送话器里才传来了无敌超人的声音：“神鹰，神鹰，听到了，我已到达土星南半球上空。你们在哪里？”

“我们已经抵达土星北半球上空。你那里有什么新发现吗？”

“南半球很美丽，比你们北半球更加漂亮。土星表面呈现浅蓝色。”

“好的，继续侦察。”

天旦和无敌超人通话后，心中甚喜。一个大胆的计划从脑海中油然升起：神鹰大队兵分两路，一个小队着陆土星北半球，另一个小队着陆土星南半球。对这颗太阳系中最美丽的星球实行全面考察。这样省时省力，岂不是两全其美。思索一阵之后，天旦决心已定，对着送话器说：“‘子箭’你与‘三叉’着陆土星南半球考察；我和‘云雾’‘旗舰’着陆土星北半球，南北两路同时对土星进行考察。保持通信畅通，相互联系，相互支援。”任务下达后，金助理驾驶子箭飞碟应声而去。

天旦他们三人各自驾驶飞行器，飞离土星那美丽的光环，向北半球浅黄色的陆地飞去。彩霞姑娘驾驶云雾飞碟，自告奋勇担当小队的开路先锋，一路飞行在前，不一会儿，安全飞至土星的低空。经侦察，土星地面不是浅黄色就是深黄色，甚至还有黄中带红的。巡视一番之后，她没有发现异常，整个土星北半球完全是一望无垠的大漠。立刻向天旦报告：“神鹰，神鹰。土星北半球是无边无际的大漠，没有异常情况。”她一边报告，一边飘然着陆在大漠上，从容走出云雾飞碟，踏上了土星北半球神奇的沙漠。微风掀起身上轻飘飘的柔纱，彩霞姑娘更显得楚楚动人，好似仙女从天而降。

天旦和小车司机也赶到了，神鹰飞船、变形旗舰小车都降落在云雾飞碟不远处的沙漠中。他俩还没有来得及走出驾驶舱，彩霞姑娘突然尖叫一声说：“有奇异天象。”天旦一听，一个箭步从驾驶舱中跳出来，仰望土星天空，只见云雾笼罩的天空中，几道长长的乳白色光带沿着他们刚才飞过的航线迎面而来。天旦看了看，回头对彩霞姑娘说：“这有什么大惊小怪的，几颗彗星从土星上空掠过，我们巧遇而已。”转头又对小车司机说：“当然，彗星多种多样。其中少数彗星有周期运行的固定轨迹；大多数彗星，是太空中的孤魂野鬼，也是太空中的匆匆过客……”天旦的话还没说完，彩霞姑娘又大吼一声：“来了，它们来了。”天旦似乎有点儿生气地问：“什么来了？”天旦顺着彩霞姑娘指的方向一看，那几颗“白发”彗星，好像有意朝他们奔来，飞临头顶。天旦心中大惊，连忙大吼一声：“赶快躲开。”然而，那几颗“白发”彗星，似乎在戏耍他们，神奇地拉着一条斜线，撞在天边的沙漠里了。顿时，土星天地之间黄尘漫天。一场虚惊的天旦正想解释落在土星天边沙漠上的那几颗彗星时，站在旁边的小车司机猛然拍了一下天旦的肩膀说：“队长，快看，天空又来了三三两两神奇的彗星。”天旦再次向土星天上望去，雷暴云层里又钻出五颗神奇的彗星，快速向土星飞来。他脑海中产生一个疑问，便自言自语地说：“太神奇了，难道土星的大漠是彗星的聚集之地，土星才变得如此之巨大？”正想着，那五颗彗星分成两列，朝他们飞来，并发出呼啦啦的响声。彗星离他们越来越近了，大家都蒙了，各自连忙奔跑起来，分散躲闪，生怕彗星撞上自己，把生命白白丢在大漠之中。眼看前两颗呼啸而来的彗星就要落到他们脚下这片沙漠，彗星突然改变方向，撞击在他们左前方的沙丘上；后三颗“黄毛”彗星也神奇地拐弯撞击在他们右前方的大漠上，顿时，土星大漠地动山摇，狂风大作，沙尘腾空而起，笼罩着土星大漠。天旦他们淹没在了沙尘之中。

黄尘大漠之中，暴风、沙尘已将神鹰大队队员们各自分开。在沙尘暴中，天旦被刮得东倒西歪站不稳脚跟，深一脚、浅一脚地艰难行走，脚下的沙粒在不断快速增厚，似乎要被大漠吞没。他立刻启动随身携带的通话器呼叫同伴，然而，根本没有信号，通信已经中断。于是，他扯开嗓门呐喊：“云雾、旗舰，你们在哪里？”而彩霞姑娘、小车司机，也在不同的地方呼喊着天旦，可是谁也听不见对方的呼喊声。他们各自在沙尘暴中搜寻对方的身影。

那边，金助理驾驶子箭飞船，飞越了土星美丽的光环，来到土星的南半球，追上了飞行中的无敌超人。他们双双抵近低空巡查，发现这里有雄伟的高山、深邃的峡谷，还有奇峰异岭的冰山，甚至还有晶莹发亮的干冰平原。金助理心中一下子明白了：原来在天空中所看到的那片浅蓝色，就是土星上的冰山与干冰平原。巡视了几周之后，没有发现异常状况，无敌超人、金助理先后着陆于干冰平原。金助理首先推开子箭飞碟的舱门，登上了美丽土星南半球的大地。土星上奇妙的山川、大地在土星那美妙的光环映衬下，一会儿变蓝、一会儿变绿，甚至一会儿变成浅蓝色。人也被镀上了各种色彩，飞行器也变了颜色。

无敌超人、金助理他俩在干冰平原上一边走一边警惕地查看四周。走着走着，突然，一道亮光一闪，一位高大的土星人站在他们面前。他俩似乎已经见多了，见怪不怪，谁也没有感到惊讶。金助理仔细端详站在对面的土星人，只见他几乎有三米高，头大眼睛大，耳朵竖着高过头顶，有着似蝌蚪一样的小嘴，身着多彩的奇异服装，长相古怪。尤为奇怪的是，他的脸一会儿变黑，一会儿变白，甚至一会儿变成淡绿色；其他身体部位的颜色，也随之变幻着不同的颜色，格外神奇。似乎他在说话，虽然小小的嘴唇一点也没有动，但是肚子里发出了奇怪的声音："我是这颗星球上的霸主，你俩怎么不讲规矩，来到这片禁地？未经允许，擅自撞入禁地者，要受到惩罚！"金助理似乎听懂了，急忙上前好言解释说："土星人，久仰，久仰。我俩是地球上的追梦人，去遥远的星空探索考察，途经你们星球，不知道你们有什么规矩。考察完你们星球后，我们就会到其他星球上去，绝不冒犯你们，更不敢违反你们的规定。请你谅解。"金助理说话间，冰面上陆续闪出几位彪悍的变色星人。他们瞪大眼睛，死死盯住无敌超人、金助理，生怕他俩逃走。

性急的无敌超人一看这阵势，认为好言好语不能打动他们，气愤地说："你们有什么规矩？不遵守又能受到什么惩罚？"旁边的一位彪形大汉变色星人，也从肚子里发出奇怪的声音说："小子，你还不服气？世上本来没有什么规矩，即使有规矩，也是人定出来的。我们这里，就是霸主说了算。他说是红的就是红的，他说是白的就是白的，决不会更改。至于处罚？你们去了就知道。既然有胆量闯入禁地，那就没有条件可讲，跟着我们乖乖走吧，接受处罚。你俩若态度好点儿，也许霸主一高兴就宽恕你们了。"其余几个围观的变色星人，也走上来拉拉扯扯，非常蛮横无理。

这可惹怒了暴躁的无敌超人，他岂能忍受这般欺侮，根本不听金助理的劝阻，伸手一掌击向一个变色星人。壮实如牛的变色星人立刻飞出很远，仰面朝天摔倒在光滑的冰面上，团团打转。变色星人霸主一看，这还了得，欺负了他的同伴，从肚子里大吼一声："快，先拿下那个动手的入侵者。"于是，其他变色星人鼓起一对对慑人的大眼睛，挥舞拳头，扑向无敌超人，誓要雪耻报仇。无敌超人见他们来势汹汹，心中根本不怕，索性两腿叉开，挺起奇异的钢铁腰板，任他们打击。那些变色星人哪里知道无敌超人腰板的利害，一阵拳击上去，无敌超人依然纹丝不动站在那里。而挥拳击打无敌超人的变色星人，畏缩到一边，抱着拳头，痛得哇哇大叫。

站在一旁观看的变色星人霸主气愤地呵斥："没用的东西们，赶快，拿下他的同伙。"金助理看到另一群高大魁梧的变色星人朝他围过来，他想：好言相劝已经不起任何作用了。他只好硬着头皮，强打精神，活动几下筋骨，右脚在冰面上轻轻一画，蹬起马步，把气贯注于掌上，对准首先冲上来的一个变色星人上就是一掌。奇迹出现了，那个高大的变色星人还未近身，陡然倒在干冰面上，似离弦的箭滑向远方。正向前冲来的变色星人一看，愣住了，十分胆怯，不知道金助理使用了什么新法术，远远就击倒了自己的同伴。

变色星人霸主再次向手下大吼一声："干吗？起来，赶快把他们拿下。"发呆的变色星人听到霸主的催促，奋不顾身挥拳扑向金助理。金助理再次运气于掌上，将冲上前来的变色星人一掌一个统统击倒在冰面上。金助理收手看看自己的手掌，似乎不敢相信自己的功力在土星上竟然如此出神入化。

"天外人，不知道你们还有深藏不露的绝招，胆敢挑战我的霸主地位。让我来亲自试试。"变色星人霸主边说边走到他俩面前。他俩依旧岿然不动，想看看变色星人霸主究竟还有什么招数。霸主攥紧拳头，朝无敌超人胸膛试了几拳，见无敌超人毫无反应，气得朝无敌超人胸膛猛击一拳，竟然一拳打穿了无敌超人的胸膛，一只手臂镶嵌在胸膛之中。无敌超人趁机收紧腹中的钢筋，牢牢锁住霸主的那只手臂，让他再也拔不出来。一股黑血随着霸主手臂流出来，霸主痛得嗷嗷直叫。无敌超人索性一转身，霸主的半只手臂齐整整地折断在他的胸膛之中。无敌超人飞起一脚，踢开了号叫的变色星人霸主，拔出胸膛中血淋淋的手臂，狠狠甩在远处的冰面上。

被金助理击倒的那些变色星人赶快爬过去，紧急抢救他们的霸主。一个变色星人连忙跑上前去，拾起冰面上霸主带黑血的半只手臂，跑回到霸主身边，往他那折断的腕臂上一靠，用手揉搓了几下，黑血止住了，断臂也接上了，完好如初。霸主在众星人的搀扶下站了起来，他推开搀扶的变色星人，向前走了几步，朝无敌超人和金助理凶狠地瞪了几眼，恶狠狠地说："你俩等着，有仇不报非君子。"又从他的肚腹中，发出几声奇怪的口哨声，顿时，在变色星人脚下的坚硬的冰层里，立刻闪出了几个身披红蓝披风的花脸星人。他们抖了抖身上的冰碴儿，朝无敌超人、金助理一步一个脚印走去。一场大战即将开始。

土星北半球，在强劲的沙尘暴中，天旦他们仍在相互寻找对方，但双方始终没有寻见对方的身影。天旦心想：通讯联系不上，岂能在大漠上困死？于是，他飞身一跃，蹿上天空，钻进浓厚的黄沙云层，一路奋飞。他很快拨开沙云，重见天日。一瞧，小车司机和彩霞姑娘正在无风暴、无尘埃的云层上自由行走，仍在向狂风漫卷的沙尘暴里不断呼喊自己的名字。在喊声中，彩霞姑娘发现了从沙尘暴中冲出来的天旦。他们兴奋地飞奔到一起，紧紧抱成一团。

许久，天旦才松开手，看到漫天的黄尘、风暴渐渐散去。他们骤然想起停放在大漠上的飞行器。于是，他们从天空中急匆匆地飞了下去。

他们重新来到变化一新的大漠上，全力搜寻自己的飞行器。但寻遍了无垠的大漠，也没有看见飞行器的踪影。原来的沙漠已发生了翻天覆地的变化，整个沙漠上增添了一层厚厚的新沙。远方的大漠上，还冒出了许多神奇的新沙丘。在微风吹动下，沙漠上腾起团团尘烟，飘上天空。天旦终于明白了许多新生沙丘的由来，连忙给小车司机和彩霞姑娘解释："远方的新沙丘是刚才那几颗彗星制造出来的。因为它们都是尘埃彗星，所以给大漠增添了新沙，诞生了许多新的沙丘。"

小车司机惊奇地说："怎么天上的彗星还可以给星球制造出沙丘？""这有什么奇怪的，彗星不但可以给各个星球制造出沙漠、大山、峡谷，而且还可制造出海洋、湖泊。”天旦又补充说。

他们一边交谈，一边搜寻自己的飞行器。突然，从他们前面的沙漠上冒出一个奇怪的家伙。只见他怪模怪样，一双红红的眼睛，脑袋好像兔头，屁股上还长着一个短尾巴。他身穿浅灰色的马褂、短裤，真像一个奇异的人面兔人。他与沙漠融合一体，用肉眼很难发现。天旦他们看得正出神，砰砰几下，又从沙漠里跳出来几个一模一样的人面兔人，不由分说，口吐神奇的烟雾，直朝他们吹来。他俩都蒙了，神志完全恍惚，失去了反抗能力。几个人面兔人立马冲上前，两人一组挟持着天旦、彩霞姑娘和小车司机，一溜烟消失在无际的大漠之中。

土星的南半球，一群身披红蓝袍子的花脸星人，像变魔法一样，脸色一会儿变黑，一会儿变白，甚至一会儿变成半黑半白的一张花脸。在变色星人霸主的纵容下，他们手持奇异的武器，猫腰向无敌超人、金助理冲了过去。金助理急忙掏出那神奇的银枪准备迎战。嗒嗒——一串串子弹打在无敌超人钢筋铁骨的身体上，溅起团团火花。原来无敌超人为了保护金助理，侧身挡住了射向金助理的子弹。同时无敌超人也双手开火了，奇异的光弹射向那群花脸星人，他们几乎统统中弹，倒在冰面上。突然，变色星人霸主一跺脚，被打倒的花脸星人前面骤然隆起一道高高的冰墙掩体。金助理、无敌超人完全暴露在花脸星人的枪口之下。

原来打倒在冰面上的那些花脸星人并没有中弹，而是机灵地躲过了无敌超人的子弹，重新从冰面上抬起头，观察无敌超人和金助理的一举一动。趴在掩体后面的变色星人霸主很不高兴地大吼一声：“你们在干吗？怎么不开枪射击？”那些花脸星人谁也不敢吭声，各自掏出别致的武器，借助冰墙掩护，向无敌超人、金助理开火。

刹那间，枪声响彻土星南半球大地。密集的子弹在他俩周围嗖嗖作响。血肉之躯的金助理借助无敌超人的钢铁身躯作掩护，在其身后狠狠还击。无敌超人昂首挺胸向前冲锋，子弹打在身上溅出火花，丝毫没有损伤，即使身上打出了弹孔，也迅速自动修复了。他启动了自身的奇异功能，眼、耳、鼻、口射出多种炮弹，射向躲在冰墙后面的花脸星人、变色星人。坚硬的冰墙掩体很快被轰出了一个缺口，一部分变色星人被炸飞到天上，另一部分变色星人原来强大的火力也明显减弱了。躲在掩体后面的变色星人霸主一看，知道遇到了天外的强敌，形势对他非常不利，于是紧急下令："赶快撤退。"躲藏在冰墙掩体中的变色星人一闪，瞬间消失了。花脸星人也收起了枪，就地钻进了坚硬的冰层里去了，顿时，变色星人攻击的枪声不响了。

无敌超人和金助理赶快冲上冰墙掩体查看，发现攻击的变色星人、花脸星人，一个也没有，神秘地消失了。光滑的冰面上，留下一道道星人逃跑后隆起的痕迹，一直伸向远方。他俩沿着冰面上留下的痕迹追踪而去。

话说土星北半球，天旦他们三个人毫无知觉地被人面兔人挟持到一个神秘的沙漠宫殿，重重摔在宫殿的地上。一群大大小小的人面兔人围上来，把他们当怪物一样地看，并发出一阵嘲笑。

半晌，小车司机首先苏醒过来，偷偷一看，天旦和彩霞姑娘仍在地上昏迷不醒。他们竟然被一群人面兔星人喽啰欺负。小车司机心中不是滋味，一向很温柔的他，怒火从心中升起，不知从哪里冒出来一股神奇的力量，猛然从地上蹦起来，跃到人面兔人身后，飞起一脚将一个人面兔人喽啰踢到大厅一角，摔在地上，同时狠狠一拳，又将另一个人面兔人打出一丈多远，跌倒在宫殿的地上，当场毙命。其他的人面兔人，看到小车司机打死打伤他们的同伴，立刻摆开阵势，分批向他发动攻击。一个个人面兔人冲上前来，小车司机毫不留情，出拳凶猛，一拳一个，招招致命，就连从背后偷袭的人面兔人也难逃噩运。他如同脑后有眼，看都不看，反手肘击来犯的人面兔人，浑身有用不完的力气，从地上打到空中，从空中又打到地上。一阵厮杀，沙漠宫殿的大厅地面上，横七竖八躺着数具人面兔的尸体，吓得其他胆小的人面兔人畏缩到大厅的一角，瑟瑟发抖。

小车司机趁机上前，俯下身子救助天旦和彩霞姑娘。这时，正坐在正殿大厅座椅上观战的人面兔人头领突然站起来发话了："慢，小子，你还可以嘛？胆敢打死我的人……"那人面兔人头领话还没说完，立刻冲出一队人面兔人彪形大汉。一个人面兔人立即扑向小车司机。小车司机转身站起来，朝那个人面兔人猛击一掌。人面兔人扑通一声跪在地上，其余几个彪悍的人面兔人气急败坏地拉开距离，将小车司机团团围住。小车司机不慌不忙地活动一下身躯，手脚并用，闪电般地打倒了围攻他的那些人面兔人。人面兔人头领见状，咆哮起来："不动脑筋的东西，起来，起来。赶快使用秘密武器。"躺在地上的人面兔人如梦初醒，从地上急忙爬起来，口吐神奇的水雾，向小车司机喷去。小车司机立刻感到周身无力，神志也渐渐地模糊了，瘫软在地上，失去了知觉。一群人面兔人赶忙围上去，发出了阵阵得意的奸笑。

第二十六章　勇士三打土星星人　队员大战冰宫魔怪

土星南半球的金助理、无敌超人沿着星人潜逃时留在冰面上的一道道凸起的痕迹一路追踪。走在前面的无敌超人突然停下来，似乎发现了什么。他朝坚固的冰面猛踩几脚，光滑而又平整的冰面竟然被踩出一个大窟窿。突然，从窟窿里伸出几双奇形的黑手，闪电般抓住了无敌超人的双脚，将他拖进冰窟之中。冰窟洞口被封堵，不留一点痕迹。追踪在后的金助理还没有弄清怎么回事，无敌超人就地消失在冰面上了。顿时，金助理感到毛骨悚然，小心翼翼地赶到出事地点，到处敲打冰面，也不见无敌超人的踪影。

原来，冰窟里几个彪悍的花脸星人趁无敌超人毫无防备，把他拖进了漆黑的冰窟之中，塞进一个神奇的黑色袋子，弄到一个神秘的冰宫，甩在冰宫坚硬如铁的地上。无敌超人在黑色袋子里骂骂咧咧，并且瓮声瓮气地说："赶快放我出来，不然，我会捣毁你们的宫殿，杀光你们所有变色星人。"坐在冰宫正殿座椅上的变色星人霸主得意地一阵冷笑，说道："有本事你就钻出来。这就是与我作对的下场。小的们，陪他玩玩，杀杀他的威风。"一群变色星人蜂拥而上，朝袋子里的无敌超人一阵拳打脚踢，百般欺负。这批星人玩累了，又上来一批大大小小的花脸星人。他们每两人一组，抓住布袋子两端，抬起无敌超人，似投球一样甩给对方，你来我往不停戏耍。

囚禁在黑色袋子里的无敌超人，无论他想什么办法，也捅不破、撕不烂这神奇的黑色袋子，即使启动最先进的多功能武器，也打不穿、炸不破。一切都无济于事，无敌超人被困在这魔袋中了。他一时无计可施，索性在有弹性的黑色袋子中一阵乱踢乱打，偶尔还打伤了在外面戏耍他的花脸星人。这可惹怒了彪悍的花脸星人，刀叉、棍棒一齐朝他打去，仍不解恨，还将黑色袋子抬上一个正在熊熊燃烧的烘烤架上烘烤，企图烤熟他，烧死他。不多一会儿，黑色袋子里再没有动静了，有些星人用棍棒试探布袋中的无敌超人，既没有反应，也没有反抗，就认为他已被烤死了。

正当花脸星人玩得正欢时，一个变色星人手持蓝旗边跑边喊："报——霸主，又捉到了一个天外人。"只见几个变色星人又抬着一个黑色袋子，匆匆来到大殿，重重甩在大厅的地上。烘烤架上的无敌超人知道是金助理也遭到暗算，被捉来了。他沉住气，静观其变，再作打算。座椅上的变色星人霸主再次发出了一阵狂笑，高兴地说："小的们，你们劳苦功高，把入侵的天外人统统捉拿归案。天空太平了！你们也可以一起玩玩这个天外人了。"一帮星人一听，霸主发话了，立刻扑向装有金助理的黑色袋子，用先前的方法戏耍金助理。金助理在布袋里渐渐支撑不住，昏了过去。

又一群变色星人涌到烘烤架前，继续戏耍无敌超人。花脸星人还向黑色袋子上浇上不知名的可燃液体。装有无敌超人的袋子立刻燃起熊熊大火。旁边形形色色的星人指手画脚地纷纷议论着："已经烤熟了。""一定烧死了。"

黑色袋子中钢铁之身的无敌超人，听见诅咒他的话语，并没有生气，大声说："只要不欺负我的同伴。你们有什么本事都可以拿出来对付我。"

星人一听布袋中的天外人仍在说话，吓得连连后退几步，简直不敢相信这一切会是真的，又搬来几桶可燃液体浇上，火燃烧得更旺了。布袋里的无敌超人索性在烘烤架上荡起秋千，把在场的星人惊得目瞪口呆，连连后退。熊熊燃烧的黑色袋子在烘烤架上荡来荡去，砰的一声，竟然晃垮了烘烤架，一个火球在冰宫的大厅里各处翻滚，似乎长了眼睛，专门滚到扎堆的星人身旁，顿时，冰宫里一片大乱，到处奔跑着惊慌失措的星人。

另一个黑色袋子中的金助理渐渐苏醒过来，他睁开双眼，伸手不见五指。他摸索着从黄色宇航服里掏出发亮的神奇银枪，朝袋子开了一枪，奇迹出现了，囚禁他的黑色袋子，被打出了一个孔洞，圆鼓鼓的黑色袋子立刻泄了气似的，自然裂开一个大洞。他挣扎着从袋子里钻出来，站在冰宫大厅的一角。他看见一个火球在冰宫中追逐着星人，并且点燃许多星人，哭爹喊娘，乱成一团，谁也顾不上他的存在。

他一下子明白了：燃烧的火球里面一定是无敌超人。他举起银枪向翻滚的火球连开两枪，燃烧的火苗立马熄灭了。无敌超人从黑色袋子里蹦出来，站在大厅的另一角。他知道是金助理解救了他，向对面的金助理点头致谢。之后他俩几乎同时朝星人开枪。

土星北半球，在神秘的沙漠宫殿里，人面兔人口吐神奇的迷魂烟雾，再一次迷昏了小车司机。星人头领对昏睡的小车司机发出一阵嘲笑。几位人面兔人仍然戏耍天旦、彩霞姑娘和小车司机，都想凑近细细瞧瞧天外人最真实的模样。一位人面兔人在摆弄的过程中，无意发现了天旦腰间有闪光发亮的天文蛋盒，好奇地伸手去夺取，突然，天文蛋盒爆发出一股神奇的力量，将那个人面兔人弹到大厅的天花板上，然后重重地摔在地面上。其他的人面兔人见状，吃惊地退缩到一边，眼睛直勾勾看着天旦腰间闪光的天文蛋盒出神。坐在正殿上的人面兔人头领，按捺不住了，几个箭步跑下来，观看天旦腰间究竟是什么稀奇的宝贝，能发出如此神奇的力量。其他人面兔人也壮着胆子围了上去。刚才那位摔伤的人面兔人，在同伴的搀扶下，也走过来观看。一个胆大的人面兔人操起特殊的长枪，试探天旦腰间那神奇的宝物。他没有想到，手中的武器还没有碰到天文蛋盒，天文蛋盒里又爆发出一股强大的力量，将他手里的武器莫名其妙地打飞了。贪心的人面兔人头领见状十分兴奋，心想：那闪光的盒子一定是上天的珍贵宝物，必须占有。他从人群中挤出去，回头大声说："统统给我上，谁先拿到天外人身上的宝物，给我奉上，官升二级，奖黄金万两。"在场的人面兔人一听拿到宝贝的人能升官发财，都争先恐后地扑向昏睡在地上的天旦，都想从他身上首先抢到宝贝奉上。然而，奇迹又一次出现了，天文蛋盒突然爆发出更神奇的力量，犹如引爆了一颗无形的炸弹，炸飞了扑向他的所有人面兔人。

这时，天旦已渐渐苏醒，慢慢睁开眼睛，翻身一看，彩霞姑娘、小车司机仍然昏迷在地。他立刻醒悟过来：是大漠上的人面兔人利用神秘烟雾迷昏了大家。他立马从地上站起来，抖一抖身上的沙尘，看见一群痛苦不堪的人面兔人正从大厅的各个角落爬起来。当然，他并不知道是天文蛋盒的巨大威力帮了他的大忙。天旦觉得此地极其危险，当务之急是尽快想办法使彩霞姑娘、小车司机苏醒，摆脱当前的窘境。他正在思索时，大殿座椅上的人面兔人头领大吼一声："赶快，爬起来。逮住站起来的天外人。抢回宝贝，官升三级，奖金加倍。"胆小的人面兔人已经尝到了天旦身上的天文蛋盒的厉害，一个个畏缩到一边。几个胆大、魁梧的人面兔人慢慢向天旦靠近。天旦立刻跳到一边，迅速戴上防护口罩，防备再次遭到人面兔人神秘烟雾的暗算。他屏住呼吸，迎上前去，朝冲在前面的几个人面兔人一阵拳脚功夫，将他们打倒在地。

又冲上几个人面兔人，口吐神秘的白色烟雾，企图再一次暗算天旦。对于早有防备的天旦来说，迷魂烟雾已经丝毫不起作用了，人面兔人吓得连连后退。座椅上的人面兔人头领急得捶胸顿足，大声吼叫："傻瓜们，赶快开枪打死他，抢来宝贝也算数。"搏斗中的天旦一听，人面兔人要动枪动炮了，抢先分别给彩霞姑娘、小车司机口中各喂了一粒解药。随即枪声响了，天旦身上连中数弹，鲜血直流。他忍痛急忙隐身，闪到大厅的沙柱后面，掏出金枪狠狠还击。

是天旦的解药起了作用，还是枪声惊醒了彩霞姑娘、小车司机呢，无法考证。他俩几乎同时苏醒，急忙翻身而起。大厅里枪声大作，他俩都知道天旦与人面兔人展开了激烈的战斗。只见一支闪闪光亮的金枪在空中飘来飘去，神奇地专打周围的人面兔人。他俩急忙举起枪，从后面袭击人面兔人，一个个人面兔人应声倒下。在激烈的战斗中，小车司机不幸腿部中弹，鲜血直流，但他仍然坚持战斗。彩霞姑娘发现后，一边保护，一边狠狠还击人面兔人。不多时，大厅中星人的枪声稀疏下来，各个角落躺着无数星人的尸体。人面兔人头领见大势已去，带领幸存的人面兔人仓皇逃进深宫。

天旦收回金枪，现身来到彩霞姑娘面前。彩霞姑娘看到出天旦挂了彩，身上血迹斑斑，关切地问道："你负伤了，伤势怎样？""没有问题，轻伤。早就治疗好了。"天旦乐观地回答。小车司机一瘸一拐地走过来，对天旦说："队长，追上去消灭那些讨厌的人面兔人。""不，不，穷寇勿追。赶快离开危险的沙漠宫殿，先疗好你的伤，再消灭他们也不迟。”天旦肯切地说。于是，他俩搀扶着小车司机，匆匆离开了沙漠宫殿。

土星南半球的冰宫里，无敌超人、金助理仍然在同变色星人、花脸星人展开顽强的战斗。他们各自使出看家本领，把对方打得一败涂地，冰宫一片狼藉。金助理手中的银枪射出的子弹可以神奇地拐弯，专打躲藏在掩体后面的星人。无论是变色星人，还是花脸星人，都几乎无处藏身。无敌超人更是勇猛无敌，挥舞拳脚，打得星人哭爹喊娘。躲在阴暗角落处的星人霸主瞪着圆溜溜的大眼睛，目睹自己的同伴一个个倒下，心中怒火万丈，对旁边的小头目说：“赶快启用备用方案。”那小头目转身匆匆离去。刹那间，阴森的冰宫响起刺耳的警报声。星人的枪声不响了，顿时，所有星人消失得无影无踪。

冰宫大厅里只剩下无敌超人和金助理。他俩左瞧右看，各个角落没有发现一个星人。同时，冰宫的屋顶发出撕裂的阵阵响声，并且裂缝逐渐扩大。先知先觉的无敌超人一把抓住金助理往暗处秘密巷道飞奔，一边跑一边说：“星人霸主要自毁冰宫，企图把我俩埋葬在千米厚的冰层里，将我们永远留在这颗星球上。”他们刚刚跑进狭窄的秘密通道，一声巨响，坚固的地下冰宫瞬间垮塌。金助理不知不觉地吓得伸了伸舌头，心想：若不是无敌超人拉上我跑得快，我恐怕永远被埋葬在变色星人的冰宫里了。

金助理他俩在秘密巷道中一路追踪潜逃的变色星人、花脸星人。他们没有想到，千米冰层下面还有一座奢华的星人宫殿，那里灯火通明，金碧辉煌。殿内壁垒森严，全副武装的变色星人、花脸星人来回巡逻。失魂落魄的星人霸主，躺在正殿宝座上，几个变色星人七手八脚正在给他捶背压惊，一帮花脸星人忙着端茶递水。星人霸主的粗气尚未喘完，一位打探消息的变色星人一路高喊着跑进正殿，上气不接下气地说：“报告霸主。两位天外人没有被埋葬。他们找到了秘密通道，冲来了。”星人霸主一听，气得脸色铁青，一下子从宝座上站起来，推开侍奉他的变色星人，打落花脸星人手中的茶碗，指着身边的一个花脸星人小头目说：“赶快、赶快，把秘密通道给我堵上。决不能让天外人来到宫殿。”“是。”花脸星人小头目应声而去。

正殿后面，立刻又冲出一队虎头虎脑的特殊星人。只见他们身材高大，脑袋光秃秃的，鼻高眼圆，龇牙咧嘴，行动呆板，全身清一色花岗岩色彩，真像从石头里蹦出的石头人。他们站在正殿两侧，严阵以待。

花脸星人小头目带领一帮荷枪实弹的同伙，冲向秘密巷道，很快就发现了金助理、无敌超人迎面冲来。他们悄悄地停下来，小头目操起特殊武器，朝巷道结冰的地面扣动扳机，一道坚硬的冰墙瞬间拔地而起，把秘密巷道堵得严严实实。刚刚堵上的冰墙，突然传来撞击声。小头目上前查看，撞击声不断，冰碴儿散落，冰墙在颤抖。他惊出一身冷汗，连连后退几步，再次使用特殊武器对冰墙进行加厚处理，直至坚固为止。小头目仍不放心，每后撤几米，又增设一道防护冰墙，在巷道里连续增设了三道防线，并安排几个花脸星人守护着，才放心离去。

花脸小头目撤回到正殿，向星人霸主报告："尊敬的霸主，秘密通道已设三道防护冰墙，别说天外人，就是神仙也钻不过来。他们很快就会闷死在冰冷的巷道里……"花脸星人小头目的话还没有说完，砰砰几声响，几个花脸星人守卫从巷道里莫名其妙地飞入宫殿，落在正殿的地上，四肢抽搐着当场断了气。一个身披黑色披风的黑影闯了进来，星人霸主一眼就认出，那黑色披风星人不是别人，就是多次与之交战的无敌超人，不过体型比原来壮实了许多，但是掩盖不住他的真实面容。星人霸主大吼一声："他是天外人，给我拿下。"其他的变色星人、花脸星人都知道无敌超人的厉害，加之今天无敌超人的个头不知什么原因比以前壮了许多，都吓得畏缩到一边，不敢上前应战。几个有灵性的石头人赤手空拳走了上去，无敌超人赶忙迎上前去。一个魁梧的石头人挺胸来到无敌超人面前，无敌超人见他不怀好意，抢先朝石头人心窝猛击一拳，石头人胸脯火花飞溅，然而石头人竟然纹丝不动，还向前挪动了两小步。性急的无敌超人，牙齿咬得格格直响，索性双拳出击，可依然没有撼动眼前的石头人，他仍然稳稳站在原地。

远远观看的星人连声叫好。星人霸主也喜笑颜开，鼓掌助威。在热烈的掌声之中，石头人出手了。经过一阵激烈的搏击，无敌超人后退半步，脑袋上重重挨了一拳，半边脑袋竟然被打瘪了。他眼睛一鼓，头一甩，启动自疗程序，恢复了原样。

金助理凡胎肉体，根本禁不起石头人重拳攻击。为了避免他受到伤害，无敌超人提前把他庇护在背后的黑色防弹披风里。金助理坦然对无敌超人说：“找准石头人的死穴——头部、双腿，狠狠打击，石头人必然惨败。”经金助理提醒，无敌超人豁然明白，瞅准那冲上前来的石头人的脑袋猛击一拳，果然，石头人的脑袋搬了家，飞出很远，哐当一声砸在大殿的地上，然而，那石头星人并没有倒下，盲目地挥舞双拳，毫无目标地向无敌超人攻击。无敌超人又对准张牙舞爪的石头人的双腿猛踢几脚，石头的双腿断了，石头人一下子瘫倒在地上，再也爬不起来了。宫殿内其他星人一片哗然。

其余有灵性的石头人一见自己的同伴不但身首分家，而且双腿被打断，一命呜呼了，顿时气得猛冲过来。有前车之鉴的无敌超人再也不打他们那坚硬如铁的胸膛，而是瞅准石头人的死穴，专攻头部和双腿。他毫不留情，出手凶狠，招招致命，很快消灭了正前方来袭的数个石头人。防弹黑色披风中的金助理，在无敌超人背后也没有闲着，出拳踢腿攻击石头人，击死击伤许多来犯的石头人。刹那间，宫殿地上躺下了无数具石头人的尸体。

正殿上的星人霸主一看神勇的无敌超人消灭了他的精锐卫队，哆嗦着说：“赶快开枪，打死他们。”顿时，宫殿里枪声大作，无敌超人身上火花飞溅，他机灵地双手开枪还击，同时瞅准空当，飞身一跃，直奔正堂宝座上的星人霸主。这时，闪出几个负隅顽抗的星人卫士，挡在霸主前面。无敌超人毫不客气，一枪一个，枪枪毙命。星人霸主见大势已去，转身逃跑。无敌超人哪肯放过，一把揪住了逃窜中的星人霸主，然而，仍有两个幸存的花脸星人从角落里走出来，从后背举枪偷袭。披风里的金助理举起手中的银枪回击，两声枪响，偷袭的花脸星人应声倒下了。无敌超人并没有回头看金助理的战斗成果，反而头也不抬，举枪击毙了躲藏在宫殿冰柱后面最后的一个星人。地下冰宫瞬间恢复了平静。金助理本想出来，又被无敌超人按进了披风里。

变色星人霸主被无敌超人抓到正堂审问：“地下冰宫通向外界的出口在哪里？说出来，就不伤害你。胆敢耍花样，决不轻饶。”变色星人霸主瞪大眼睛，发出一阵大笑说：“杀了我，你就走不出地下宫殿。反而我有福了，至死还有你天外人给我陪葬。”变色星人霸主说着说着，用手朝自己头上轻轻一拍，身体竟自然爆炸了，宫殿地上，竟然找不到他的半点尸骸。急性子无敌超人失去了最后一个星人活口，顿时怒火冲天，举起双枪朝豪华宫殿的各种设施一阵疯狂扫射，几乎打烂了宫殿中各种精雕细凿的装饰品、工艺品，包括霸主的宝座也被打得稀烂。大量的冰块不断坠落，毫无防备的无敌超人哇的一声尖叫。一股带火的强大气流冲破厚厚的坚硬冰层，把他摔在冰面上。金助理也从他的披风里分离出来，躺在冰面上昏迷过去。

半晌，无敌超人才从冰面上爬起来，一看，竟然离奇地从星人的地下神秘宫殿出来了。不远处的地下冰宫吐出长长的火舌，犹如火山爆发，通红的岩浆不断喷出，在冰面上冒着青烟，发出哧哧的声响，一路奔腾而来。他赶忙上前唤醒昏迷中的金助理。他们双双携手在冰上一路狂奔到停放飞行器的地方，各自钻进自己的飞船，匆匆驶向土星上空。

天旦、彩霞姑娘，一路保护小车司机，来到一处避风的沙丘后面，正在给小车司机包扎腿上的伤口，他们做梦也没有想到，人面兔人头领带着一帮奇异星人，在沙漠上行走如飞，悄然追了上来。这奇异星人虽然变了一个模样，但是没有改变脸面。只见他们长相十分难看，赤身裸体，浑身长毛。尤其是腿上长着像马尾巴一样的长毛，好像传说中的沙漠里的飞毛腿星人。他们潜伏在天旦他们对面的一座沙丘上窥探，其中两个飞毛腿星人向天旦他们所在的沙丘偷偷匍匐爬去。天旦包扎完小车司机腿上的伤口，心中感到阵阵不安，预感到有星人在附近，便隐身跃上沙丘的最高处探察，果然，沙漠上有两个腿上长毛的家伙正向他们偷偷爬来。远处沙丘上还有数双灰眼睛正在窥视。他立刻退下来，现身来到彩霞姑娘和小车司机身旁，悄悄地对小车司机说：“一帮奇异星人已经来了，有两个飞毛腿星人正在向我们爬来。彩霞姑娘和我去对付奇异星人，你在此隐蔽疗伤。”安排妥当后，他俩拿起武器，一起奔上沙丘，对准正在沙漠上爬行的两个飞毛腿星人猛烈开火，可是，那两个飞毛腿星人似乎有所察觉，在沙漠上不断翻滚，子弹在他们周围激起团团尘烟。他们机灵地躲过了射过来的枪弹，赶紧爬起来，一溜烟地跑回人面兔人头领的沙丘后面去了。

此时，对面人面兔人的枪声也响了，子弹在天旦他俩身边哧哧作响。他俩赶紧引开人面兔人的火力，跃到另一座沙丘上，避免误伤了正在疗伤的小车司机。

天旦他俩隐蔽在另一座沙丘后，与人面兔人展示新一轮殊死战斗。人面兔人人多势众，密集的子弹打得他俩几乎抬不起头来，尘烟笼罩着整个沙丘。天旦即刻启用金枪的特殊功能，几声枪响之后，对面人面兔人躲避的沙丘被夷为平地，枪声再也不响了。他俩急忙跑过去查看，人面兔人头领和飞毛腿星人一个也没有，全都神秘消失了。正在搜寻时，天旦身后的沙漠里突然冒出一个飞毛腿星人，举枪朝他射击。天旦早有觉察，反手一枪，将其当场击毙。枪声刚落，彩霞姑娘身后的沙漠里也探出飞毛腿星人的半个身子，举枪偷袭毫无防备的彩霞姑娘。这一切被天旦发现，他抬手一枪，那个飞毛腿星人耷拉着脑袋断了气。天旦立刻醒悟：此处沙漠极度危险，不能久留。他大声对彩霞姑娘说："这里危险，赶快离开。"他的话音刚落，沙漠里突然又蹦出一个飞毛腿星人，冷不防死死地抱住了天旦的头，把他按倒在沙漠里。学过武功的天旦瞬间憋气，一阵滚打，一脚踹开偷袭的飞毛腿星人，抬手一枪，击毙了他。天旦刚从沙地上站起来，看见另一个飞毛腿星人从背后抱住了彩霞姑娘。他飞身前去，一枪托打爆了飞毛腿星人的头颅，脑浆飞溅。飞毛腿星人立刻松开了双手，瘫软在地上。天旦抓住彩霞姑娘飞上天空，对准危险沙漠区域展开一阵扫射，轰出了无数的大坑，星人再也没有藏身之地了。

他俩从天空中落下来，站在另一座沙丘上远远观看，只见沙坑里仍然陆续钻出几个飞毛腿星人，好像人面兔人头领也在其中，鬼头鬼脑向大漠深处逃窜。天旦举枪狙击，打中两个逃跑中的飞毛腿星人，其余几个飞毛腿星人在人面兔人头领的带领下逃走了。

天旦和彩霞姑娘急忙赶到原来落脚的沙丘，查看小车司机的伤情，却发现小车司机已经消失得无影无踪，但是地上留下许多打斗过的痕迹。天旦心中明白，一定是那些星人耍了花招，抓走了小车司机。他俩十分担心小车司机的安全，扯开嗓门呼喊。空荡荡的大漠却没有小车司机的回音，忽然，大漠的天地之间，有一群模糊的人影，朝他俩奔来，眨眼之间来到对面。旦仔细一看，小车司机已被飞毛腿星人挟持当作人质。

这时，从飞毛腿星人堆里走出了人面兔人头领。他耀武扬威地说：“对面的天外人，你俩给我听好，你们是哪里来的怪物？打死打伤我的同伴，罪大恶极。要想活命，立刻放下你们手中的武器，束手就擒，可保无恙。否则，我们立刻杀死你们的同伴。”天旦想了想，为了确保小车司机的人身安全，上前一步说：“星人，我们是地球人，逐梦太空，途经你们星球。本来不想冒犯你们，然而，你们人面兔人多次想方设法陷害我们，挑起战事，我们不得已还击，误伤你们的同伴，请你们原谅。放了我们的同伴吧，咱们相安无事。”人面兔人头领生气地说：“不行。你们先缴械投降，奉上随身带的发光宝贝，我就放了你们的同伴。”天旦终于知道那人面兔人头领的最终目的是想得到自己身上的天文蛋盒。这怎么能行！天旦趁机说：“我俩商量后，回答你。”他回头对彩霞姑娘说：“我隐身去解救小车司机，你消灭那些站立的星人。”他说完之后，一闪，隐身而去了。

隐身后的天旦悄悄来到飞毛腿星人的人群里，飞毛腿星人一点儿也没有察觉。天旦挤到两位挟持小车司机的星人身后，人面兔人头领突然发话了：“怎么？还不答复。我们就要杀人了！”砰砰两声枪响，天旦击毙了挟持小车司机的两位飞毛腿星人。他迅速把小车司机按倒在沙漠上，抱住他在沙漠上翻滚。说时迟那时快，对面彩霞姑娘手中的枪响了，一个个星人还没有弄清怎么回事，就应声倒下了。只有一个飞毛腿星人溜走了，在无际的大漠上飞速逃窜，彩霞姑娘急忙追了上去。

星人死人堆里，忽然有一个星人站了起来，原来是人面兔人头领。他两眼直勾勾看着在沙漠上翻滚的天旦和小车司机，一步一步向他们走去。他们翻身站起来，天旦举起金枪，向迎面而来的人面兔人头领开了一枪。人面兔人头领并没有倒下，身体反而长高半米，体态变粗了一圈。小车司机见状，举起铜枪，连开两枪，人面兔人头领仍然没有倒下，身体连续变化两次，变得更加魁梧高大。他俩傻眼了，同时举起金枪、铜枪，枪响之后，人面兔人头领还是没有倒下，一个巨大的奇异灰兔星人屹立在沙漠上，拖着笨重的脚步，高声怪叫，张牙舞爪地向他俩扑来，吓得他俩再也不敢开枪射击，连连后退。

这时，彩霞姑娘在无际的大漠上追上了最后一个潜逃的飞毛腿星人，当场将其击毙。回到激战过的沙漠上一看，一个奇怪的巨型人面兔人站在沙漠中，向天旦他们步步逼近。她立刻举枪射击，而那奇怪的巨型人面兔人根本没有反应，体型反而变得特别巨大，并且反踢一脚，一团浓密的沙尘袭向彩霞姑娘，当场就把彩霞姑娘掩埋在沙尘里。彩霞姑娘迅速从沙堆里钻出来，眼看巨型人面兔人就要逮住小车司机了，她立刻飞身一跃，跳到巨型星人的头顶，狠狠击打他的头部。巨型人面兔人伸手捉小鸡一样抓住了彩霞姑娘，随手将其抛在很远的大漠上。

万分危险时刻，天空两道亮光一闪，金助理和无敌超人驾驶飞行器赶来了。他们飞到低空，看见巨型人面兔人要杀害天旦和小车司机，金助理来不及落地，他放慢航速，推开舱门，举起了银枪。受困在沙漠上的天旦、小车司机惊喜万分：终于来了救星。骤然间，天旦想起三枪同发的神奇威力，叮嘱小车司机也举起铜枪，他们几乎同时开了枪。无敌超人也同时扣动了扳机，几股强大的火力，一齐射向那巨型人面兔人。人面兔人停止了前行的脚步，并且不再长高，不再变粗，反而发出一阵撕心裂肺的惨叫，上半身瞬间爆炸，血肉横飞，下半身残骸倒在沙漠上，堆成一座小山包。

消灭了巨型人面兔人，无敌超人、金助理才驾驶飞船、飞碟落地，大家一起共同欢庆胜利。

第二十七章　神鹰误入飞天航母　空间站巧斗太空人

神鹰大队全体队员齐心协力消灭了土星上最后一个变异的巨型人面兔人。大家正在欢庆胜利时，大漠深处突然卷起团团尘烟，飞速向他们袭来。大家立刻瞪大眼睛，全神贯注地注视着，不知又要发生什么事情。

这时，小车司机却风趣地说："大家别惊慌，那是我的坐骑自动开过来了，欢迎我们乘坐。"天旦哪敢相信他的话，仍然保持戒备状态。大家仔细一瞧，团团沙尘之中，的确是变形旗舰小车自动开过来了，停在离他们不远的沙漠上。大家悬着的心终于平静下来。天旦立刻宣布："离开土星，向新目标出发。"金助理、无敌超人二人应声进入各自的飞行器，起飞了。天旦和彩霞姑娘，钻进了小车司机的变形旗舰小车，在沙漠上飞速急驶。

宽广的大漠上，变形旗舰小车荡起浓浓沙尘，很快来到原先彗星坠落的那片沙漠上。小车停下来了，天旦和彩霞姑娘走出小车，在茫茫沙漠上，再次寻找各自失踪的飞行器。他俩正在搜寻时，前面静静的沙漠上，一堆沙粒慢慢地凸起，刹那之间，一根巨大的黄尘沙柱冲天而起，神鹰飞船竟然奇迹般从黄尘沙柱中飞了出来，停在天旦前面的沙地上。它自动抖了抖身上的尘埃，不动了。天旦看得傻了眼，他万万没想到自己的飞行器还有这样的特殊功能：主人把事办完了，就出来迎接。又是一根沙柱从沙漠上拔地而起，被掩埋的云雾飞碟也从沙漠里钻了出来。他们钻进各自的飞行器，缓缓离开了这神奇的大漠，飞向土星上空。

金助理驾驶子箭飞碟，紧紧跟着无敌超人的三叉飞船快速航行，双双顺利飞上了太空。几十颗特别明亮的星星高挂远空，把深空装扮得格外壮丽。

无敌超人仍然担当开路先锋，在前方飞行。从屏幕上，他很快捕捉到前面太空中的一个特殊信息：有一个忽明忽暗、巨大的黑色幽灵在太空游荡，像飘浮在太空中的一座城堡，又像一个奇特的飞行器。他立刻启动最先进的远程追踪雷达探测，原来那个巨大的黑色幽灵竟然是一艘数千万吨、游荡在太空中的巨型飞天航母。他非常吃惊：在太空中从哪里钻出来这么一个巨大的怪物似幽灵一样在太空中游弋？仔细侦察，那飞天航母的巨型甲板上，靠放着各种各样的奇异飞行器，好像还有工作人员在走动。塔台上灯光，时明时暗，很多星人在甲板上正在搬运货物。他立刻呼叫天旦："神鹰、神鹰。三叉呼叫。"

"三叉，听到了，请讲。"

"太空中发现巨型飞天航母。"

"什么？有这样的奇事？"

"是的，它比地球上的科技先进几百年。"

"你有什么方案？"

"我想登上飞天航母看看。如果平安无事，大家都可以上去参观、学习。"

"可以。保持联系。千万当心，不要上当受骗。"

无敌超人与天旦刚刚通完话，太空中一只五爪隐形钢铁手臂，若影若现地朝三叉飞船伸来。那钢铁手臂一把抓住三叉飞船，不由分说拉上就走。无敌超人还没有弄清怎么回事，连人带船就被拖到了巨型飞天航母的甲板上。他不由自主走出驾驶舱，发现迎上来的人竟然是身穿红色宇航服的天旦。只见他腰系天文蛋盒，佩戴金枪，一点不假。他感到非常奇怪，便说："队长，我们刚通完话，你不是在身后吗？怎么先到了呢？""嗨，我也可以先到嘛！哪里不对呢？等你多时了。"对方回答。"其他队员呢？"无敌超人又问。"你看，他们在那里，也来迎接你了。"对方又爽快地回答。只见身穿黄色宇航服的金助理和身着天蓝色宇航服的小车司机笑盈盈地走了过来。无敌超人仍然有些怀疑，忙问他们："你们是真的吗？怎么会先到了呢？""你看看我俩，还有假吗？先睹为快也是我们心中的想法。走在你的前面，有何不可？"

金助理反问道。他们寒暄之后，两位队友架住无敌超人走向飞天航母的舰岛。

无敌超人无暇顾及飞天航母上的尖端武器以及先进的奇异飞机，闷闷不乐地穿过宽大的停机甲板，很快来到飞天航母舰岛前。塔台指挥塔楼上闪烁着几个金光闪闪的大字——“天王空间站”。他心中明白了，这里就是飞天航母的指挥中枢，看看左右两旁的金助理、小车司机，言谈举止虽然有些别扭，但是他们的长相，真真切切，找不出半点瑕疵。踏进天王空间站，一个漂亮的接待厅呈现在他眼前。一个奇异的方头机器人迎上来，亲切地跟他打招呼：“欢迎光临天王空间站。”两边的机器人卫士也向他们深深鞠躬，表示欢迎。柜台前，一个戴墨镜的细脖子星人贼头贼脑对前面的天旦毕恭毕敬，阿谀奉承，好像天旦就是这个天王空间站的主人。无敌超人真有些迷糊了：相处这么多天，一起生活、战斗，怎么没听他说起过土星附近太空中有一个天王空间站呢？他越想越觉得不对劲，转头再次认真辨认搀扶自己的同伴。的确是他俩。无敌超人又试探地问前面领路的天旦：“队长，彩霞姑娘怎么没有来呢？”“她来得慢一点儿，很快就会到达。我马上就回去迎接她。”天旦头也不回爽快地回答。无敌超人再次提问：“这么庞大的一个高科技空间站，你怎么从来也没提起过？”“你不知道的事情还多着呢？不可能都告诉你吧。”他俩边说边走进一间接待室。室内陈设豪华，空无一人，但是热气腾腾的茶水早已摆放在茶桌上。金助理和小车司机搀扶着无敌超人，一起坐在宽大的棕色沙发上。“你们在这里休息，我去迎接彩霞姑娘。”天旦边说边走了出去，砰的一声，接待室的门关上了。

刚出门的那位天旦并没有去迎接彩霞姑娘，而是来到天王空间站的指挥中心。几个戴墨镜的细脖子星人扑哧一声笑了。一个星人伸出大拇指，张开小嘴说：“头儿，你真行，装得真像，竟然骗过了厉害的无敌超人。”他们有说有笑，在屏幕上观察着被羁押在接待室里的无敌超人的一举一动。突然，旁边的一个星人说：“头儿，快来看，神鹰大队来了。”假天旦立即赶到星人旁边，观看监视屏幕：果然是神鹰大队的全部人马。子箭飞碟飞在最前面，相距神鹰飞船、变形旗舰小车、云雾飞碟还有几千千米。星人调整屏幕确认，神鹰大队队员的确都在他们各自的飞行器中。飞行中的天旦在驾驶舱里似乎在呼叫同伴无敌超人。假天旦立刻命令："快把对方的语音信息接通过来。"假天旦拿起送话器，立刻传来真天旦的声音："三叉，三叉。你那里情况怎样？"假天旦立马伪装出无敌超人的声音回答："神鹰，神鹰。这里一切正常，值得学习、参观。我已登上飞天航母，真是一个美丽的天堂。这里是太空星人的一个高科技中继站，不但可以飞往浩瀚的宇宙，还可以飞回地球。星人接待热情，服务周到。你们赶快过来，我在飞天航母的甲板上迎接你们。""好吧。"天旦回答。他信以为真，驾驶神鹰飞船快速向飞天航母飞来。这时，航母指挥室的假天旦扭动身躯，闪烁出圈圈蓝色的光环，立刻变化成一个假无敌超人，穿上黑色披风，如同真的无敌超人，带领几个戴墨镜的细脖子星人，匆匆走出指挥室。

金助理接到天旦的指令后，快速向飞天航母靠拢。飞着飞着，天空中出现了一个晃晃荡荡的神奇吸盘，拖着隐形软管，神不知鬼不觉，从高空呼啸而下，吸住金助理驾驶的子箭飞碟，快速地把它拖到飞天航母的甲板上。金助理在毫无察觉的情况下走下子箭飞碟，一看，竟然有这么一个庞大的飞天航母，而且装备齐全，功能先进，真是出人意料。假无敌超人领着几个戴墨镜的细脖子星人快步迎上来，其中一个大个子细脖子星人首先说话了："欢迎你来到飞天航母上参观。"金助理一看，无敌超人也在其中，毫不拘束地说："打扰了。"好奇心促使他迈开脚步走在前面，参观停在航母甲板上的各种奇异的飞行器。当他看得正出神时，一个星人跑过来对他说："客人，先去接待室休息，人到齐了一起参观，我们统一介绍。"金助理初次驾到，不好拒绝，只好跟随一个戴墨镜的细脖子星人走进天王空间站。

假无敌超人把金助理送进天王空间站之后，带领几个星人转身回到飞天航母甲板上。一个星人急匆匆跑来报告："头儿，神鹰大队队长带领两名队员从太空赶过来了。""做好准备，迎接他们。"假无敌超人回答后，向指挥塔台那边一招手，天王空间站的门里立刻奔出一个伪装的金助理。同时指挥塔楼上，几道蓝光闪烁之后，神奇地飞出铁手、吸盘、钢钩三种造型怪异的飞行器，在天空划出几道亮光，悄悄地飞临天旦他们所在的空域。天旦他们做梦也没有想到会掉进这帮奇异星人设计的陷阱。他们只知道无敌超人和金助理已经成功登上飞天航母，并不知道这是星人偷梁换柱的阴谋。天旦他们驾驶飞行器飞奔而来，那些怪异的飞行器——铁手、吸盘、钢钩，已经静悄悄地靠上了他们高速前行的飞行器，可是，他们一点也没有觉察到。刹那间，神鹰飞船、云雾飞碟、变形旗舰小车都莫名其妙地被拉到了飞天航母的甲板上，自动停了下来。

天旦透过玻璃窗，看见无敌超人、金助理和几个戴墨镜的细脖子星人早已站在甲板上迎候，心中没有一点儿疑虑。他首先推开舱门走下来，一看，心中一震，土星太空还有这样一个巨大怪物，胜过地球海洋上几千艘十万吨级航母。伪装的无敌超人、金助理热情地迎上前去，夸耀这艘飞天航母如此巨大、如此先进，地球上再过几百年也难以制造出这么庞大的一个飞天航母。一个星人套近乎，并给他们介绍甲板上的装备："这是光能重型隐形无人战斗机，可在数十万千米太空独立作战；那是最先进的侦察预警机，可以提前预警几十万公里以内的飞行器目标，同时可以追踪上万个目标，并且能够自动识别敌友。看，还有远程激光炮、远程电磁炮、远程中子弹，以及量子武器、星光武器，这些武器可以打击太阳系内任何一个星球上的目标……"正当他们参观得起劲时，一个星人跑来热情邀请："各位客人，你们辛苦了，请先到我们天王空间站休息片刻再来参观。"天旦觉得这个星人说得有理，不好反对，就跟随他走进了天王空间站。

天王空间站的另一间接待室内，真无敌超人和假扮的金助理、小车司机正在喝茶闲谈。感觉到无聊的无敌超人好像总有心事，坐立不安，询问他俩："这么长时间，队长他们怎么还没有来？"他俩支支吾吾，而且行为还有些诡异。无敌超人越想越觉得可疑，于是上前去开门，准备亲自迎接天旦他们，假扮的金助理和小车司机立刻上前阻拦，其中一个说："再等等。星人这样热情，肯定不会出事。一定会把他们接来的。"性子急的无敌超人根本不听他俩的劝阻，抓住门把手想拉开门走出去。特殊门把手都被拉断了，钢铁之门也未打开。他生气地对钢铁之门一阵拳打脚踢，门仍然不开。

无敌超人转身瞪大眼睛问："咋回事？星人不是在接待客人吗？为什么把我们关在屋里呢？"

假金助理一本正经地说："我也不知道啊！你该去问那些星人嘛。"

假小车司机突然说出一句实话："你是永远打不开这扇门的。"似乎他俩没有统一好口径，说漏了嘴，暴露了机密。

机灵的无敌超人终于看出他俩的猫腻，心中的困惑也解开了：站在自己面前的两名同伴原来是假的。他伸头再次仔细端详他俩，并说："你们两个假东西，竟然蒙骗我。"他俩知道事已败露，连忙后退，拔枪向无敌超人射击。钢铁之身的无敌超人身经百战，哪里怕一般的枪弹，子弹打在他身上，只不过是溅起一点小火花。他挺胸向前，一手攥住假金助理，打掉了他手中的武器，并拖着他冲到正在射击的假小车司机面前。另一只手也抓住了正在射击的假小车司机。无敌超人把他俩同时提起来，重重摔在室内地板上，痛得他们哇哇直叫，现出了原形，原来是两个戴墨镜的细脖子星人。气愤的无敌超人上前几脚把他俩踢到一块，重叠起来，一只钢铁之脚把他俩踩在脚下。两个星人各自扭头，连声求饶。无敌超人趁机问："究竟怎么回事？如实回答，留你俩一条性命。"

"是，是……饶命。我们如实回答。"

"是谁让你俩假扮成我的两位同伴？"

"我们的头儿。"

"你们的头儿是谁？"

"就是那位假扮成你们队长的人。"

"你们是怎么准确获得我们来这里的情报的？"

"我们科技先进，很早就窃取了你们的通话信息，早早潜伏在这片太空区域等待你们。"

"你们的目的是什么？"

"活捉你们，或者消灭你们，捉拿发光的智慧人，拿到宝物，献给大王。"

"还有其他目的吗？"

"有，捉拿钢铁智能机器人，好像就是你。"

无敌超人一听，肺都要气炸了，知道天旦他们出大事了，一定会上当受骗。无敌超人装着若无其事的样子，慢慢松开脚，让他俩从地上站起来，伸手去抚摸其中一个星人脸上的墨镜，表示关心。这哪是什么墨镜，完全是长在他们脸上的一个自然图案。无敌超人语气温和地说：“你俩想办法把门打开。”“好人啊！我俩是打不开这扇门的。这间特别接待室只有我们的头儿才能打开。”性急的无敌超人十分关心天旦他们的安危，以为他俩在撒谎，勃然大怒，抓住一个星人的脖子轻轻一捏就身首分家了。另一个星人吓得连忙跪地求饶，连声说：“饶命，我们的确没有说谎。这门的确打不开。这间接待室是由数米厚的特殊合金打造，一旦锁上，任何人都无法打开。只有我们头儿的专用钥匙才能打开。”无敌超人明白了，一脚将他踢开，独自一人在室内墙壁上敲敲打打，寻找出去的方法。

羁押在另一间接待室里的金助理在一个戴墨镜细脖子星人陪伴下，悠闲地喝茶、聊天。许久他闲得无聊，也不见服务人员进来通报情况，更不见他的同伴无敌超人进屋谈事。金助理想走出去，看看同伴在什么地方，同时也想去迎接天旦他们到来。他去开门，然而房门被反锁，打不开。坐在座椅上的星人漫不经心地说：“别费力了，你出不去了，门是打不开的。”金助理反问道：“为什么？你来把门打开。我出去，迎接同伴。”“不行。上峰有令，你不能出去！”星人斩钉截铁地回答。金助理心中立刻明白了事态的严重性：他们已经上当了，掉进了星人设计的陷阱。

金助理略微思考了一下，灵机一动，冷静下来，好言相说道：“可敬的星人，你打开房门，放我出去，我送你一颗星空珍宝——价值连城的‘木星夜明珠’。”金助理边说边从口袋里掏出乒乓球大小的一颗闪闪发光的夜明珠。星人见了十分动心，他从来没有见过这样发光的宝物，贪婪地说：“真的送给我吗？”“是的。只要你把门打开。”金助理肯定了承诺。“那好。虽然我不能打开房门，但是我可以告诉你实情，行吗？”那星人提出另外的要求，愿意说出机密。“只要你说出机密，夜明珠也可以送给你。”于是星人说出了一个天大的阴谋：“我们的头儿，也就是迎接你的假无敌超人，他神通广大，变化多端。一会儿可以伪装成你们的队长，一会儿可以化装成你，引诱你们都来到飞天航母上。其主要目的是活捉地球上释放光环的智慧人，消灭你们，夺取发光宝物，献给大王；同时逮捕投降叛变的钢铁智能机器人。这会儿，也许你们的同伴已经到齐了。我们的头儿正在和你们的队长在正面交锋……”星人的一席话说得金助理毛骨悚然，可是他仍然将手中发光的木星夜明珠送给了身旁的星人，并且说：“有什么方法可以营救我的同伴？”那星人觉得金助理很有诚信，坦诚地回答：“办法只有一个：等待时机。因为你不是主要目标，头儿迟早会来的，房门总会打开，你就有希望走出这间屋。我也可以协助你营救同伴，捣毁空间站指挥中心，你们就可以安全离开了。”他俩在交谈中渐渐成了朋友。

天旦他们三人跟随假无敌超人、冒牌金助理走进了气派的天王空间站。两旁列队的方头机器人连声说：“欢迎光临天王空间站。”天旦他们不知内情，也很有礼貌地向他们频频点头致谢。他们走进一间宽大的接待室，同时也跟进来一群戴墨镜细脖子星人。房门砰的一声自动关上，伪装的两名队员几乎同时发出了哈哈大笑声。天旦他们还没有弄清怎么回事，待他俩转过身来，才发现原来是两个细脖子星人。天旦他们惊呆了，自己的两名队员竟然变成两个戴墨镜的细脖子星人。一个头目模样的星人发话了：“等你们等得好辛苦啊！我在太空等了好多年，今天终于把你们统统活捉。大王的事业就要圆满完成了。”这时，天旦他们才知上当受骗了，误入了星人设计的圈套。

天旦冷静下来，见他们人多势众，听他们的语气，其他两名队员也被星人关押，便和气地说：“星人，你们有什么要求可以提出来，咱们商量商量，和平解决。”“好吧。既然神鹰飞行队队长都发话了，我就直说了，交出你身上的发光宝物，你们可以活着到我们的星球。否则，我们将武力夺取，那你们就没有生存的希望了。”星人头目说出了他的最终目的。天旦一听，涉及自己的核心利益，强忍怒火，假装笑脸说：“这不行，还有其他的条件可讲吗？”“没有其他条件可讲。我是老大，说一不二。你们就认命吧！”那星人蛮横无理地回答。天旦一听，和谈已经无法解决两者之间的分歧，只有武力解决。于是，天旦向彩霞姑娘、小车司机各使眼色，他俩会意，大家一齐向星人动手了。

小车司机不知从哪里爆发出一股神奇的力量，蹲下去，一个扫堂腿撂倒了身旁的两个星人，接着又抓住另一个星人的手臂，反扭一转，把他打翻在地，痛得他哇哇直叫。别看彩霞姑娘身体娇嫩，却更胜一筹。只见她挥手一扇，身旁的几个星人就跌倒在地，连滚带爬滚到一边。室内其他星人还没有来得及动手，就被他们打倒在地，畏缩在一起，不敢上前应战。唯有那个星人头目正在与天旦展开激烈的搏斗。虽然天旦略占上风，但是星人头目也不甘示弱，摇身一变，变成天旦的模样，屋内出现两个真假难分的天旦，拼得你死我活。

旁边的彩霞姑娘和小车司机看傻了眼，难辨真假，急得直跺脚。这时，天旦看出了假天旦的端倪，腰间天文蛋盒不放微微蓝光，便说："你是假的。"双方争论不休，谁也说服不了谁，都说对方是假的。天旦心生一计，立刻隐身而去。顿时，假天旦一个人还在那里手舞足蹈。彩霞姑娘和小车司机终于明白了，站在他们眼前的天旦是假的。急忙上前联手对付，不一会儿就把他打倒在地，现出了原形。天旦立刻现身，准备将他拿下，星人头目见状，翻身挣脱，带领剩余星人夺路而逃。

天旦他们冲出接待室，在天王空间站巷道追击逃窜的星人头目。巷道里突然闪出两个方头机器人，举枪向他们射击，子弹打在他们周围的钢板上溅起团团火花。冲在前面的彩霞姑娘眼疾手快，砰砰两枪打掉机器人手中的武器。天旦和小车司机趁机冲上前，分别抱住这两个奇异的方头，使劲扭断了它们的脖子，顿时，方头机器人瘫倒在地，还有气无力地挥动它们那负伤的钢臂，把巷道两侧钢板墙壁连连砸出几个大坑，耗尽了最后的一点能量，不动弹了。

天旦他们站起来，准备再次追击逃窜的星人，对面枪声再次响起。他们立刻就地潜伏，借助方头机器人的躯壳作为掩体，展开一阵猛烈的还击。天旦一看这样僵持下去不行，便和队员们商量："你们坚守阵地，我隐身而去，消灭对面的星人。小车司机，你一定保护好自己，决不能单独行动，万不得已不能抛头露面。"天旦下令之后，隐身而去了。

隐了身的天旦在巷道中急奔，对方的星人一点儿也没有觉察。他暗中观察，没有发现星人和机器人，只见巷道的天花板和两侧墙壁上安装有类似摄像头一样的暗火力点，自由转动吐着长长的火舌。天旦明白了，这是星人遥控的暗火力。他找到暗火力点的死角，举起金枪，连开数枪，几个暗火力点统统被打掉，暗火力点的枪声再也不响了。彩霞姑娘和小车司机一起冲过来，继续搜寻那伙逃窜的星人。

关押在接待室里的无敌超人一阵东敲西打，没有找到出路，垂头丧气地坐在沙发上沉思。他猛然想起自己是钢筋之手，不妨一试。他站起来，走到紧闭的房门前，伸手搭在钢铁门板上，用他那钢筋之手的指尖使劲一抠，奇迹出现了，坚硬的钢铁之门上的铁板翘了起来。很快钢铁门板上出现了一道道深深凹下去的抓痕。此时，躺在室内地板上尚未断气的一个星人渐渐睁开了眼睛，看见无敌超人正在破坏紧锁的钢铁之门，举起奇异的手枪射击，子弹不断打在门板上、无敌超人身上，冒出火花。专心破门的无敌超人头也不回，反手一枪，击毙了正在射击的星人。不一会儿，无敌超人抠下了钢铁之门上的一块又一块铁板，紧闭的钢铁之门渐渐地被扒开了一个洞。他兴奋不已，急忙钻出去，在巷道中急走，寻找被关押的其他同伴。

天旦他们追到巷道的拐角处，突然，前方砰砰几声枪响，他急忙躲闪到墙角。天旦悄悄地伸头观察，不禁吓了一大跳，只见前方宽大的平台上，金助理被戴墨镜细脖子星人五花大绑，押在他们中间作为人质。天旦缩头回来，与彩霞姑娘和金助理商量如何营救金助理。这时对面的喇叭响了，传出清脆的声音："别偷看了。你们的一举一动都在我的监视之中。立即放下武器！立刻放下武器！抱头走过来。不然，你们的同伴就没命了。"天旦终于明白了星人的目的：把金助理作为人质，想再次捉住我们。怎么办？怎么办？天旦脑子里一时想不出更好的办法。彩霞姑娘看出了天旦的心思，灵机一动说："让我慢慢地走出去，假装放下武器，拖延点时间。你快速隐身去解救金助理。咱们里应外合，救出金助理。"天旦没有想出更好的办法，同意了彩霞姑娘的营救方案。他一闪身，隐身而去。

彩霞姑娘一边走出去，一边娇滴滴地说："只要你们不伤害我们的同伴，什么事情都好商量？"同时，她慢慢放下手中的武器。"你一个人出来不行，必须统统出来，放下武器，交出发光的宝物，可留你们同伴一条性命。"

喇叭里又传出咄咄逼人的话。彩霞姑娘为了争取时间，故意拉长声音回答："好……吧……"话音刚落，对面星人背后一阵枪声响起。后面的星人倒下一大片。彩霞姑娘一看，是无敌超人过来帮忙了，心中十分惊喜。

这时，隐了身的天旦已赶到星人群之中，趁机打倒了挟持金助理的两个星人，接着左一拳右一脚打倒其他星人。星人遭到突然袭击，一时找不到攻击目标，处处被动挨打。金助理知道是天旦他们来营救自己了，趁乱解开了绳索，参加到战斗之中，一把抓住那位受过恩惠的星人说："你得了好处，不能食言，赶快帮助我们。"星人并没有反对，爽快地答应了。金助理退到无敌超人身边，说明大意，跟着星人悄悄地溜出了战斗激烈的战场。

彩霞姑娘和小车司机急忙赶过去参加战斗，协助天旦一起对付残敌，打死打伤了许多戴墨镜细脖子星人。天旦现身与星人头目展开了激烈的搏斗。那星人头目渐渐招架不住了，便带领残兵败将夺路而逃。天旦哪肯放过他们，在后面紧紧追赶。

金助理和无敌超人由受了贿的星人带路，很快来到天王空间站指挥中心的门口。守卫在门口的两个方头机器人只允许星人进去，不许外人入内。受了贿的星人连忙上前说好话，方头机器人仍然不允许金助理、无敌超人踏进指挥中心半步。急性子的无敌超人匆匆上前，不吭声挥舞了几下拳头，就将两个机器人打瘪了。它们瘫倒在地上，成了一堆废铁。

他们冲进指挥中心，一瞧，这里装饰豪华，非常气派。各种仪表琳琅满目。不过并没有戴墨镜细脖子星人，只有很少几个值班的方头机器人在室内来回走动，观察仪表，记录参数。方头机器人不欢迎他们进来，其中一个发火说："出去！这里是指挥中心，闲杂人员一律免进，别打扰我们的工作。"但是它们好像没有一点儿攻击性，他俩紧绷的神经立刻松弛了下来。带路的星人一边走一边介绍："这是数据库、远程雷达显示仪，那是飞控指挥中心、武器自动发射装置……"

正当他俩看得出神时，一个值班方头机器人按下了警报器的按钮，顿时，指挥中心警报声震耳欲聋。金助理大声对无敌超人说："赶快动手，捣毁指挥中心，我们才能安全离开。"他俩拿起武器，立刻开枪扫射，各种仪表、荧屏被打得粉碎。他们打得正欢时，星人头目带领一帮残兵败将冲进了指挥中心，占领了有利地形。看到自己的手下带领天外人在指挥中心打砸，星人头目高声说：“你这个叛徒，胆敢把天外人带进指挥中心，按照‘天规’，去死吧！”未等这个星人申辩，举枪将其击毙了，随即掉转枪口，向金助理和无敌超人展开射击。无敌超人挺身上前，枪弹打在他身上丝毫不起作用。金助理趁机一枪又一枪击毁了指挥中心剩下的各种仪器。正当他打得火热时，天旦他们也赶来了，从星人背后发起猛烈进攻，前后夹击。戴墨镜细脖子星人一个个都躺在指挥中心的地板上不动弹了，就连值班的方头机器人，也没有逃过一劫。只有星人头目躲在一角，仍在负隅顽抗，他见大势已去，指挥中心已被捣毁，帮手也没有一个了，觉得再无颜面去见大王，于是准备最后一搏，跳到操作台上，敞开衣服，露出浑身是炸药的身躯，一手拿引爆装置，另一手拿枪，气势汹汹地说：“你们赶快放下武器，交出发光的宝物，否则咱们同归于尽，让你们再也离不开天王空间站。”他一步一步向天旦他们走来。星人头目这一突然举动弄得天旦他们措手不及，一下愣住了，不知如何是好。天旦正想和星人头目交涉时，彩霞姑娘冷笑几声，阻止了他的言语。她长长的衣袖一挥，闪电般地“没收”了那星人头目手中的引爆器，同时又卷走了那星人头目身上的炸药。瞬间，危险彻底解除了。操作台上只剩下孤零零的星人头目，天旦他们同时举起了枪，一齐向星人头目开火。只见他身中数弹，轰隆一声爆炸了，再也不见星人头目的身影。

捣毁了天王空间站的指挥中心，天旦知道此处不能久留，吩咐大家快速撤退。他们刚刚走出天王空间站，踏上飞天航母的甲板，幸存的星人、智能机器人借助甲板上飞行器作掩护，偷偷向天旦他们放冷枪。天旦他们立即分散隐蔽，一阵狠狠还击，一架架飞行器被打爆。偷袭的星人、机器人也在爆炸声中声销迹灭。天旦他们冲出来，在飞天航母甲板上一路狂奔，各自跃进自己的飞行器，开足马力，离开了神秘莫测的飞天航母。

第二十八章　太空巧遇大开天门　老翁呵护无畏勇士

天旦他们驾驶飞行器，迅速离开了巨型飞天航母，在太空继续前行。突然，金助理的驾驶舱中特级危险警报响了，原来他所驾驶的子箭飞碟被神秘的无名导弹锁定了。他惊出一身冷汗，迅速展开战术飞行，企图甩开这枚导弹的追踪，同时呼叫："神鹰、神鹰。我遭到一枚导弹的追击，请求火速增援。""子箭，别慌。一定要沉着冷静，启动电磁干扰，破坏追击导弹内部的电子系统。我也正遭受无名导弹的追击，正在设法摆脱。稍后增援。"天旦回答了金助理后，接连收到了三叉、旗舰和云雾各飞行器上的报告，几乎无一例外，他们都正遭受无名导弹的追击。但是无敌超人报告了一个好消息，他探测到了无名导弹的发射地点，竟然是刚刚离开的那艘巨型飞天航母。它死灰复燃，正在不断自动发射导弹。天旦立刻呼叫："三叉，三叉，发射反航母霹雳导弹，立即摧毁它。"无敌超人领令后，很快击毁了追击他的无名导弹，同时向巨型飞天航母连续发射了数枚反航母 D1226 型导弹，精准击中了正在发射导弹的飞天航母。顿时，巨型飞天航母上火光冲天，传来了隆隆的爆炸声。

摧毁了巨型飞天航母。各路追击神鹰大队飞行器的无名导弹，一下子失去了指挥，彻底失去了目标，好似无头苍蝇在太空中到处乱撞。天旦看到时机成熟了，立刻启动反导系统，发射了一枚枚反击拦截导弹。眨眼间，数枚追击导弹在太空中爆炸。神鹰大队各飞行器无一损伤，编队继续在太空中前行。

天旦驾驶神鹰飞船，正在太空中高速航行，驾驶舱中打印机上的指示灯再次亮了，乖巧的红嘴小鹦鹉叼着一张雪白的卡片，又从打印机中飞了出来。天旦接过卡片一看，仍是基地指挥部传输来的相关资料和指令。卡片上清楚地打印着：

天王星小档案及飞行目标

直径	约 51118 千米
与太阳平均距离	约 28.71 亿千米
公转周期（1 天王星年）	约 84.01 地球年
自转周期（1 天王星天）	约 17 小时 14 分
体积（排行）（地球为 1）	约 65.2 个地球（第三位，称老三）
大气构成	氢、氦、甲烷
外观	浅绿色的一团模糊星球
危险系数	三颗星
飞行目标	登陆天王星

地球基地

红嘴小鹦鹉穿越机舱，在舱外轻轻扇动美丽的翅膀，仍然用优美的鸟声朗读卡片上的内容，声音是那么清晰而委婉动人。这声音传遍太空，也传到了神鹰大队各飞行器里，队员们都竖起耳朵聆听。天旦在太空中飞得正高兴，送话器里传来了无敌超人的声音："神鹰、神鹰。我已抵达天王星上空。它是一个蓝绿色的星球，并且还带有若干个神奇光环，非常漂亮，似乎有 27 颗卫星在绕着它旋转。天王星上空也覆盖着厚厚的雷雨云层。""仔细侦察，绕过天王星上所有伴星以及蓝色光环，找到通往天王星的最佳航道。"天旦明确地下达了任务。

无敌超人遵照队长的指示，驾驶三叉飞船，绕过天王星的多颗卫星，飞越神奇的光环，很快找到了通往天王星的安全航线，进入天王星的大气层。大气层中，电光闪闪，雷声隆隆。他驾驶三叉飞船，机警地飞越雷暴云层，到达天王星近空，寻找登上天王星的最佳着陆点。他一看，天王星地表笼罩着一层浓雾，无法目睹它的真实面容。他驾驶三叉飞船靠近，再靠近，缓缓搜索前行。

天旦他们沿着无敌超人开辟的航线飞速前行。突然，天王星远空传来惊天动地的一声巨响，云开雾散，金光四射，云雾中慢慢地显现出一座雄伟壮丽的宫殿。天旦立刻叮嘱大家停止前进，悬停于天空中，静静观看太空奇观。只见金光之中，宫殿的两扇朱红大门慢慢开启，门内红光灿烂。一架金灿灿的天梯从门里缓缓伸出，一直伸向下方厚厚的云层之中。同时数千只漂亮的金鸽从门里争先恐后地飞出，飞向遥远的太空。一群不同肤色的奇异天王星人，身穿不同的服装，漫步来到天庭，有的抬头仰望浩瀚的太空，有的俯视足下万里云层，还有的三三两两谈论着什么。他们满面春风，有说有笑，踩着金灿灿的天梯，一个接一个走出壮丽的朱红大门。

驾船悬停在空中的天旦目睹太空壮丽奇观，骤然想起一个古老的传说："古时候，老人们讲，只要天上的天门大开，走下来的天人，不是神仙，就是伟人。他们来到人间，主要目的是造福百姓。像这样的奇闻奇事，也许五百年才能出现一回。天下百姓殷切盼望这一天早日到来。谁遇到了，一生幸福，鸿运高照。"今天，在天王星上空，巧遇天门大开，这是一件终生难忘的奇事。眼前活生生的现实验证了传说中的开天门，看来真有其事。天旦正想着，突然，天空中传来一声慈祥的呼喊："天旦，一起走吧，去天王星。"他朝声音传来的方向一看，金灿灿的天梯上走在最后的一位人类模样的天王星人，正在向他招手说话。天旦见他容光焕发，面带笑容，敦实、朴素，衣着整洁，乌黑的头发往后梳着，显得端庄慈祥，跟着肤色各异的天人，渐渐走下天梯到了云层之中。顿时，天旦傻眼了：难道早已有人类捷足先登来到这里？他想着看着，金灿灿的云梯慢慢收回到天门之中，敞开的朱红大门也关闭了。宫殿眨眼间消失了，远空中依然云雾缭绕。

天旦他们朦胧之中驾驶飞行器钻进了厚厚的云层，向天王星飞去，不知不觉着陆在天王星的一个神奇的广场上。无敌超人早就登上天王星，指挥神鹰大队各飞行器停稳。大家昏昏沉沉走出机舱一看，硕大的广场上非常热闹：数万肤色各异，穿着节日盛装的天王星人，奔跑着、欢呼着，向广场的另一角涌去，好像对天旦他们的到来，没有多大兴趣。天旦他们不知道天王星发生了什么事情，迷迷糊糊走进了人流。

他们跟随人流一路奔跑，跑着跑着，高音喇叭中传来响亮的声音："各位居民，请大家安静。公审大会马上就要开始了。"人们的欢呼声、呐喊声立刻停止。天旦他们加快脚步，挤进人群，个个伸长脖子向里观看。地面上跪着数百名人身兽面的罪犯，面向人群。被捆绑的罪犯身上，每个人都背着一块木牌，上面写着罪犯名字：巨贪大猫、大贪狗熊、中贪豺狼、小贪虾米、小小贪孑孓……审判台正中央坐着一位神情威严的判官。天旦回头对金助理说："那位判官好像是从天门走下来的'人类'。"金助理肯定地答道："是的。一定是他。"天旦终于明白了，原来叫他到天王星上来的真正目的是参加天王星公审大会。判官大吼一声："行刑。"随手将令牌扔到地上。每个罪犯身后，衣着红衣的刀斧手举起寒光闪闪的大刀，咔嚓、咔嚓的一阵声响之后，刑场上鲜血飞溅，有的兽头落地，有的被劈成两半，有的四分五裂……顿时，围观的人们欢呼雀跃，鼓掌声、呐喊声、欢呼声响彻广场。

小车司机目睹眼前的一切，惊呆了，心想：天王星也有如此严格的刑法？他转头向天旦请教："天王星的法律竟然这么严明，罪行无论大小，一律定罪量刑，绝不轻饶。""是的，谁触动了'高压线'，谁就要受到惩罚。不必大惊小怪。"天旦认真地回答了他。大家还在讨论时，一群金鸽从天而降，伴随着欢呼的人群，簇拥着判官载歌载舞，接着飞向太阳升起的方向，渐渐消失在他们的视野里。他们正想追上去，看看它们去哪里，又去干什么？但是谁也迈不开脚步，只能傻呆呆地站在原地。

突然，天空中一声惊雷炸响，特大液态甲烷暴雨倾盆而下。甲烷暴雨打湿了他们的衣衫，天旦他们猛然清醒。大家一看，根本没有什么广场？更没有什么天王星人？一切都变了，天晴了，雨也停了。脚下的广场竟然是一个天寒地冻的冰雪平原。放眼望去，满山遍野白雪皑皑，白茫茫一片，没有植物，更没有生命迹象。大家心中大失所望。他们挪动脚步，在冰雪平原小心搜寻，希望探索到有价值的线索。

天旦他们深一脚、浅一脚，艰难地行走在冰雪平原上。走在前面的无敌超人大吼一声：“前面有情况。”大家迅速抬头，望向前方，只见远处白皑皑的冰雪平原上，隐隐约约有个白色怪物在奔跑。好奇心促使天旦他们加快脚步追上去，来到白色怪物活动的地方，一瞧，冰雪地面留下了一串串清晰的大脚印，一直延伸向远方。而那白色怪物已经消失得无影无踪。天旦仔细观看冰天雪地上留下的一串串足迹，足足有一米多长，实在太大了。天王星上竟然有这样的大脚怪物，简直无法想象。他们沿着神秘的大脚怪物留下的脚印一路追踪，不知不觉追至一座冰雕城堡。抬头望去，宽阔的冰雪平原上到处是精雕细凿的冰雪建筑，与冰雪融为一体，不仔细观察，很难发现这里有一座美丽而又神奇的城堡。

天旦他们小心地在冰雪城堡中搜索前行。猛然，一个白色怪物从冰雪地上迎面蹦起来，张开大嘴，嗷嗷直叫，吓得天旦他们连连后退。仔细一看，那奇怪的大家伙比地球上的北极熊要大上数十倍，两眼闪射骇人的绿光、红光，全身长着长长的白毛，脚有一米七八之长，还是一个直立行走的狗头大脚怪物。天旦终于明白了，他们在冰雪平原上追寻的大脚怪物，也许就是它。大脚怪物几声号叫之后，抬头挺胸，挥舞长毛双臂，摇头晃脑，迈着笨重的脚步，向他们一步一步走来。天旦他们握紧了手中的枪，准备向它射击。

危急时刻，天空中传来一个洪亮的声音：“慢，不得无理。”好像在警告大脚怪物，又好像在说天旦他们。大家愣住了，大脚怪物也停止了前进的脚步。冰雕城堡里的灯亮了，天空中一个白毛老翁驾着云彩，带领几个长臂白毛星人，缓缓降落在冰雪地面。白毛老翁一边指着天旦他们，一边对狗头大脚怪物说：“天犬兽，不识好歹的东西，真是一个大憨包！他们是太空中的勇士，当今的天人，地球上的追梦人。你怎么有眼不识泰山呢？竟敢对他们无理。”那大脚怪物不好意思地低下了头，闭上眼睛，乖乖地卧在冰雪上。白毛老翁回头对天旦他们既赞许又关切地说：“勇士们，你们真是不得了，克服重重困难来到天王星。今日，天王星上的地表温度已是零下一百八十摄氏度，你们地球人能够忍受吗？”

天旦十分谦逊地答道：“长老，我们经过特殊训练，可以适应极端的严寒。”

“哎呀，了不得！你们真是宇宙的精灵！”

“没有什么了不起，你们不是也在这严寒中生活吗？”

“我们生来就能适应低温，不像你们出生在一个温暖的世界里，过着幸福的日子。你们为什么还来天王星遭这份罪？”

“奔向太空，探索宇宙，总得有人去冒险尝试。弄清宇宙的奥秘，是我们每个地球人心中的梦想。”

“好吧。请你们到我们冰雪宫殿休息休息，再去实现你们心中的梦想吧。”

天旦与白毛老翁一番对话后，觉得白毛老翁十分善解人意，好像没有什么恶意，回头看了看身边的同伴，想征求大家的意见。从大家的眼神中可以看出，似乎都愿意接白毛老翁的邀请。于是，天旦带领全体队员跟着白毛老翁向冰雪宫殿走去。

天旦他们跟着白毛老翁、长臂白毛星人，在冰雪大道上边走边友好交谈。沿途两边精雕细凿的一座座冰雪建筑，好像地球上的一栋栋豪华别墅，只不过这些冰雪建筑颜色十分单调，全都是白色的。家家户户灯火通明，户外没有一个活动的星人。寂静的冰雪城显得非常神秘。

踏进冰雪宫殿，啊！好气派！殿内暖烘烘的，真是室内室外两重天。宽大的宫殿内，几十个长臂白毛星人围坐在火炉边悠闲自在地取暖。他们自由自在地交谈着，不时传来朗朗的笑声，好一幅和谐美满的幸福宫殿图。白毛老翁带着客人走进大殿，长臂白毛星人全体起立，爆发出一阵又一阵雷鸣般的掌声。白毛老翁挥挥手，大家立刻落座，安静下来。殿内音乐响起，正殿舞台上，一群没有化妆的长臂白毛星人，从幕后一路翻着跟头跳到舞台上，跳起了他们最熟悉的舞蹈。他们有的摇晃脑袋，有的扭动身躯，有的晃动屁股，还有的做着鬼脸。看上去动作杂乱无章，乱七八糟，惹得星人发出一阵欢笑，不时还传来阵阵掌声、欢呼声。好一个歌舞升平、天上人间的极乐世界！

正当大家尽情欣赏长臂白毛星人的歌舞时，天犬兽嗷嗷的叫声传进了冰雪宫殿。白毛老翁眼珠一转，立刻说："外面有情况。"他吩咐身边的两个长臂白毛星人出去查看，同时对天旦他们说，"别担心，在我这里，你们的人身安全绝对有保障。请继续欣赏歌舞吧！"天旦双手合拢，举过头顶，摇了摇手，表示谢意，继续观看台上星人所跳的太空舞蹈。

两个长臂白毛星人遵照白毛老翁的指令，立刻走出温暖的冰雪宫殿，一刻不停地来到天犬兽站岗放哨的地方。天犬兽望着天空仍然嗷嗷直叫。他俩也向天空望去，只见空中似乎有个模糊的人影正在飞来飞去，而且越飞越近。天犬兽向前走了几步，停止了号叫，神奇地伸出无限长的魔幻般的手臂，闪电般一把揪住了在空中飞行的神秘星人，抬脚把他踩在自己的大脚之下，发出一阵笑声。两个长臂白毛星人赶紧上前，将它脚下的神秘星人牢牢捆绑住，押着他向冰雪宫殿走去。

哐当一声，被捆绑着的神秘星人被两个长臂白毛星人推倒在冰雪宫殿的地板上。正在观赏歌舞的白毛老翁站了起来，天旦他们也惊愕地站起来。歌舞停止了，其他长臂白毛星人也慢慢围过来。地上的神秘星人战战兢兢地爬起来。天旦一看，这神秘星人虽然个子不高，但是长相有点儿像无敌超人的模样。神秘星人看到围观他的长臂白毛星人嘲笑他，心中十分不悦，两只白眼珠一转，呼的一声飞到宫殿上空，向门外逃去。说时迟，那时快，白毛老翁大吼一声："哪里逃！"施魔法般伸出一只长手臂，将那逃跑的飞行星人一把攥在手中，将其重重甩在地上，并说："再敢逃跑就弄死你。"立刻上来一个魁梧的长臂白毛星人，指着躺在地上的星人问："你是谁？从哪里来？"只见地面上的星人颤抖着爬起来，面向问话的白毛星人哆嗦着回答："我是侦察员，从天外星球上来。"

"为什么来到我们星球？"

"发现你们这里有发光的智慧人，所以追到这里。"

"你们还有其他人吗？"

“有。”

“还有多少人？”

“一个飞行大队，七八个人。”

“他们在哪里？”

“在太空，马上就到。”

“他们来干什么？”

“擒拿发光的智慧人。”

“智慧人在哪里？”

“就在你们的客人中间，穿红色宇航服的就是。”

一阵急促的对话惹得围观的长臂白毛星人又向他发出哈哈大笑声，吓得他连连后退，龟缩成一团。这时，白毛老翁搞清楚了天外星人来这里的真实目的，气得两眼直冒火花：天外星人胆敢来我们星球，骚扰尊贵的客人，真是胆大包天！他气愤地说：“别问他了，将他打入速冻冰宫。”立刻上来两位长臂白毛星人，把他拖走了。突然，一声枪响，一发子弹穿透大殿的冰雪屋顶，不偏不倚，正中被拖着的那个天外星人的心脏。只见他两脚一蹬，闭上了眼睛。大家惊呆了，仰望大殿屋顶，生怕还有不明子弹打进来，伤害到自己。顿时，殿内的长臂白毛星人烦躁不安起来，一片乱哄哄的。白毛老翁见此情景高声说道：“大家别慌。外星人来了，马上派人对付。其余同胞好好保护客人。几千年才等来一回，与尊贵的客人相聚。我们宁可牺牲自己，也不能让客人有半点闪失。”他吩咐身边的一个小头目，带领一队长臂白毛星人冲出了冰雪宫殿。

无敌超人早知道外星人来了，只是没有说出来，他想看看这些好心的长臂白毛星人究竟有多大的本领。当然，他也想出去看看他们是用什么方法对付天外星人的。于是他立刻上前，向白毛老翁请求出战外星人。天旦也上前打圆场，同意无敌超人出战天外星人。然而白毛老翁坚决反对，他诚恳地说：“你们是尊贵的远方来客，很不容易来到天王星，怎么能让你们去与天外星人战斗呢？你们应该尽情享受天上人间的短暂快乐！你们停留的时间不多了，很快就要离开，好好享受一会儿吧！”天旦想说的话已到嘴边，白毛老翁看出了他的心思，抢先说，“别说了。我们有能力捉拿入侵的天外星人。你们在宫殿里好好享乐吧。”天旦和无敌超人看到白毛老翁一片诚意，只好坐下来继续欣赏歌舞。

小头目带领一队长臂白毛星人快步来到天犬兽站岗放哨的地方，一看，天犬兽不见。他们正在困惑时，突然，天空中传来嗷嗷的叫声。原来，天犬兽正在远处天空与入侵的天外星人搏斗。只见它灵活的身躯在天空中飞来飞去，阻挡着一群天外星人进入冰雪宫殿上空。小头目带领一队长臂白毛星人赶忙飞向天空，协助天犬兽搏击天外星人。他们在天空中如履平地，行走自如。天犬兽见人赶来帮忙，将手中已经捏得半死不活的两个天外星人扔给了前来帮忙的人，转身又去追赶剩下的几个天外星人。这时，对抗的枪声再次响起，子弹在长臂白毛星人身边划出一道道忽闪而过的亮光。他们似乎并不怕飞来的子弹，即使子弹打在身上，他们也毫无感觉。是他们的特殊皮毛能够防御子弹？还是他们天生就有消化子弹的特殊功能？这也许永远是个迷。被追急了的一个天外星人回头高声说：“少管闲事！否则，你们会付出代价的。”见长臂白毛星人仍然冲了上来，天外星人连连开枪，而长臂白毛星人若无其事，吓得天外星人扭头就逃。行走如飞的天犬兽冲在最前方，又伸出两条奇异的长臂，抓住了企图逃跑的两个天外星人，打掉了他们手中的武器，再次扔给尾随在身后的两个长臂白毛星人。此时，小头目也抓住了一个天外星人，照样打掉了他手中的武器。其他几个长臂白毛星人也擒住了剩下的天外星人。长臂白毛星人无一伤亡，兴高采烈地搂着捕获的八个“猎物”往回走。

冰雪宫殿内，正在观赏歌舞的无敌超人侧耳听了听，猛然听到远空有奇异的声响，认真辨别后悄悄地对天旦说：“天王星几十万千米的上空，有不明飞行物正在向这颗星球飞来。”天旦深知无敌超人有特异听觉功能，他转头对旁边的白毛老翁说：“长老，天王星上空有不明飞行物。”“不可能。天犬兽怎么没有发出信号？”白毛老翁有些不相信。“也许太遥远了，守卫还没有发觉？有备无患嘛，让我们的先锋无敌超人前去侦察一下，倘若无事，再回来也不迟。”天旦诚实的话语打动了白毛老翁。白毛老翁说：“好吧，让你们的先锋前去打探一下，快去快回。”早已等候多时的无敌超人见白毛老翁同意了，两腿一蹬，喷出两股蓝色的火焰，飞出了冰雪宫殿。

“报——长老。天外星人全部被捉拿。”一个长臂白毛星人飞快地跑进冰雪宫殿，向白毛老翁报喜。天旦他们吃惊地站起身来，白毛老翁也站了起来，骄傲地对天旦说：“我说没有问题，一定能战胜外星人，结果咋样？你们的安全绝对有保障！”大家向宫殿门口望去，一队长臂白毛星人押着被捆绑的天外星人走进殿内。小头目将被捆住的天外星人统统打跪在地上，跪成一排。看上去，跪在地上的天外星人满脸委屈，一副不服输的样子。天旦发现这些天外星人的长相似乎和刚刚捉住的那个星人侦察员一模一样，心中明白了：太空中竟然有如此多的星人在打自己的主意，自己一定要小心提防，别耽误了大事。

白毛老翁快步上前，一把揪出一个被捆绑的天外星人，生气地问：“你们跑到天王星干什么？”那个天外星人白眼珠一转，理也不理，低下了头。白毛老翁气愤地将他一脚踢倒在地，对身旁的小头目说：“弄死它。”小头目向他的手下打了一个手势，立刻上来几个长臂白毛星人，从地面上扛起天外星人，将他丢进了大殿中熊熊燃烧的火炉。只听一声惨叫，那天外星人就不见了踪影。

白毛老翁又抓出一个天外星人问：“你们来到我们这里究竟想干吗？”那个天外星人好像一身正气，昂头不语，宁死不屈。最终他也被小头目的手下扔进了火炉里。就这样，连续投进火炉里六个天外星人，白毛老翁也没问出一句实话来。当白毛老翁抓出第七个天外星人时，殿内群情激愤，齐声呵斥：“不说，烧死他。”第七个天外星人吓得浑身直打哆嗦，连连说：“我说，我说。根据侦察员报告，你们这里有发光的智慧人。我们是来捉拿他的。”

白毛老翁明白了：又是一伙星人，想欺负我们的贵客。老翁缓和了一下语气说：“你们后面还有其他星人吗？”“没有了。不过有三架飞行器，马上就到。”那天外星人颤抖着回答。白毛老翁两眼一瞪：果然，被天旦言中了。白毛老翁向天旦投去了赞许的目光，并对小头目说：“把他俩打入速冻冰宫。”立刻上来几个长臂白毛星人，把幸存的两个天外星人押走了。

无敌超人只身飞出冰雪宫殿后，来到天王星高空。他看到天犬兽正在前面天空巡查，好像也发现远处太空有不明飞行物。他很快追上了天犬兽，相互商量后，无敌超人飞向深空，天犬兽则留在低空等待。

不久，远空炮声响起，无敌超人凭借自身的强大功能，冲到三架不明飞行器的上空，使出浑身功夫，一人对付三架不明飞行器。他启用眼、耳、鼻、口的特殊功能，射出红光、绿光以及威力无比的弹丸，射向不明飞行器。刹那间，太空中炮声隆隆，硝烟弥漫。无敌超人灵敏的身躯在火光中穿梭自如，打得三架不明飞行器晕头转向。双方空战打得十分激烈。无敌超人渐渐发现了对方的弱点，看到时机成熟了，举起了手中的特异双枪，扣动扳机，一发发能量巨大的光弹喷出枪口，射向两架不明飞行器。它们一下子失去了控制，跌跌撞撞从战火纷飞的天空掉下。

在低空等待的天犬兽看到两架飞行器从天空掉落下来，冲上去，魔幻般伸出两只长臂巨手，闪电般抓住了它们。天犬兽攥着它们，将它们生气地狠狠甩在冰雪地上。然后天犬兽走到一架不明飞行器前，向机舱内观看，发现里边空无一人，气愤地抬起它的大脚，几脚将那来路不明的飞行器踩瘪了。他又跑到另一架不明飞行器跟前观看，发现飞行器内仍然没有一个外星人。它气冲牛斗，挥动长满白毛的拳头，猛砸几拳，当场把飞行器砸坏了。但他仍不解恨，两手将飞行器抓起来，撕成碎片，扔在冰雪地面，这才出了心中的怨气。

砰的一声，又一架不明飞行器被无敌超人击落，砸到冰雪地面上，摔得粉碎。无敌超人笑着向天犬兽走去。

这时，白毛老翁带领天旦他们和长臂白毛星人也赶到了。大家争先恐后地参观被击落的不明飞行器，七嘴八舌地议论。白毛老翁突然问天旦：“飞行器上怎么没有一个星人呢？”天旦胸有成竹地回答：“别小看这小巧玲珑的不明飞行器，它是外星人放出的最先进的高空无人攻击机或者察打一体的侦察机，科技含量高，攻防兼备。它们不但飞行航程远，而且时速快。另外它们是智能型的，完全不需要人去操作。我们地球上也有多种多样的智能型无人机，可以代替人类干许多事。甚至它们也被放飞到遥远的太空，探索宇宙。

但是它们科技含量远远达不到外星人制造的飞行器的水平……”天旦一席话，说得白毛老翁不住地点头，并且有感而发：“是啊，完全靠人不行。未来探索太空，要靠超级智能机器人。探索宇宙，就要靠科学技术。惭愧呀，我们自愧不如。”白毛老翁还想向天旦提问，一个长臂白毛星人急匆匆地跑来报告：“长老，速冻冰宫中的两个天外星人逃出去了。他们正在和我们的卫队搏斗，已经打死打伤我们多人。”白毛老翁没有立即答理长臂白毛星人的话，而且没有好眼色地看了他一眼，然后对天旦说：“走吧，你们停留的时间够长了，我们的任务已经完成。至于那两个天外星人，我们有能力对付。”天旦他们再三要求参加战斗，等消灭了最后两个天外星人再走不迟，都被白毛老翁婉言拒绝了。

天旦拧不过白毛老翁的好意，心中油然起敬，感叹地说：“太阳系中，你们是好人啊！你们是我们最难忘的好星人！”他只好带领全体队员，依依不舍地离开了可敬可佩的白毛老翁，离开了可尊可爱的长臂白毛星人、天犬兽，走向茫茫冰雪平原。

第二十九章 飞行器在太空升级 隐形人惩治獠牙人

天旦他们离开了可敬的白毛老翁，穿过冰雪平原，来到飞行器停放的地方，各自钻进了自己的飞行器，开动机器，驾驶飞船、飞碟飞上天空。

天王星冰雪宫殿传来了轰隆隆的爆炸声。刹那间，整座冰雪宫殿燃起熊熊大火。驾驶神鹰飞船的天旦感到非常惊愕，他立刻驱船赶到冰雪宫殿上空，透过驾驶舱俯视冰雪宫殿。只见精雕细作的冰雪别墅不见了，热闹繁华的冰雪宫殿也不见了，只有茫茫一片火海。唯有那站岗放哨的大脚天犬兽站在冰雪地上，仰望天空大叫。天旦驾驶飞船抵近观察，发现天犬兽脚下踩着一个天外星人，右手也提着一个天外星人。天犬兽挥动它那有力的双臂嗷嗷直叫，好像在向天空中飞行的神鹰大队诉说着什么。天旦有些明白了，一定是那两个可恶的天外星人设法逃出了速冻冰宫，放火烧毁了冰雪宫殿，也或许是他们炸毁了冰雪城堡，又或许有其他原因。虽然天犬兽制服了剩下的两个天外星人，取得了胜利，但是也付出了惨痛的代价。

天旦驾驶神鹰飞船再次巡查了几圈，仍不见一个长臂白毛星人，也不见那位可爱的白毛老翁，不知他们命运如何？天旦他们只好带着遗憾飞走了。

神鹰大队各型飞行器在太空中高速飞行。无敌超人仍然担当开路先锋，驾驶三叉飞船飞在前面。他稳坐在驾驶舱中，密切注视着远程监视屏幕。突然，屏幕上有几道亮光划过，太空中出现了奇异的天体现象——彗星群飞。只见彗星群飞速朝他袭来，他非常惊奇，抬头朝窗外一看，发现多颗彗星已经来到前方。他立即驾驶三叉飞船躲过。他看到从眼前忽闪而过的一颗颗彗星，好像大海中的小岛，又像漂浮在水中的大土豆，还像一座座奇特的山峰。它们颜色各异，有蓝的、白的、黄的，还有灰的。在茫茫太空，自由自在飞速飘过，非常奇妙。无敌超人正想向天旦报告这一天体奇观时，太空深处几个神秘的光团，晃晃悠悠奔来。他连忙打开探测仪识别，那些神秘的光团里，包藏着一架架奇异的飞行器，有的像巨大的圆盘，有的像浑身长刺的刺猬，还有的像模糊不清的发光体，离他越来越近了。他紧急呼叫："神鹰，神鹰。我发现了奇异的天体现象——彗星群飞，同时又发现了多架奇异的飞行器，离我越来越近了。""三叉，三叉。我们也发现了彗星群飞的奇异天体现象。不过，它们已经消失在茫茫太空。请密切注意奇异飞行器的动向，我们马上赶到你所在的区域。"天旦回答后，带领神鹰大队，快速飞向无敌超人所在的区域。

天旦他们赶到了无敌超人飞行的区域，一看，惊呆了。天空中确实有几个神秘的光团，已经将无敌超人的三叉飞船围住，把他当成了空中的活标靶，几股火力不断向三叉飞船集中攻击。炮弹不断在三叉飞船周围爆炸，甚至打在了他的三叉飞船上，同时，这些光团还喷射出一束束蓝光、红光，喷向孤军奋战的三叉飞船。幸好，三叉飞船是用特殊材料制造的，可以承受这样强大的攻击，否则，早已船毁人亡了。当然，无敌超人也不甘示弱，从三叉飞船中不断喷射出多股火舌，迎头反击那些光团。云雾飞碟中的彩霞姑娘看到同伴如此顽强地战斗，心中愤愤不平，未等天旦下达命令，率先驾驶云雾飞碟冲了上去，支援无敌超人。

天旦也急了，立刻命令："小车司机留守太空掩护，金助理和我也去增援无敌超人。"命令下达后，从不服输的天旦驾驶神鹰飞船冲向了鏖战的太空。金助理驾驶子箭飞碟也全速跟了上去。然而，那些光团好像发现了前来支援的神鹰大队，调整了部分火力，一边射击神鹰大队的各型飞行器，一边紧紧咬住三叉飞船不放。双方打得如火如荼，战斗一时难分高下，战势处于胶着状态。天旦急躁起来，驾驶飞船靠近，再靠近，希望近距离更精准地打掉那些光团，迅速解救被围困的无敌超人。子箭飞碟中的金助理生怕天旦有半点闪失，加大火力全力掩护。当天旦驾驶的神鹰飞船离光团越来越近时，奇怪了，光团的火力反而减弱了。再靠近时，喷射的一束束蓝光、红光也消失了。

无敌超人趁机驾驶三叉飞船冲出光团的包围圈。然而，光团并没有迅速撤离，反而闪烁着火光，主动向天旦和金助理的飞行器靠拢。金助理感到非常惊诧，正在困惑时，天旦驾驶的神鹰飞船首先自动喷出一束神奇的紫光，射向其中的一个光团，将它拉到了神鹰飞船上，牢牢粘连在一起。金助理的子箭飞碟上神奇地喷出一束黄光，将另一个光团拉到了自己的飞碟上，对接在一起。远处掩护的小车司机驾驶的变形旗舰小车则喷出一束神奇的绿光，将最后一个光团拉到了有翅膀的变形旗舰小车上，也连在一起。他们各自驾驶飞行器悬停在空中，奇迹出现了，各型飞行器内部设备高速运转，飞行器发生了巨大的变化，似乎在进行一次革命性的升级改造。尤其是天旦的神鹰飞船，变化更加巨大。他坐在驾驶舱里，朦胧中看见电子显示屏似乎在增大，而且变得更加清晰，各项数据也在发生变化。飞船控制系统、武器系统、侦察系统……在进行一次技术升级改造。光团的先进技术似乎输入到神鹰飞船之中了。飞船几乎变了个模样，原来荧光熠熠的飞船一下子变成了一团神奇的火焰，与光团完全一模一样，成了火焰飞行器。

几分钟过去了，粘连在神鹰飞船上的光团自动分离，不声不响地飞向了深空。天旦猛然清醒，重新启动神鹰飞船在太空中飞行。他看到金助理的子箭飞碟也变了模样，小车司机的变形旗舰小车也改变了它的本来面目，好像一团燃烧的火焰。天旦分别呼叫彩霞姑娘和无敌超人询问情况："三叉、云雾，刚才我们怎么了？我们的飞船、飞碟、变形旗舰小车外表都变成一团团燃烧的火焰。"送话器里传来无敌超人的声音："神鹰。我的飞船也变成了火焰飞船，好像是那些光团给我们动了手脚，不过性能比以前更好了。"送话器里又传来了彩霞姑娘清脆的声音："神鹰。我的云雾飞碟没有改变模样，仍然荧光闪闪。""哦，原来是这样。"天旦又了解到金助理、小车司机他们的飞行器内部性能有了很大提高。骤然，他想起了金星俊男移交飞行器时，对他们说过的一句话："太空中，遇到比自身更为先进的飞行器时，子母飞碟有一个特殊功能：瞬间自动窃取对方的先进技术，对本机进行升级改造。"原来如此，今天终于实现了。神鹰大队今后飞往遥远的宇宙，又多了几分胜算。

他驾驶神鹰飞船试飞了一阵，果然，飞行速度比原来提高了数倍，几乎可以与无敌超人驾驶的三叉飞船媲美。看到紧紧跟在后面的飞行团队，他开心地笑了。

神鹰大队在太空飞行不久，一颗落单的浅蓝色彗星，在前面飞行。天旦连忙打开升级改造后的远程侦察仪器探测，屏幕上即刻显现出那颗彗星的清晰图像，它是一颗在太空中高速运行的不规则彗星，好像倒立的山峰。仔细探测，彗星表面呈现蓝色，若隐若现，而且这颗彗星上竟然有山有水，甚至还有动物和植物。他不敢相信自己的眼睛，揉了揉双眼，再看，一切都是真实的。他想：难道又是一个奇迹吗？他没有过多去思考，立刻下令："三叉、三叉。全速航行，追上前面那颗彗星。认真探测生命迹象，立即着陆彗星，一探虚实。"天旦下令后，带领大家全速跟进。

无敌超人领命后，驾驶火焰三叉飞船快速追上前面那颗高速运行的奇异彗星，绕着它巡视了几圈。从探测屏幕上，可以清楚地看到，彗星上确实有动物、植物，而且还有星人活动的迹象。他选择彗星上平静的奇异山谷着陆。刚刚着陆，平静的山谷中突然气流涌动，狂风大作，吹得三叉飞船不停抖动。是起飞还是另选着陆地点？或是走出驾驶舱？无敌超人在火焰三叉飞船中有些犹豫。他全神贯注地看着探测屏幕，时刻关注着山谷中的变化。然而，屏幕上高强度的电子干扰波不断显现，无法探测到山谷中的真实情况。他立刻呼叫："神鹰、神鹰。我已登上彗星，向你报告情况。"反复呼叫没有回音。经查，信号完全中断，与外界失去了联系。此时，他连忙发动飞船，准备离开这个鬼地方。可是，机器轰鸣，烟尘飞扬，飞船却不能起飞，好像和地面紧紧粘连在一起了。无敌超人急得捶胸顿足，高声大喊："飞船，赶快飞起来。彗星，难道你想灭了我吗？"

神鹰大队其他各飞行器紧紧追赶着这颗奇异的彗星。天旦从驾驶舱的监视屏幕上清楚看到，无敌超人驾驶火焰三叉飞船已经着陆这颗彗星。过了很久，也不见无敌超人的音信，他心中十分着急，立刻呼叫："三叉、三叉，请回话。"却始终听不见无敌超人的回音。他猜测无敌超人在彗星上一定遇到了意想不到的困难，天旦马上下令："云雾、云雾，登上彗星，寻找失联的无敌超人和三叉飞船。”“是。”彩霞姑娘回答后，驾驶云雾飞碟快速飞向那颗浅蓝色的彗星。

彩霞姑娘飞到彗星上空，巡视了几圈后，发现彗星山谷内有一团涌动的气流，但是未发现无敌超人驾驶的火焰三叉飞船。她选择两山之间的一处草坪着陆，寻找失去联系的无敌超人。她走出云雾飞碟，被眼前的景色惊呆了。一条溪水从山沟里流淌而来，弯弯曲曲一直流向远方。近处草坪遍地野草如茵、山花烂漫，各种芙蓉花开满山野，好一派春意盎然的景象。远处森林中炊烟四起，仿佛寻找到了一个新的地球。彩霞姑娘立即呼叫：“神鹰、神鹰。我已登上彗星。虽然无敌超人暂时没有找到，但是找到了人类能生存的一个好地方。”“好的，继续搜寻无敌超人，我们马上赶到。”天旦回答后，彩霞姑娘还准备进一步汇报情况，远处森林中，一群奇异的彗星人吵吵嚷嚷向她奔来。她匆忙向天旦报告：“彗星人奔过来了，请火速赶到。”刚刚把话说完，这群彗星人转眼间就来到面前，将她团团围住。这群彗星人着装古怪，青面獠牙。他们有大有小，有高有矮，有胖有瘦，指手画脚地笑着、吼着，似乎从来没有见过从天上掉下来的不速之客。彩霞姑娘暂时不想惊扰面目狰狞的怪异彗星人，纵身跳出了他们的包围圈。可是那些青面獠牙的彗星人哪能放过她，叫喊着追上来。一个身材魁梧高大的彗星人边跑边说：“天人，别跑了，你的同伴已经困在‘死亡之谷’里，正在等你去救他。”彩霞姑娘一听有了无敌超人的消息，心中大喜，停止了奔跑的脚步，向那位说话的奇异彗星人询问：“我的同伴现在何处？”

青面獠牙的彗星人回答：“困在了西边的山谷之中。”

“为什么困在了那里？”

“他误入了‘死亡之谷’。我们从来都不敢进去，那是就连鸟也不能飞入的地方。凡是有灵性的、有生命的，或智能物体，进去只有死路一条。”

“有什么办法可以营救他吗？”

“没有，只能靠他自己的造化了。”

“你们能带我去看看他吗？”

“可以。我们乐意为你效劳。”青面獠牙的彗星人爽快地答应了。彩霞姑娘救人心切，跃上天空，跟着几个青面獠牙的彗星人飞向他们所说的“死亡之谷”。

彩霞姑娘很快来到“死亡之谷”的上空，突然，肩头上的红嘴小鹦鹉鸣叫几声，飞走了。她感到非常不安，有一种不祥的预感笼罩心头，再看神秘的谷底，怪石嶙峋，狂风漫卷，飞沙走石，神秘的气团翻江倒海。一个彗星人凑近她身旁，指着气流涌动的谷底说：“看，那就是‘死亡之谷’，你的同伴就在气团笼罩的尘烟之中。”彩霞姑娘透过尘烟，看到三叉飞船被刮得大摇大摆。无敌超人不知什么原因呆若木鸡，站在飞船旁边一动不动。她一心想救同伴，向气流涌动、尘烟笼罩的谷底靠近，准备详细观察后，再想办法营救无敌超人。一直跟在她身后的一个青面獠牙彗星人，看到时机成熟了，趁彩霞姑娘不备，一掌将她打进了“死亡之谷”中。那个不怀好心的青面獠牙彗星人笑着回去得意地对随行的几位同伴说：“天人，去等死吧。”他们一路狂笑，飞出了神秘的“死亡之谷”上空。

这时，天旦带领金助理、小车司机驾驶各自的火焰飞行器，登陆了这颗彗星，降落在彩霞姑娘停放云雾飞碟的地方。天旦打开远程通信设备与彩霞姑娘联系，发现也听不到她的回音。天旦连忙走出驾驶舱，踏上了神奇而美丽的彗星大地。他顾不得欣赏彗星上的美丽景色，四处寻找彩霞姑娘，但不见她的踪影。远处山林中的吵嚷声引起了天旦的怀疑：也许彩霞姑娘就在那些神秘的彗星人之中。

他们三个人急急忙忙向森林奔过去。一群奇异的彗星人朝他们迎面跑来。天旦他们停止了脚步，立刻做好迎战的准备。眨眼间，彗星人就来到他们面前。只见他们着装奇异，个个都是青面獠牙，真有些吓人。站在前排的一个身材魁梧高大的青面獠牙彗星人首先开口说话了：“你们是刚才那位美女天人的同伴吗？”天旦连忙说：“是的。你们知道她去了哪里吗？”那个彗星人撒谎说：“我们的人已经陪她去找你们的另一位同伴了。临走时，她叮嘱我们，你们来了之后，让你们去我们庄园等候，她很快就会回来。”天旦他们一听，终于有两位队员的下落了，紧张的心情一下子平静下来。他们想，有好心的彗星人陪同寻找，任何艰难险阻都不会难倒他俩。天旦轻易相信了那个彗星人所说的话，心想：这些彗星人，看上去虽然相貌丑陋，但是有一颗善良的心，又遇上好人了。天旦想借此机会了解这颗神奇彗星的情况，便向那位高大的彗星人询问：“这颗彗星存在了多长时间？”那个彗星人答道：“也许几千年，有可能几万年，甚至几百万年！”

“远离太阳数十亿千米，为什么彗星上还会春暖花开？”

“这就是我们彗星的独特之处，每当运行到太阳附近，彗星始终保持宜人的气候。”

“你们这里，还有其他的气候变化吗？”

“有。远离太阳系就是数百年的冰雪年代。”

“冰雪年代，你们是怎么生存的？”

“我们可以不吃不喝，冬眠数百年，等待下一个春暖花开的时节到来，方才苏醒过来。”

“你们知道这颗彗星的运行轨迹吗？”

“这个，我们没有计算过。”

“还有人来过你们的家园吗？”

“没有。几千年来，你们是唯一来到彗星的一批天外客人。”

天旦与青面獠牙彗星人的一席话，使他觉得，这些彗星人很诚实，渐渐放松了戒备。在彗星人的热情邀请下，他们一行人向森林深处走去。

彩霞姑娘被口蜜腹剑的青面獠牙彗星人从天空推进了气流涌动、尘埃笼罩的“死亡之谷”，正好掉落在三叉飞船旁边不远的地方，看见无敌超人在狂风之中，满脸愁容，傻呆呆地站在飞船旁边一动不动，迈不开脚步，好像和地面粘连在一起，一身的超级功能好像消失殆尽。她忙问无敌超人：“无敌超人，你怎么了？”无敌超人看了看落地的彩霞姑娘，有气无力地回答：“我误入了彗星上特种物质的怪圈，有可能这里有特殊的强磁场，也许这里有还未探明的其他新物质。我与地面紧紧相连，浑身无力，不能动弹。云霞，你不该来这里呀！也许你也不能自保。”彩霞姑娘又说：“我上了青面獠牙彗星人的当，听说你困在‘死亡之谷’，前来救你，被彗星人推下来了。别怕，我来救你。”说完之后，她使劲挪动双腿，却怎么也迈不开半步。她又强行试了几次，仍然原地不动。她急了，拉长声音说：“果真如此，我也不能迈开脚步了。无敌超人，现在怎么办？”“没有办法。我已试过多次，你也别费力气了。我的功能消失不说，连通信也中断了。失去了与外界的联系，只能在这儿等死了。”无敌超人悲观地说。两位超级星人被牢牢困在狂风呼啸的“死亡之谷”中了。他们近在咫尺，却像远在天涯。他们相互对望着，一点办法也没有。

天旦他们毫无戒心地跟随着一群青面獠牙的彗星人走进林中彗星人的神秘庄园。许多青面獠牙的彗星人早已在庭院内等候，有的交头接耳、窃窃私语，有的欢声笑语、放声歌唱，还有的舞枪弄棒、追逐嬉戏。天旦他们从来没有见过这种场面。天旦心中一股凉气骤然升起，不知如何应对。突然，腰间的天文蛋盒中音乐响起，并释放出圈圈红色的光环，映红了庄园。一切都变了模样，尤其是那些青面獠牙的彗星人，显得更加恐怖。天旦猛然清醒：一定要小心提防眼前的彗星人，他们有可能在耍什么诡计。他正在思索时，那些可怕的彗星人蜂拥吵嚷着围上来，争先恐后观看他腰间那发光的宝物。金助理、小车司机连忙维持秩序，防止发生突发事件。这时，天旦身旁的一个高大的青面獠牙彗星人振臂高呼：“别吵了，别看了。闪开，让天人去正堂歇息。”他的话音刚落，吵嚷的彗星人立刻安静下来，并让开了一条通道。天文蛋盒里音乐停止，红光也消失了。天旦生怕节外生枝，只好跟着彗星人向正堂屋走去。

天旦他们走进庄园的正堂屋，两扇高大的大门吱的一声关上了。几个凶悍的青面獠牙彗星人从室内冲出来，发出一阵奸笑。天旦如梦初醒，知道上当了。他们连忙拔枪准备战斗。这时，坐在正堂座椅上的彗星人头目凶相毕露，开口说话了：“凡胎肉体，你们别忙活了。你们手中的武器，在我这里是不中用的。”天旦没有搭理那彗星人头目的话。金助理和小车司机不相信那彗星人头目所说的话，各自握枪射击。果然，如同那彗星头目所说的一样，金枪、银枪、铜枪，一支也打不响了。那彗星人头目得意地又说话了：“你们还不相信我说的话。怎么样？一支也打不响吧？别说你们，就连你们的两个星人伙伴也困在‘死亡之谷’，没有办法自救，更不能前来帮助你们了。你们这些凡夫俗子，敢和我较量？打消抵抗的念头吧！唯一能让你们活命的办法就是主动交出随身携带的发光的‘宝贝’。我可以大发慈悲，放你们出去，实现你们的飞天梦想。当然，我知道你们的‘宝贝’厉害，抢不来，夺不去。主动交出来，我便可以放你们一条生路。”天旦一听，无敌超人、彩霞姑娘已经遭到暗算，知道事态非常严重。天旦想：正面交锋肯定力敌不过，只好拖延时间，另辟蹊径。他思考了一阵，对那彗星人头目说：“好吧，让我们斟酌以后再回答你。”“那好，把他们带到里屋去。让他们好好商量。”彗星人头目点头说。突然，一个凶悍的青面獠牙彗星人上前对他的头目说：“不行，头儿，你是老大，别给他们讲什么礼遇。杀死他们，宝物就是我们的了。何必多此一举。”“退下，你懂什么！抢来的东西还能服众吗？宝物也不会灵验！再说，他们手中的武器已经没有用了。凡夫俗子，已是赤手空拳，怎奈我何？要要他们，逗逗乐，也是一件快乐之事。”彗星人头目喝退了那个进言的青面獠牙彗星人，立刻上来几个凶悍的彗星人把天旦他们押走了。

“死亡之谷”中，狂风仍在不断地刮着，无敌超人、彩霞姑娘仍然一步不动地困在原地。他俩无精打采地对望着，正在绝望时，一团神奇的绿色旋风伴随着一只可爱的红嘴鹦鹉，在“死亡之谷”上空飘来又飞去。旋风之中，似乎有一个模糊的黑影人，在尘埃漫天、气流涌动的气旋外围盘旋了一阵，与小鹦鹉一头钻进了狂风漫卷的“死亡之谷”中。旋风中的黑影人在无敌超人和彩霞姑娘周围悄悄地转了几圈之后，转身钻进了无敌超人身旁的火焰三叉飞船，发动机器，驾驶飞船飞出了“死亡之谷”。看到黑影人那熟悉的背影，加上小鹦鹉突然回到自己的肩膀上，彩霞姑娘感激地说：“小宝贝，谢谢你！无敌超人，奇迹出现了，我俩有救了。”无敌超人也高兴地说：“是的，我们有救了。感谢你的小鹦鹉搬来救兵。”

没过多久，他俩仍在不断谈论旋风隐形人时，黑影人悄悄地来到彩霞姑娘身边，不动声色地拿出一根隐形绳，绕着她转了几圈，打好结，又走到无敌超人身边，拿着绳转了几圈也打好结，将他俩串联在一起，并将另一绳头紧紧攥在手中，起飞了。无敌超人、彩霞姑娘在黑影人隐形绳的牵引下，竟然慢慢地离开了“死亡之谷”谷底。尘埃中，黑影人拖着两位星人快速飞行，很快飞出了气流涌动的“死亡之谷”。隐形绳自动松开，无敌超人启动自身能量，开始自主飞行，彩霞姑娘也飞行自如了。他俩感激不尽，先后说道：“谢谢你！敬爱的旋风隐形人，感谢你的救命之恩！”而那黑影人早已化成一团绿色的旋风去了远空。太空中传来熟悉的声音：“别谢了，赶快到你们飞行器停放的地方去，等待你们的同伴。告诉天旦，别自作聪明，一定要按照既定目标行动，立刻离开这颗彗星。”那声音在太空中久久回荡，渐渐远去。他俩向目的地飞去。

天旦他们三个人被关押在庄园后面的一间黑屋里。天旦静静地坐在地上，静静意念，试图寻求星人的帮助。门外几个警戒的青面獠牙彗星人不时向里偷窥，严密监视着他们的一举一动。坐在地上的小车司机有些不耐烦了，回头问天旦：“队长，咱们已身陷囹圄，手中的武器已是摆设，不中用了。凭我们自身的功夫，肯定斗不过那些凶悍的青面獠牙的彗星人。何况无敌超人、彩霞姑娘被困在‘死亡之谷’，生死未卜，也不能前来帮助我们。现在怎么办？”“别唠叨了，不考虑你们二人的生死，我早就有办法了。不用考虑无敌超人和彩霞姑娘，再大的困难，相信他俩也会有办法解决的。等等吧，我相信奇迹一定会出现。”天旦生气地说。金助理急得在屋里走来走去。

这时，那团绿色旋风悄悄地混进了青面獠牙彗星人的庄园。许多着装奇异的彗星人仍然在庭院内载歌载舞欢庆胜利。他们根本没有想到，旋风隐形人就在院内，更不知道旋风隐形人正在他们中间转来转去。隐形人搜索一番后，选择了一处适当的位置，向彗星人人群中投放了几颗迷魂烟幕弹。几声炸响，庭院内浓浓的迷魂烟雾骤然升起，活蹦乱跳的青面獠牙彗星人还没有弄清是怎么一回事便一个个扑通扑通地倒在地上。响声惊动了正堂屋里的大小头目。一个小头目连忙跑出来查看情况，看见满地酣睡如泥的大小喽啰，没有一个是清醒的。他知道情况不妙，连忙高喊：“不好了，外星人来了……”话还没有说完，旋风隐形人来到他面前，朝他面部喷去一团迷魂烟雾，小头目当场倒地不省人事。紧接着，他又向正堂屋里投去两颗迷魂烟幕弹，正堂屋内的彗星人大小头目稀里糊涂都倒在地上了。

旋风隐形人一鼓作气，向关押天旦他们的后堂跑去。几个青面獠牙的彗星人守卫听到响声，惊慌失措地往外跑，正好迎面撞上了旋风隐形人。他侧身一闪站在那里，不声不响地朝奔来的一个个青面獠牙彗星人守卫脸上悄然喷去一团团迷魂烟雾。那些守卫跑着跑着，一个接一个地栽倒在地上。天旦他们听到屋外的响声，豁然从地上站起来，向窗外观看。旋风隐形人正好路过窗前，看见天旦他们安然无恙，朝他们淡淡一笑。他转身摸了摸门上奇怪的大锁，手指轻轻一弹，大锁自动开了。他临走时说："出来吧。你们的两位同伴已经平安无事了。你们应该清楚该去什么地方了。"这些话语明确地告诉天旦他们，无敌超人、彩霞姑娘已经得救了。天旦赶忙伸头向外观看，只见院内静悄悄的，没有看见说话的人，也没有一个彗星人守卫。门前不远的地上，躺着几个昏倒的青面獠牙的彗星人。天旦连忙去拉门，门竟然开了。他看了看门锁，发现已经有人提前打开了。天旦心中明白，一定是意念起了作用。他们走出囚室，向庄园内四处看了看，没有一点儿动静。大家一起蹑手蹑脚向外面走去。

沿途许多青面獠牙的彗星人，一个个都莫名其妙地倒在地上，没有一点知觉。来到正堂，那些彗星人大小头目一个个像泥塑木雕般不能动弹。走进庄园大院一看，他们更是张口结舌：一个可怕的场面展现在他们面前，院内、院外的地面上，横七竖八躺着许多奇形怪状的青面獠牙彗星人，他们有的怒目圆睁，有的张口伸舌，还有的握着拳头跪在地上仰望天空。天旦走着看着，心中更加明白了：一定是天人暗中相助，也许是旋风隐形人的杰作，否则，不会出现这样离奇的事。天旦心中牢记着刚才旋风隐形人的话，立刻说："大家都别看了，这是贪婪之人应有的下场，也许是上天给他们的惩罚。走吧，赶快离开这颗可怕的彗星。"金助理和小车司机目睹这一切，感到扑朔迷离，但也不好再多问，跟着天旦飞快地奔出可怕的彗星人庄园。

第三十章　奇袭变异飞天恐龙　搏击海王星章鱼兽

天旦他们三人一步不停地走出了青面獠牙彗星人的庄园，跃上天空一路飞行，很快飞到了自己停放飞行器的上空，看见无敌超人、彩霞姑娘果然站在那里等候。他们迅速降落在青青的草地上，与跑上前来的无敌超人、彩霞姑娘百感交集地紧紧拥抱在一起，好像多年未见的老朋友再次相逢。许久，天旦才松开他们，大家热泪盈眶，相互打量对方。大家心中明白，自从飞天以来，从来没有像这样窝囊过，遭遇了一次不明不白的劫难。天旦友好地上前轻轻打了无敌超人和彩霞姑娘各一拳，说："你俩还真的活着。""是的，我们还活着。你们不是也还活着吗？任务还没有完成，谁也不能先走了。"无敌超人和彩霞姑娘双双照样分别轻轻回敬了天旦一拳，并且说道。大家高兴地敞开心扉，向天空反复呐喊："我们都活着！感谢天外星人的救命之恩！"从心灵深处向旋风隐形人表示感谢。呐喊声，在彗星上空久久回荡。

这时，天空中传来一个神奇的声音："别磨叽了，赶快起飞吧！再不走就来不及了。"他们惊奇地望着天空，直到那声音渐渐远去。

这时，天旦才恍然醒悟，知道应该离开彗星了，便立刻吩咐道："快，赶快离开彗星！"当他们各自刚刚钻进自己的飞行器时，草坪上呼啦啦刮起了风。瞬间，风越刮越大，天昏地暗。他们驾驶升级改造后的火焰飞行器，顶着狂风，冒着扬起的尘埃，起飞了。他离开了这颗彗星，飞上了太空。天旦扭头俯视彗星上那美丽的草坪，只见它正被狂风袭击，尘土飞扬，根本看不到它的美丽容颜了。幸好及时起飞，倘若再耽误几秒钟，后果就不堪设想了。

他望着那颗狂风漫卷的彗星，瞬间加快了飞行速度，拖着长长的白色光带，渐渐地消失在无际的太空。

天旦他们各自驾驶升级改造后的火焰飞行器，好像一个个燃烧的火球，在太空高速飞行，把太空装扮得更加神秘。飞行速度比原先提高了数倍，大家心中乐开了花。天旦微笑着坐在驾驶舱里，聚精会神地看着升级后的监视屏幕，一幅幅清晰的画面展现在他眼前，忽然，屏幕上亮光一闪，出现了一段神奇的文字，同时伴有红嘴鹦鹉的语音：

海王星小档案及飞行目标

直径	约 49244 千米
与太阳的平均距离	约 44.97 亿千米
公转周期（1 海王星年）	约 164.79 地球年
自转周期（1 海王星天）	约 16 小时
体积（排行）（地球为 1）	约 57.1 个地球（第四位，称老四）
外观	蓝色
危险系数	五颗星
飞行目标	着陆海王星

地球基地

天旦认真听了语音，看完屏幕上的内容，觉得这太奇妙了。在数十亿千米遥远的太空，神鹰飞船还能收到地球基地传来的指令。老师真是太空探险高人，自始至终注视着我们神鹰大队的一举一动。天旦又一想，如此高危险等级，前进肯定更加艰难。一阵急促的声音打断了天旦的思索。先锋无敌超人从远空紧急呼叫："神鹰，深空发现来路不明的隐形机群正快速朝我们飞来。""密切关注，尽量不要招惹它们，避开隐形机群，绕道飞往海王星。"天旦立刻给无敌超人下达了明确的指令。无敌超人接到指令后，驾驶火焰三叉飞船，躲开那来路不明的隐形机群，快速向海王星飞去。然而，那隐形机群似乎早就发现了无敌超人的火焰三叉飞船，它们也改变了飞行航向，对火焰三叉飞船紧追不舍。

调转航向前行的无敌超人，从远程雷达上发现，隐形机群在后面紧紧追赶，而且越来越近了。从屏幕上清楚地看到，多架黑色隐形飞行器，闪烁着奇异的灯光，正全速追赶火焰三叉飞船。无敌超人心中非常明白，要想彻底摆脱隐形黑色飞行器跟踪，已经来不及了，只好面对现实。于是，他再次呼叫天旦："神鹰、神鹰。我遭到多架不明隐形黑色飞行器的追击，请求增援！请求增援！"呼叫完后，火焰三叉飞船直接迎上前去。透过舷窗，放眼望去，他吓坏了：从来没有见过这样的阵势，几十艘黑色隐形飞行器已经摆开阵势，分三个梯队向他迎面飞来。他没有多余的时间去思考个人的安危，面对强势敌人，必须亮剑，狭路相逢勇者胜。无敌超人先下手为强，瞄准了前面的几架黑色飞行器，按下了快速隐形炮、快速隐形导弹的两个发射按钮。顿时，一颗颗隐形炮弹、一枚枚隐形导弹，从火焰三叉飞船的炮管、发射管里迸发而出，射向迎面飞来的黑色飞行器。与此同时，那些黑色飞行器也向无敌超人驾驶的火焰三叉飞船集中发射了多枚导弹。双方导弹在太空相遇，不断爆炸，瞬间，海王星太空区域硝烟弥漫。

无敌超人机动灵活地驾驶火焰三叉飞船，力战群机，几乎完全击毁了来势汹汹的第一梯队的黑色飞行器。它们不是在空中开花，就是冒着黑烟坠落。双方空战打得相当激烈。

第二梯队的隐形黑色飞行器也投入了激烈的空战，看那阵势，不击毁火焰三叉飞船誓不罢休。忽然，一架隐形黑色飞行器闪电般地抵近了火焰三叉飞船，无敌超人眼明手快，驾驶飞船躲开。这时，太空中传来瓮声瓮气的神秘声音，向无敌超人不断喊话："别开火了！别开火了！无敌超人，你也别逃了，我是你的师弟。"无敌超人朝声音传来的方向望去，发现声音是从抵近他的那架隐形黑色飞行器中传出来的。果然，对方已经全面停火了。接着又从那架飞行器中传出话来："师兄，好久不见，你长本事了！不过，你不能再给地球人卖命了。跟我们回去吧！大王还等着你复命呢？不然，今天就是你的死期。我们照样会捉住发光的智慧人。想想吧，给你三分钟的考虑时间。”在金星上重新装上智能芯片的无敌超人，根本听不懂师弟所说的话。他认为对面的外星人是在挑拨离间：既然是师弟，为什么向我开火呢？你不留半点情面，我堂堂先锋，岂能认你这位来路不明的师弟。这停火的间隙，便是消灭对面胡说八道的星人和他们飞行团队的大好时机。

无敌超人悄悄地按下光能导弹的发射按钮，一道道亮光从火焰三叉飞船上闪出，又击毁了许多黑色飞行器。唯有那号称师弟的黑色飞行器被击中后并没有爆炸，飞行器周身几道亮光闪过之后，变成了一头奇异的钢铁怪兽，好像早已灭绝的飞天恐龙。只见它昂首挺胸，鼓着一对奇特的大眼睛，放射出红、黄两道光，张开满是尖齿的大嘴，嗷嗷号叫，在太空中奔跑，直扑无敌超人的三叉飞船。无敌超人见状，大惊失色，连忙向奔来的飞天恐龙再次发射光能导弹，准备一举歼灭它。可是那飞天恐龙身上几道亮光闪后，仍然没有被消灭，反而变得更大了。

无敌超人惊愕之余感到这种导弹对它根本不起作用，于是改用其他先进炮弹和先进导弹连续进行打击，'可结果还是一样，无论是炮弹还是导弹，每打在飞天恐龙身上一次，飞天恐龙都要膨胀一次，身躯变得更加庞大了。瞬间，一头超级飞天恐龙出现在海王星上空。它抖了抖庞大的身躯，又向火焰三叉飞船快速奔来。无敌超人见状，赶紧驾驶火焰三叉飞船撤离战场。然而，幸存的隐形黑色飞行器哪肯放过它，从四面八方包抄上去，挡住了无敌超人的撤退之路。双方在天空中又展开了一轮生死搏击。

天旦接到无敌超人的求援呼叫后，带领大家驾驶火焰飞行器，很快赶到了无敌超人激战的空域。远远看见隐形黑色飞行器将火焰三叉飞船团团围困，情况万分危急，天旦立刻下令：“全力解救无敌超人。”正当他们驾驶飞行器冲上去时，多架隐形黑色飞行器一闪就来到他们的飞行器前面，强行阻挡住了救援的去路。天旦紧急招呼队员：“各位注意，拉开战斗队形，使用先进的霹雳穿甲弹，狠狠痛击前面的隐形黑色飞行器。”双方几乎同时开火了，奇迹也随之出现：神鹰大队各个火焰飞行器射出的一枚枚霹雳穿甲导弹，精度准，威力大，枚枚都命中前方目标。虽然击毁了一批靠近的黑色飞行器，但是另一批黑色飞行器又冲了上来……

小车司机的变形旗舰小车，也击毁了数架隐形黑色飞行器。一发炮弹紧差点儿击中金助理驾驶的火焰子箭飞碟。

短短几分钟，空中战斗基本结束了。神鹰大队的飞行器无一损伤。天旦目睹眼前的战况，心中困惑：难道升级改造后的飞行器，武器也升级了？这暂时的胜利是显示了天外强大科技的力量呢，还是隐形黑色飞行器上的星人有不可告人的秘密？他一时无法弄明白，沉浸在猜想之中。

一道亮光闪过，小车司机又击毁了偷袭的一架隐形黑色飞行器。天旦恍然醒悟，想起刚才激战的无敌超人，可是放眼望去，那片空域早已不见火焰三叉飞船的影子。顿时，他终于明白了，与他们激战的那些隐形黑色飞行器，其实就是为了拖延时间，好让被挟持的火焰三叉飞船飞走。他连忙打开远程追踪仪，搜索失踪的火焰三叉飞船。

的确，数架隐形黑色飞行器挟持着无敌超人的火焰三叉飞船正飞向远空。无敌超人一路与他们展开顽强的搏击，知道天旦他们已经赶来了，有了必胜的信心。他胆量更大了，劲头更足了，越战越勇，击毁了数架围堵他的隐形黑色飞行器。然而，钢铁飞天恐龙一直在后面紧紧追赶。无敌超人深知后面飞天恐龙的厉害，不敢向它轻易开火，只好拖时间，与它们在空中周旋。面临前堵后追，周围有打不完的隐形黑色飞行器，无敌超人渐渐地处于劣势。

万分危急时刻，天旦带领增援团队赶来了，远远看见无敌超人的火焰三叉飞船遭到隐形黑色飞行器的集体围攻，同时，在他身后有一个飞天怪兽正以惊人的速度紧追不舍。天旦立刻号召全体队员，照常使用霹雳穿甲导弹，对无敌超人周围的隐形黑色飞形器展开攻击。小车司机的变形旗舰小车，也在战斗的行列之中。大家正在攻击那些隐形黑色飞行器时，突然，变形旗舰小车身上的火焰悄然自动熄灭，车身上竟冒出了许多长短不一的特殊尖刀。当然，对于这一小小的变化，谁也没有留意，就连小车司机本人也不知道。变形旗舰小车带着尖刀，依然不断攻击迎面冲来的隐形黑色飞行器。

天旦他们很快摧毁了火焰三叉飞船周围的数架隐形黑色飞行器。唯有猖狂的飞天恐龙毫发无伤，仍在追击无敌超人的火焰三叉飞船。天旦他们发射的霹雳穿甲导弹，对它也不起作用。天旦怎么也不相信眼前的事实，又命令大家对飞天恐龙展开了新一轮的集中攻击。一阵攻击之后，飞天恐龙不但没有被消灭，反而又长大了许多。无敌超人瞅准飞天恐龙变异膨胀的瞬间间隙，迅速避开它的追击，飞到天旦他们这边来了。

一个特大的飞天恐龙在天空狂飙。天旦十分惊讶：威力无比的霹雳穿甲导弹，怎么对付不了一个变异的飞天恐龙呢？他心中非常困惑，一直盘算着用什么导弹才能击毁它。然而，狂飙的飞天恐龙一路号叫着，张牙舞爪地离天旦他们越来越近了，天旦还没有想好应对的办法。忽然，小车司机开着带刀的变形旗舰小车，快速冲向奔来的特大飞天恐龙。天旦正想阻止时，凶狠的飞天恐龙张开大嘴，大声嗷嗷叫着，凶狠地扑向了带刀的变形旗舰小车。小车司机趁机驾驶带刀变形旗舰小车，开足马力冲进了它张开的大嘴里。远远观看的队友们都惊呆了，不知会发生什么样的事情。

带刀变形旗舰小车飞快钻进了飞天恐龙的肚腹之中，在里面横冲直撞。飞天恐龙立刻紧闭了号叫的大嘴，停止了追击，在太空中团团打转。带刀变形旗舰小车加速钻进了飞天恐龙的心脏，触动了肚腹中的核心机关，一道火光，特大飞天恐龙自燃爆炸了，残骸喷洒太空。号称无敌超人的师弟的家伙就此灰飞烟灭了。

远远观看的天旦心中一震：大事不好，小车司机完了。他失去了一位友好的搭档，失去了一位优秀的飞天勇士。大家正在悲痛时，那爆炸后的尘烟之中，小车司机奇迹般地开着变形旗舰小车飞出来了，只不过变形旗舰小车周身已经没有了那些神奇的尖刀。大家揉了揉眼睛再看：是幻觉吗？不，的确是小车司机开着变形旗舰小车飞回来了。大家欣喜若狂，都在送话器里向他祝贺。变形旗舰小车创造了太空奇迹，为大家消灭了太空一大祸害。

天旦他们彻底歼灭了隐形黑色飞行器，海王星上空恢复了往日的平静。他们按计划一刻不停地向海王星飞去。

无敌超人驾驶火焰三叉飞船，首先飞进海王星上空云雾翻滚的大气层。云层里，狂风肆虐，湍急的气旋在大气中不断涌动。他以大熊星人的高超飞行技术，驾驭着火焰三叉飞船，在强劲的气旋中飞速穿越，渐渐地穿过涌动的云层，进入了海王星低空稀薄的云雾里。从探测屏幕上，无敌超人发现海王星南极呈现灿烂美丽而又多变的幕状极光。他挪动探测屏幕，还发现海王星表面有高速运动的“大黑斑”“小黑斑”和神奇的“亮斑”。他将这些发现立即报告天旦：“神鹰、神鹰。我已抵达海王星低空。发现海王星南极有美丽的极光，海王星表面有多处大小不一的‘黑斑’和‘亮斑’。”“三叉、三叉。绕过危险的大小‘黑斑’和‘亮斑’，着陆海王星南极。”天旦给了无敌超人明确的指令。无敌超人驾驶火焰三叉飞船，向海王星南极快速飞去。

无敌超人很快飞到了海王星南极上空，驾驶火焰三叉飞船在空中搜索几圈后，向一处没有风暴的地方飞下去，安全着陆在海王星上。他刚刚着陆，正巧一幅灿烂的放射状极光美景高悬在海王星天地之间。无敌超人连忙打开舱门跳到地面，仿佛进入童话般的梦幻世界。他欣赏着海王星上神奇的美景，放眼眺望，海王星的山川、大地仿佛披上了五彩的衣裳，美丽极了。顿时，他心旷神怡，如痴如醉，在海王星大地上奔跑起来，并且振臂向天空高声呼叫：“神鹰、神鹰。我已登上海王星，这里太美了。”在海王星空中飞行的天旦似乎听到了无敌超人的呼喊，带领飞行团队，穿云破雾朝无敌超人着陆的地点飞去。

兴高采烈的无敌超人在海王星大地上跑着跑着，艳丽的极光渐渐地消失了，脚下的大地变了，变成了一个冰冷的世界。山川、大地仿佛都穿上了冰做的衣裳，一切都显得那么冷漠无情，没有一点生命迹象。

一阵凉风刮来，寒冷钻进他的心窝，他赶紧转身往回走，想钻进自己飞船温暖的驾驶舱，等待大队人马到来后一起考察海王星上的秘密。然而，他远远望见，几个稀奇古怪的大型软体动物正在往火焰三叉飞船上爬。无敌超人从来没有见过这样奇怪的陆生生物。只见它们长着许多奇异的腕足，就像地球海洋里的章鱼，但是要比章鱼大上几百倍。它们一个个藏头露腕，利用伸缩自如的腕足，不断拍打着火焰三叉飞船。无敌超人生气地冲上前去，双手抓住正在晃动的一只腕足，用力往下拽。这一下可惹怒了奇特章鱼兽，几只巨大的腕足闪电般扑打过来，将没有防备的无敌超人牢牢抱在怀中，同时从章鱼兽的胴体中露出一个人面鱼头，鼓着大眼睛，张开圆形大嘴，快速向无敌超人脸上、身上连续喷射乌黑的汁液，顿时，黑得像锅底一样的无敌超人失去了反抗，渐渐地松开了抓住腕足的双手，瘫软在人面章鱼兽的怀里。人面章鱼兽见他再也无力反抗，慢慢松开几只紧紧抱住无敌超人的腕足，将他随意丢在冰面上，又向火焰三叉飞船上爬去。

天旦他们根本不知道无敌超人在海王星上遭遇的这一切。他们依然各自驾驶飞行器，一一降落在离火焰三叉飞船不远的冰面上。天旦坐在驾驶舱里向外观察了一会儿，不但没有看见美丽的极光，而且也不见无敌超人前来迎接，周围只有静悄悄的冰封大地。他感到好生奇怪，心想：难道无敌超人又遭到不测了？可是广阔的冰面没有一点异常。他推开飞船舱门，跳到海王星冰封的大地上。其他队员也陆续走出自己的飞行器，跟着天旦朝火焰三叉飞船走去。冲在前面的彩霞姑娘忽然尖叫一声，回头说："三叉飞船上有情况。"天旦带领大家快速朝火焰三叉飞船奔去，走近一看，惊呆了，无敌超人躺在冰面上，不省人事。几个巨大的人面章鱼兽，正在用腕足使劲拍打着火焰三叉飞船，好像不打破、不砸碎飞船，它们誓不罢休。天旦心中明白：无敌超人遭到海王星上章鱼兽的偷袭，情况极其不妙。天旦赶忙反手一挥，招呼后面的队员："停止前进。防备章鱼兽袭击。静观其变。"他的话音刚落，趴在火焰三叉飞船上的几个巨大的人面章鱼兽快速下到冰面，奇迹般的站了起来，露出人面鱼头，瞪大眼睛，迈开八条腕足奔了过来。天旦见状，立刻隐身前去，其他队员则撒腿往回跑。海王星上出现了一个好生稀奇的现象：飞天的太空勇士在冰面上猛跑，人面章鱼兽在后面紧追不舍。

天旦绕开正面冲上前来的人面章鱼兽，快速来到昏睡在冰面上的无敌超人身旁。趁人面章鱼兽追赶队友的间隙，他迅速现身给无敌超人口中喂了随身携带的解药。无敌超人渐渐苏醒过来，睁眼一看，是天旦解救了他，感激地朝天旦淡淡一笑。天旦见他已无大碍，连忙又隐身离开，去追杀那些人面章鱼兽去了。

清醒后的无敌超人一个鲤鱼打挺从冰面上站起来。看到人面章鱼兽仍在冰面上追赶金助理和小车司机，便几个箭步冲上去，挡住了章鱼兽的去路，与它们展开搏斗。

这边，天旦也冲进了人面章鱼兽的队伍中，暗中朝人面章鱼兽身上狠狠揍了几拳，但天旦的拳头对人面章鱼兽根本不起作用，几只巨大的腕足，反而张牙舞爪地挥舞起来，重重打在天旦的身上。他立刻闪到一边，看到彩霞姑娘也正在和章鱼兽搏斗，并且打倒了几个章鱼兽。不甘失败的章鱼兽翻身而起，又与彩霞姑娘扭打起来。

那边无敌超人挥舞铁拳，打断了一个章鱼兽的两条腕足，腕足掉在冰面上。章鱼兽不顾疼痛，利用其余的腕足与无敌超人展开搏斗。暗中观战的天旦看到人面章鱼兽与队员们纠缠不休，像这样打下去肯定不是办法。他气愤地现身站在冰面上，掏出随身佩戴的金枪，正准备开枪射击，一个章鱼兽闪到他面前，伸出一只长长的腕足打掉了他手中的金枪；另一只长长的腕足搂住了天旦，使劲往怀里抱。情况万分危急时，一声“闪开，退到一边”，金助理、小车司机分别抱着最先进的无声高能麻醉枪，一边跑一边说。与章鱼兽搏斗的队员们，看到他俩抱着特殊武器冲上来了，立刻闪到一边。他俩同时举起了无声高能麻醉枪，首先打中了袭击天旦的那个章鱼兽，转身又朝章鱼兽群一阵扫射，扑哧、扑哧，一阵枪声之后，这群人面章鱼兽都中了弹，有的跪着，有的站着，有的倒在冰面上，还有的人面章鱼兽举着几只奇异的、长长的腕足，像泥塑木雕一样，再也不能动弹了。天旦上去搬弄那些跪着、站着的章鱼兽腕足，它们再也没有丝毫的反应了。

金助理、小车司机看到人面章鱼兽完全失去了反抗能力，提着枪跑过去，想目睹一下奇异人面章鱼兽的真实模样。天旦伸出大拇指，为他俩高声点赞：“想得周到，解危及时。干得漂亮，不留后患。”天旦又指着冰面上的那些人面章鱼兽说：“给每个章鱼兽补一枪，以免它们提前醒来，阻碍我们考察海王星。”金助理、小车司机遵照天旦的指示，重新举起无声高能麻醉枪，朝冰面上所有的人面章鱼兽一一射击，随后又对冰面上的人面章鱼兽仔细地检查了一遍，防止有遗漏。然后，他俩才放心离去。

打败了人面章鱼兽，天旦他们开心地漫步在海王星明净的冰面上，准备对海王星进行深度考察。无意之中，天旦抬头仰望海王星的天空，一道美丽的彩色光环横跨天际，十多个大小“月亮”高悬在头顶，数不清的明亮星星在深空闪烁。此情此景，激起天旦发自内心的赞叹：“好一派美丽的太空风光。”队员们听到天旦的赞美声，也抬头向天空望去，同时被奇观美景所吸引，七嘴八舌地赞叹着、议论着。小车司机兴奋地数着天空中的大小“月亮”，一个、两个、三个……一直数到了十四个。金助理上前解释道：“那最大的‘月亮’是海卫一。”忽然，天旦连忙跑到小车司机面前，看了看他手中的探测分析仪，仪器屏幕显示，海王星当前温度是零下二百摄氏度，海王星大气层中含有氢、氦以及少量的甲烷。他们一边走一边谈论着海王星上的其他秘密，向海王星冰封大地的远方走去。

第三十一章　旗舰救护神鹰队员　精灵降冥王空间站

在海王星辽阔的冰面上，天旦他们徒步急行，突然，前方出现了一座座雄伟壮丽的冰山。顿时，大家心旷神怡，迈开脚步向冰山奔去。

跑在前面的无敌超人，猛然大吼一声："冰山上有情况。我前去打探一下，你们慢慢赶来。"天旦正想劝阻，但是已经来不及了，无敌超人自作主张，启动自身的特殊能量，两腿冒着火焰飞走了。天旦他们只好加快脚步尾随而去。

在海王星冰山中居住着几个星人部落，他们此时正在聚会，分别是凤头企鹅星人部落、王企鹅星人部落、帽带企鹅星人部落。他们长期生活在冰山里，过着自由自在的美好生活。大家正在高兴时，一个企鹅星人探子冲进来报告："冰面上来了几位不速之客，好像是天外人。"几位部落首领得知情报，相互对视，发出一阵狂笑。证实了天外人的确到来了，他们立刻商量应对办法。王企鹅星人首领说："活捉天外人，驯化他们，将来为我们服务。"凤头企鹅星人首领豁地站起来，大声说："不可，不可，万万不可。天外人野性大，又非常聪明，我们不可能驯服他们，更不能统治他们。"紧接着，坐在座椅上的帽带企鹅星人首领凶狠地说："那好，干脆杀死他们，清除后患。一则我们可以享用天外人肉体美食，二则还可以得到他们身上的宝贝和各种飞行器。不过，他们既然敢来到我们这里，绝不是等闲之辈。大家一定要想办法开动脑筋，用计把他们诱骗到我的部落里，待他们全部人马到齐后，统统干掉，不留后患。"一条毒计就这样在帽带企鹅星人部落里定下来了。其他部落企鹅星人首领认为此计甚好，各自依计行事去了。

无敌超人很快来到冰山的一座冰峰上，放眼望去，一下子被眼前的冰山美景吸引住了。冰山层层叠叠，一望无际，冰山之中，冰钟乳、冰蘑菇、冰塔林等，朝天耸立，千姿百态，美丽极了。尤其是一座座数百米高的冰塔，仿佛是用水晶石雕塑出来的。它们有的像西安的大雁塔，小雁塔，有的像埃及尼罗河畔的金字塔，有的像僵卧的巨大骆驼，还有的像伸向苍穹的利剑。他尽情欣赏着冰山美景，不知不觉完全忘记了来到这里的真正目的。突然，冰山深处一道道神奇的极光迸发而出，呈现在海王星天地之间，把美丽的冰山装扮得五彩缤纷，显得更加神奇，格外壮丽。无敌超人如痴如醉地步入奇妙的冰山世界，走着走着，看到美丽的放射状极光里出现了一队神秘的星人，快速向他飞来。朦胧之中，他瞪大眼睛，目不转睛地盯着那群飞来的星人。眨眼之间，星人落地站在他对面的冰峰上。只见他们胖乎乎、圆墩墩的，短腿短手，长着一双红色的脚蹼，雪白的背上长着一对黑色的翅膀，人面脸蛋上镶嵌着一双白色的大眼睛，配上鸟形尖嘴，显得格外奇妙，真像地球南极的王企鹅，不过他们的体型比王企鹅大了许多，走起路来像绅士一样，姿态优雅，在极光的映衬下，显得格外漂亮。未等无敌超人开口说话，他们中的一个大个子王企鹅星人首先走上前来温和地说：“天外客人，一路辛苦了。热烈欢迎你来到我们星球。恭请你到我们那里去看看，这对今后你去其他星球也会有帮助的。”无敌超人打量了一番对面的王企鹅星人，好像他们没有什么恶意，而且他们面带笑容，说话客气，显得非常有诚意。无敌超人便客气地说：“谢谢邀请，我还有同伴，待他们到来，我们商量后，一起去吧。”“尊敬的客人，不必客气。你的伙伴，我们已经去邀请他们了。你们马上就能见面了。”王企鹅星人虚情假意地说。见无敌超人仍有些犹豫，王企鹅星人又甜言蜜语地说了许多好听的话，终于打动了他。无敌超人跟着王企鹅星人向他们的住地走去了。

天旦他们仍在冰面上追赶无敌超人，豁然看见冰山之上，一道极光挂在天上。他们立刻放慢脚步，欣赏上天赏赐的美丽极光。看着看着，从极光之中飞出一群神秘的星人。天旦立刻警惕起来，叮嘱身边的金助理、小车司机：“有情况，准备战斗。”话音刚落，神秘星人已经站在他们对面不远的冰面上了。一个星人笑呵呵地走上前来，开口说道：“天外客人，别紧张，也别害怕，我们不会伤害你们的。奉首领的指令，特来邀请你们到我们住地去歇息。”天旦定了定神，仔细一瞧走上前来的星人，这难道不是我们地球南半球冰川上的凤头企鹅吗？怎么跑到这里来了？不过他们多长出了一双小手，人面鸟嘴的脸上镶嵌着一对红色的大眼睛，并且比凤头企鹅大了许多。天旦猛然醒悟：哦，原来海王星上居住着一群凤头企鹅星人。天旦朝他们打量一番，见他们满脸笑容，面带慈祥，似乎没有什么敌意，便收起了手中的武器。天旦对走上前来的凤头企鹅星人有礼貌地说：“你们好，你们怎么知道我们来到这里？”企鹅星人答道：“我们有超级感应能力。你们的飞行器刚刚着陆在我们星球上，我们的首领就知道了。你们与人面章鱼兽在冰面上展开搏斗，没有杀害它们，只是麻醉了它们，现在它们仍然好好地活着。首领非常感动，对我们说，你们是天外来的最尊贵的客人，心地善良，也是最值得信赖的朋友。我们真正想感谢你们，请你们到我们的住地去，给我们讲讲天外的故事，谈谈天外的新鲜事。”“冰山上还有我们的一位同伴，你们见过他吗？”“见过了，已经接到了我们的住地，他正在和我们的首领友好交谈。”天旦在与凤头企鹅星人一番友好的对话后，仍然有些犹豫。旁边的凤头企鹅星人看出了他的心思，更加温柔地说：“可敬可爱的客人，别犹豫了，你们一路辛苦，我们住地风景优美，又有好吃的好喝的，同时，可以了解我们那里的风土人情。更应该去看看你们的同伴，不是吗？这对今后你们去别的星球也有帮助。”凤头企鹅星人温暖的话语，终于敲开了天旦的心灵之窗。天旦心想：是刀山火海也应该去闯一闯。于是，他爽快地回答：“好吧，打扰了！”于是大家跟着凤头企鹅星人上路了。

守护在神鹰火焰飞行器处的彩霞姑娘警惕地在冰面上巡逻。她抬头朝远方一望，天地之间，美丽的极光把海王星冰封的大地装扮得绚丽多彩，各种飞行器也仿佛披上了彩色的衣裳。她正在如痴如醉地欣赏这美丽的极光，突然，极光中出现了一队神奇的星人，快速向她奔来。她觉得不好，有星人偷袭。但她势单力薄，不能正面交锋，不如先躲进自己的云雾飞碟，观察动静，另做打算。她看到一群海王星人降落在冰面上，只见他们的脑袋像戴着一顶帽子，人面黄眼睛，配上一双短腿和带蹼的脚，走起路来跌跌撞撞。彩霞姑娘心中明白了，这就是海王星上最有侵略性的帽带企鹅星人。对于她来说，他们并不可怕，心想：他们来干什么呢？观察观察，再想办法对付他们。那群帽带企鹅星人，东瞧瞧，西望望，见无人看管飞行器，领头的帽带企鹅星人大声说："小的们，咱们到'怪物'上去玩玩。"他身后的大小喽啰见领头的发话了，高兴地嗷嗷怪叫，争先恐后地爬上各个飞行器。

躲在云雾飞碟内的彩霞姑娘再也按捺不住了，岂能容忍这帮帽带企鹅星人践踏心爱的飞行器！于是，她立刻钻出飞碟，站在冰面上大吼一声："帽带企鹅星人，不得破坏我们的飞行器。"趴在各个飞行器上的大小帽带企鹅星人听见吼声，都愣住了。领头的帽带企鹅星人连忙从神鹰飞船上跳下来。一看，站在冰面上的是一位貌如天仙的美女，带着一只漂亮的鹦鹉，显得秀雅端庄，楚楚动人，半晌才和气地说："对不起，天外美女，别生气。我们只想看看，不会损坏你们的宝贝，更不会伤害你。我们是来恭请美女到我们住地做客的。"同时他双手招呼飞行器上的大小喽啰："小的们，赶快下来。别惹天外美女生气，向她道歉。"彩霞姑娘听领头的这么一说，心中的怒气消了一大半。大小帽带企鹅星人排队依次向她道歉，并说出"对不起，打扰了"这样温馨的话语。彩霞姑娘的心被打动了，她心平气和地说："为什么请我去做客呢？"小头领帽带企鹅星人回答："你是好人啊！只做好事，不做坏事！包括你的同伴，都是好人！""你们怎么知道我的同伴？""他们已经去了我们的住地。""他们去干什么？""大首领要答谢好人，其中包括你！""我们的飞行器谁来看护？""没有关系，我留下几个同伴帮你守护，保证万无一失。若有半点闪失，取我们的性命。"小头领的话深深触动了彩霞姑娘的心，彩霞姑娘同意跟着那个帽带企鹅星人小头领走了，然而，那只有灵性的鹦鹉却离开了彩霞姑娘。

自愿留下来守护飞行器的几个帽带企鹅星人看见彩霞姑娘渐渐远去，他们并没有遵守自己的承诺，而是悄悄地离开了。

无敌超人跟着王企鹅星人，很快来到帽带企鹅星人部落。一看，冰山山麓，到处是企鹅星人的洞穴。一个特殊的大洞穴洞口，各种企鹅星人早已列队迎接，在极光的映衬下，他们奸笑的脸上显得很不自然。他们将无敌超人迎进了冰山洞穴中的大厅。坐在正堂座椅上的帽带企鹅星人首领，见无敌超人走进来，发出一阵大笑，走下台阶，绕着无敌超人上下打量了一番。他说："哎呀，天外客人，你真了不得，还是钢筋铁骨之身，竟然可以来到俺们星球。"无敌超人没有好眼色地看了一眼企鹅星人头领，觉得他阴阳怪气，不是什么好东西，正想发话，一声"报告"打断了他的思绪："报告首领，三位客人请来了。"帽带企鹅星人首领得意地说："快，赶快请他们进来！"帽带企鹅星人首领发出了邀请。天旦他们在一群凤头企鹅星人的护送下走进了洞厅，见无敌超人安然无恙地站在那里，有些放心了。帽带企鹅星人首领连忙迎上前去，热情洋溢地说："欢迎你们，尊贵的天外客人。""打扰了，尊敬的星人。"天旦也有礼貌地回答。

紧接着，帽带企鹅星人首领鼓着一双黄色的眼睛，绕着天旦、金助理和小车司机，分别在他们周身嗅了一遍，目光落在天旦腰间微微发光的天文蛋盒上，目视了许久，才惊讶地说："呀呀……真是不得了，不得了！凡胎肉体，竟然敢来遥远的太空？原来你身上有宝贝在保佑你们。"天旦一听帽带企鹅头领的话语，觉得古怪又别扭，正想好好看看他究竟要什么花招，突然，一个帽带企鹅星人急匆匆地跑进来报告："报告大首领，一位漂亮的天外美女客人到了。"帽带企鹅首领再次发出一阵大笑，然后说："总算把天外客人请齐了，把她带进来。"天旦回头一看，守护飞行器的彩霞姑娘也被一群帽带企鹅星人领进来了。他心中一惊：她怎么能擅自离开呢？飞行器是大家的命根子啊！帽带企鹅首领说话的语气也变了……情况不妙！他悄悄叮嘱身边的队员："小心提防，随时准备战斗。"但见那帽带企鹅首领仍然迈着笨拙的脚步，贼眉鼠眼地看遍了彩霞姑娘全身，吃惊地说："哎哟，好俊俏的一位美女。你和他们不是一路人，你身上带有星人的气息。你们真是一个神奇的太空团队。"彩霞姑娘没有理睬他，反而两眼直勾勾地看着帽带企鹅星人首领，看穿了他不怀好意的坏心思。那帽带企鹅星人首领立刻觉得不妙，豁地转身离去，同时向其他企鹅星人挥了挥手，所有的企鹅星人都退到洞壁处。帽带企鹅星人首领一边向座椅走去，一边说："天外人已经到齐了，是时候了。"

又发出阵阵狂笑，其余的企鹅星人也发出恐怖的笑声。天旦觉得情况不妙，突然，进出洞厅的大门砰的一声自动关闭了。

天旦大吼一声："上当了。准备战斗。"

"晚了，太晚了。"帽带企鹅星人首领边说边钻进了座椅后面的冰墙里去了。其他狂笑的企鹅星人也闪电般就近钻进了冰壁里。金助理眼疾手快，伸手抓住了正在往冰壁里钻的一个企鹅星人的一只脚，那企鹅星人抬脚一踹，金助理滚到洞厅地上，眼睁睁看着最后一位企鹅星人也钻进了冰壁之中。洞厅里只剩下神鹰队员。在漆黑的洞中，大家急忙敲打洞中四周坚硬的冰壁，寻找出路。

洞外，冰山上的极光消失了。从冰山深处冒出一缕神奇的彩色烟雾，伴飞着一只美丽的小鸟，很快来到神鹰大队飞行器停放处的上空，在无人看守的飞行器周围转了一阵，一头扎进了变形旗舰小车里。顿时，变形旗舰小车动了几下，引擎竟然发动了，伸出两翼，喷出蓝色的火焰起飞了，飞向茫茫的冰山。

这时，困在企鹅星人冰洞厅里的神鹰队员不知东南西北，仍在洞厅中毫无目标地寻找出口。无敌超人气得挥起铁拳，把洞厅冰壁砸得冰碴儿飞溅。突然，洞厅之中传出瓮声瓮气的声音："天外人，别费力气了，你们是逃不出去的，乖乖受死吧！让我们尝尝你们天外人的肉体美味，既可以得到你们身上的宝物，还能收获你们的飞行器。我们也可以像你们一样，乘坐飞行器去其他星球上看看了，岂不快哉，哈哈……"大家全愣住了，闻声东瞧西看，只闻其声，不见其人。天旦知道事态严重，误入了企鹅星人口蜜腹剑的圈套。在企鹅星人的笑声之中，洞厅上方立马发出当当的响声，冒出一把把锋利的钢刀，几乎同时，洞中四壁闪出许多明晃晃的尖刀。

黑暗之中，突然两把尖刀闪电般捅进了靠近洞壁的天旦后心窝，顿时血流如注。他强忍剧痛，快速退到洞厅中央，一边疗伤自救，一边看见金助理也被冰壁上冒出来的钢刀刺中双腿，痛得在地上直打滚。同时，小车司机也遭到暗刀的偷袭，被刺中了腹部，倒在地上昏死过去了。顿时，洞厅地上遍地鲜血，场面惨不忍睹。只有彩霞姑娘、无敌超人没有遭受伤害。彩霞姑娘连忙跑上前给小车司机疗伤，无敌超人则将金助理搀扶到彩霞姑娘面前，转身冲上前去，拳打脚踢冰壁上的钢刀。瞬间，冰壁上的长短尖刀、带血的钢刀，统统被打断，掉落在地面上。然而，每当无敌超人打断一把，从另一个地方又自动闪出另一把，不断闪出的钢刀似乎永远打不完。无敌超人这下可蒙了。带刀的前后冰壁又发出吱吱的声响，冰壁神奇地动了，两壁一齐向洞厅中央推进。大家心中明白两边冰壁靠拢的结果：不是被钢刀刺死，就是被压瘪挤死。无敌超人真的急了，手推脚踹移动的冰墙，可是一点也不起作用，两边冰墙依旧向洞厅中伤员们疗伤的地方渐渐靠拢。彩霞姑娘见状，跑过去帮忙，双手想挡住向前移动的冰墙，可这边试了，又去试那边，都无济于事。两个人合力也不能阻挡冰墙继续向中间移动。冰墙所到之处，洞顶、墙壁两边的尖刀，陆续折断，掉落在洞中地上，发出当当的声响。眼看两边冰墙就要推进到队员们身旁，尖刀就要刺到他们身上了。

天旦见状，捂着伤处高声喊道："苍天啊，梦想还没有实现，怎么能伤害我们的生命？天文蛋，你不是很灵验吗？现在怎么不显灵呢？"千钧一发之际，砰的一声响，变形旗舰小车破墙而入，正巧车身牢牢卡住两边移动的冰墙，两侧带刀的冰墙再也不动了。天旦他们喜出望外：终于得救了。无敌超人、彩霞姑娘连忙搀扶伤员，从变形旗舰小车的天窗中钻了进去。刚落座，变形旗舰小车自动倒出了冰山洞厅，喷出蓝色的火焰起飞了。随后，一个个企鹅星人从冰山里钻出来，奋力追赶在空中飞翔的变形旗舰小车。

在海王星上空，变形旗舰小车载着队员们全速飞行。受伤的天旦，在彩霞姑娘的精心护理下，伤势渐渐好转了。金助理受伤的双腿伤势也有所好转。唯有重伤的小车司机坐在座位上，仍然耷拉着脑袋，在低声呻吟。负责侦察外面天空情况的无敌超人惊呼一声："报告队长，大批企鹅星人手持大刀从后面追上来了。"天旦扭头往外一望，的确有许多挥舞大刀的企鹅星人在后面紧紧追赶。他立即下令："超人、云霞，冲上去拦住企鹅星人。我来护理伤员。"无敌超人、彩霞姑娘接到命令，一番交头接耳后，快速从车中飞了出去。

冲在前方的无敌超人迅速扑向迎面飞来的企鹅星人，从口中吐出一串串大小各异、神奇的火球。火球在天空中越烧越旺，奇迹般飘进了企鹅星人的队伍里，顿时，企鹅星人队伍大乱。一个个神奇的火球自动选择追击对象，在空中袭击每一个企鹅星人，烧得他们鬼哭狼嚎。观战的彩霞姑娘看到时机成熟了，两袖一挥，漫天的黑色浓烟滚滚升起，一道黑烟屏障挂在天空上，阻挡了企鹅星人的视线。接着她又轻轻一吹，一场风暴骤然刮起，卷着黑烟飘走了。奋起直追的企鹅星人消失了。她俩觉得时间差不多了，天旦他们已经远去，双双转身追赶变形旗舰小车，一路追到了神鹰大队飞行器停放处的上空，一看，一批帽带企鹅星人竟然捷足先登。天旦与他们在冰面上正在展开激烈的拼杀。

无敌超人和彩霞姑娘急忙从天空中快速落地。轻重伤员已经完全康复了。小车司机也投入到了战斗之中，与帽带企鹅星人展开殊死搏斗。无敌超人上前大喝一声：“企鹅星人不得无理，岂能让你们欺负我受伤的同伴。”他边说边投入战斗，几拳打倒了一群围攻小车司机的帽带企鹅星人，解救了体力不支的小车司机。彩霞姑娘也投入到了战斗之中，与金助理联手打败了另一群带刀的企鹅星人。打斗中的天旦突然感到一阵心慌意乱，耳中似乎传来强烈的呼啸声，灵感使他预测到此地不能久留。他果断吩咐大家：“赶快结束战斗。”队员们立刻展开一阵穷追猛打，打得持刀的企鹅星人死伤无数。帽带企鹅星人首领一看，冰面上到处是打死打伤的大小喽啰，有的还躺在冰面上痛苦地哀号。显而易见，正面搏击根本不是这批天外人的对手，再打下去恐怕会全军覆没。帽带企鹅星人首领无心恋战，向打斗中的喽啰们大吼一声：“赶快撤退。”立马带领幸存的大小喽啰飞上天空逃走了。

性急的无敌超人也飞上天空，继续追杀逃窜的帽带企鹅星人。天旦大声劝阻：“赶快回来，穷寇勿追。”无敌超人转过身，怏怏不乐地落地，向天旦慢慢走来。天旦严肃地说：“大家不要磨磨蹭蹭了，此地不能久留。不要问为什么。赶快离开海王星。”大家看到队长满脸严肃的神色，谁也没有说话，各自跑步钻进了自己的飞行器，引火升空。

金助理最后一个驾驶火焰子箭飞碟离开海王星冰面，刚刚飞上天空，就看到原来停放飞行器的地方，飓风突起，气浪翻腾，黑色烟雾立马笼罩了海王星大地并飞快地在冰原上漫延。远远望去，黑色烟雾像一块“大黑斑”在洁净的冰面上高速盘旋。金助理心中一下子明白了天旦要求大家快速离开海王星的真实用意。原来他早已预测到大伙儿所处的位置就是“大黑斑”奔袭的目标。他心中油然起敬，佩服天旦有先见之明，避免了在海王星上的又一次劫难。金助理正想得出神，送话器里传来天旦的呼叫声：“子箭，子箭。你在干什么？赶快跟上！”“是。神鹰，马上赶到。”金助理回答后，驾驶子箭飞碟追了上去。

天旦带领神鹰大队在海王星上空快速飞行。无敌超人接到命令，依然担当开路先锋，驾驶三叉飞船飞向了远空。然而，在天旦的右翼，驾驶云雾飞碟的彩霞姑娘突然感到身体阵阵不适，全身隐隐作痛，小腹部渐渐鼓起一个包。这可把她吓坏了，她立刻呼叫天旦：“神鹰，神鹰。云雾呼叫。”

“云雾，请讲。”

“我身体有异常反应，肚腹隐隐作痛，不能继续前行。”

“赶快来我的飞船上休养。”

天旦接到彩霞姑娘身体不适的消息，心中一惊：难道天人也会生病吗？他没有多想，立即吩咐金助理和小车司机护送彩霞姑娘到神鹰飞船上歇息。他俩很快将彩霞姑娘护送到了神鹰飞船上。彩霞姑娘抱着大肚子走进了飞船中的会议室，金助理一看，愣住了：清清白白的彩霞姑娘怎么一下子有了身孕？看样子很快就要临盆了。他赶紧搀扶彩霞姑娘坐下，跑进驾驶舱，向天旦报告了彩霞姑娘的现状。天旦一听，不禁惊呆了，不敢相信地自言自语道：“有这样的太空奇事？”他让金助理驾驶飞船继续飞行，自己要亲自去证实。

天旦走出驾驶舱，来到会议室，看到小车司机守候在彩霞姑娘身旁。只见她的确挺着大肚子，痛苦不堪。美丽的彩霞姑娘一下失去了往日的风采，完全变成了一位即将分娩的妇人。此时，天旦脑海中闪出许多念头：大家同行太空，多次出生入死，一起共同征战，怎么没有发现她有怀孕的迹象呢？她腹中的胎儿是谁的孩子？并且十月怀胎是我们地球上不可打破的铁律，她怎么这么快就要分娩了？很多疑问在他脑海中打转。当然，天人要分娩，容不得他去多想，并且一刻也不能耽搁。飞船里没有一个懂接生的女性宇航员，更没有产房，怎么办？怎么办？怎样才能保障天人母子平安呢？天旦急得抓耳挠腮，一时想不出更好的办法。突然，天旦想起来，有一个空间站，似乎离这里不远。这时，送话器里传来了无敌超人的声音：“神鹰，神鹰。冥王星附近有一个大型空间站。”天旦得知这一消息，喜出望外：天人母子有救了。于是，天旦紧急下令：“三叉，火速登上空间站，做好准备工作，迎接太空婴儿降生。”无敌超人接到命令，一头雾水，不知发生了什么事，但仍然按指令驾驶三叉飞船加速向空间站飞去。

护送彩霞姑娘的组合飞船，在太空中飞速航行，很快对接在空间站上。无敌超人早早在空间站里做好了一切准备工作。大家搀扶着彩霞姑娘走进了空间站。天旦抬头一看，空间站会议厅的上方写着几个耀眼的大字——冥王空间站。站内肤色各异的男女老幼立马上前热情迎接。天旦做梦也没有想到，在离地球遥远的太空中，竟然有这么一座大型的人类空间站，及时解决了他们团队的燃眉之急。大家顾不上寒暄，几位美丽的女宇航员赶忙将彩霞姑娘接走了。大家脸上露出了开心的笑容，等待一个开天辟地的奇迹——太空婴儿降生。

冥王星空间站的利志海站长笑嘻嘻地拍了一下天旦的肩膀，风趣地说：“彩霞姑娘就要生下孩子了。”

天旦感到莫名其妙，吃惊地望着他说：“站长，这是真的吗？太不可思议了。”

“是的，天人女性在太空中接受了足够的日月精华融入自己身体，就可生产下一代。也就是说，彩霞姑娘跟随神鹰大队到太阳系各大星球上探险，已吸收了足够的精华。”站长认真地说。

他俩仍在谈论时，哇的一声，太空婴儿降生了。清脆的哭声响彻空间站。人群中不知是谁说了一句：“哭声响亮的婴儿聪明。”的确，大家从来没有听过婴儿这么大的哭声，一个个都捂住了耳朵。

少许，一位俊俏的女宇航员抱着一个哭泣的太空婴儿走进大厅，欢喜地说：“是个男孩儿。”大家争相观看天人的孩子，却见他没有什么特别的，只是哭声震耳欲聋。天旦随口说道：“人儿不大，哭声震天。”说来也奇怪，女宇航员怀中的太空婴儿似乎听懂了天旦所说的话，再也不哭了。他从女宇航员的怀中挣脱出来，跳到大家脚下。人们还没有弄清咋回事，正巧一股暖风蹿进了大厅，太空婴儿犹如一个小小的精灵，浑身闪烁灵光，一边站起来，一边哼起有趣的小调：

月儿明，太阳亮，太空星星放光芒。

碟儿飞，船儿跑，神鹰大队冲云霄。

智慧人，机器人，共同探索天外星。

追梦想找星人，云霞协助赛天神。

天文蛋，小旗舰，危难时刻功夫现。

隐形人，显神灵，无怨无悔挺神鹰。

天上人，凡间人，奋发拼搏去北辰。

小调唱毕，太空小精灵在灵光闪烁中渐渐变大长高。转眼间，一个十七八岁的太空小子，身着半红半黄的宇航服，神奇地站在大家面前。人们全都呆了！傻了！人群之中不知又是谁说了几句："奇了！神了！未生先知天上事，落舱见光立成人。真是天与人奇缘的结晶。"天旦觉得这小子聪明绝顶，出生就知太空事，正想试探他的其他功能，掌声骤然响起，彩霞姑娘风度翩翩地走了出来，依然那样美丽动人，根本看不出是刚刚生完孩子的产妇。太空精灵小子，一见彩霞姑娘，扑上去紧紧抱住她，亲切的连声喊着："妈妈，好妈妈。"彩霞姑娘眼里含着泪花，摸了摸他的头，看了看他的全身。她摸着小精灵的头，略略思索了一下，对孩子说："孩子，我给你取个名字吧，今后你的名字就叫'朝阳'。因为你是太阳系哺育出来的新生命，就像地球上清晨八九点钟的太阳，正是朝气蓬勃的年华，永远阳光。好好听话，充分发挥你的聪明才智，协助长辈排忧解难。我马上又要奔赴更远的太空了，去浩瀚的宇宙探索深空的奥秘。妈妈没有什么好宝贝留给你，只有这只陪伴我多年的有灵性的鹦鹉。我就把它送给你了，它会给你的人生带来好运……"朝阳不住地点头答应，并说："谢谢妈妈"。大家无不拍手叫好。

彩霞姑娘回过头，看了看一起生活、战斗过的队友，想开口说话。站长是知道她的想法，立刻说："且慢，听完了我站给你们准备的大合唱《追梦——

远航之歌》，你再说。”全站宇航员立即列队高声合唱：“天上的星星我就要来了，浩瀚的宇宙竟然静悄悄。驾驶心爱的小飞船，飞向通天的星光大道。你开着车，我乘着鹰，翱翔星空，攀星星，寻找星人。你驾着船，我骑着云，穿云破雾，奔行星，探索精灵。啊——为了心中那个梦想，赴天庭：战邪恶、斗幽灵；奔九天：聚群霞、结天缘；穿云宵：魑魅魍魉，都让道；飞九天：饱尝征途酸甜苦辣。啊——天上的星星靠近了，咱们的理想就会实现。驾驶心爱的小飞船，一路在太空驰骋。飞吧——前面就是辉煌的目标。”歌声嘹亮，响彻空间站。彩霞姑娘听完了大合唱，心情愉悦，笑容满面地说：“伙伴们，我的任务已经完成。只能护送你们到这里了。相信你们有能力完成去太空远航的任务，实现心中的梦想。我另有任务，有缘咱们再相会。再见了！”话音刚落，大家还没有回过神来向彩霞姑娘道别，一闪，彩霞姑娘消失了。大家真的有点遗憾。

朝阳看到妈妈走了，急忙上去推开空间站的窗户，向太空大声呼喊：“妈妈——，妈妈——，记住，常来看我……”呼喊声在太空中久久回荡。

大家正在劝慰朝阳时，一位宇航员匆匆跑来，向天旦报告：“报告神鹰大队大队长，地球基地阳教授要和你视屏通话。”天旦转身来到空间站探测室，阳教授的影像出现在荧屏上。他仍然那样健康、慈祥，一点也不显老。阳教授首先开口说道：“天旦，首先祝贺你带领神鹰大队平安飞越太阳系到达最远的冥王星空间站。从屏幕上看，你依然那么年轻、帅气。岁月过得真快，你知道吗？你们在太空中整整度过了地球上的一百年。地球人更聪明了，科技也更加先进了。我们每时每刻都牵挂着你们，祝福你们一路平安！祝愿你们飞得更远。今后，就要靠你们自己了……”天旦听后，大吃一惊：地球上已经过了一百年，他们怎么没有感觉？他说道：“尊敬的老师，我们有今天的成就，驰骋太空，奔赴宇宙，是老师和全体科技工作者的功劳！也祝福您人生快乐，健康长寿！别忘记了宇宙中的弟子……”“天旦，按原计划，任务到此为止。你们可以返回地球休整，等适当的时机再次出征。但是你们有了新一代星人朝阳，那就攥紧手中的接力棒，继续飞翔吧！你们的下一站是——北极星。祝你们一路平安！”未等天旦回话，视频信号消失了。

天旦走出空间站探测室，向队员们宣布了飞向下一站的命令。大家各自收拾好行装，在冥王星空间站宇航员的热情欢送下，驾驶飞行器离开了空间站。朝阳取代了母亲的飞行岗位，驾驶冥王空间站早已准备好的超级闪光飞碟出发了。

太阳系外的星空格外神奇，来自地球的飞船、飞碟、变形旗舰小车，闪着亮光，瞬间汇入到远空的星群之中。

后来有人这样为他们颂唱：

浩瀚宇宙布满星，
九霄云外飞神鹰。
借问神鹰何处去，
一代天骄赴北辰。
冬去春来数百载，
甘洒热血写人生。
君且莫笑荒唐事，
玉宇澄清后来人。